La terra è il mio ocean

LA FORZA DEL JIU JITSU – STORIA STRAORDINARIA DEL RAGAZZO
CON UNA GAMBA SOLA

SEAN BLACK

DAVID YOUNG

TRADUZIONE DI

SIMONE CAFFARINI

Indice

Informazioni sul libro

Voleva solo essere un ragazzo come gli altri, ma un terribile incidente automobilistico ha mandato in pezzi la sua vita. Per costruirsene una nuova, Dylan dovrà cercare la salvezza nel più improbabile dei luoghi.

Se una delle tue gambe viene amputata in seguito a un incidente automobilistico, le persone cominciano a trattarti in modo diverso. Il sedicenne Dylan dovrà imparare a farci i conti: dopo l'intervento che lo ha lasciato con una sola gamba, è stato mollato dalla sua ragazza e preso di mira dai bulli della scuola, mentre i suoi genitori vorrebbero rinchiuderlo sotto una campana di vetro per proteggerlo da ogni pericolo.

Un giorno, grazie a una fortunata coincidenza, Dylan attraversa l'ingresso di una palestra di MMA, dove conosce Santana, una grintosa combattente messicana che sta affrontando delle sfide molto simili alle sue e che, un po' controvoglia, lo introdurrà nel mondo degli sport da combattimento.

Per riscattarsi da una delle tante umiliazioni che è stato costretto a subire, Dylan comincia a praticare Brazilian Jiu Jitsu, un'arte marziale che fa scomparire, al confronto, tutti i suoi problemi adolescenziali: gli allenamenti lo lasciano pesantemente ammaccato, sia nel corpo che nello spirito, e più di una volta Dylan è tentato di mollare.

Riuscirà a trovare il coraggio e la determinazione per andare fino in fondo e combattere la più dura delle battaglie – quella contro sé stesso?

Una storia di grinta, resilienza e amicizia, dall'autore della pluripremiata serie di Ryan Lock.

Capitolo Uno

Rich, il mio psicoterapeuta, mi ha chiesto di fare una lista con tutti gli aspetti positivi dell'essere un monogamba. Proprio così, gli aspetti positivi. Come se non fosse già una tortura il fatto di avere una gamba sola, adesso mi tocca perfino cercare il lato positivo, il sole dietro alle nuvole o roba del genere. Cosa dovrei scriverci, secondo voi?

Rich è un uomo di mezza età con una villa nel quartiere di Tarzana, su nella San Fernando Valley. Ci vediamo una volta ogni due settimane per fare quella cosa in cui io parlo dei miei sentimenti e lui mi ascolta. Lasciatemelo dire, non è mica facile spiegare come mi sento a questo ometto con due gambe robuste e perfettamente sane che mi guarda con quell'aria paternalistica da "sono qui per te."

Fermi tutti, io non sono un ingrato. So perfettamente che Rich è davvero lì per aiutarmi, ma cercate di mettervi al mio posto: a meno che non conosca qualche formula magica per riattaccarmi la gamba – e anche in questo caso la vedo dura, dato che le gambe amputate finiscono dritte nell'inceneritore dell'ospedale – io non credo che le sue parole possano fare davvero qualcosa per migliorare la mia situazione. Ma i miei genitori si fidano ciecamente di lui, tanto da pagarlo in anticipo, e perciò il minimo che io possa fare è presentarmi alle sedute e provarci. In fin dei conti, non ho niente da perdere.

Oggi sono arrivato allo studio di Rich con venti minuti di anticipo, perciò ho ancora un po' di tempo per pensare al mio esercizio. Tiro fuori un blocchetto e una penna. Allora, fatemi pensare. Quali sono gli aspetti positivi dell'essere senza una gamba?

Beh... una cosa ci sarebbe.

Si risparmia sui calzini. È come se in ogni negozio del paese ti offrissero uno sconto permanente del cinquanta percento: due cambi di calzini al posto di uno.

Lo scrivo subito sul blocchetto. *Calzini al 50% tutto l'anno.* D'accordo, però mi sembra un po' debole. Mi serve qualcosa di meglio.

Accidenti. Che altro potrei aggiungere? Concentrati, Dylan. Deve pur esserci qualcosa.

Ce l'ho!

Pedicure a metà prezzo. A dire il vero, non ho mai fatto una pedicure in vita mia, ma non penso che avrebbero il coraggio di chiedere una cifra intera per occuparsi della metà dei piedi.

La inserisco subito nella lista.

D'accordo, lo so cosa state pensando. È un po' come per i calzini. Anzi, è praticamente la stessa cosa.

La cancello con una barra.

Basta, sono pronto ad arrendermi. L'ora della seduta si avvicina pericolosamente, e la lista delle cose buone è ancora ferma ai calzini. Senza contare che, per ordine di Rich, devo ancora scrivere una lista degli aspetti negativi e una relativa alle cose che non sono fantastiche ma nemmeno terribili.

Tento di fare un ultimo sforzo. Pensa, Dylan. Pensa.

Alzo lo sguardo dal blocchetto e mi guardo intorno. Il parcheggio è praticamente pieno, ma... di punto in bianco, ho un'illuminazione. Per la miseria, era così semplice! Mi sento quasi in imbarazzo per non averci pensato prima.

Parcheggi per disabili.

Sono di una comodità pazzesca. Ti lasciano parcheggiare di fianco all'ingresso del centro commerciale e davanti allo studio del tuo psicoterapeuta. Dovunque tu vada, c'è un bellissimo parcheggio giallo che ti aspetta. Nella San Fernando Valley, trovare parcheggio senza essere costretti a vagare per ore è una specie di miracolo.

Abbasso di nuovo lo sguardo sulla mia lista di due righe e tiro un sospiro di sollievo. Non sarà un granché, ma almeno sembra che io ci abbia provato.

Dei colpetti sul finestrino mi provocano un mini-infarto. Una vecchietta mi sta fissando dal parcheggio, tenuta sottobraccio da un tizio di mezza età con una camicia di flanella e una pancia che straborda al di sopra della cintura, facendolo assomigliare a un muffin.

La vecchietta scuote la testa. Le sue labbra arricciate e rinsecchite ricordano il culo di un gatto. Batte di nuovo un dito sul finestrino e dice qualcosa.

"Ragazzino, non puoi parcheggiare qui. È un parcheggio per handicappati."

La rabbia mi fa diventare rosso in faccia. Non mi disturba il rimprovero della signora, ma il fatto che questa scena non smetta mai di ripetersi, dovunque io vada, mettendomi inevitabilmente in imbarazzo. Oltretutto, non sopporto chi usa quella parola. *Handicappati.* Ma chi si crede di essere?

Non ci avevo mai fatto caso, prima dell'incidente. Quando avevo due gambe mi sembrava innocua, una parola come tutte le altre, un termine normalissimo. Adesso invece capisco perché certe persone si sentano offese da parole come questa e combattano per abolirle, mentre chi non è mai stato toccato personalmente da un problema non fa altro che lamentarsi delle battaglie altrui, etichettando i più deboli come suscettibili e permalosi.

"Ragazzino, mi hai sentito? Sposta immediatamente quest'auto." Mi dice la signora Culo-di-gatto.

Potrei mostrarle il mio contrassegno, il tesserino plastificato che mi permette di parcheggiare qui. Potrei abbassare il finestrino e spiegarle la mia situazione. Ma perché dovrei? Culo-di-cane non è mica un poliziotto. O un ausiliare del traffico. È solo una casalinga frustrata – senza offesa per le casalinghe frustrate che non passano i loro pomeriggi ad aggredire i ragazzini disabili nel parcheggio del loro psicoterapeuta, s'intende.

Quando bussa sul finestrino per la terza volta, vado su tutte le furie.

Ci mancava solo questo, dopo l'orribile giornata che ho avuto.

Per un istante, valuto l'ipotesi di mostrarle il dito medio e poi girarlo e rigirarlo nella maniera più volgare che conosco, ma all'ultimo momento decido di trattenermi. Alzo una mano e le faccio un patetico cenno di scuse. Non ho nessuna voglia di mettermi a litigare con una vecchietta. Potrei perdere il controllo e mettermi a gridare proprio sotto alla finestra di Rich. Sapete cosa significherebbe? No? Allora ve lo dico io: altri sei mesi di psicoterapia obbligatoria.

"Va bene, ho capito!" Le dico. "Mi sposto immediatamente."

Inserisco la retromarcia ed esco dal parcheggio. La vecchietta rimane immobile al suo posto, rendendo la manovra quasi impossibile. Finalmente l'uomo-muffin stringe la presa sul suo braccio e la fa allontanare, in modo che io non sia costretto a schiacciarle un piede, negandomi anche questo episodio di giustizia poetica.

Finalmente libero il parcheggio, mi allontano di qualche metro e infilo l'auto in una delle ultime file. Ho ancora dieci minuti prima dell'appuntamento e le altre due liste sono ancora in bianco.

Le cose negative e quelle così-così? Le scriverò in sala d'attesa. Infilo penna e blocchetto nello zaino, indosso gli occhiali da sole per nascondere il mio magnifico occhio nero e scendo dall'automobile appoggiando il peso sulla gamba sana. Uscire dalla mia macchina è diventata una vera sfida, da qualche tempo a questa parte.

L'uomo-muffin mi vede zoppicare verso l'entrata e tende un braccio per costringere Culo-di-gatto a guardare nella mia direzione: "Hai visto? Te l'ho detto che aveva qualche problema!"

Capitolo Due

Nella sala d'attesa c'è un divano e un tavolino da caffè pieno zeppo di riviste. Le pareti sono coperte da quegli stupidi poster motivazionali con tramonti e paesaggi di montagna, che dicono cose del tipo: *"Nessuna ragazza è perfetta, perché la perfezione non esiste."* E mi starebbe anche bene, se solo fossi una ragazza, e se il mio unico problema fosse la ricerca della perfezione – improbabile, dal momento che mi manca una gamba e perciò sono l'imperfezione fatta persona.

Controllo l'orologio. Mancano cinque minuti. Ho ancora il tempo di scrivere qualcosa.

Apro il blocchetto su una pagina bianca e decido di passare immediatamente alla lista delle cose neutre, quelle che potrebbero essere buone o cattive a seconda di come le guardi. Un'idea ce l'avrei, ma forse è una sciocchezza gigantesca. In ogni caso, mi sento in dovere di scriverla, perché continuo a pensarci da quando Rich mi ha parlato delle liste.

Scoregge protesiche.

Dal momento che molti di voi avranno due gambe, forse è necessaria una piccola spiegazione.

Quando infilo il mio moncherino nell'alloggiamento della protesi, l'aria che è contenuta all'interno viene spinta fuori tutta d'un colpo, facendo vibrare la plastica dell'invaso e producendo il suono di una scoreggia. È un po' come andarsene in giro con uno di quei giocattoli di carnevale che scoreggiano a comando, con la differenza che nessun insegnante potrà mai confiscare la mia protesi, o almeno spero.

All'inizio, mi ci divertivo un sacco. Oggi però, quando ho indossato la protesi in aula magna per alzarmi dalla sedia dopo l'appello e andarmene in classe, questo giochetto mi è costato caro. Anche se avevo cercato di evitarlo, la protesi ha scoreggiato e la ragazza seduta accanto a me, una bionda pazzesca di nome Jenny Moran, mi ha guardato come se fossi la creatura più disgustosa di questo mondo.

Avrei voluto dirle che si trattava soltanto di una "scoreggia protesica", ma questo mi avrebbe fatto sembrare un idiota totale, perciò ho preferito tenere la bocca chiusa.

Ok, anche la lista degli aspetti neutri può dirsi conclusa. Niente di trascendentale, ma Rich dovrà farsela bastare. Giro pagina e mi preparo alla mia ultima fatica prima della seduta.

Aspetti negativi dell'essere senza una gamba.

Ve lo giuro, potrei riempire l'intero blocchetto – penso a questa roba dal giorno dell'intervento, ventiquattr'ore su ventiquattro. Cominciamo dalla numero uno in classifica.

Nessuna ragazza vorrebbe mai avere un fidanzato con una gamba sola.

Se dicono che non è così, mentono. Fidatevi di me. Forse potrebbero fare un'eccezione per quel tipo belloccio del film "Colpa delle stelle", ma io non ho mica il fisico di Ansel Elgort, e sono piuttosto sicuro che nessuna ragazza a due gambe vorrà mai fare un giro su questo cavallino zoppo.

Morirò vergine, sono pronto a scommetterci. Oppure sarò costretto a pagare qualcuna per venire a letto con me, e magari mi chiederà una tariffa doppia perché le faccio schifo.

Basta così, passiamo ai prossimi punti.

La gente si comporta in modo strano.

È come se non riuscissero proprio a essere naturali, quando mi stanno davanti. E non sto parlando soltanto degli idioti che mi chiamano storpio, oppure Long John Silver e roba del genere, imitando il modo in cui cammino mentre tutti gli altri si spaccano dalle risate.

No, il peggio del peggio sono quelli che mi guardano con un'espressione compassionevole che sembra voler dire: "Ti ammiro, sei così forte e coraggioso, al tuo posto non so cosa farei". Gli adulti ce l'hanno stampata in faccia, ma anche le ragazze non scherzano. Certe volte, a scuola, smettono di fare quello che stanno facendo per concentrare tutta la loro attenzione su di me, investendomi con un'ondata di compassione che dovrebbe servire a farmi stare meglio, ma produce l'effetto contrario.

E poi, per finire in bellezza, c'è la signora Culo-di-gatto e tutti quelli come lei, che non vogliono vedere la tua disabilità e pretendono che tu rinunci ai tuoi diritti. Questi mentecatti sono davvero la ciliegina sulla torta.

Punto numero tre.

Dover indossare una protesi.

Che poi è soltanto un pezzo di gamba finta, attaccata a ciò che rimane della tua gamba vera.

Non è come avere una gamba intera, no. La sensazione è quella di dover trascinare in giro per tutto il giorno un sacchetto della spesa pieno fino all'orlo. È pesante, e ci si stanca in fretta. Umberto, il mio tecnico ortopedico di fiducia (alias il mio spacciatore di gambe finte) mi ha detto che un amputato, quando cammina, consuma il 50 percento di calorie in più rispetto a una persona normale.

Esistono anche delle gambe bioniche dotate di microprocessore, che elaborano i tuoi movimenti e ti aiutano a camminare con meno sforzo, ma costano intorno ai sessantamila dollari, e ci vorrà un po' di tempo, prima che me ne concedano una. Certo, potrei acquistarla privatamente, ma se avessi tutti quei soldi probabilmente mi comprerei una Tesla, invece di una gamba nuova.

Quando ero ancora all'ospedale, ho provato a chiederlo a mia madre: invece della gamba da robot, non posso avere un'automobile elettrica e una gamba normale? Mia madre mi ha detto che non funziona così, perché è la nostra assicurazione sanitaria che paga per le gambe. Allora ho pensato di prendere la gamba bionica, rivenderla su eBay e utilizzare il malloppo per comprarmi l'auto, ma dopo qualche ricerca su internet ho scoperto che una gamba di seconda mano non si vende così facilmente, perché ogni protesi è personalizzata e adatta soltanto al suo proprietario originale, per cui non ne vale la pena. Oltretutto, l'assicurazione ha deciso di pagare solo per un modello base, perciò eccomi qui, con una gamba di ferro e una Volvo usata. La Volvo, che ho ribattezzato "Sfigatomobile" per ovvi motivi, è stata scelta da mia madre, che voleva per me "l'automobile più sicura possibile" dopo l'incidente, ossia l'automobile più lenta del mondo.

Comunque, andiamo avanti. Il numero quattro della lista è una cosa davvero insopportabile:

la sindrome dell'arto fantasma.

Soprattutto per via del dolore. Dovete sapere che quando vi tagliano una gamba, alcune terminazioni nervose rimangono attive, e trasmettono segnali al cervello che sembrano provenire dalla parte della gamba che non c'è più. Certe volte, questi segnali sono fitte di dolore fortissime, roba da farvi impazzire. È come se il vostro corpo vi costringesse a ricordare in continuazione quello che è successo, facendovi rivivere il dolore dell'amputazione.

Tempo scaduto.

Faccio scorrere le pagine del blocchetto per dare un'ultima occhiata alle tre liste e sento che le guance mi diventano rosse. Tutto quello che dico durante le sedute rimane tra me e Rich, ma non sono sicuro di essere pronto a condividere con lui tutto questo.

Appena la porta si apre, strappo via le pagine, le accartoccio e le infilo nello zaino.

La testa di Rich spunta fuori dal suo studio. "Oh, ciao Dylan. Puoi entrare!"

Mi sollevo dalla sedia facendo leva sulla gamba buona. Rich accorre in mio aiuto. Io cerco di fermarlo sollevando una mano, ma lui arriva comunque.

"Faccio da solo, grazie."

"Certo, certo," dice lui, facendo un passo indietro. "Scusami."

E poi rimane lì a guardarmi, pronto per tuffarsi e afferrarmi al volo se mai dovessi cadere, eventualità che non mi sentirei di escludere del tutto.

Sono passato da poco a una nuova impostazione della mia protesi. Umberto la chiama "modalità dinamica", per distinguerla dall'altra, la modalità statica con il ginocchio bloccato. Come tutti i principianti, ho dovuto cominciare da quella: un'impostazione grazie alla quale il ginocchio si blocca in posizione, in modo da non lasciarti crollare a terra al minimo errore.

Il ginocchio libero mi permette un maggiore controllo dei movimenti, ma se dimentico di raddrizzarlo completamente prima di appoggiarmici sopra con tutto il peso, si piega di colpo e mi spedisce dritto a terra. Quando avrò imparato a padroneggiare la modalità dinamica, potrò finalmente inviare una richiesta per la gamba robotica, perciò cerco di utilizzarla il più spesso possibile.

Cadere di punto in bianco senza nessun motivo apparente è piuttosto imbarazzante, forse anche più di una scoreggia protesica sfuggita al momento sbagliato. Un attimo sei lì che te vai in giro senza pensieri e poi, un attimo dopo, stramazzi al suolo come un ubriaco.

Contro ogni aspettativa, riesco a raggiungere lo studio di Rich senza schiantarmi. Sulla sua scrivania ci sono mucchi di libri e fotografie incorniciate della sua famiglia. Rich ha tre figli. Tutti e tre maschi. E tutti, senza eccezioni, camminano su due gambe.

Rich osserva il blocchetto che stringo tra le mani e poi sposta lo sguardo sui miei occhiali da sole. Sembra che stia per chiedermi perché diamine non me li tolgo, ma poi cambia idea e si concentra su qualcos'altro.

"Sono le liste che ti avevo chiesto di scrivere?"

"No, mi dispiace. Non le ho fatte," rispondo, mentendo.

Apro il blocchetto e gli mostro una pagina bianca, sperando che non si accorga dei rimasugli di carta stracciata intorno alla rilegatura.

Per tutta risposta, Rich alza il mento e annuisce lentamente. Che cosa mi aspettavo? Non è mica un professore, non è costretto a rimproverarmi quando non faccio i compiti.

"D'accordo, Dylan. Allora scriviamole adesso. Le prime cose che ti vengono in mente. Prenditi qualche minuto, ma non pensarci troppo."

Come se fosse possibile. Io penso troppo, per definizione. Penso e ripenso a tutto, a qualsiasi cosa. È come se il mio cervello fosse un macchinario impazzito che non riesce mai a spegnersi.

"Da quale lista comincio?"

"Da quella che vuoi tu. Ehi, ma come vanno le cose nella tua nuova scuola? Hai iniziato questa settimana, giusto?"

Mentre lo dice, fissa lo sguardo sui miei occhiali. È come se riuscisse a vedere attraverso le lenti scure, come se stesse guardando il mio occhio nero e gonfio, il segno inequivocabile del fatto che qualcuno mi abbia preso a pugni. Abbasso subito la testa, estraggo la penna dalla tasca della felpa e la faccio scattare un paio di volte.

Per qualche secondo, la stanza si riempie di questo orribile silenzio misto a imbarazzo, come quando il professore di matematica interroga qualcuno che non ha studiato e la povera vittima se ne sta lì, in silenzio, mentre il prof cerca di incoraggiarlo a parlare. Vuole che dica qualcosa, qualsiasi cosa. Ma a differenza dell'insegnante, il ragazzino sa bene che, se dovesse dare una risposta stupida, tutti rideranno di lui, professore incluso. Ed è per questo che se ne sta zitto.

Perciò comincia questa lunga battaglia di sguardi e silenzi. I meno studiosi tengono gli occhi sul banco, sperando che non siano loro i prossimi ad essere chiamati, mentre altri ragazzini alzano la mano e cercano di aiutare quel poveretto che sembra essersi bloccato, ma l'insegnante non li lascia parlare, stroncando sul nascere ogni loro iniziativa e ripetendo all'infinito la domanda, come se parlare più lentamente potesse far materializzare nella testa della sua vittima qualche conoscenza.

Ecco, adesso capite come mi sento. A parte il fatto che qui non c'è nessuno con la mano alzata, pronto ad aiutarmi. E poi, come direbbe Rich, "non ci sono risposte giuste o sbagliate."

Dopo qualche minuto, Rich si schiarisce la voce. "Qualcosa mi dice che la lista degli aspetti negativi sarà la più lunga. Perché non cominciamo dalle cose buone?"

"Cose buone? Beh, da quando ho perso una gamba spendo meno sui calzini. Ne posso comprare un paio e usarli uno per volta. Oppure posso portare l'altro calzino sempre con me e cambiarmelo a metà giornata in modo che il mio unico piede non puzzi," gli dico, dandomi un colpetto sulla gamba destra.

"Accidenti, Dylan. Ma come ti è venuto in mente? Io non avrei mai pensato a un risvolto del genere." Rich sorride come se fosse soddisfatto. Evidentemente, se l'è bevuta con tutta la cannuccia.

"E poi?" Mi domanda. "Che altro c'è sulla lista?"

Guardo l'orologio alle sue spalle. Sono passati solo quattro minuti. Questa volta la campanella non mi salverà. Com'è possibile che certe volte il tempo della seduta finisca alla velocità della luce, mentre oggi ogni minuto sembra durare un'ora?

"E poi basta. Ci ho pensato, ma non mi viene in mente niente," rispondo, stringendomi nelle spalle.

Rich annuisce senza scomporsi minimamente. "E le cose brutte?"

Ah, vecchio mio, questa sì che è una lista. Non sono sicuro che i cinquantasei minuti rimasti siano sufficienti per elencarle tutte.

Ma appena ci penso divento tutto rosso e mi passa la voglia di parlarne.

Il problema è semplice: non ne vale la pena. Parlarne non serve a niente, perché non può cambiare le cose. Lo so che non dovrei dirlo, perché significa sminuire il lavoro di Rich, ma è la verità. La mia verità. Povero Rich, in fin dei conti lui non c'entra niente. La colpa è di quella stupida borghese di mezza età che stava scrivendo al cellulare mentre guidava il suo SUV colossale, ed era così impegnata a guardare lo schermo che non si è accorta di aver occupato metà della nostra corsia. E che oltretutto è uscita illesa dall'incidente.

11

No, meglio non dire nulla. Se comincio a parlare, rischio di non fermarmi più. Oppure di mettermi a piangere, che sarebbe anche peggio. Non posso mica frignare come un ragazzino davanti a un tizio che indossa le sue Crocs color viola sotto a un completo di sartoria italiana, con tanto di calzini in filo di scozia. Preferirei tagliarmi l'altra gamba, piuttosto che farmi vedere in lacrime da quest'uomo tutto d'un pezzo che viene pagato per risolvere i miei problemi.

"Dylan? Non ti preoccupare, se non ti senti pronto possiamo parlare d'altro."

Finalmente questa storia delle liste sta per diventare capitolo chiuso. Hallelujah.

"Come è andata la prima settimana nella tua nuova scuola?"

"Bene. Le solite cose. Compiti, lezioni, professori noiosi. Mi sono iscritto alla squadra di nuoto, e anche lì è andata benino."

"Benino," ripete lui, con un tono sarcastico che mi fa venire voglia di nascondermi. Mi guarda dritto negli occhi. Le prime volte pensavo che fosse tutta una mia paranoia, ma adesso so che quando fa così non crede a una sola parola di quello che gli ho detto.

Per rendere meglio l'idea, si china in avanti. "Lo sai che tutto ciò che diciamo rimane tra noi, no? Se non mi racconti la verità, è tutto inutile. Non sprecare questa occasione, Dylan. Fatti coraggio. Se lo sfrutti al meglio, il tempo che passiamo insieme può avere un valore inestimabile."

Parole sante. Qui in California, la tariffa di uno psicoterapeuta viaggia intorno ai duecento dollari all'ora.

"Lo so," dico, abbassando lo sguardo.

"Benissimo," ribatte lui, intrecciando le dita delle mani e lasciandosele ricadere in grembo. "Perché non mi racconti cosa hai fatto stamattina?"

Fai lo gnorri, Dylan. Fai lo gnorri. Fai finta di non sapere a cosa si riferisca e tutto andrà liscio.

"Stamattina?" Domando, con lo sguardo spaesato.

E allora il buon vecchio Rich ricomincia a fissarmi con il suo sguardo accusatorio. "Sì. Stamattina."

Sento puzza di tradimento. La stessa puzza di quando i tuoi genitori sanno che hai fatto qualcosa di sbagliato, ma vogliono darti l'occasione di dimostrare che hai la stessa tempra morale di George

Washington e fanno finta di niente per permetterti di autodenunciarti.

Rich sospira, una mossa che di sicuro non è mai stata approvata da nessuna scuola di psicoterapia al mondo, poi prende il suo telefono e accende lo schermo – un'altra azione assolutamente proibita, considerando che mi costringe a spegnere il mio smartphone ogni volta che entro nello studio.

Ormai non mi stupisco più di nulla. Gli adulti sono ipocriti, lo sanno tutti.

"Uno dei miei figli mi ha mandato questo video," dice, passandomi il telefono. "Ne sapevi niente? Ha fatto il giro di tutti i social."

Il mio stomaco si contorce come uno strofinaccio strizzato. Mi sento come in quei terribili istanti prima dell'incidente, in cui sapevo che stava per succedere qualcosa di molto brutto, ma non potevo fare nulla per evitarlo.

Guardo verso lo schermo, e non devo nemmeno schiacciare *play* per capire di cosa si tratta. Oltretutto, hanno inserito una descrizione che non lascia spazio all'immaginazione.

Povero storpio tenta il suicidio in una rissa ... hahaha.

Rich tende una mano per chiedermi di restituire il telefono. "Non azzardarti a leggere i commenti."

Troppo   tardi.   Li   ho   già   visti.

Capitolo Tre

Commento di MisterJack: *Io c'ero. È stato uno spasso.*

Commento di SlayerLover666: *Com'è possibile che la gamba di plastica non sia volata nell'iperspazio con tutti quei calci in culo?*

Commento di AnnaBanana: *Chi ha fatto questo filmato è un idiota.*

Commento di Sk8orDIE: *Se fossi in lui, mi suiciderei alla vecchia maniera.*

Leggere i commenti sotto alla più grande umiliazione della mia vita significa fare come i protagonisti di quei vecchi film horror in cui un gruppo di ragazzini va in vacanza in mezzo ai boschi. Sentono un rumore tra gli alberi, si incuriosiscono, si allontanano dal gruppo e poi... Quei ragazzini lo sanno che probabilmente è una pessima idea. E anche gli spettatori lo sanno. Il pubblico al cinema continua a gridare di non farlo. Ma quelli lo fanno.

Perché? Perché vogliono sapere.

Ed eccomi qui. Voglio sapere. Devo sapere cosa ne pensano gli altri.

Rich mi lancia un'altra delle sue occhiate alla "sono qui per te."

"Posso andare in bagno?" Gli domando.

"Ma certo. Puoi usare il bagno del mio studio."

Devo fargli davvero pena se ha deciso di lasciarmi usare il suo bagno invece che quello in sala d'aspetto.

Una volta entrato, chiudo a chiave la porta e corro a vomitare. Quindi mi sciacquo la faccia con dell'acqua ghiacciata, pulisco per bene la bocca, mi lavo di nuovo le mani e poi, per non insospettire Rich, decido di lasciare l'acqua aperta mentre accendo il mio cellulare.

Come immaginavo, ci sono un mucchio di messaggi. Per lo più, gente che mi ha inviato il link del video. Non pensavo che sarei mai diventato virale, ma oggi sono famoso. Sono il povero storpio che tenta il suicidio.

Clicco sul link. Il primo fotogramma del filmato mi ritrae mentre sono steso a terra, gli occhi sgranati e un'espressione spaventata sul viso. Todd tira indietro il braccio, la mano chiusa a pugno, pronto a colpirmi.

Se questo fosse un film, si sentirebbe il graffio di un disco in vinile, e la mia voce fuoricampo direbbe: "Scommetto che vi state chiedendo come ho fatto a mettermi in questo guaio." Ma purtroppo non si tratta di un film, questo brutto guaio è la mia vita reale.

La storia è piuttosto semplice: Todd ha fatto l'ennesima battuta sulla mia gamba, io ho cercato di dargli un pugno in faccia, l'ho mancato e sono finito a terra.

Mentre cercavo di rimettermi in piedi, Todd si è fatto avanti, mi si è letteralmente seduto sopra e ha cominciato a prendermi a pugni in faccia mentre io cercavo di difendermi o almeno di sfuggirgli. Un branco di ragazzini urlanti ci si è radunato attorno alla velocità della luce. Non so per quanto tempo sia andata avanti la cosa, ma a giudicare dalla durata del video non deve essere passato più di un minuto. Alla fine, l'allenatore della squadra di nuoto si è tuffato in mezzo alla folla (perdonate il gioco di parole, avrei dovuto usare un altro verbo), ha sollevato di forza il vecchio Todd e lo ha spinto lontano da me. Un paio di ragazzini mi hanno aiutato a rialzarmi e, in men che non si dica, io e Todd siamo stati accompagnati nell'ufficio del preside.

Avevo un nodo in gola e stavo per scoppiare a piangere – un po' come adesso, a dirla tutta. Ma non potevo, la cosa era assolutamente fuori questione. Guardatemi: ho sedici anni, non posso mica mettermi a frignare perché ho avuto la peggio in una rissa. La mia vita sociale in questa nuova scuola sarebbe finita ancora prima di iniziare.

Il preside mi ha rispedito in classe e ha trattenuto Todd per fargli un bel discorsetto. Ma il mio nodo in gola non voleva proprio sciogliersi. Ripensandoci a freddo, ho capito che non era tanto il dolore dei pugni in faccia a farmi stare così male. Mi ero guadagnato un bell'occhio nero, ma non era quello il problema.

Il problema era che mi sentivo un idiota. Quando un bullo ti attacca, bisogna reagire, giusto? Io avevo reagito. Mentre cercavo di stenderlo con un pugno in faccia, pensavo di essere una specie di eroe, un paladino dei deboli, un vendicatore mascherato. Ma due secondi più tardi mi sono ritrovato a terra, tempestato di colpi.

Chiunque abbia inventato questa storia del reagire ai bulli, si è dimenticato di darci un consiglio importantissimo: quando decidi di ribellarti, devi sapere cosa stai facendo. Se dai inizio a una rissa, i bulli scaricheranno tutta la loro rabbia su di te. Io avevo sperato di tenergli testa. Avevo creduto di riuscire a resistere, almeno fino all'arrivo di un insegnante. Ma non è andata così.

Forse, mandando a segno il mio primo pugno, avrei potuto rompergli il naso, facendolo spaventare per il sangue e per il dolore. Ma poi? Cosa credevo che sarebbe successo? Che ci saremmo dati una stretta di mano e sarebbe finita lì? Che nessuno avrebbe più avuto il coraggio di chiamarmi storpio e sarei stato finalmente trattato come un ragazzo normale?

Anche se non lo ammetterò mai, specialmente di fronte a Rich, quel pugno era premeditato. Sapevo che prima o poi qualcuno mi avrebbe preso in giro per via della mia gamba e del modo in cui camminavo. E a quel punto, io…

BAM!

Gliele avrei date di santa ragione, sfruttando l'effetto sorpresa.

È come in quei film sulla prigione, no? Quando il primo tizio tutto muscoli e tatuaggi viene verso di te per provocarti, beh, quello è il momento del test: o lo stendi con un pugno alla mandibola, oppure capiranno che sei un debole, e ti costringeranno a indossare gonna e rossetto per passare ogni notte nel letto di un detenuto diverso.

D'accordo, questa non è una prigione, ma una delle scuole private più costose dell'intera San Fernando Valley, famosa in tutto lo stato della California per la sua piscina olimpionica regolamentare e per la sua imbattibile squadra di nuoto. Ma in ogni caso, non potevo lasciare che mi prendessero per un debole, perciò ho deciso che avrei combattuto senza pensare alle conseguenze. Sono stato davvero un ingenuo a pensare che un singolo pugno sarebbe bastato per spedire al tappeto uno degli studenti più grossi e robusti dell'istituto.

Come sempre, lo scenario che immaginiamo è molto diverso da come andranno realmente le cose. La nostra mente è un'ingannatrice di prim'ordine, non fa altro che tenderci trappole. E io ci sono cascato in pieno.

———

Quando esco dal bagno, Rich si volta verso di me e dice: "Allora? Ti va di parlarne?"

Mi stringo nelle spalle e mi lascio cadere sulla poltroncina di fronte alla sua scrivania.

"Chi è stato a cominciare?" Incalza lui.

Glielo dico, tralasciando volutamente la mia teoria del primo giorno in prigione.

"Accidenti, Dylan. Capisco che sia difficile affrontare una situazione del genere, ma la violenza non è mai la risposta giusta."

Accidenti, che saggezza! Forse dovrebbe appendere un poster accanto a quello con "la perfezione non esiste" facendo stampare un fotogramma di quel video in cui mi pestano a sangue e incollandoci sopra la scritta: "la violenza non è la soluzione."

Capitolo Quattro

Nel giro di una notte il mio occhio nero è diventato degno del suo nome, passando da un rosso brillante post-pestaggio a una specie di nero bluastro. Con la mia gamba finta e questa faccia distrutta, non credo che avrò bisogno della maglietta che volevo ordinare su internet, per farmi riconoscere. Peccato, avevo già infilato il mio ordine nel carrello – una maglietta nera con la scritta: "Lo storpio che ha tentato il suicidio." Magari potrei optare per un'inversione di tendenza, comprarmi una benda per l'occhio e un pappagallo, e andarmene in giro vestito da pirata.

Faccio una doccia veloce, infilo jeans e maglietta, poi mi precipito in cucina per fare colazione. Sto morendo di fame. A quanto pare, essere messo in ridicolo davanti al mondo intero è una cosa che mette appetito.

Quando vedo mio padre seduto al tavolo che sorseggia una tazza di caffè, mi fermo e rimango un istante a guardarlo. Non dovrebbe essere qui. Dovrebbe essere già uscito per andare al lavoro. Bisogna partire prestissimo per raggiungere il suo ufficio in centro senza restare bloccati nel traffico della 101.

Mio padre appoggia la tazza sul tavolo e mi guarda facendo una smorfia. "Accidenti, ci vorrà un bel pezzo prima che il tuo occhio torni normale!"

Ieri, quando sono arrivato a casa dopo la seduta con Rich, ho trovato i miei genitori con il telefono in mano. Avevano visto il filmato e volevano delle spiegazioni. Mia madre era fuori di sé. Aveva già telefonato alla scuola chiedendo l'espulsione immediata di Todd. Per farla calmare, le ho detto che ero stato io a tirare il primo pugno. O per lo meno a provarci.

"Oggi ti accompagno io," dice mio padre.

"Non ce n'è bisogno. Sto bene. Posso guidare."

Lui mi guarda con un'espressione che non ammette obiezioni. "Ho una riunione importante, devo passare a prendere il mio completo in lavanderia. Preparati. Partiamo tra cinque minuti."

"Va bene, papà."

Mio padre scompare, lasciandomi solo con un bicchiere di succo d'arancia che mia madre ha già riempito per me. Per fortuna non sarà lei ad accompagnarmi a scuola. Mio padre è un tipo ragionevole, e di solito mi lascia scendere dalla sua automobile in fondo all'isolato, mentre mia madre insiste ogni volta per accompagnarmi fino al cancello della scuola. Per la cronaca, farsi accompagnare a scuola dai propri genitori è da sfigati, a meno che non siate studenti di prima elementare o giù di lì.

Per raggiungere la scuola dall'inizio dell'isolato, bisogna fare un chilometro e mezzo di strada. Se avessi ancora la mia gamba vera, potrei percorrerlo in un lampo. Ma se avessi ancora l'altra gamba non sarei qui. Sarei ancora iscritto alla mia vecchia scuola, perché nessun medico della malora avrebbe convinto i miei genitori che avevo bisogno di entrare in una squadra di nuoto. È bastata una storiella su un suo vecchio paziente che è diventato un campione di nuoto paralimpico per convincere mio padre che nuotare fosse il modo migliore per restituire vigore al mio corpo. E per farmi trasferire alla Meadow Grove, dove il nuoto viene preso un po' troppo sul serio.

All'inizio non facevano altro che preoccuparsi per me. Dopo l'incidente non li ho visti sorridere per almeno due mesi, ed è proprio per questo motivo che ho accettato il trasferimento senza fare storie. L'idea del nuoto non mi dispiaceva. Non ero mai stato un grande nuotatore, ma la possibilità di andare alle Olimpiadi e vincere una medaglia rendeva la prospettiva ancora più interessante. E così, da un giorno all'altro, ho cominciato a frequentare la Meadow Grove.

Mentre sono perso nei miei pensieri, mia madre entra correndo in cucina. "Tieni," mi dice, consegnandomi un tubetto di plastica. "È un correttore. Dovrebbe riuscire a mascherare un po' quell'occhio nero."

Glielo restituisco immediatamente. "Scordatelo. Ho già abbastanza problemi. Non ho nessuna intenzione di presentarmi a scuola con del trucco in faccia."

"Non è trucco. È un correttore."

"E io non sono un idiota. Qualsiasi cosa sia, non mi convincerai a metterlo."

"Non puoi andare a lezione con quella faccia."

"Che problema c'è? Mi trattano già come un mostro. Un occhio nero non farà la differenza, no?"

Per enfatizzare la frase, busso con le nocche sulla parte rigida della mia protesi.

"Non dirlo nemmeno per scherzo. Tu non sei un mostro."

"Il mostro con una gamba sola."

Mia madre si mette le mani sui fianchi, un chiarissimo segno di un'incazzatura in arrivo. "Perciò chiunque abbia un problema fisico, secondo te, sarebbe un mostro? Ti ricordi quel povero ragazzino che abbiamo incontrato all'ospedale, quello che è nato senza le gambe? Anche lui è un mostro?"

"Beh, non glielo andrei certo a dire, ma…"

"Ma tu credi comunque che sia un mostro." Mia madre mi ha messo alle strette. Quando è così infervorata, nessuno può farla ragionare. Perfino mio padre sa che non deve azzardarsi a discutere con lei in questi momenti. Bisogna alzare le mani e aspettare che la sua rabbia sbollisca.

"Perché? Non è così? Credi di saperlo meglio di me? In fondo sono io il mostro. Sono il ragazzino anormale."

"E cosa c'è di bello nell'essere normali?"

In quell'istante, mio padre entra nella stanza. Finalmente! Lui è il custode della pace, l'angelo della casa. Non sopporta quando cominciamo a litigare, e cerca sempre di riportare l'armonia.

"Ehi, cos'è questo baccano?"

Mia madre sbatte il tubetto di correttore sul tavolo.

"Non è trucco," dice, con la voce piena di rabbia. Quindi ruota sui tacchi ed esce dalla cucina.

"Che diavolo hai combinato?" Domanda mio padre.

Raccolgo il correttore e apro il cappuccio. All'interno c'è una specie di pennello intriso di una sostanza tra il rosa e il marrone. Color pelle, immagino.

"La mamma voleva convincermi a coprire l'occhio nero con questa robaccia."

"Vuole mandarti a scuola truccato?"

Allunga una mano, afferra il mio mento tra il pollice e l'indice, lo inclina all'indietro e si avvicina per guardarmi meglio.

"Non dirlo alla mamma, ma questo livido ti fa sembrare un vero duro."

Durante il viaggio in macchina, restiamo in silenzio a fissare la strada. Poi, arrivati all'ultimo semaforo del nostro quartiere, papà dice: "Vedrai che le cose si sistemeranno. Ci vorrà del tempo, ma andrà tutto per il meglio."

Non sono sicuro che sia la verità. Il liceo è basato sulle etichette, e già me ne hanno appioppata una. Anzi, due. Prima del filmato ero solo un povero storpio, ma adesso sono lo storpio di TikTok, quello che ha tentato il suicidio in una scazzottata.

"Speriamo," faccio io, scoraggiato.

Per un istante, mio padre smette di fissare la strada e mi guarda negli occhi. "Cerca di tenere duro, d'accordo?"

Annuisco. Come se avessi scelta. Hanno già pagato le tasse per iscrivermi alla Meadow Grove fino alla fine del prossimo semestre e perciò, anche se dovessi decidere di mollare, non vedranno l'ombra di un rimborso. Dannate scuole private.

In ogni caso, non tornerei nella mia vecchia scuola nemmeno se potessi farlo gratis. Nessuno dei miei compagni ha fatto i salti mortali per farmi sentire meglio dopo quello che mi è successo. Molti di loro non sono nemmeno venuti a trovarmi in ospedale, si sono limitati a mettere una firmetta su una gigantesca cartolina di auguri con la scritta "GUARISCI PRESTO" che mi hanno fatto recapitare da un paio di ambasciatori. E anche con loro, la situazione è stata imbarazzante. Mi fissavano in silenzio, senza sapere cosa dire.

Il trasferimento alla Meadow Grove poteva essere la mia occasione per ricominciare da capo.

"Ti è mai capitato di essere preso in giro, quando andavi a scuola?" Glielo domando tutto d'un fiato, mentre mio padre imbocca il Ventura Boulevard.

Ma ho l'impressione di conoscere già la risposta. Non è mai stato un tizio grande e grosso, ma era uno dei migliori giocatori della squadra di football, e le ragazze andavano pazze per lui.

Mio padre fa un lungo respiro, poi soffia fuori l'aria gonfiando entrambe le guance.

"A dire il vero, no," ammette. "Non mi è mai capitato."

21

Ecco. È proprio per questo che non può capire.

"Ma andavo in classe con un ragazzino, un certo Mikey Collins, che aveva una grossa cicatrice sul labbro. Non ricordo il termine medico, ma si trattava di una malformazione congenita. I miei compagni lo chiamavano 'sfregiato' e 'bocca-storta', e non facevano altro che ridere di lui. A volte penso che avrei potuto fare qualcosa per lui. Il modo in cui lo trattavano non mi piaceva affatto, ma non ho mai avuto il coraggio di difenderlo."

Resta in silenzio per qualche minuto, ma al prossimo semaforo si volta di nuovo a guardarmi. "Scusa. Non so perché ti ho raccontato questa storia."

A dirla tutta, non lo so nemmeno io. Non c'era nessun motivo di scaricare su di me il suo senso di colpa. Ma non voglio dirglielo. Si sente già da schifo e sta facendo il possibile per tirarmi su il morale.

Allungando una mano, mi afferra il braccio e lo stringe affettuosamente. "Sono orgoglioso di te, sai? Hai cercato di difenderti e gli hai tirato un gancio fenomenale. Se fosse andato a segno, lo avresti spedito direttamente nel mondo dei sogni. Non ci sarebbe stata nessuna speranza, per quell'idiota di... com'è che si chiama?"

"Todd."

"Esatto. Todd."

Mio padre accosta al marciapiede, si precipita fuori dall'auto, afferra un mucchio di camicie dal sedile posteriore ed entra in lavanderia.

"Puoi farmi un favore, tesoro? Mentre aspetto che mi restituiscano l'abito, prendimi un cappuccino da asporto nel bar in fondo alla strada. Latte intero. E non dirlo alla mamma. In questo periodo è fissata con il latte di soia."

Qualche palazzo più avanti, c'è una palestra che riempie lo spazio di tre negozi. Le vetrine sono oscurate con delle stampe, in modo che dalla strada non si riesca a vedere l'interno. Mi avvicino a guardare le stampe, per pura curiosità.

Il nome della palestra è scritto a lettere enormi, rosse coi bordi neri. *Resilient MMA*. Su una delle vetrine, in caratteri più piccoli, sono elencate le discipline che si praticano là dentro: *Brazilian Jiu Jistsu, Sambo, Arti Marziali Miste, Muay Thai.* Non so cosa siano le altre, ma sono abbastanza sicuro che le arti marziali miste siano quello sport in cui si combatte seminudi in una gabbia.

Mi chiedo se là dentro abbiano una gabbia di metallo come quelle che si vedono in TV. Provo ad avvicinarmi alla vetrina, mettendo le mani a coppetta per coprire la luce del sole e sperando di riuscire a vedere qualcosa attraverso gli adesivi.

Mentre sono impegnato a spiare, le porte della palestra si aprono di scatto e tre persone compaiono sul marciapiede: un tizio di mezza età coi capelli lunghi e la barba, che assomiglia incredibilmente a Keanu Reeves, un ragazzo muscoloso coperto di tatuaggi e una ragazza sudamericana che potrebbe avere più o meno la mia età.

La ragazza ha i capelli lunghi, tinti di un rosa intenso e raccolti in una coda. Indossa un paio di jeans color violetto, tagliati a metà della coscia, stivali da motociclista e una felpa dei Dropkick Murphys con un teschio, una rosa rossa e il titolo di un loro disco: *Signed and Sealed in Blood.* Un'altra rosa scarlatta, tatuata sulla sua pelle, spunta fuori dal collo della felpa, si arrampica sulla sua nuca e scompare sotto alla sua coda di capelli rosa.

Il sosia di Keanu Reeves mi guarda e sorride. "Bell'occhio nero, ragazzo."

A quel punto, anche gli altri due si accorgono di me.

"Accidenti, fratello," dice il ragazzo coi tatuaggi. "Perché non ci metti un po' di fondotinta?"

"Fondotinta?" Sbuffa la ragazza. "Vuoi farlo pestare di nuovo?"

La ragazza mi guarda fisso, senza nemmeno sbattere le palpebre, come se stesse cercando di capire qualcosa. "Ma alla fine chi ha vinto?"

La domanda mi prende alla sprovvista. A giudicare dal suo sorriso sarcastico, era esattamente quello che sperava.

"Come, scusa?"

"Hai vinto l'incontro o sei finito al tappeto?"

Comincio già a maledire la mia curiosità. Avrei fatto meglio a filare dritto al bar, senza fermarmi.

"Ma dai, lascialo in pace," dice il ragazzo tatuato. "Non lo vedi? Questo qua non ha mai combattuto un incontro in vita sua. Magari è caduto giocando a calcio!"

La tipa mi squadra dalla testa ai piedi, soffermandosi sulla mia gamba finta. "A calcio? Ma certo, è proprio lo sport che fa per lui."

"Io… no, non ho vinto," rispondo a mezza bocca. "Sono andato al tappeto. Mi hanno massacrato. Scusatemi, ma vado un po' di fretta."

"Dammi retta. Metti un po' di correttore," mi grida dietro il tizio coi tatuaggi, mentre zoppico via il più rapidamente possibile.

"Falla finita. Non puoi mandarlo a scuola truccato, lo faranno a pezzi," protesta la ragazza.

"Usare il correttore non significa truccarsi!"

"Ah, no? Perché non gli fai mettere anche un po' di rossetto?"

"E poi dove sta scritto che un maschio non può truccarsi?" Ribatte il ragazzo, inviperito. "Lo fai perfino tu!"

Mi giro appena in tempo per vedere la ragazza coi capelli rosa mandarlo a quel paese mostrandogli il medio.

"Davvero spiritoso, Jared," gli dice, dandogli un pugno sulla spalla con la precisione e la tecnica di chi si allena ogni giorno per far male ai suoi avversari.

"Per la miseria, ragazza! Il tuo diretto migliora giorno dopo giorno," ridacchia il ragazzo, massaggiandosi la spalla. Quindi si getta su di lei, facendole passare un braccio intorno al collo. "Adesso fammi vedere come fai a liberarti dalla mia ghigliottina, *chica*."

Mentre lei comincia a dimenarsi, l'uomo con la barba si volta verso di loro e pronuncia quattro semplici parole: "Dateci un taglio, ragazzi."

I due si fermano all'istante, come bambini sgridati dai genitori. La ragazza fa la linguaccia a Jared, che risponde con un dito medio.

E l'adulto scoppia a ridere. "Forse dovrei chiudere la palestra e aprire un asilo! Farei meno fatica! Per come la vedo io, ha ragione Jared. Se un uomo vuole truccarsi, che problema c'è?"

"Non c'è nessun problema," risponde la ragazza. "Almeno per me. Ma non tutti la pensano allo stesso modo."

"Pensa ad Alice Cooper e al cantante degli Aerosmith," dice Keanu Reeves. "Loro si truccano, ma rimangono comunque dei fighi stratosferici."

"Alice non è un nome da donna?" Domanda la ragazza.

Al che, Jared comincia a cantare una canzone in falsetto: "*Dude looks like a lady!*" Che a dirla tutta significa: "È un uomo, ma sembra una donna".

La ragazza si tappa le orecchie in maniera teatrale e poi si lamenta con l'uomo barbuto. "Guarda che hai combinato! Lo sai che l'unica volta in cui mi sono arresa, combattendo contro di lui, l'ho fatto perché aveva cominciato a cantare e non riuscivo più a sopportarlo?"

L'uomo scoppia in una risata irrefrenabile.

È in quel momento che sento il rombo di un motore. Un'automobile si ferma stridendo sull'asfalto, alle mie spalle. Mi volto di scatto e vedo una Cadillac decappottabile rosso-fuoco che sembra essersi teletrasportata lì direttamente dagli anni sessanta. Dietro al volante c'è una ragazza coi capelli biondi, gli occhi nascosti dietro a un paio di Ray-Ban Wayfarer, e due zigomi così affilati da competere con le pinne aerodinamiche sul retro della sua auto. Sembra proprio una di quelle modelle di Instagram.

"Vi saluto, devo andare," dice la ragazza coi capelli rosa. "Ci vediamo stasera, Coach!" Grida poi, rivolta all'uomo con la barba.

Corre verso la Cadillac, salta sul sedile del passeggero senza nemmeno aprire la portiera, e poi si sporge verso l'autista per baciarla. Occhio, non sto parlando di un bacetto sulla guancia, ma di una cosa seria: labbra su labbra, con un tantino di lingua.

La Cadillac prende il volo, partendo a tutta velocità e lasciando dietro di sé due strisce di gomma bruciata e l'eco della musica rock sparata a tutto volume dalle casse. Quando l'auto scompare svoltando sul Ventura Boulevard, rimango per un istante a fissare la scia degli pneumatici, unica testimonianza del fatto che quella visione è stata reale, e non un semplice frutto della mia immaginazione.

Quindi alzo di nuovo lo sguardo, Jared e il "Coach" mi stanno guardando, evidentemente divertiti. Sono sicuro che adorino osservare il modo in cui la gente reagisce a quella forza della natura coi capelli color fragola che impreca come un marinaio e bacia la sua ragazza in pubblico.

"Ragazzo," dice l'uomo con la barba, indicando il logo della *Resilient MMA*. "Se vuoi imparare a difenderti, passa a trovarci. Ci farebbe molto piacere. E la prima lezione è gratis!"

Capitolo Cinque

Dal momento che Todd è stato sospeso e che il preside sta decidendo sulla possibilità di un'espulsione definitiva dalla scuola, sono sicuro che la squadra di nuoto mi accoglierà nel peggiore dei modi. Todd è un vero asso del nuoto, e hanno bisogno di lui per vincere l'ennesimo campionato, altrimenti non ci sono speranze per la Meadow Grove.

Mi fermo fuori dallo spogliatoio per riprendere fiato, e in quel momento sento una voce provenire dall'interno. "Ragazzi, ho una domanda di fisica: se Dylan nuotasse abbastanza veloce, pensate che finirebbe per girare in tondo?" I ragazzi della squadra scoppiano in una risata selvaggia.

Non sono sicuro di aver riconosciuto la voce, ma sembrava quella di Jack Kim. Jack è un ragazzo coreano con due spalle enormi, un atteggiamento da duro e un carattere di merda. Oltre a nuotare, passa gran parte della sua vita in palestra, per cui è molto più grosso dei suoi coetanei e ne approfitta per fare il bullo a ogni occasione. Se ha deciso di rendermi la vita impossibile, sono rovinato.

Con un sospiro, apro la porta e faccio il mio ingresso nello spogliatoio. Silenzio. Tutti sembrano impegnati a pulire i loro occhialini o a fare stretching.

Fortunatamente, il nostro allenatore non ha tempo da perdere. "Datevi una mossa, ragazzi! Iniziamo tra cinque minuti!"

Mi spoglio in tutta fretta, indosso il costume, la cuffia e gli occhialini, poi raggiungo il resto del gruppo a bordo vasca.

"D'accordo," dice il nostro coach. "Diamoci dentro con il riscaldamento."

Ogni allenamento della squadra di nuoto comincia con una sessione di riscaldamento sul bordo della piscina. Come tutti gli altri, comincio a fare gli esercizi imitando i movimenti dell'allenatore.

A un certo punto il coach ci ordina di correre sul posto, sollevando le ginocchia più che possiamo. Poi mi guarda pensieroso. "Non per te, Dylan. Tu puoi tuffarti e fare un paio di vasche. Muovi quella gamba, d'accordo?"

Ecco, questa è la parte che odio di più: togliere la protesi ed entrare in acqua. Una volta dentro, va tutto alla grande, perché il mio moncherino è invisibile e non sono costretto a zoppicare. Prima di entrare in piscina, invece, riesco a sentire gli occhi di tutti puntati su di me, come raggi laser. La mia gamba mozzata deve essere davvero disgustosa, per chi non ci è abituato.

Cammino fino al bordo della vasca, a pochi metri dal resto della squadra, poi mi siedo e comincio a sganciare la protesi. Quindi mi tolgo il coprimoncone, una specie di calzino in silicone, e lo infilo nell'invaso della gamba per evitare di smarrirlo, poi metto tutto da parte e mi avvicino alla vasca strisciando sulle chiappe.

L'acqua è ghiacciata. Entro tutto d'un colpo per non sembrare troppo un rammollito e mi si gelano i polmoni. D'accordo. Adesso devo solo nuotare per riscaldarmi un po'. Spingo sul bordo della piscina con la mia gamba buona e comincio la mia prima vasca.

Il resto dell'allenamento è una specie di interminabile tortura psicologica. Essere una mezza calzetta non è certo entusiasmante, ma qui sono tutti dei campioni, e questo rende la mia situazione ancora più imbarazzante. Specialmente quando ci alleniamo per la staffetta: il tizio dopo di me comincia sempre a nuotare con venti metri di svantaggio, e la mia squadra si piazza sempre ultima. A tutto questo, poi, bisogna aggiungere il fatto che nessuno mi parla perché ho fatto sospendere l'atleta migliore che avevano.

Quando finalmente esco dalla piscina, asciugo con cura il mio moncherino, mi infilo di nuovo la protesi e vado dritto verso lo spogliatoio. Come al solito, sono l'ultimo a rientrare, e anche stavolta piomba il silenzio. Nessuno dice una parola, nessuno si muove, mi guardano tutti.

Decido di tenere la testa bassa e fare finta di nulla, ma è praticamente impossibile. Le loro occhiate pesano come macigni. Forse un po' me lo merito: ho infranto una specie di codice d'onore. Mi sono gettato a capofitto in una rissa e poi ho lasciato che il mio avversario fosse punito al posto mio. In fin dei conti, ero stato io a provocare tutto quel casino, no?

Rientrare in classe dopo l'allenamento è quasi un sollievo. Quasi.

Sono in ritardo di cinque minuti per la lezione di letteratura, ma per la professoressa non fa una piega. Il preside ha chiesto a tutti gli insegnanti di concedermi un po' di margine, perché non posso correre nei corridoi e sono costretto a camminare più lentamente degli altri, quando mi sposto da un'aula all'altra. Mi sono stati concessi cinque minuti esatti. Un secondo di più, e mi becco un rimprovero come tutti gli altri.

Il preside l'ha battezzato "limite di tolleranza". D'accordo, è stata una mossa gentile da parte sua, ma è l'ennesima iniziativa che mi rende diverso dagli altri. Se un altro studente entra in classe insieme a me, viene sgridato, mentre io me la cavo con un sorriso.

E poi, visto che la lezione è già iniziata, devo essere più silenzioso di un fantasma. Oggi i miei compagni di classe stanno leggendo un brano dal libro di testo, e sembrano tutti incredibilmente concentrati. Quando mi siedo, la mia protesi produce una terribile scoreggia fasulla, che risuona in tutta l'aula.

Jenny Moran mi guarda schifata, si china verso la sua amica – naturalmente, tutte le sue amiche sono selezionate per essere sexy e popolari, ma un tantino meno di lei, in modo da non farla sfigurare – e le dice: "Hai sentito? Il novellino mi dà il voltastomaco."

Due ragazzi alle mie spalle ridacchiano e altri tre o quattro nei banchi davanti si voltano a fissarmi, fino a quando la prof si schiarisce la voce e guarda la classe con quello sguardo alla "non vi azzardate," che gli insegnanti sfoderano poco prima di esplodere.

Al che, tutti chinano la testa sui libri e ricominciano a leggere. Non ho idea di quale sia la pagina, perciò comincio a sfogliare le pagine a caso. Sento un tocco leggero sul gomito. Mi volto di scatto e vedo che Anna, la ragazza asiatica seduta nel banco accanto a me, si sta sporgendo nella mia direzione. Anche lei è piuttosto carina, sapete?

"Capitolo sei," sussurra.

"Grazie mille."

"Figurati."

Trovo la pagina e comincio a leggere, ma non riesco proprio a concentrarmi. Odio questa scuola. Odio gli allenamenti di nuoto e, soprattutto,   odio   essere   me.

Capitolo Sei

Mia madre è venuta a prendermi alla fine delle lezioni. Mi ero quasi dimenticato di essere stato accompagnato, e quindi di non avere la mia fedele Sfigatomobile ad aspettarmi nel parcheggio, pronta per riportarmi a casa. La mamma non veniva a prendermi dalla terza elementare, e come se non bastasse sta parlando col preside. Non un insegnante qualsiasi, capite? Col preside in persona!

"Eccoti, amore mio," dice, come se fossi un bambino di dieci anni, interrompendo per un istante la sua amabile conversazione. "Ho parcheggiato in fondo alla strada. Vado a prendere la macchina, così ti risparmio la fatica di camminare fin laggiù?"

"No!" Grido, dando sfogo a tutta la mia rabbia. Se non c'era parcheggio davanti alla scuola, avrebbe dovuto aspettarmi in auto, invece di presentarsi qui, come se fossi un bimbo dell'asilo che rischia di perdersi.

Il preside sorride e cerca di fare da cuscinetto. "Ehi, Dylan. Come è andata oggi a scuola?"

Lo guardo dritto negli occhi, sentendomi un po' in imbarazzo. Non voglio che i miei compagni di classe mi vedano parlare con il preside. Riprendendo il mio paragone col carcere, sarebbe come se cercassi di fare amicizia con un secondino. Mi odierebbero tutti.

"Bene."

"Stavo spiegando a tua madre che la politica della Meadow Grove nei confronti del bullismo è molto severa. Stiamo facendo tutto il possibile per assicurarci che gli eventi di ieri non si ripetano mai più."

E perché diavolo lo stai dicendo a me?

"S… sì. Va bene."

"Se qualcuno ti disturba o ti prende in giro, vieni direttamente da me. D'accordo?"

"Certo, sì. D'accordo," ribatto, nella speranza di chiudere quella conversazione il più velocemente possibile.

"Perfetto," dice lui, prima di voltarsi di nuovo verso mia madre. "Come le dicevo: tolleranza zero." Poi ruota sui tacchi e se ne va.

"Non saresti dovuta venire. Potevo chiedere un passaggio a qualcuno… o magari prendere un autobus." La prima parte è una bugia bella e buona. Non conosco nessuno a cui potrei chiedere uno strappo fino a casa. Ma sono perfettamente in grado di prendere un autobus.

"Beh, ormai sono venuta, perciò…" Mi dice con dolcezza, sorridendo.

Quando capisce che non ho alcuna intenzione di ricambiare il suo sorriso, aggiunge: "Va tutto bene, Dylan? È successo qualcosa?"

Ma che problema hanno i genitori? Sono sempre convinti che sia successo qualcosa. Non gli viene mai in mente che i loro amati figlioletti potrebbero semplicemente essere di cattivo umore?

"No," rispondo, alzando la voce senza volerlo.

"Mi dispiace, tesoro, non ci ho pensato! Ormai sei troppo grande per farti dare un passaggio da tua madre, non è così? Ero soltanto preoccupata per la tua… Come dire…"

"Puoi dirlo, non è mica un segreto. Per la mia gamba," le dico.

Il suo sorriso evapora in un istante ed ecco comparire sulla sua faccia quella stessa espressione che le ho visto fare quando ero in ospedale, un misto di terrore e costernazione.

"Non è facile nemmeno per noi, Dylan."

"Io sto bene, d'accordo? So badare a me stesso. Dammi tregua."

Mia madre non risponde, e questo mi fa impazzire.

Gli studenti stanno uscendo dalle porte della scuola, come un fiume in piena. Ah, quasi dimenticavo: mi fanno uscire cinque minuti prima perché non vogliono rischiare che il povero storpio venga calpestato a morte nel corridoio della scuola. E così tutti mi vedono accanto a mia madre.

Inclusi i ragazzi della squadra di nuoto, che scoppiano subito a ridere. Uno di loro mi indica e dice: "Guardate, ragazzi, non vi si spezza il cuore? Ha chiesto alla mammina di venirlo a prendere!"

"Possiamo andare?" Ringhio, rivolto a mia madre.

E poi mi incammino verso l'automobile, più veloce che posso. So che ogni mio tentativo di corsa mi fa apparire goffo e attira l'attenzione su di me, ma in questo momento non mi importa. Voglio solo andarmene da questo posto. E poi mi guardano tutti comunque, perciò che differenza fa se zoppico un po' più rapidamente?

Il moncherino comincia a farmi male e ho una fame incredibile. Non vedo l'ora di tornare a casa, togliermi questa dannata protesi e sdraiarmi sul letto.

Mentre entra in macchina, mia madre mi guarda e dice: "Ti chiedo scusa, Dylan. Non avevo pensato che avrei potuto metterti in imbarazzo."

"Guida e basta, ti prego. Non ho voglia di parlare."

Non dice più nulla, ma riesco a leggerle in faccia tutto quello che sta pensando. Prima dell'incidente andavamo d'accordo. Essendo figlio unico, io e miei genitori eravamo una famiglia perfetta, e non ho mai sofferto il fatto di non avere fratelli, dal momento che ho una montagna di cugini e cuginetti. Eravamo grandi amici, noi tre. Ma poi tutto è cambiato.

Per scoraggiare mia madre dall'intraprendere qualsiasi tipo di conversazione, tiro fuori il cellulare e mi metto a fissare lo schermo. Ho un mucchio di notifiche e di messaggi da leggere. Ne apro uno a caso.

Il messaggio, da parte di un tizio che non conosco, dice:

Sei un codardo. Hai cercato di picchiare Todd e poi hai dato tutta la colpa a lui. So dove abiti, coglione. Guardati le spalle.

Schiaccio il tasto "cancella messaggio", confermo e metto via il telefono. Mia madre mi vede turbato, ma non ha il coraggio di chiedermi cosa mi sia capitato.

Il telefono vibra. Un'altra notifica. Un utente che si chiama *@torcibudella* ha chiesto di seguirmi su Instagram. Probabilmente è qualcuno della squadra di nuoto, che ha appena aperto l'ennesimo account falso per insultarmi senza metterci la faccia.

Schiaccio su "rifiuta" e attivo la modalità aereo. Internet è uno schifo. Avrei preferito nascere cento anni fa, quando ancora non esistevano   i   social.

Capitolo Sette

Il giorno successivo, all'ora di pranzo, c'è un sole meraviglioso. Gli studenti prendono i loro vassoi dal banco della mensa e vanno a sedersi fuori, dove sono stati installati dei grossi tavoli da pic-nic.

Uno di questi tavoli ospita la squadra di nuoto al completo e Jack sta tenendo banco come al solito. Quando mi vede, dà un colpetto al tizio seduto accanto a lui e tutti scoppiano a ridere. Ho la sensazione che non mi vogliano lì con loro, perciò cerco con lo sguardo il tavolo vuoto più vicino e poi punto dritto in quella direzione.

Dopo l'incidente, questi tavoli da pic-nic sono diventati un supplizio. Per prendere posto al centro della panca, devo rimanere in equilibrio sulla gamba sana e slanciare la protesi dall'altra parte, sedendomi a cavalcioni e poi ruotando verso il tavolo. A questo punto, posso stare tranquillo. Almeno fino al momento di alzarmi, un'operazione che risulta perfino più complicata. L'unica alternativa decente è sedermi all'estremità della panca, una scelta strategica che non presenta particolari difficoltà e che metto in atto ogni volta che posso.

Un paio di ragazze si avvicinano al mio tavolo, sedendosi sul lato opposto. Tra loro c'è Anna, ve la ricordate? La ragazza carina che era seduta accanto a me e che mi ha aiutato a trovare la pagina sul libro di letteratura. Scommetto che scoppieranno a ridere da un momento all'altro. Potrei alzarmi e cercare un altro tavolo, ma a che servirebbe?

Tiro fuori un quaderno dallo zaino e comincio a ripassare l'ultima lezione di matematica. Forse, se mangio a testa bassa, nessuno si accorgerà di me.

Un attimo dopo, sbirciando con la coda dell'occhio, mi accorgo che Anna mi sta guardando. Una delle sue amiche si avvicina per dirle qualcosa all'orecchio, poi scoppia a ridere.

La cosa mi dà sui nervi. Perché non mi lasciano in pace? Perché si sentono in diritto di commentare ogni mia azione come se fossi un animale allo zoo?

Se io vedessi una persona con un arto mancante, probabilmente sgranerei gli occhi o farei una smorfia, ma non avrei mai la faccia tosta – mai e poi mai, ve lo giuro – di mettermi a fissarla. E non la prenderei sicuramente in giro.

Abbasso di nuovo lo sguardo e cerco di concentrarmi sugli appunti, ma non ci riesco. Gli occhi degli altri mi scavano dentro, mi sembra di percepirli mentre mi tagliano come coltellate. Più ci penso e più mi innervosisco.

Spazientito, chiudo il quaderno e lo infilo di nuovo nello zaino.

"Basta, me ne vado. Trovatevi qualcun altro da deridere," dico, guardando Anna fisso negli occhi. Le mie parole suonano molto più aggressive di quanto avrei voluto, ma quel che è fatto è fatto.

Anna e la sua amica distolgono lo sguardo e fanno finta di niente, ma so che hanno ricevuto il messaggio. Mentre mi alzo, la punta del mio piede fasullo urta contro il pavimento di cemento e per poco non finisco faccia a terra, ma riesco a recuperare l'equilibrio. Cadere davanti a tutti sarebbe stata la ciliegina sulla torta, il coronamento di un'altra giornata perfetta.

Mentre cammino verso la porta della mensa, sento un colpetto sul braccio.

"Non stavamo ridendo di te." Anna è in piedi alle mie spalle. "Te lo giuro."

"Non importa." Mi sento uno schifo per averle gridato in faccia, ma preferisco fare il duro. "E non c'è alcun bisogno di mentire. Anch'io riderei di me, se fossi al vostro posto."

Anna mi guarda con un'espressione seria.

"Dici davvero? Rideresti di uno come te?"

Guardo la mia gamba finta e annuisco.

"Certo. Lo prenderei in giro come fate tutti."

"Io non ti stavo prendendo in giro. Voglio che sia chiaro, d'accordo?"

"Sì, come no," le dico.

Mentre mi allontano, il mio telefono emette una notifica. Un messaggio da @torcibudella. Lo cancello senza nemmeno leggerlo, poi blocco il suo profilo e disattivo le notifiche di Instagram e di tutti gli altri social network. A quel punto mi infilo le cuffie, metto una canzone a tutto volume e mando a quel paese il mondo intero.

Sono quasi arrivato in aula, quando un'altra mano si poggia sul mio braccio. Mi giro, pronto ad assalire chiunque sia venuto a inquietarmi e riempio i polmoni per gridargli di lasciarmi in pace.

Al termine della mia giravolta, però, mi ritrovo faccia a faccia col preside. Ha un'espressione così seria che mi affretto a togliermi le cuffie e a chiedergli scusa. Non dovremmo ascoltare musica nel corridoio, è vietato dal regolamento di istituto, anche se molti lo fanno.

"No, Dylan. Sono io a doverti chiedere scusa. Devo parlarti un momento. Potresti seguirmi nel mio ufficio?"

"Beh, in teoria avrei lezione."

"Non ti preoccupare. Non ci vorrà molto."

"Dylan, come ho già detto a tua madre, la nostra scuola non tollera il bullismo. Abbiamo una politica molto severa a riguardo."

"Me ne sono reso conto, ma..."

"Nonostante ciò, ho deciso di annullare la sospensione di Todd. Come ogni altro studente, ha diritto ad avere un'istruzione e purtroppo non ci sono gli estremi per un'espulsione dalla nostra scuola. Per quanto riguarda il nuoto, ho già parlato con il vostro allenatore. Mi ha detto che la squadra ha bisogno di lui, che la Meadow Grove non può rischiare di perdere il suo prestigio a livello sportivo..."

La mia mente viaggia a cento all'ora. Todd tornerà a scuola. Dovrò lasciare la squadra di nuoto?

Finalmente una buona notizia. Non ho più voglia di nuotare. Abbandonare la squadra risolverebbe metà dei miei problemi. Tanto per cominciare, non dovrei più togliermi la gamba durante l'orario scolastico. E non dovrei preoccuparmi delle stronzate che dicono negli spogliatoi.

Potrei arrivare a scuola, andare dritto in classe, pranzare da solo e tornarmene a casa indisturbato, facendo in modo che questi ultimi due anni di liceo passino in fretta. Magari all'università potrò essere qualcosa di diverso dal ragazzino storpio che si è fatto spaccare la faccia in cortile.

Il preside sta ancora parlando, ma io ho smesso di ascoltare da un bel pezzo.

"Come ha detto?" Gli domando. Sono sicuro di aver capito male l'ultima frase che ha pronunciato.

34

Il preside si schiarisce la voce. "Ho detto che Todd non metterà piede in acqua fino al termine del semestre. Non possiamo mandarlo via dalla scuola, ma le attività extracurricolari sono solo per gli studenti meritevoli. Se si comporta bene, sarà reintegrato nel prossimo semestre, ma se continua a prendersela con te, la sua carriera da nuotatore è finita."

Un momento, un momento. Che diavolo gli è saltato in mente? Vuole privare la squadra del suo miglior nuotatore fino a metà del campionato? Tanto vale arrendersi subito e smettere di allenarsi.

"Signore, questo non è possibile. Todd deve rientrare in squadra immediatamente. La prego…"

"La tua lealtà alla squadra ti fa onore, Dylan."

Mi guarda con un sorriso, ma non credo che abbia capito ciò che sto cercando di dirgli. I ragazzi della squadra mi odiano. La sua decisione non farebbe altro che peggiorare le cose.

D'accordo, non mi resta altra scelta. Devo farlo. Devo dirgli che sono stato io a cominciare. Todd non avrebbe dovuto prendermi in giro, e forse ha un po' esagerato coi pugni, ma ha reagito perché l'ho provocato. La colpa è anche mia. Se non avessi cercato di prenderlo a pugni, non sarebbe successo nulla di tutto questo.

Tento di confessare, ma il preside mi interrompe immediatamente.

"Basta così, figliolo. Ti ho già fatto perdere troppo tempo. Non voglio complicarti la vita più del necessario."

E allora non avresti dovuto sospendere Todd. Gli insegnanti non hanno la minima idea di come funzionino le cose tra noi ragazzi.

"Sono stato io a cominciare. Non può punire Todd."

Il preside non mi sta più ascoltando. Il suo sguardo è fisso sull'orologio appeso alle mie spalle. "Accidenti, sono in ritardo per una riunione al dipartimento! Torna in classe, ragazzo!"

"Ma…"

"Prendi questo," mi dice, aprendo un cassetto della sua scrivania e compilando in tutta fretta un permesso. "Chiunque sia il tuo insegnante, non potrà dirti nulla."

Il resto della mattinata è una specie di nebbia confusa. Passo da una lezione all'altra come uno zombie, senza la minima capacità di concentrazione. Tutti mi guardano. Tutti mi compatiscono.

L'ultima lezione della giornata è la temibile "matematica avanzata", un corso che dovrebbe prepararci per affrontare gli esami di analisi all'università, e che pertanto terrorizza tutti gli studenti. Jack Kim è seduto in prima fila. Quando mi vede entrare non dice nulla, ma sono sicuro che abbia saputo di Todd, perché mi guarda come se volesse farmi un altro occhio nero.

Dopo un'ora di pura tortura algebrica, l'insegnante mi fa un cenno e mi ricorda che posso uscire con cinque minuti di anticipo. Tiro un sospiro di sollievo. Non vedo l'ora che questa giornata finisca. Mentre infilo il mio materiale nello zaino, però, Jack Kim si alza e viene verso di me.

"Tranquillo, Dylan," sussurra, mentre chiudo la zip del mio zaino. "Volevo soltanto farti i complimenti per averci rovinato il campionato."

Capitolo Otto

La mamma è venuta a prendermi un'altra volta, ma almeno ha avuto la decenza di aspettarmi in macchina. Lancio lo zaino sul sedile posteriore e salto dentro prima che gli altri ragazzi mi vedano.

"Come è andata oggi?" Domanda mia madre.

"Bene. Possiamo andare?"

Invece di mettere in moto, lei allunga una mano e mi tocca la guancia, proprio sotto al mio occhio nero.

"Forse dovremmo farlo vedere al nostro medico di famiglia."

Io mi allontano di scatto. "Non è niente. Sarà anche brutto da vedere, ma sta già guarendo."

Ed è vero, al cento per cento. Ha smesso di farmi male da un pezzo. Niente a che vedere con la mia gamba tagliata, che continua a tormentarmi con la sindrome dell'arto fantasma, provocandomi fitte di dolore acutissimo.

Quando i primi studenti cominciano a uscire dal portone, mia madre capisce che è arrivato il momento di partire. Fortunatamente, nessuno mi ha visto entrare in macchina con lei. Per questa volta, sono salvo. Il mio inferno personale è rimandato a domani, quando dovrò affrontare la squadra di nuoto per l'ennesimo allenamento. Il solo pensiero mi fa venire la nausea.

Se la sospensione di Todd ha fatto perdere le staffe perfino a Jack Kim, che lo ha sempre trattato come una specie di rivale per il titolo di maschio alfa, non oso immaginare come l'avranno presa i suoi amici. E poi, anche se non lo lasceranno nuotare con la squadra, Todd tornerà a scuola da un giorno all'altro. Sarà disposto a perdonarmi o me la farà pagare con gli interessi?

––––––––––

Mentre imbocchiamo il vialetto di casa, notiamo che c'è qualcuno seduto sul marciapiede. Appena ci vede, balza in piedi e si avvicina all'automobile, sbirciando attraverso il parabrezza con aria dubbiosa, come se non fosse sicuro di essere nel posto giusto.

Indossa una felpa con il cappuccio e un paio di occhiali da sole scuri.

Mi tornano in mente i messaggi su Instagram e quello strano account di nome @*torcibudella*.

E vado subito nel panico. Al posto dello stomaco ho la centrifuga di una lavatrice, le braccia sono tutte un formicolio e ho la testa improvvisamente leggera. È la stessa sensazione di quando stavo per mollare quel pugno a Todd, ma questa volta è accompagnata da un pessimo presagio.

Guardo la mamma. È preoccupata almeno quanto me, ma sta facendo del suo meglio per mostrarsi tranquilla.

"Non ti preoccupare, tesoro. Credo che sia il nuovo giardiniere. Doveva venire per sistemare la siepe, ma non sapevo che avessimo appuntamento per oggi."

Questo significa che finalmente mio padre è riuscito a convincerla. È da un pezzo che insiste per prendere qualcuno a cui rifilare i lavori di giardinaggio, che lui odia con tutto il cuore. Eppure, guardandomi intorno, non vedo nessun furgoncino con gli attrezzi da giardiniere. E nemmeno un'automobile, o qualcosa del genere. La strada è quasi deserta. Tutti i nostri vicini parcheggiano nel vialetto, e così il bordo del marciapiede rimane libero per gran parte della giornata. L'unica vettura posteggiata si trova molto più indietro, quasi alla fine dell'isolato.

Visto che non abbiamo altra scelta, la mamma parcheggia e ci prepariamo ad uscire. Non potevamo mica starcene tutto il giorno seduti in macchina a fissare quel tizio dietro ai vetri, no?

Mentre salto fuori, appoggiando tutto il peso sulla mia gamba buona, il presunto giardiniere abbassa il cappuccio e si toglie gli occhiali. La sua faccia barbuta è illuminata da un unico, grande sorriso.

Ed è in quel momento che lo riconosco: è il tizio della palestra, il fratello gemello di Keanu Reeves.

Cammina verso di noi, molleggiando sulle ginocchia. "Chiedo scusa, non volevo spaventarvi," dice, rivolto a mia madre. Poi sposta lo sguardo su di me. "Tu sei Dylan, giusto?"

Annuisco come uno di quei pupazzi con la testa che dondola.

"Ho cercato di contattarti su Instagram, ma non hai accettato la mia richiesta e non hai letto il mio messaggio, perciò… eccomi qua!"

Mia madre lo guarda imbambolata, e per un momento mi chiedo cosa penserebbe mio padre se la vedesse con quell'espressione sognante sul viso.

Il tizio se ne accorge, sorride di nuovo e le porge una mano.

"Sono il coach Terra. Martese Terra. Possiedo la palestra Resilient sul Ventura Boulevard e mi occupo principalmente di MMA e BJJ."

Mia madre gli stringe la mano. "Non so cosa vogliano dire tutte queste sigle, ma sono felice di conoscerla, signor Terra."

"Ho incontrato suo figlio per puro caso, qualche giorno fa. Era davanti alla mia palestra, alla fine del primo turno di allenamento della giornata," aggiunge il tizio, che a quanto pare si chiama Martese. "Alcuni dei miei studenti amano allenarsi di primo mattino, sa?"

Mia madre mi guarda, confusa. Che diavolo ci facevo davanti alla palestra di Martese?

"La palestra è a due passi dalla lavanderia," le spiego. "Stavo aspettando che papà ritirasse il suo abito."

"Come le ho detto, mi spiace di avervi spaventati, ma…" Si interrompe a metà frase e sembra proprio che non sappia come proseguire, ma alla fine si decide a farlo: "Ho visto il filmato di Dylan sui social media. Le ha prese di santa ragione."

Grande. Meraviglioso. Mi chiedo se sia rimasta una sola persona al mondo che non mi ha ancora visto mentre vengo umiliato.

"Bene. Ma non capisco cosa voglia da noi," dice mia madre, ancora un tantino perplessa.

Martese punta il dito verso il mio occhio nero.

"Prima di tutto, volevo dirle che è meglio farlo controllare da un medico. Probabilmente non è nulla, ma bisogna escludere un trauma cranico e assicurarsi che l'occhio non sia stato danneggiato."

Le parole di Martese sono come musica per le sue orecchie. Mi rifila un colpetto sul petto con il dorso della mano e mi guarda con aria vittoriosa. "Hai visto? Cosa ti avevo detto?"

Ma il signor Martese Terra non ha ancora finito. "In ogni caso, non è questo il motivo per cui sono venuto. Volevo chiedere a Dylan se fosse interessato a prendere lezioni di arti marziali. Offro io, la prima lezione è gratis. Voglio insegnargli alcune cose per evitare che quello spiacevole incidente si ripeta, tutto qua."

Mentre sto ancora pensando a cosa dire, mia madre risponde al posto mio.

"La ringrazio, signor Terra. È molto gentile da parte sua."

"La prego, mi chiami Martese," dice lui.

La mamma lo guarda in un modo che mio padre disapproverebbe, poi si ricompone e rifiuta educatamente la sua offerta. "Apprezziamo molto la sua preoccupazione per Dylan, ma la sua vita è già abbastanza complicata. Il preside ha promesso che non ci saranno altre risse nella sua scuola, e io non voglio che Dylan si metta nei guai. Perciò, no. Non potrà insegnargli a combattere. Dylan non dovrà mai più fare a pugni con i suoi coetanei."

Martese non riesce a trattenere una risata.

"Sono d'accordo al cento per cento, signora. Io spero di fare in modo che suo figlio non debba combattere mai più."

La mamma sembra stupita dalla sua risposta, ed è in buona compagnia. A dirla tutta, anch'io sono confuso: questo tizio insegna a combattere, no? E non parlo di boxe, karate o altre discipline che si possono usare soltanto in palestra. Lui insegna a combattere sul serio, roba che sarebbe utilissima in una rissa di strada.

Qualche tempo fa, ho visto in televisione un combattimento di MMA, e so che quella gente non scherza. Il pavimento era coperto di sangue e i due *fighter* (è così che li chiamano) si prendevano a pugni e gomitate in faccia, nonostante fossero già pesantemente feriti. Alla fine uno dei due ha perso i sensi, l'arbitro se n'è accorto e si è gettato a terra per separarli. Se non fosse intervenuto immediatamente, quel poveretto si sarebbe fatto ammazzare.

"E allora perché dovrebbe prendere lezioni da lei?" Domanda mia madre. "Per quale motivo dovrei fargli seguire un corso di arti marziali?"

Nel corso di questa discussione, Martese non ha mai smesso di sorridere. "Potrà sembrarle strano, signora, ma la prima cosa che insegno ai miei ragazzi è un antico proverbio che dice: il miglior lottatore è colui che non combatte."

Per come la vedo io, è il proverbio più stupido del mondo. Ma non dico nulla. Rimango in silenzio ad ascoltarlo.

"Pensavo di farlo cominciare con qualche lezione di BJJ. Può stare tranquilla: non si usano pugni né calci. A meno che lui non voglia passare alle arti marziali miste ed ampliare il suo stile con nuovi elementi, s'intende. Ma non succederà di certo nel primo mese."

"BJJ? Le ho già detto che non comprendo queste sigle..."

"Brazilian Jiu Jitsu. Una disciplina basata sul combattimento a terra. Insomma, una specie di lotta libera, ma molto più divertente. E assolutamente sicura."

La mamma gli lancia la stessa occhiata scettica che mi rivolge quando le dico di aver finito i compiti, ma invece ho passato il pomeriggio a giocare a Fortnite chiuso nella mia stanza. Deve esserci qualcosa nella mia voce che mi tradisce ogni singola volta.

"D'accordo. Diciamo che è abbastanza sicura," si corregge Martese, cedendo alla potenza del suo sguardo. "Potrebbe tornare a casa un po' ammaccato, ma niente di grave. Promesso. Accidenti, non gliela sto vendendo molto bene, eh?" Scoppia di nuovo a ridere e alza le mani in alto. "Però le garantisco che gli sarà utile. Ho visto quel video e voglio dirle una cosa: tre mesi nella mia palestra e sarebbe andata molto diversamente. La situazione si sarebbe risolta in pochi secondi, senza che nessuno dei due si facesse del male."

Con quello sguardo negli occhi, sembra un pazzo furioso. D'accordo, forse con un po' di arti marziali avrei potuto far rimangiare a Todd quello che aveva detto, ma non capisco come sarebbe stato possibile riuscirci senza che *nessuno* si facesse del male. Nessuno dei due? Sul serio? E allora a cosa sarebbe servito? Si combatte per sconfiggere l'avversario. Per fargli male. Molto male. Per dargli una bella lezione e fare in modo che non ti dia più fastidio, no?

"Pensateci pure con calma, l'offerta è sempre valida. Puoi guardare l'orario delle lezioni sul sito della palestra e scegliere il turno che preferisci. Dylan, se deciderai di venire, te ne sarò molto grato. Chissà, magari potrebbe piacerti."

Stringe ancora la mano a mia madre e mi saluta con un colpetto sulla spalla. "Qualsiasi cosa tu decida di fare, ti auguro il meglio, ragazzo." A quel punto si volta e si incammina lungo la strada.

Io rimango a fissarlo, mentre le sue parole mi risuonano in testa.

Il   miglior   lottatore   è   colui   che   non   combatte.

Capitolo Nove

"Secondo me è una buona idea. Dylan deve imparare a difendersi."

"Ma potrebbe farsi male."

"Si è già fatto male," sbuffa mio padre, esasperato. "Non so se l'hai notato, ma un ragazzino ha cercato di spappolargli la faccia e ci stava riuscendo proprio perché lui non era preparato a reagire."

Come avrete capito, la mamma e il papà stanno discutendo l'offerta del coach Martese Terra. Non sanno che io posso sentirli attraverso le pareti, nonostante la porta del soggiorno sia ben chiusa. Mi sento un po' in colpa, ma se non avessero voluto farsi sentire avrebbero discusso a voce bassa, non vi pare?

"Non è questo che intendo... se dovesse succedergli qualcosa all'altra gamba?"

Il papà ha una risposta pronta per tutto, ma non per questo. Lui e mia madre vivono nell'irrazionale terrore che io possa perdere anche l'altra gamba e finire su una sedia a rotelle.

Proprio quando la discussione sembra sul punto di terminare, mio madre le chiede: "Dimmi un po', di dov'è questo tizio?"

"Martese? Della palestra sul Ventura Boulevard."

"Questo lo so. Ti stavo chiedendo da che paese proviene. Martese Terra è uno strano nome, non credi anche tu?"

"A guardarlo, sembra del Sudamerica. O qualcosa del genere... Insomma, non essere razzista! Cosa importa?"

Mi alzo dal letto, raggiungo la porta che divide la mia stanza dal soggiorno, la apro e sbircio fuori. Papà sta smanettando sul suo computer portatile.

"Trovato!" Annuncia, trionfante. "Martese Terra. Nato in Brasile. Ha perfino una pagina di Wikipedia, riesci a crederci? Tre volte campione del mondo di jiu-jitsu brasiliano, attualmente allena alcuni dei lottatori più forti del mondo, inclusi un paio di *fighters* della UFC. Accidenti, tesoro, questo tizio è una specie di guru dell'ottagono!"

"L'ottagono?" Dice mia madre, con uno sguardo terrorizzato. "Non è quella gabbia di ferro in cui fanno combattere i lottatori in TV? Vuoi che nostro figlio si faccia rinchiudere in gabbia per azzuffarsi con dei pazzi esaltati?"

"Non saltare alle conclusioni, amore! Deve imparare a difendersi. Sai come sono i ragazzi: chiunque è diverso dal gruppo viene preso di mira. E il nostro piccolo Daniel è diverso, che ti piaccia o no."

"E allora facciamogli prendere lezioni di autodifesa. Posso mettermi a cercare un corso, qualcosa che non abbia nulla a che fare con l'ottagono e con i lottatori brasiliani. Che ne dici?"

"Ha sedici anni. Lasciamo decidere lui."

"Amore, ha sedici anni. È troppo vulnerabile."

Chiudo la porta cercando di non fare rumore e mi lascio cadere sul letto, dove rimango immobile a fissare il soffitto.

Nessuno mi aveva mai chiamato "vulnerabile" prima d'ora. Non so perché, ma la prendo come un'offesa.

Scommetto che Martese Terra non è mai stato definito "vulnerabile" in vita sua. E nemmeno i ragazzi che ho incontrato fuori dalla palestra l'altro giorno. Se qualcuno fosse così stupido da offenderli, si prenderebbe una bella dose di calci in culo.

D'accordo, forse "vulnerabile" non è una vera e propria offesa. Non mi piace essere chiamato così, ma è la pura e semplice verità. Sono diverso dagli altri e nulla potrà mai rendermi uguale a loro. Non posso mica chiudere gli occhi e battere i tacchi tre volte come Dorothy ne "Il mago di Oz". No, non esiste un incantesimo che sia in grado di farmi ricrescere la gamba. E poi, con questa maledetta protesi, non sarei nemmeno in grado di battere i tacchi delle scarpette   d'argento.

Capitolo Dieci

Stamattina c'è una buona notizia. Sono di nuovo seduto dietro al volante, pronto per mettermi alla guida. Purtroppo per me, sono ancora dietro al volante della Sfigatomobile. Pazienza. Dopo la discussione sulla mia vulnerabilità, mio padre è riuscito a convincere la mamma a smetterla di accompagnarmi ogni giorno a scuola, annullando i suoi tentativi di rovinare ulteriormente la mia reputazione.

Sono uscito di casa con mezz'ora d'anticipo, spaventato dal pensiero che la mamma potesse cambiare idea e poi, senza nemmeno rendermi conto di quello che stavo facendo, ho guidato fino alla Resilient MMA. Dopo aver parcheggiato sul retro, me sono rimasto seduto in macchina, a guardare le vetrate oscurate dagli adesivi.

Ieri sera ho controllato l'orario delle lezioni. Alle sette in punto c'è una cosa chiamata "open mat". Non ho la più pallida idea di come funzioni, ma di certo sarà pieno di gente mattiniera che vuole allenarsi prima di andare a scuola o al lavoro.

Una parte di me, in questo momento, muore dalla voglia di entrare. Anche solo per curiosità, per vedere cosa si nasconde là dentro. Un'altra parte di me, invece, va nel panico soltanto a pensarci.

Mi sento un po' come il primo giorno alla Meadow Grove, quando sono rimasto per quasi mezz'ora a fissare il portone della mia nuova scuola senza trovare il coraggio di entrare. Anche se una palestra di MMA è un luogo molto più terrificante di una scuola privata.

Cammino fino al portone d'ingresso e mi blocco di nuovo. Chi sto prendendo in giro? Io ho una gamba sola. Non potrò mai fare uno sport da combattimento.

Nuotare. Quello sì che è alla mia portata. Ma il jiu-jitsu brasiliano? Le MMA? È un'idea folle, punto e basta.

Spreco cinque minuti per cercare di convincermi a entrare, ma alla fine mi arrendo. E comunque si è già fatto tardi. L'allenamento comincia tra un quarto d'ora.

Nessuna battuta, quando entro nello spogliatoio. Nessun insulto. Niente di niente. Rimangono tutti in silenzio. Mi ignorano, come se non esistessi. È la mia punizione per aver fatto sospendere Todd dagli allenamenti?

Ho già indossato il costume sotto ai pantaloni, così devo soltanto toglierli e posso filare dritto in piscina.

Mi tolgo la protesi senza nemmeno sedermi, saltello fino al bordo della vasca e salto dentro. L'acqua è molto più fredda del solito.

Alzo lo sguardo verso Jack Kim, che non si è ancora tuffato.

"L'acqua è ghiacciata! C'è qualche problema con il sistema di riscaldamento?"

Jack non mi guarda nemmeno. Salta giù dal bordo, scivola fluidamente all'interno dell'acqua e raggiunge l'estremità opposta della piscina, dove si mette a chiacchierare con gli altri membri della squadra. Nessuno di loro mi guarda, nessuno mi considera.

Non voglio starmene qui da solo a morire dal freddo mentre tutti mi ignorano, perciò comincio a nuotare per cercare di scaldarmi. Ma ho di nuovo quel dannato nodo in gola. Non so se è per il freddo o per il cloro dell'acqua che sta filtrando attraverso la gomma degli occhialini, ma non riesco più a trattenere le lacrime.

Un attimo dopo, comincio a singhiozzare. Non so da dove provenga questo pianto disperato, ma è come se continuasse a crescere dentro di me. Vorrei fermarmi, ma non posso. Non ci riesco.

Mentre piango, continuo a nuotare. Faccio delle ampie bracciate e scalcio con l'unica gamba che ho. Una rabbia indomabile mi brucia dentro. La stessa che ho provato prima di tirare quel pugno a Todd.

Tenendo la testa bassa, termino la prima vasca come una specie di automa, rimbalzo sul bordo e comincio a percorrerla nel senso opposto, mentre un milione di pensieri folli mi si aggrovigliano in testa. Quando arrivo di nuovo ai blocchi di partenza, la mia decisione è chiarissima. Lampante. So cosa avrei dovuto fare fin dall'inizio, e sono pronto a farlo.

Raggiungo a nuoto la scaletta e mi arrampico sui gradini. Per uscire dall'acqua, devo far leva sulla gamba sana, lasciarmi cadere in avanti, col busto sulle mattonelle e poi alzarmi in piedi.

Mentre compio quest'ultima operazione, rischio di cadere.

Alle mie spalle, sento qualcuno che dice: "Ragazzi, il mostro a una gamba se ne sta andando."

"Speriamo che sia per sempre," risponde un'altra voce.

"Sarebbe un miracolo," commenta qualcun altro. "Todd potrebbe tornare in squadra e avremmo ancora qualche chance di vincere."

Asciugo il moncherino, indosso il mio coprimoncone in silicone, infilo la protesi e torno verso lo spogliatoio, dove il coach sta terminando la sua ramanzina verso un paio di ritardatari: "Datevi una mossa e andate a scaldarvi con gli altri. E la prossima volta…"

Quando mi vede entrare, si blocca. Fissa lo sguardo nei miei occhi, come se sapesse che ho pianto, o per lo meno riuscisse a vederlo. Ho gli occhi rossi? Se dovesse chiedermi qualcosa a riguardo, darò la colpa al cloro.

"Tutto bene, Dylan?" Mi dice.

"Nei limiti del possibile."

"C'è qualche problema?"

"A dire il vero, sì." Faccio un respiro profondo e sputo il rospo. "Coach, perché non possiamo riammettere Todd nella squadra?"

"Perché questa domanda, Dylan? Ti stanno dando il tormento?" Mi chiede lui. "Non farci caso. Quando un nuovo membro cerca di inserirsi nella squadra, lo mettono sempre alla prova. Prima o poi ti accetteranno."

Di cosa diavolo sta parlando? Non credo che verrò mai accettato. Forse se mi facessi crescere le pinne e riuscissi a battere il record del mondo per lo stile libero, o qualcosa di simile. Ma poi diventerei "il ragazzo storpio con le pinne" e forse sarebbe anche peggio.

"No, non è colpa loro," gli dico, mentendo spudoratamente. "Todd è uno dei nuotatori più veloci di tutta la California. Abbiamo bisogno di lui."

"È un gesto molto nobile da parte tua, ma non è possibile. Il preside ha deciso."

"Ma non è colpa di Todd… Sono stato io a cominciare!"

"Dopo che lui ti ha preso in giro."

"Come fanno tutti, ma…"

"Todd potrà tornare in squadra a partire dal prossimo semestre. Quando si tratta di bullismo, la scuola è irremovibile."

"È tutta colpa mia, Coach. Non potete punire Todd."

L'allenatore fa un lunghissimo sospiro e abbassa lo sguardo verso le piastrelle bianche e azzurre dello spogliatoio. "Certo che possiamo. E non è soltanto perché avete fatto a pugni. Dopo l'incidente, abbiamo fatto delle scoperte sul suo conto che… Perdonami, ma non sono autorizzato a parlartene. Adesso torna in piscina."

Non ho la più pallida idea di cosa possano aver scoperto, ma sono sicuro di una cosa: senza Todd in squadra, la colpa della nostra sconfitta ricadrà su di me. Al cento per cento.

"Non ci penso nemmeno, Coach. Se Todd non torna in piscina, non lo farò neanche io. Nuoterò quando anche lui sarà autorizzato a farlo."

Il coach mi guarda come se non credesse alle mie parole.

"Dylan, te lo dico soltanto una volta: non sono ricattabile. Se mi lasciassi manipolare dagli studenti, non potrei fare questo lavoro. E adesso apri bene le orecchie, sbruffoncello. I tuoi genitori hanno pagato un occhio della testa per farti studiare alla Meadow Grove, ma se non torni immediatamente in piscina ti farò espellere alla velocità della luce. Ci siamo capiti?"

Un paio di ragazzi della squadra di nuoto si sono avvicinati per origliare, facendo finta di aver dimenticato qualcosa nel loro armadietto.

A questo punto vorrei soltanto vestirmi e andarmene in grande stile, ma non ci riesco. C'è qualcosa che mi blocca, che mi paralizza.

Senza dire una parola, infilo la cuffia e gli occhialini, poi mi incammino verso la piscina. Accidenti, sono davvero un codardo.

Se pensavo che i miei compagni di squadra mi avrebbero dato un po' di tregua dopo la discussione con il coach, mi ero illuso. Hanno continuato a ignorarmi per il resto dell'allenamento, senza rivolgermi nemmeno una parola.

Quando torniamo nello spogliatoio, il supplizio del silenzio non è ancora finito. Non so per quanto dovrà ancora durare, ma ormai mi sto abituando. Non mi importa più niente di niente. Ho fatto del mio meglio per sistemare le cose e non mi sento più in colpa.

Todd avrà saputo che mi sono battuto per lui? Qualcuno glielo avrà riferito? A giudicare dal nostro primo incontro, non credo proprio. Appena mi ha visto nel corridoio, ha distolto lo sguardo e ha continuato a camminarmi accanto come se niente fosse. Entrando a lezione di letteratura, si è seduto davanti, mentre io ho puntato dritto verso le ultime file.

Quando i ragazzi della squadra di nuoto cominciano ad arrivare, lo salutano tutti con grande entusiasmo. Si danno grandi pacche sulle spalle, si abbracciano, si battono il cinque, gli dicono: "Sei un grande, fratello! Bentornato!"

D'accordo, magari nessuno gli ha detto che ho cercato di difenderlo. Magari quando lo scoprirà sarà pronto a perdonarmi. O magari no, e dovrò passare i prossimi due anni di liceo in totale silenzio a farmi ignorare da tutti.

Cerco di concentrarmi sulla lezione, ma riesco soltanto a pensare all'offerta di Martese Terra e alla sua palestra. C'è una lezione di Brazilian Jiu Jitsu alle sette di sera. Forse potrei mandare un messaggio a mia madre, dicendole che mi fermerò in biblioteca a studiare, e andare senza che lei ne sappia nulla.

Anche oggi ho scelto un tavolo isolato per pranzare da solo. E anche oggi Anna e le sue amiche hanno deciso di sedersi con me, ma solo perché non ci sono altri tavoli liberi. Lancio un'occhiata a Anna, ma lei mi ignora bellamente.

Il mio telefono emette un trillo, segnalando un messaggio su Instagram da parte di @torcibudella, vale a dire il coach Martese Terra, che ho opportunamente provveduto a sbloccare.

Ciao Dylan, è stato bello incontrarci di persona e parlare con tua madre. Se riesci a farle cambiare idea, passa quando vuoi. Nessuna pressione, ma saremmo tutti molto felici di averti tra noi. Ti ricordo il nome della palestra: Resilient MMA. Cercala su Google. L'orario delle lezioni è sul sito.

So che non dovrei sorprendermi del suo messaggio, visto che Martese Terra è diventato la mia ombra, ma sono comunque colpito.

I miei compagni di scuola mi ignorano, ma c'è questo tizio che sta facendo di tutto per aiutarmi, senza nemmeno conoscermi. E per di più è un tizio fighissimo, che insegna alla gente come fare a pezzi i propri nemici.

Ma perché lo sta facendo? Uno come me non potrà mai competere nella UFC, il più importante circuito delle arti marziali miste. Ho cercato su internet e il jiu-jitsu brasiliano non è nemmeno uno sport paralimpico. L'unica arte marziale ammessa alle Paralimpiadi è il judo per non vedenti. Forse non vogliono rischiare che i disabili si facciano male, e che diventino ancora più disabili, non saprei.

Visto che non ho niente di meglio da fare, apro il profilo di Martese Terra e comincio a scorrere tra le sue foto. Ci sono un sacco di scatti in compagnia degli atleti che ha allenato, e parecchie altre foto con sua moglie, che potrebbe tranquillamente essere una top model o un'attrice.

Più mi addentro nella sua incredibile vita, più mi chiedo che diavolo voglia da me. Perché sta cercando di aiutarmi?

"Ehi, storpio!"

Alzo lo sguardo e vedo Todd. Vorrei far finta di niente, ma sto avendo un mini-infarto. L'ultima volta che eravamo così vicini, mi stava prendendo a pugni in faccia.

Todd appoggia a terra il suo zaino e tira fuori una busta.

Me la lancia, facendola atterrare sul tavolo davanti a me. "Tieni. È per te. Una lettera di scuse."

La raccolgo e comincio ad aprirla.

"Mi ha costretto mia madre," ammette.

"Ah. D'accordo."

"Che ci vuoi fare," aggiunge, stringendosi nelle spalle. "Non avevo scelta."

"Ho chiesto al coach di rimetterti in squadra."

"Me l'hanno detto, ma non lo farà mai."

"Come fai a dirlo?"

Volta la testa e guarda verso il tavolo della squadra di nuoto, poi si concentra di nuovo su di me e sorride. "Hai presente il video della nostra scazzottata?"

"Sei stato tu a pubblicarlo?" Gli domando, incredulo.

"Lo so, non è stata una mossa intelligente. Ma quel filmato era troppo divertente, sapevo che avrebbe avuto successo. Voglio dire, l'hai visto? Hai visto come sei caduto a terra? L'ho guardato un centinaio di volte!"

Finge di tirare un pugno all'aria e poi si esibisce in una goffa giravolta. Il tavolo della squadra di nuoto scoppia in una sonora risata mentre Todd fa roteare le braccia e saltella su una gamba sola.

Anna si alza dalla panca e lo gela con lo sguardo. "Sei un cretino, Todd."

"E tu sei vergine," ribatte lui, prima di tornarsene al tavolo dei suoi amici, dove viene accolto con grasse risate e pacche sulla schiena.

"Tutto bene?" Mi domanda Anna.

"Alla grande."

"Sei sicuro?"

"Ti ho detto di sì." Sbotto. "Sei diventata sorda?"

Offesa, Anna si alza e se ne va, subito seguita dalle sue amiche. Mi dispiace di averla trattata così, ma non ne posso più della gente che mi tratta come se fossi un bambino. So difendermi da solo. Lasciatemi combattere le mie battaglie.

Abbassando di nuovo lo sguardo sul telefono, vedo una foto di Martese Terra al centro di una gabbia metallica. Sorride, tenendo una mano sulla spalla del suo allievo che ha appena vinto un incontro. È un atleta poco più grande di me. Anche lui sta sorridendo, ma ha la faccia coperta di sangue, un sopracciglio spaccato, i capelli elettrizzati e un dito puntato verso il cielo.

Guardo verso Todd, che si sganascia dalle risate insieme ai suoi amici. Non mi interessa se il solo pensiero mi rende nervoso, nulla potrà dissuadermi dall'entrare in quella palestra stasera.

Voglio imparare a combattere, e non solo per difendermi. Non credo che il miglior lottatore sia colui che non combatte, come dice Martese. Io voglio imparare per prendere Todd a calci in culo e cancellare dalla sua faccia quel sorrisetto da idiota.

Capitolo Undici

La prima cosa che ti colpisce, entrando nella Resilient MMA, è la gabbia. Si trova in fondo, in un angolo, ma è impossibile non vederla. È un gigante d'acciaio con delle pareti di quasi due metri, costruito in cima a una piattaforma poco più bassa, ma comunque imponente. Ha otto lati, con angoli ampi che impediscono di bloccare l'avversario come avviene nella boxe.

Mi avvicino a guardarla più da vicino. Accidenti, è meravigliosa. L'ho vista parecchie volte, ma solo in televisione. Forse da questa prospettiva risulta leggermente più stretta di come la immaginavo, e perciò ancora più spaventosa.

Me ne sto lì come un ebete, a fissarla con uno strano sorriso in faccia, e immagino cosa si possa provare a salire quegli scalini e ad attraversare la porta mentre un lottatore assetato di sangue ti aspetta là dentro. L'ingresso viene chiuso a chiave ed eccovi lì, due gladiatori dell'antica Roma, pronti a combattere fino all'ultimo respiro.

"Dylan, ce l'hai fatta! Non credo ai miei occhi!"

Mi giro e vedo Martese al centro di un enorme materassino nero che ricopre quasi per intero il pavimento della palestra. Tiene in mano un mocio, infilato in un secchio d'acqua mischiata a qualche detergente. Prima di alzare di nuovo la testa verso di me, strizza il mocio nel secchio, lo sbatte sul materassino e ripulisce per bene la superficie.

"Benvenuto nel paese delle meraviglie," ridacchia, sollevando il mocio per salutarmi. "Hai visto come ci divertiamo, da queste parti?"

Lo saluto con la mano. Ho lo stomaco pieno di farfalle, ma sono orgoglioso di essere qui, nella stessa stanza con quest'uomo.

"Hai visto la gabbia?" Mi dice, facendo un cenno verso il mostro d'acciaio. "L'abbiamo fatta installare il mese scorso. Che te ne pare?"

Non so come rispondere. "È una figata," balbetto, facendo la figura dell'imbranato o quanto meno di una persona che non ha mai visto una palestra di MMA in vita sua.

"Dylan, devo chiederti un favore. Togliti le scarpe, prima che Santana ti veda," mi ordina, indicando un foglio stampato, appeso alla porta d'ingresso, che dice:
LE SCARPE VANNO LASCIATE ALL'INGRESSO (INSIEME AL TUO EGO).
"Se qualcuno sale sul tappetino con le scarpe, lei dà di matto. Meglio non farla incazzare, dammi retta. Certe volte spaventa perfino me."

Chi accidenti è Santana? Dovrei saperlo? Non l'ho mai sentita nominare prima d'ora. Immagino che sia sua moglie, o magari qualcuno di importante, ma non voglio fare domande per non sembrare di nuovo uno sprovveduto. Se continuerò a frequentare questo posto, prima o poi capirò di chi si tratta.

Il coach Martese si sposta su un'altra zona del tappetino e ricomincia a passare il mocio. Approfittando della sua distrazione, mi volto a guardare la parete alle mie spalle.

Il cartello che intima di togliersi le scarpe è circondato da tutta una serie di poster motivazionali. Naturalmente, non hanno niente a che vedere con quegli smielati messaggi da Baci Perugina che si trovano nell'ufficio di Rich.

Tanto per cominciare, i poster raffigurano lottatori dall'aspetto aggressivo e perfino un tantino spaventoso. E poi ci sono le frasi, cose del tipo: *"L'unico vincitore è chi non si arrende."* E poi c'è anche una promessa di un certo peso: *"Paure. Insicurezze. Ansia. Tristezza. Il jiu-jitsu ti entrerà dentro per strapparle via."*

Mi siedo su una panchina accanto a un'enorme scarpiera metallica e mi tolgo le scarpe. Sto ancora cercando la tecnica migliore per togliere la scarpa dalla protesi senza essere costretto a smontarmi la gamba, ma al momento ho ancora qualche problema.

Martese se ne accorge, mette via il mocio e mi raggiunge.

"Hai visto quel poster?" Mi domanda.

Seguo la punta del suo dito con lo sguardo. "Sì. È molto… ehm… interessante."

C'è un omaccione brasiliano che mi guarda come se volesse spezzarmi in due. Sembra davvero molto convinto del fatto suo. E la didascalia recita: *"Prima o poi finirai a terra, e allora sarai nel mio mondo. La terra è il mio oceano, io sono uno squalo, e c'è un sacco di gente che non sa nuotare."*

"Jean Jacques Machado è uno dei più grandi lottatori di BJJ che ci siano al mondo. È nato senza le dita della mano sinistra e poi gli

52

hanno costruito un pollice utilizzando altri ossicini prelevati dal suo corpo."

Martese resta per qualche istante in silenzio, nella speranza che le sue parole riescano a penetrare dentro di me.

"Adattarsi, Dylan. È questo il segreto," riprende poi, sorridendo. "Non importa se sei alto o basso, magro o grasso. Non importa se hai due gambe, una gamba o perfino zero. Se hai dieci dita oppure ne hai solo sei. Nel jiu-jitsu non fa nessuna differenza. C'è sempre un trucco, un modo per compensare i tuoi problemi fisici. Ti ci vorrà un po' di tempo, ma lo scoprirai."

"E lui cosa ha scoperto?" Domando, indicando il tizio sul poster.

"Vuoi sapere il suo trucco? Il suo modo di compensare la mancanza delle dita?"

Annuisco.

"Si è specializzato in un tipo di presa che utilizza il braccio al posto della mano. In due tipi di prese, a dire il vero: *overhook* e *underhook*."

La mia faccia deve esprimere tutto il mio spaesamento, perché Martese scuote la testa e mi dice: "Tranquillo. Se ti unirai ai miei studenti, un giorno scoprirai cosa sono. Hai bisogno di aiuto?" Aggiunge poi, con un cenno verso la scarpa ribelle.

"Sì, grazie."

Il coach allunga una mano e mi sfila la scarpa senza difficoltà, trattenendo il mio piede fasullo tra le mani e osservando con interesse la mia protesi.

"Sai, ho un caro amico che ha perso entrambe le gambe in Iraq. Le sue protesi sono pazzesche, lo fanno sembrare un robot."

"Lo so, a me hanno dato il modello base."

"Mi ha spiegato che il ginocchio è controllato da un microprocessore e si piega soltanto quando ce n'è bisogno. Non è incredibile? Quarantamila dollari l'una. Con tutti quei soldi, io avrei comprato una Porsche 911 usata."

A quel punto, non riesco a trattenere una risata. Martese Terra la pensa esattamente come me.

"Dici che potrei scambiare questa gamba per un'auto usata? Magari una Nissan Note? La mia automobile è un vero rottame!"

"Una Nissan Note? No, non ne vale la pena. Ti conviene tenerti la gamba, fidati," risponde, sghignazzando. "Allora, che mi dici? Ti va di fare un po' di jiu-jitsu?"

Guardo subito verso la gabbia. Martese deve aver colto la mia espressione preoccupata, perché si affretta a dire: "Ehi, non pensarci nemmeno! Prima di entrare là dentro, dovrai fare un bel po' di pratica sul materassino."

Mi stringo nelle spalle. "D'accordo. Ci sto. Ma come la mettiamo coi vestiti?" I lottatori sui poster indossano tutti lo stesso tipo di abito, una via di mezzo tra un kimono e un pigiama di tessuto spesso e ruvido.

"Ho qualche vecchio *gi* nell'armadietto degli oggetti smarriti. Puoi prenderlo in prestito, almeno finché il proprietario non tornerà a reclamarlo. Naturalmente, se deciderai di continuare ad allenarti qui, dovrai comprartene uno."

La porta della palestra si apre, lasciando entrare un tizio rasato, pieno di muscoli e tatuaggi. Lo riconosco immediatamente – è lo stesso ragazzo che ha cercato di convincermi a usare il correttore per nascondere il mio occhio nero.

Con un ampio sorriso, saluta Martese dicendogli: "Salve, Coach."

"In gamba, Jared."

Anche il nome coincide. La ragazza coi capelli rosa lo aveva chiamato così.

"Jared è la punta di diamante della nostra squadra di MMA," mi spiega Martese. "Vieni qui, Jared! Ti ricordi di Dylan? È qui per diventare un killer a sangue freddo."

"Ottima scelta," mi dice Jared. "Certo che mi ricordo! Ci siamo incontrati all'uscita della lezione!" Mi guarda dritto in faccia, stringendo gli occhi. "La tua faccia sta molto meglio. Hai usato il correttore?"

Senza aspettare la mia risposta, si toglie le scarpe e le appoggia su un ripiano della scarpiera, quindi corre ad abbracciare Martese. Assistere alla scena mi fa sentire in imbarazzo, perché i maschi nella mia scuola non si abbracciano mai, a meno che non si tratti di esultare dopo un touchdown in una partita di football o dopo una vittoria particolarmente difficile nelle gare di nuoto.

Jared si gira verso di me, e per un istante ho paura che voglia abbracciarmi. Se lo facesse, sono sicuro che mi romperebbe una costola o qualcosa del genere. Per mia fortuna, però, si limita a porgermi la sua mano piena di tatuaggi, tenendola sospesa nell'aria finché non gli batto il pugno.

"Sono felice che tu sia dei nostri, Dylan."

Detto questo, si volta e raggiunge un angolo della palestra occupato da *punching bags* e sacchi da allenamento. Indossa un paio di guanti da MMA con le dita scoperte, molto più piccoli dei classici guantoni da boxe, e comincia a colpire un sacco da boxe con una serie di pugni e di calci.

Anche se si sta solo riscaldando, e i suoi colpi non sono il massimo, la catena che tiene sospeso il sacco vibra e si contorce come un serpente a sonagli.

Martese batte due dita sulla mia spalla.

"Allora… Ho analizzato il video della tua rissa," mi dice, tirando fuori il telefono. "E ci sono un paio di cose che vorrei farti notare. Sempre se tu sei d'accordo."

Per la miseria, ragazzi! Sembra che tutti gli adulti siano ossessionati da quel video e vogliano per forza guardarlo insieme a me. Prima il mio psicoterapeuta e adesso il coach Martese. Che diavolo vuole farmi notare? Non c'è niente da vedere. Ho sbagliato un colpo, sono caduto, mi hanno riempito di botte e sono stato salvato da un insegnante. Fine della storia.

Senza farmi troppi problemi, gli dico: "Sinceramente, no. Non sono d'accordo. Non c'è niente al mondo che odio più di quel video e non vorrei guardarlo nemmeno se mi pagassero."

Per un attimo, temo di averlo offeso. So che sta solo cercando di aiutarmi, e adesso eccolo qua che mi guarda con gli occhi sgranati. E poi, di punto in bianco, scoppia a ridere.

"Ti capisco, fratellino! Non c'è niente di peggio che guardare le proprie sconfitte. Ma lo sai come si dice nel nostro ambiente? O vinci o impari. Se ti fanno il culo, puoi solo imparare dai tuoi errori e fare meglio la prossima volta. Non imparare nulla è l'unica vera sconfitta." A questo punto, rimane un po' a guardarmi e poi alza le spalle. "Non importa, sei libero di decidere. Se non ti va, non ti va."

Finalmente posso tirare un sospiro di sollievo. Dico sul serio, non ho nessuna voglia di guardare quella roba. L'ho già fatto una volta, e ne ho a sufficienza per una vita intera. Non sono nemmeno riuscito a finirlo, perché a un certo punto mi sono sentito così in imbarazzo che ho dovuto fermarlo.

Ma non imparare nulla è l'unica vera sconfitta. Mi hanno fatto il culo, questo è certo. Forse dovrei approfittarne per imparare qualcosa e fare in modo che non succeda mai più.

"E va bene, guardiamolo," dico, tutto d'un fiato.

Martese ha già pronto il filmato sul suo telefono. Lo gira verso di me, in modo da lasciarmi vedere, e poi schiaccia *play*.

Vedo Todd che mi spinge a terra, accelerando la mia caduta, e lo stomaco mi si contorce dalla rabbia. Mi sale sopra, mi blocca tra le ginocchia. Quando inizia a prendermi a pugni, la mia unica reazione è cercare di proteggermi e sperare che qualcuno lo fermi.

"Prima di tutto concentriamoci su... com'è che si chiama il tuo compagno di scuola?"

"Todd."

"Ecco, immagino che questo Todd non abbia mai preso una lezione di arti marziali in vita sua, ma sa bene cosa fare: schiva il colpo, ti spinge a terra e poi stabilisce una posizione dominante che in gergo si chiama *montada*, o posizione a cavalcioni. Quando ti trovi sotto una *montada* sei nei guai fino al collo, ma c'è anche di peggio. Come quando ti prendono la schiena."

Ti prendono la schiena? *Montada*? Martese sta cominciando a parlare una lingua che mi è del tutto estranea.

Quando mi guarda in faccia, si accorge del mio sguardo perso nel vuoto siderale. "Lascia perdere i termini tecnici, non devi memorizzarli adesso. Li imparerai a poco a poco... Anzi, facciamo qualcosa di più interessante! Vieni sul materassino, ti faccio vedere come funziona," mi dice, battendo una mano su uno dei riquadri neri.

Aspetta un secondo! Io sono venuto qui solo per guardare. Non sono per niente preparato a mettere in scena una simulazione della mia rissa.

"No, aspetta, ho un'idea migliore. Tu resta lì e guardaci, così potrai capire meglio la dinamica. JARED!" Grida, chiamando il tizio tatuato. "Ti rubo soltanto un minuto! Devo spiegare a Dylan come si fa una *montada*."

Jared arriva di corsa e si stende sul tappetino, con la schiena a terra.

"Quella che stai per vedere è una *montada* alta," dice Martese, sedendosi sul petto di Jared.

"Che diamine, fratello! Ti sei fatto montare come un pivello?" Mi domanda Jared. La sua voce è incredula, forse anche un po' disgustata.

Non so nemmeno cosa ho fatto, ma l'ho fatto. È innegabile.

"Sì," ammetto, abbassando la testa. Era davvero necessario guardare questo stupido filmato? So già di aver sbagliato. So di non essere un lottatore, anzi, probabilmente combatto peggio di come nuoto. Ho un bellissimo occhio nero che lo dimostra, e non c'era nessun bisogno di umiliarmi così.

"Oh no, Coach, non voglio guardare," dice Jared, senza mai rinunciare al suo sorrisetto. "Troppi brutti ricordi." A quel punto distoglie lo sguardo dal telefono e lo pianta sul viso di Martese Terra. "Ricordi quando ho combattuto con Velasquez? È stato un fallimento totale. Sono finito sotto la sua *montada* e nel giro di un minuto mi ha ridotto la faccia a una mer..." Jared si interrompe e decide di puntare su un termine meno impressionistico. "A una poltiglia informe, tipo purea di patate."

Al ricordo dei pugni in faccia, Jared comincia a ridere. La prima volta che l'ho visto, sul marciapiede, questo ragazzo mi sembrava una specie di Pitbull da combattimento, ma adesso che lo vedo ridere dei propri fallimenti, mi fa pensare a un Golden retriever – uno di quei cani che sembrano sempre felici, qualsiasi cosa succeda attorno a loro.

"Restiamo concentrati," lo rimprovera Martese, facendo un cenno verso di me. La sua espressione è seria, come a dire che non è più tempo di scherzare.

"Chiedo scusa, Coach."

"Avvicinati, Dylan," dice Martese. "Quella che vedi adesso è una *montada*. Significa che il tuo avversario è riuscito a superare la barriera delle tue gambe e ti si è praticamente seduto sopra. Se riesce a raggiungere la *montada* alta, cioè se porta il bacino all'altezza del tuo petto, sei davvero nei guai. Uscire da una *montada* alta è difficilissimo, e in una rissa di strada o in un match di MMA, dove si possono tirare pugni, i colpi del tuo avversario cadranno in verticale, aiutati dalla forza di gravità."

Finge di colpire Jared con un pugno in faccia e lui alza le mani per proteggersi.

"È proprio quello che ti è successo con Todd. Il ragazzo ha conquistato una *montada* alta e poi ha cominciato il terribile balletto del 'ground and pound', ossia menare colpi alla cieca, possibilmente mirando al viso. Devo ammettere che sei stato abbastanza bravo a proteggerti, perché avrebbe potuto farti molto più male. Con un po' di esperienza, avresti potuto scegliere un'altra strada: abbracciarlo e attirarlo verso di te, in modo che le sue braccia non potessero distendersi completamente. Ma tu hai agito di istinto e sei riuscito a coprirti decentemente."

In altre parole: non sono stato un disastro totale, ma avrei potuto fare di meglio. Non sono sicuro che sia un vero complimento.

Martese scioglie la posizione, si alza in piedi e poi aiuta Jared a rialzarsi. "Ehi, non fare quella faccia. Anche i fighter più esperti perdono una battaglia, di tanto in tanto. La sconfitta è un fantasma, arriva quando vuole, attraversando anche le pareti più solide. Se ti vuole, non c'è modo di tenerla lontana."

Ripenso alle sue parole di poco fa. O vinci o impari. L'unica vera sconfitta è non imparare niente. "Cosa avrei dovuto fare?"

"Prima di tutto, devi spiegarmi una cosa. Come è iniziata? Il video comincia con te che cadi a terra, ma prima deve essere successo qualcosa."

Faccio un respiro profondo. Devo dirgli la verità, anche se preferirei risparmiarmi l'ennesima figuraccia.

"Mi aveva preso in giro. Così ho cercato di dargli un pugno in faccia."

Ormai sono quasi sicuro che mi chiederà cosa aveva detto Todd. Tutti gli adulti a cui ho raccontato questa storia, dal preside ai miei genitori, hanno voluto saperlo. Martese, invece, sembra completamente disinteressato alla questione.

Si mette di fronte a me e poi mi dice, "Facciamo finta che io sia quel tizio, Todd. Ti sto prendendo in giro perché sono un cretino stratosferico, ok? Tu cosa fai? Coraggio, tirami un pugno."

Jared ci sta guardando divertito. Qualche altra persona fa il suo ingresso nella palestra e fila verso gli spogliatoi senza badare a noi. Meglio così. Non voglio che vedano quanto sono deboli e da imbranato i miei pugni, visto che qui ci si allena proprio per prendere a pugni la gente.

"Prima di tutto, sistemiamo la postura. Com'erano messi i tuoi piedi?"

Cerco di ricordarmi come ero posizionato e ruoto di qualche grado, rivolgendomi a Martese con il fianco destro. Ecco. Mi sento come se stessi per tirare un pugno contro un muro.

"D'accordo. Non è la posizione migliore del mondo, ma non è nemmeno un disastro. Adesso parliamo del pugno. Un gancio destro, se non sbaglio."

Devo pensarci per qualche secondo. Sì, era un destro, su questo non c'è dubbio. Chiudo la mano e mi preparo a colpire.

"Perfetto, mi è tutto chiaro," dice Martese, risparmiandomi ogni ulteriore imbarazzo.

"E allora? Cosa ho sbagliato? Cosa avrei dovuto fare?"

"Todd ti ha preso in giro, giusto?" Dice lui.

Rispondo con un cenno della testa.

"E allora avresti dovuto chiedergli di non farlo più."

Tutto qua? È questo l'incredibile consiglio del leggendario allenatore di MMA? Comincio a chiedermi se quest'uomo sia mai andato a scuola. Provateci voi. Provate a chiedere a un bullo di smetterla, di non prendervi in giro mai più. Vi scoppierà a ridere in faccia.

Comincio a pensare che tutta questa storia sia solo un enorme spreco di tempo. Che ci faccio qui? Non ho bisogno dell'ennesimo adulto che mi insegni ad essere la vittima perfetta dei bulli.

"Cosa c'è? Perché mi guardi così?" Mi domanda Martese. "Come diceva sempre mia nonna: *lascialo cuocere nel suo brodo*."

"Non mi sembra una gran bella idea."

"Almeno sai cosa significa?"

"Se qualcuno sta facendo degli errori, prima o poi finirà male. Tu devi solo lasciare che si rovini con le sue mani." È giusto? Credo che voglia dire qualcosa del genere, ma non ne sono sicuro.

"Esattamente. Se tu gli chiedi di smettere, in un certo senso lo stai aiutando. Questa strategia si chiama 'disinnescare' ed è alla base della nostra filosofia di vita."

"E se non mi dà ascolto?"

"Jared, vieni qui. Ho bisogno di un delinquente da vicolo buio."

L'espressione di Jared cambia di colpo. Lo so che è tutta una recita, ma mi mette paura. Ha gli occhi sgranati e il petto gonfio. Le sue mani si stringono. "Che cos'hai da guardare? Eh? Ce l'hai con me? Hai qualcosa contro di me?"

Martese gli si para davanti, si batte il petto con una mano, poi la solleva a strofinarsi il mento. "Non ho niente contro di te, fratello. Mi stavo solo facendo una passeggiata."

Jared si gonfia ancora di più. "Perciò non ti importa niente di me? Per questo gran signore io valgo meno di zero. Il principe dei miei stivali non mi considera nemmeno!"

Si sta avvicinando sempre di più a Martese. Anche se mi rendo conto che sta recitando, sento il mio battito cardiaco che accelera.

Avanzando ancora, Jared va a sbattere contro di lui, petto contro petto. Quello che è successo subito dopo... beh, ho qualche problema a raccontarlo, perché è successo in un lampo. Jared avvicina la faccia a Martese e prova a dire qualcosa, ma Martese lo fa girare come una trottola e gli passa un braccio intorno al collo, stringendogli la gola. Poi solleva l'altro braccio, aggrappandosi al bicipite con la mano e facendo ancora più forza attorno al suo collo.

Jared, che non può più respirare, batte tre colpetti veloci contro il braccio di Martese, che subito lo lascia andare.

Sono colpito, ma non ci ho capito niente.

"Non avevi detto che bisogna disinnescare? Bella filosofia di vita, complimenti..."

"Ci ho provato. Più di una volta. Ma appena il criminale mi ha messo le mani addosso, ho scelto di difendermi." Martese mi appoggia una mano sulla spalla. "Dylan, se qualcuno ti prende in giro, non puoi tirargli un pugno senza preavviso. Rischi di metterti nei guai, potresti perfino beccarti una denuncia e finire in tribunale. Se cerchi di disinnescare la situazione, invece, sei protetto su tutti i fronti. Magari quell'idiota insisterà, finirà per attaccarti e si farà male, ma sarà stata tutta colpa sua. Ti ha colpito e ti ha costretto a difenderti. Fine della storia."

Ha ragione, ma i miei insegnanti la penserebbero diversamente. Soffocare qualcuno perché ha cercato di picchiarti mi sembra un po' troppo brutale come soluzione.

"No, aspetta, c'è un altro punto che bisogna chiarire. Jared, ti sei fatto male?" Gli domanda Martese. "Ossa rotte? Occhi neri? Ferite o lividi?"

Jared sorride e scuote la testa. "Niente di niente. Sto bene."

A quel punto Martese si volta di nuovo verso di me. "Hai capito, Dylan? L'unica cosa che devi fare a pezzi è la superbia del tuo avversario. Ed è un bene anche per lui, fidati."

Batte le mani e si stringe nelle spalle. "Allora? Te ne stai lì a guardare o vuoi imparare qualcosa?"

Capitolo Dodici

Nello spogliatoio dei maschi, Jared mi insegna ad allacciarmi il *gi*. C'è un lungo laccio che deve essere infilato in una serie di passanti, in modo da stringere i pantaloni per bene. Poi bisogna indossare la giacca, che in questo caso è una misura più grande della mia. E per finire, la cintura. Una pesante cintura bianca con le due estremità nere. Jared me la fa passare intorno alla vita, poi la annoda stringendo forte e fa un passo indietro.

"Tutto fatto. Sei ufficialmente il lottatore più pericoloso della nostra palestra."

"Potresti evitare di prendermi in giro?" Gli dico.

"I novellini sono sempre i più pericolosi. Una cintura bianca non ha la più pallida idea di ciò che sta facendo. Quando finiscono a terra, tirano calci e pugni a casaccio, rischiando di far male a qualcuno." Mi dà una pacca sulla spalla e per poco non crollo a terra.

In quel momento, il coach Martese fa il suo ingresso nello spogliatoio.

"Siamo pronti, ragazzi? La lezione sta per cominciare."

Il suo sguardo cade sulla mia protesi e rimane lì, bloccato. "Che ne dici, vuoi toglierla?"

No. Non credo di volerlo fare. "La mia gamba? Dovrei togliermi una gamba?"

"Il ginocchio è in metallo, no?" Mi domanda.

"Titanio al cento per cento."

"E allora ti consiglio di toglierla. Se becchi qualcuno in faccia con quel coso, potresti fare un bel danno."

Capisco le sue paure e le condivido, ma potrei aggiungerne molte altre. Prima di tutto ho paura che la protesi rimanga incastrata al moncherino quando finisco al tappeto. Le conseguenze sarebbero terribili, potrei spezzarmi le ossa o lussarmi un'anca, o perfino qualcosa di peggio. E poi c'è un'altra paura, di natura completamente diversa: ho paura di mostrarmi senza una gamba davanti a tutti questi sconosciuti.

Odio farmi vedere così, perfino in piscina, dove l'acqua nasconde le mie deformità. Ma qui sarebbe ancora peggio. Niente acqua. Niente che possa farmi sembrare normale.

Martese, che sembra dotato del potere di leggere nel mio pensiero, sorride. "Non ti preoccupare Dylan. Gli altri saranno troppo occupati ad allenarsi. Nessuno baderà a te. E poi, anche se dovessero guardarti, quale sarebbe il problema?"

"Mi sento a disagio," rispondo, guardando il mio moncherino, rintanato all'interno della protesi e nascosto sotto il coprimoncone. "Sono una specie di mostro. Uno scherzo della natura."

"Uno scherzo della natura?" Ripete lui.

"Beh, non è stata la natura a ridurmi così, ma… Sicuramente non sono normale!"

Martese mi appoggia una mano sulla spalla e mi guarda dritto negli occhi. Per un attimo, penso che stia per farmi il solito discorsetto in stile "Non sei un mostro, sei speciale," che mi rifila sempre mia madre quando ho un momento di crisi.

"Pensi che le altre persone che vengono qui ad allenarsi siano normali? Le hai viste? Accidenti! Guardati intorno, Dylan. Io ti sembro normale? Jared è normale? Le persone normali non resistono a lungo, qui dentro." I suoi occhi castani sembrano penetrare negli angoli più nascosti della mia mente. "E poi, a chi diavolo piace la normalità? Senza gli emarginati e gli scherzi della natura come noi, chi avrebbe il coraggio di cambiare il mondo?"

———

Quando esco dallo spogliatoio, saltellando su una gamba sola, la palestra si è riempita di sconosciuti. Stanno tutti aspettando che cominci la lezione, e molti di loro non riescono a smettere di guardarmi. Un tizio sgrana gli occhi, tossisce e dà un colpetto di gomito all'uomo che gli sta accanto.

Lo sapevo. È stata una pessima idea. Adesso vorrei solo fare marcia indietro, tornare nello spogliatoio, togliermi questo ridicolo *gi*, indossare i miei vestiti da sfigato, infilarmi la protesi e poi andarmene il più lontano possibile da qui.

Ma è soltanto una lezione, mi dico. Sessanta minuti di umiliazione sotto gli occhi di tutti. Ho sopportato di peggio. Ormai sono qui, tanto vale dare una possibilità al coach Martese. D'accordo, lo faccio, ma soltanto per lui.

"Cominciamo, ragazzi. Mettetevi in riga!" Dice Martese. "Formate due file, alle estremità del tappetino, e poi cominciamo a riscaldarci con una serie di capriole."

Capriole? Dove siamo, all'asilo? Non dovevamo imparare a combattere?

Adesso sembra una lezione di educazione fisica in pigiama. Gli aspiranti lottatori si dividono in due file, si mettono alle due estremità della stanza e cominciano a fare capriole sul tappeto, passando da una parte all'altra.

Martese mi fa cenno di raggiungerlo su un lato del tappetino e poi mi spiega cosa devo fare. "Appoggiati sulla spalla e rotola in avanti. Non caricare il peso sul collo."

Provo a fare come mi dice e comincio a rotolare sul bordo del tappeto. È un po' come fare una vasca in piscina. Al terzo tentativo, mi sembra di aver acquistato un po' di sicurezza. La quarta capriola va liscia come l'olio. E poi Martese richiama l'attenzione degli allievi e annuncia il prossimo esercizio di riscaldamento: la *drumroll*, meglio conosciuta come "capriola all'indietro".

Anche stavolta, il segreto è appoggiarsi sulla spalla invece che sul collo. Martese mi mostra come fare, quindi rimango per qualche istante ad osservare gli atleti che rotolano all'indietro, veloci come il vento. Il tizio che aveva sgranato gli occhi al mio arrivo mi passa davanti e mi incoraggia alzando il pollice.

Martese inizia a riscaldarsi con gli altri, ma dopo qualche minuto di capriole ci ferma di nuovo. "Basta così ragazzi. È l'ora dei gamberetti!"

Gamberetti?

Ho sentito bene?

Martese torna verso di me e si affretta a spiegarmi. "Il gamberetto è la mossa più utile che imparerai oggi. Guarda bene."

Per fare il gamberetto bisogna prima di tutto stendersi a terra. Appoggiando la pianta di un piede sul tappetino, si utilizzano i muscoli delle gambe per far leva sulle anche, ruotando di lato e appoggiandosi su una spalla. In questo modo, il sedere si solleva e ricade all'indietro, permettendo uno spostamento rapido di qualche centimetro. È una mossa ridicola da vedere, che ti fa assomigliare a un vero gamberetto.

"È tutto un gioco di anche, capisci?" Mi dice Martese. "Devi ruotare e sollevarti contemporaneamente."

Non sono del tutto convinto. Il movimento mi è chiaro, ma perché dovrei imparare a fare il gamberetto se voglio prendere a calci in culo qualcuno? Il mondo è pieno di predatori terrificanti: leoni, orsi, giaguari, serpenti velenosi. Non penso che il gamberetto figuri tra i dieci animali più mortali del mondo, ma se il coach Martese la ritiene una cosa utile, allora imparerò.

Terminata la sequenza del gamberetto, concludiamo il riscaldamento con degli esercizi molto più tradizionali. Prima di tutto sciogliamo i muscoli del collo, poi facciamo qualche serie di addominali, esercizi di estensione della schiena e per finire ci mettiamo a quattro zampe, sollevando le gambe in maniera alternata. Io eseguo il tutto nell'angolo della stanza, dove posso controllare che nessuno mi stia fissando mentre cerco di eseguire l'ultimo esercizio con una gamba sola.

Quando il riscaldamento è finito, Martese fa cenno a Jared di avvicinarsi. Si mettono seduti al centro del tappeto e tutti gli altri si raccolgono in cerchio attorno a loro.

"Come vi avevo anticipato, questa settimana lavoreremo sulle strategie per fuggire da una presa alla schiena. Forza, cercatevi un compagno."

Rimango a guardare mentre si formano le coppie. Fantastico. Ho la stessa sensazione di quando i miei amici devono formare due squadre chiamando una persona per volta. Non importa quale sia il gioco o lo sport, io sono sempre l'ultimo a essere chiamato. E poi qui sono nuovo, per non parlare del fatto che ho una gamba sola.

E invece... un attimo dopo un tizio asiatico poco più grande di me si avvicina e mi appoggia una mano sul gomito. È di corporatura esile e ha un'aria vagamente da nerd, ma a differenza mia indossa una cintura blu. Stando a quello che ho letto su internet, passare dalla cintura bianca alla blu è un'impresa degna di nota. Non funziona come in molte altre arti marziali, dove la promozione agli esami per la cintura è praticamente garantita. Nel jiu-jitsu brasiliano ci vogliono almeno due anni di duro allenamento per avere la chance di indossare quella cintura.

"Piacere, io sono Kyle," mi dice, presentandosi.

"Piacere, Dylan."

Battiamo il pugno e poi ci scambiamo una specie di colpetto col palmo della mano, un gesto che da queste parti sembra essere l'equivalente di una semplice stretta di mano.

Nel frattempo Martese si è disteso sul tappetino e Jared ha preso posizione alle sue spalle, come se dovesse farsi portare a cavalluccio, ma sottosopra, con la schiena a terra e lo sguardo rivolto al soffitto.

"Ecco qua," spiega Martese. "Ho fatto un errore madornale e Jared mi ha preso alle spalle, guadagnandosi la posizione più pericolosa che esista. Le gambe sono agganciate, perciò non ho speranze di scollarmelo, d'accordo?"

Mentre lui pronuncia quest'ultima frase, Jared provvede a mostrare la solidità della sua presa muovendo le gambe, che avvolgono quelle del suo avversario come due serpenti, e sollevando i talloni quasi fino all'altezza del bacino di Martese.

"Secondo voi cosa ha intenzione di fare il nostro amico?" Domanda Martese.

"Uno strangolamento!" Grida qualcuno.

"Esattamente. Una *rear naked choke*, per la precisione. Se non difendo in modo efficace e se non trovo una via d'uscita, mi spedirà dritto nel mondo dei sogni. Beh, se questo è un match di BJJ posso sempre arrendermi, ma se fosse una rissa di strada? Che fareste? Vi lascereste strangolare col rischio di non risvegliarvi mai più? No! Il vostro primo lavoro è quello di allentare la presa con una o due mani. Così."

Afferra una delle mani di Jared. "Mano sulla sua mano, afferrate all'altezza del pollice. La seconda mano va agganciata più in basso, vicino al polso, in modo da poter fare forza e aprire un po' la sua presa. Una volta preso il controllo del suo braccio, il pericolo più immediato è scongiurato. Adesso possiamo cominciare a costruirci una via di fuga."

Ci mostra come sfuggire, ossia divincolandoci come degli ossessi per poter appoggiare una spalla a terra.

A quel punto, con uno scatto, si libera dalla stretta di Jared. "Avete capito? Provatela con il vostro compagno. Pronti? Tre, due, uno, via!"

Finito il conto alla rovescia tutti si scambiano il solito schiaffetto sulle mani e poi cominciano a provare la mossa.

Io mi sdraio sul tappetino, ruotando di lato per permettere a Kyle di "prendermi la schiena". Kyle conficca i talloni sul mio bacino e mi avvolge nella sua presa, facendomi passare un braccio intorno al collo.

Passando dalla teoria alla pratica, ho dimenticato immediatamente i consigli di Martese sull'usare le mani per allentare la presa e non ho la più pallida idea di dove vadano posizionate. Sono così confuso che Kyle deve aiutarmi, spostandomi letteralmente le mani.

"Una qui e una qui. Vai. Difenditi."

Lentamente, con ogni goccia di forza che mi è rimasta in corpo, riesco a spostare il suo avambraccio lontano dal mio mento. So che Kyle mi sta lasciando vincere e che potrebbe strangolarmi in un attimo, se solo volesse, ma sembra proprio che non voglia.

Dopo avermi lasciato eseguire la brutta copia della contromossa di Martese, che nella sua versione era incredibilmente fluida ed elegante, ci scambiamo di posto e ci prepariamo a ripetere la cosa.

Ma c'è un problema. Ho soltanto un tallone, e bisogna usare entrambi i talloni per bloccare il bacino dell'avversario e impedirgli di filarsela. Non c'è niente che possa impedire a Kyle di scivolare su un lato e sganciarsi dalla mia presa.

Kyle prende tempo ed esegue la contromossa proprio come se fosse immobilizzato da due gambe solide e robuste, ma ancora una volta sta soltanto fingendo. Avrebbe potuto liberarsi in un nanosecondo.

Adesso devo confessarvi una cosa: quando ho visto il coach Martese che faceva la sua dimostrazione sul tappeto, ho pensato immediatamente alla mia rissa con Todd. Avrei dovuto prendergli la schiena, stringergli il collo con un braccio e soffocarlo finché non si fosse arreso.

Se ci fossi riuscito, le cose sarebbero andate in maniera molto diversa. I miei compagni di classe mi avrebbero guardato come un vero duro, un tipo tosto e pericoloso, da cui è meglio girare alla larga. E poi nessuno sarebbe finito nei guai, perché avrei potuto sciogliere la mia presa mortale e lasciarlo andare senza nemmeno un graffio, dopo averlo costretto a supplicarmi. Sarei stato io il padrone del suo destino, come uno di quegli imperatori romani che alzavano il pollice per risparmiare la vita ai gladiatori.

Insomma, oggi una cosa l'ho imparata: sottomettere qualcuno soffocandolo e costringendolo ad arrendersi è una cosa cazzuta. Molto più che vincere una rissa a suon di pugni e calci.

Eppure, c'è un piccolo problema da superare: come penso di riuscirci, visto che mi manca una parte del corpo essenziale per immobilizzare il mio avversario? Mi sento inutile e impotente, e tutto per via di quella stupida gamba.

"Come sta andando, ragazzi?"

Alzo la testa e mi accorgo che il coach Martese ci sta guardando.

"Male. Non ho niente per bloccarlo su questo lato," gli spiego, confessando le mie preoccupazioni.

Martese fa un passo indietro e si accarezza il mento. "Dunque… Prova a fare pressione con il moncherino contro l'interno dell'anca. Dovrebbe essere più o meno la stessa cosa."

Non riesco a trattenere una specie di smorfia. L'estremità del mio moncherino è ancora super-sensibile e mi aspetto di sentire un bel po' di dolore. Appena comincio a fare pressione contro l'anca di Kyle, una fitta mi risale lungo la gamba e su per la schiena.

"Non ce la faccio. Mi fa troppo male."

"Va bene, fammi pensare a un'alternativa," dice Martese, sedendosi sul tappetino e facendomi segno di spostarmi per prendere il mio posto.

Distende la gamba sinistra all'esterno per fingere che sia fuori gioco.

"Allora…" dice, come se stesse cercando di risolvere un problema di geometria, e in effetti quello che sta facendo assomiglia molto a un complicato quesito geometrico.

Sposta la gamba destra in modo che il polpaccio trattenga il bacino di Kyle, come una sorta di barra orizzontale, poi allunga la mano sinistra fino ad afferrare la sua caviglia per rendere ancora più salda la presa. "Mi sembra una presa solida! Kyle, prova a liberarti."

Kyle si contorce e si agita, cercando di appoggiare una delle due spalle sul tappeto, ma non ci riesce. Di punto in bianco, Martese molla la presa sulla sua caviglia. Kyle cerca di scivolare via, ma la mano del coach è già scattata verso l'alto. Il braccio si avvolge intorno alla gola di Kyle, la mano gli afferra una spalla e la morsa di Martese si stringe a poco a poco, inesorabile.

Un attimo dopo, sento il povero Kyle emettere un rantolo dal fondo della gola. Con una mano, batte dei colpetti sul braccio di Martese, che subito lo libera.

"Adesso prova tu," mi dice, rimettendosi in piedi e lasciando che Kyle si presti a un nuovo tentativo di strangolamento. "Quando lasci la caviglia, lui penserà di essere libero. A quel punto devi essere un fulmine: prendigli il collo e non mollarlo più."

Eseguo. Il mio movimento è tutt'altro che fluido, ma riesco a portare l'avambraccio sulla sua gola con uno scatto.

"Perfetto, adesso aggrappati alla spalla per fare più pressione. Così."

Kyle batte sul mio braccio per arrendersi. Ha funzionato. Lo stavo soffocando sul serio. Certo, ha alzato un po' il collo per lasciarmi aggiustare meglio la presa, e avrebbe potuto afferrare il mio braccio con una mano evitando di finire incastrato, ne sono sicuro, ma la mia stretta è stata efficace.

"Hai visto?" Grida Martese, esultante. "È solo una questione di piccoli aggiustamenti! Non pensare a ciò che ti manca, pensa a sfruttare bene quello che hai."

A fine lezione mi siedo sul bordo del tappetino e osservo gli altri che fanno *rolling*. Nel BJJ il *rolling* è il corrispettivo dello *sparring* nella boxe: una sorta di caos controllato in cui tutti crollano a terra e cercando di soffocarsi a vicenda, oppure si impegnano per mettere a segno delle complesse leve articolari che sembrano dolorose da morire. Eppure sembra che tutti si stiano divertendo.

È la cosa più strana che io abbia mai visto. Tutta questa gente che in apparenza sta facendo del suo meglio per staccare le braccia a qualcuno, ma col sorriso stampato sulla bocca.

Le coppie si formano per la durata di un round, ossia cinque minuti. C'è un enorme timer digitale montato sul muro che segna l'inizio e la fine di ogni round con un sonoro bip.

Poco prima del segnale, ogni coppia si batte i pugni, si saluta con il solito schiaffetto e poi si comincia, fino a quando uno dei due non si arrende. Alla fine del round il timer viene azzerato, le coppie si mischiano e poi tutto riparte.

In genere, alla fine di un round, gli avversari si abbracciano o si battono di nuovo il pugno, poi uno dei due provvede a mostrare all'altro la mossa che ha utilizzato per vincere, suggerendo qualche strategia che avrebbe potuto salvarlo dalla sconfitta. A quel punto, scelgono un altro compagno e ricominciano a lottare come se niente fosse.

Lo spettacolo mi affascina a tal punto che non mi accorgo quando arriva il momento di tornare a casa. Come una strana Cenerentola con una gamba sola, mi guardo intorno per cercare la protesi e me la infilo in tutta fretta, prima che la magia si infranga allo scoccare della mia mezzanotte.

Mentre esco dalla palestra, Martese mi consegna dei fogli di carta.

"Se vuoi continuare ad allenarti con noi, devi convincere uno dei tuoi genitori a firmare i moduli di iscrizione. Qui ci sono gli estremi per il bonifico e questa è la quota di iscrizione. Se hai difficoltà economiche, offriamo una tariffa agevolata per gli studenti che ci aiutano a tenere pulita la palestra."

Non so più cosa dire. Mi ha preso in contropiede. "I miei genitori non sanno nemmeno che io sono qui."

Martese mi lancia la stessa occhiata di delusione con cui mi aveva trafitto quando gli ho raccontato del modo in cui avevo fatto scattare la rissa con Todd.

"Mia madre non mi avrebbe mai lasciato venire," gli spiego, stringendomi nelle spalle.

"E allora chiedi il permesso a tuo padre. In un modo o nell'altro, dobbiamo convincerli a firmare quei moduli, se vuoi continuare a combattere."

In quel preciso istante le porte della palestra si aprono di colpo e la ragazza coi capelli rosa e i tatuaggi fa il suo ingresso in scena. Indossa un completo professionale da MMA – pantaloncini aderenti e una *rash guard*, una di quelle tutine anti-abrasione che utilizzano i fighter in TV. Si toglie le scarpe, le lancia in un angolo e corre verso la gabbia, trascinandosi dietro il suo borsone di tela.

Jared apre la gabbia con un gesto teatrale, come se fosse il portiere di un appartamento dei quartieri alti, e la lascia entrare. Poi la segue all'interno. La ragazza tira fuori un paradenti dal suo borsone e se lo infila in bocca. Quindi tira fuori un unico guanto da MMA e lo appoggia a terra.

"Anche stavolta hai dimenticato l'altro guanto, eh? Sei davvero incorreggibile, Santana," ridacchia Jared.

Santana sorride e gli mostra il dito medio. Poi solleva il braccio sinistro, lo afferra all'altezza del gomito e sgancia l'intero avambraccio, staccandolo dal resto del suo corpo. Quindi infila la protesi nel borsone e chiude la cerniera.

Io rimango a bocca aperta, completamente fulminato dalla scena che ho appena visto. Non mi ero accorto che avesse un braccio solo. Era impossibile notarlo. Quando se l'è sganciato, ho avuto una sensazione strana, quasi paranormale, come vedere una testa staccata dal collo o qualcosa del genere.

Devo averla fissata davvero a lungo, perché a un certo punto Santana mi fulmina con lo sguardo.

"E tu che diavolo hai da guardare?"

"N…niente." Balbetto.

Martese accorre immediatamente in mio aiuto e mi appoggia una mano sulla spalla.

"Santana è una delle nostre migliori lottatrici," dice Martese. "MMA. Purtroppo può combattere soltanto con gli *ama*, ma presto arriverà il suo momento!"

Ama? L'espressione sulla mia faccia deve essere uno spettacolo unico, un trionfo di confusione e smarrimento.

"Gli *amateur*, i lottatori di livello dilettantistico," mi spiega. "Negli Stati Uniti devi avere almeno diciotto anni per competere a livello professionale, perciò dovrà rimanere con gli *ama* ancora per un anno."

Santana ha diciassette anni? So che le ragazze sembrano spesso più grandi della loro età, specialmente quando si truccano, ma lei sembra molto più grande delle ragazze che frequentano gli ultimi anni nella mia scuola. Ha la sicurezza di una studentessa universitaria e il fisico di una donna adulta.

Mi chiedo se sia questo il motivo per cui non ho notato il suo braccio finto. Certo, i capelli rosa e i tatuaggi sono un'ottima distrazione, ma non è questo il punto. C'è qualcos'altro che nasconde tutti i suoi difetti: il suo modo di essere, la sua personalità magnetica.

All'interno della gabbia, Jared ha raccolto uno di quei pad imbottiti che si usano per allenare pugni e calci. Se lo sta allacciando addosso, con una cintura che passa intorno al busto.

"Su cosa vuoi lavorare oggi?" Le domanda.

"La ginocchiata volante, che domande!"

"Ah, ci siamo messi a imitare Jorge Masvidal?" Ribatte Jared. "Ottima idea! Mi piace!"

"E a chi non piace? Forse al mio prossimo avversario, dopo che si sarà beccato un bel colpo alla Masvidal in faccia," dice lei, gonfiando il petto e lasciandosi affondare nelle maglie metalliche della gabbia.

Si volta ancora a guardarmi. Il suo labbro superiore si arriccia lasciandomi intravedere il paradenti: invece dei suoi denti bianco latte, tiene in bocca una fila di minuscoli teschi.

Scuoto la testa e cerco di riprendermi.

"Mi dispiace, ma adesso devo proprio andare," dico al coach Martese, salutandolo.

Mentre mi incammino verso l'uscita, dei rumori mi fanno ruotare di scatto: Santana attraversa la gabbia correndo, poi spicca un salto e colpisce col ginocchio il pad imbottito che Jared tiene allacciato al busto. Il colpo lo fa arretrare di qualche passo.

"Grande!" Grida lui. "Questo è un KO da pronto soccorso, baby!"

Santana torna alla posizione di partenza, una mano sul fianco e uno sguardo da vera dura stampato in faccia.

Capitolo Tredici

"Come è andata in biblioteca?" Domanda mia madre appena ci sediamo per cenare con le sue leggendarie *fajitas* di pollo e un contorno di insalata.

Appena tornato a casa dall'allenamento ho saccheggiato il frigo, ma ho ancora una fame da lupi. Tra gli allenamenti di nuoto e gli esercizi di jiu-jitsu, devo aver bruciato una quantità di calorie incalcolabile.

Sapevo che la mamma mi avrebbe chiesto com'era andata. Mi ero preparato. Non ho nessuna intenzione di mentire, ma devo prendere tempo. Il momento migliore per rispondere? Quando avrà la bocca piena di *fajitas*.

"Non ci sono andato."

Non potendo parlare, fissa mio padre attraverso il tavolo. È una cosa da genitori, un metodo di comunicazione non verbale che padroneggiano alla perfezione. Questa volta la mamma sta dicendo "Ci pensi tu o devo indagare io?", ma con una leggera sfumatura di "accidenti, il ragazzo sta combinando qualcosa che non mi piace!"

"Problemi a scuola?" Domanda mio padre.

"No, a scuola tutto bene." Nei limiti del possibile, naturalmente. Non mi metterò certo a fare una conferenza su quanto sia difficile essere un emarginato e un reietto, anche perché servirebbe soltanto a far innervosire ulteriormente mia madre.

"E allora cos'è successo? Dove sei stato?" Mi domanda.

Allacciare la cintura di sicurezza. Prepararsi all'impatto. "Hai presente il tizio dell'altro giorno? L'allenatore brasiliano? Sono andato nella sua palestra e mi ha spiegato tutti gli errori che ho commesso nella rissa con Todd. Poi sono rimasto per seguire la lezione. Era solo jiu-jitsu, niente di cui preoccuparsi."

Vorrei aggiungere: *anche perché sono qui, tutto intero, senza ossa rotte né arti permanentemente fuori uso*, ma forse è meglio non forzare troppo la mano.

"Ero solo curioso. Farò tutti i compiti dopo cena, promesso."

La forchetta della mamma cade sulla sua *fajita* mezza aperta. Mi guarda con gli occhi sgranati. "Come dici? Sei andato…"

Perché gli adulti fanno sempre così? Quando una cosa esce dai loro schemi mentali, fingono di non aver capito e ti chiedono subito: "Come? Cosa hai detto?" Ma se ti presti al loro gioco e glielo ripeti, pensano che stai facendo il saccente o che li stai sfidando, e finisci solo per beccarti una punizione.

Sapevo già che alla mamma non sarebbe andata giù, ma ho un asso nella manica, e ho deciso che questo è il momento buono per giocarlo.

"C'è una ragazza con un braccio solo."

"In che senso?" Domanda mio padre.

"Nel senso che ha un braccio intero e l'altro arriva solo fino a qui," gli dico, facendo un segno con la mano, all'altezza del gomito.

"Ha avuto un incidente?" Mi chiede.

"Non ne ho la più pallida idea. L'ho appena conosciuta."

"Era lì per allenarsi? Insomma, fa quella roba brasiliana? Jiu…jutsu, o come diavolo si chiama."

"No, lei pratica arti marziali miste, MMA. È nel circuito dei lottatori dilettanti, ma un giorno la vedremo nella UFC."

"Con un braccio solo?"

"Certo! Non è mica un problema!"

"E come fa a combattere, se le manca un braccio?"

Papà è stato risucchiato da questo risvolto imprevisto della conversazione, ma la mamma è un osso duro e non si lascia distrarre.

"Dylan, non ti ho mai dato il permesso di frequentare quel posto! Non voglio vederti combattere in una gabbia d'acciaio!" Lo dice con voce ferma, come se fosse una sentenza finale, senza possibilità di appello.

"E non mi ci vedrai mai! Io voglio iscrivermi al corso di jiu-jitsu! È molto più sicuro, non sono permessi calci e pugni, si usano soltanto le prese."

"Non mi interessa. Qualsiasi cosa sia, non devi più entrare in quella palestra."

"Perché no?"

"Perché è pericoloso," mi dice, senza rifletterci.

"Mamma, ti ho già spiegato che non è vero! Se il tuo avversario ti sta facendo male, basta battere tre colpetti e lui si ferma. Sono le regole."

Guardo verso mio padre, sperando che venga in mio aiuto, ma sembra totalmente perso nei suoi pensieri.

"Questa ragazza con un braccio solo…"

"Si chiama Santana," gli dico, incoraggiandolo a proseguire.

"Beh, i suoi genitori non si fanno problemi, giusto? Non hanno paura che si faccia male?"

Non ho la più pallida idea di cosa pensino i suoi genitori, ma non voglio sprecare questa occasione d'oro.

"No. Sono tranquilli," rispondo, mentendo spudoratamente.

"C'è soltanto un problema," dice mia madre, voltando pagina sul grande libro delle frasi fatte dei genitori, probabilmente stampato nel medioevo. "Noi non siamo i suoi genitori. Siamo i tuoi. Anche se dovesse essere uno sport sicuro – ma io ne dubito fortemente – non puoi mollare la scuola e la squadra di nuoto. Il prossimo anno avrai i test per l'ammissione al college, devi concentrarti sulla tua carriera!"

"Gli allenamenti di nuoto sono al mattino, mentre la palestra è nel pomeriggio. Hanno anche un programma speciale per gli studenti, che possono frequentare soltanto nel fine settimana. Potrei iscrivermi a quello, no?"

La mamma non si arrenderà mai, ha una risposta pronta per qualsiasi obiezione. "Dylan, nei weekend ci sono le gare di nuoto!"

"Non ci pensare nemmeno, mamma! Io non ci vado. Sono più lento del nuotatore più lento della squadra. In altre parole, faccio schifo. Il nostro allenatore non mi convocherà mai!"

"Se questo è il tuo atteggiamento, sono pronta a scommetterci," ringhia mia madre.

Come al solito, papà deve fare da paciere.

"Perché non facciamo un patto?" Propone. "Se vuoi andare a lezione di jiu-jitsu, devi mantenere la tua media a scuola. Scendi di mezzo punto ed è tutto finito. D'accordo? E dovrai continuare con gli allenamenti di nuoto." Mi guarda, in attesa di una mia risposta.

"Per me va bene," gli dico.

"E se poi si rompe qualcosa?"

Vi prego, spegnetela. Non ne posso più di sentirmi costantemente ripetere che potrei farmi del male. Non voglio più essere trattato come se fossi di vetro soltanto perché mi manca una gamba.

"Nel caso non te ne fossi accorta, mi sono già rotto qualcosa," le dico, battendo le nocche contro la mia protesi. "Pensi forse che questa gamba sia vera?"

Appena finisco di pronunciare queste parole, mi sento una bruttissima persona. Sono stato davvero crudele. Mi madre non lo sa, ma quando sono uscito dall'ospedale, dopo l'incidente, la sentivo piangere tutte le notti. Aspettava che me ne andassi a dormire e poi scoppiava a piangere nel suo letto, con mio padre che cercava di consolarla.

Mia madre si alza di scatto e corre in cucina. Io guardo verso mio padre. "Mi dispiace. Non volevo ferirla."

Papà scuote la testa. "Cerca di capirla. È preoccupata per te."

Faccio per alzarmi, ma lui mi ferma con un cenno della mano. "Dalle un minuto. Le passerà."

Mi siedo di nuovo. Guardo le *fajitas* nel piatto, ma il mio appetito è scomparso.

Nella mia testa, c'è un solo pensiero: ho appena mandato all'aria la mia unica possibilità per allenarmi alla Resilient. Anche se riuscissi a guadagnarmi i soldi per pagare l'iscrizione, Martese non mi permetterebbe mai di prendere lezioni senza una firma su quei maledetti   moduli.

Capitolo Quattordici

Appena ho finito di fare i compiti, apro il computer portatile e mi metto alla ricerca dei filmati del primissimo torneo organizzato dalla UFC. Martese mi ha consigliato di guardarli per capire meglio la storia del Brazilian Jiu Jitsu e delle sue origini.

UFC è una sigla che sta per *Ultimate Fighting Championship*, il primo torneo di arti marziali miste che sia mai stato organizzato ufficialmente nell'America del Nord. L'idea era quella di mettere insieme lottatori di diverse discipline, utilizzando una gabbia al posto del ring. Pugili contro artisti marziali, lottatori di wrestling contro cinture nere di karate e chi più ne ha più ne metta. L'obiettivo finale era quello di stabilire quale stile di combattimento fosse il migliore.

Allarme spoiler: il migliore di tutti era il Brazilian Jiu Jitsu.

Il BJJ delle origini è stato sviluppato da un tizio di nome Hélio Gracie, negli anni trenta del secolo scorso. Hélio era un ometto non troppo grosso, che da ragazzino aveva parecchi problemi di salute, e veniva preso continuamente di mira dai suoi coetanei.

A un certo punto Hélio non ne può più e decide di prendere lezioni di jiu-jitsu giapponese. La disciplina gli piace, la trova molto efficace, ma c'è qualcosa che non va. Già, il problema è la sua corporatura, il suo fisico tutt'altro che maestoso. Ed è qui che Hélio Gracie ha la sua grande illuminazione: l'idea di utilizzare le leve articolari in maniera devastante, incentrando su di esse l'intera disciplina e facendo in modo che un piccoletto possa sconfiggere un gigante in un batter d'occhio.

Una volta sviluppato questo nuovo stile di combattimento, lo insegna ai suoi otto figli, creando una vera e propria dinastia di lottatori. Dal Brasile, la famiglia Gracie si trasferisce in California e comincia a diffondere il verbo, insegnando il jiu-jitsu, nella sua variante brasiliana, a vari lottatori americani. Avete presente Chuck Norris? Ecco, anche lui ne rimane immediatamente affascinato.

In ogni caso, il BJJ non poteva ancora essere considerato un'arte marziale a tutti gli effetti. Non esisteva un circuito a livello nazionale o internazionale, non c'era nulla di ufficiale. Ma la famiglia Gracie era convinta che il BJJ funzionasse meglio di qualsiasi altra cosa, e per questo organizzarono degli eventi aperti in cui chiunque avesse avuto il coraggio di sfidarli era libero di presentarsi e di salire sul ring contro uno di loro. Per iscriversi, però, bisognava scommettere una somma di denaro, con la promessa di incassare dieci volte tanto in caso di vittoria. Ci provarono in molti, ma nessuno riuscì mai a riscuotere il premio.

La famiglia Gracie ebbe un ruolo importante nello sviluppo della UFC. Ai tempi non c'erano ancora divisioni di peso, perciò chiunque poteva combattere nello stesso circuito, usando le tecniche che preferiva. C'erano solo due mosse vietate: mordere e schiacciare gli occhi con le dita. Per dimostrare il valore del BJJ, gli otto fratelli Gracie scelsero il più piccolo di loro, Royce Gracie, come rappresentante della disciplina nel primo torneo ufficiale che si svolse all'interno della gabbia.

Qualcuno bussa sulla porta della mia stanza, ma in un primo momento nemmeno me ne accorgo. Sono troppo preso dal video che sto guardando: un tizio olandese di nome Gerard Gordeau sta sfidando un lottatore di sumo gigantesco, un certo Teila Tuli, che cede sotto la potenza dei suoi colpi e finisce KO nel giro di pochi minuti. Bussano di nuovo, e un attimo dopo mio padre entra nella mia stanza senza aspettare una risposta.

"Dove sono i moduli dell'iscrizione?" Domanda.

"Davvero?"

"Abbiamo deciso di lasciarti fare un tentativo. Però devi farmi un favore…"

"Qualsiasi cosa. Dimmi tutto."

"Non parlarne mai davanti a tua madre. E non farti fare altri lividi in faccia, d'accordo?"

"Ma certo, niente occhi neri," dico, mentre sullo schermo del mio computer il povero Teila Tuli riceve un calcio in faccia talmente potente da fargli volare via un paio di denti. "Te lo prometto."

"Hey, che stai guardando?" Domanda mio padre, rassicurato.

"Niente di che."

Se gli dico la verità, poi vorrà vederlo anche lui. Non posso rischiare di fargli cambiare idea così presto. Se voglio allenarmi alla Resilient, i video della UFC dovranno restare un segreto.

"Ti dico solo una cosa, ragazzo. Se tua madre ti becca a guardare questo *niente di che*," ribatte lui, sorridendo e utilizzando indice e medio per mettere tra virgolette le ultime tre parole, "non te la caverai tanto facilmente. Sai come la pensa su questo genere di cose, e anch'io sono d'accordo. Le donne non possono essere ridotte a un oggetto sessuale, lo sai, è mortificante ed eticamente…"

Ok, pensa che io stia guardando un porno. Non sa quanto si sbaglia.

"Non è come credi, papà. Io…"

Aspettate un momento! Forse è meglio lasciarglielo credere. Forse è la cosa più sicura da fare, almeno per il momento. Chiudo il portatile come se avessi qualcosa da nascondere e scuoto la testa, lasciando la frase a metà.

"Devo metterti in guardia da questo genere di cose, figliolo," mi dice.

Santo cielo! Non vorrà mica farmi un discorsetto sul sesso e sulla pornografia?

"Non credere a tutto quello che vedi, Dylan. Con le ragazze vere, le cose sono molto diverse dai video che trovi su internet. Beh, anche quelle sono persone vere, certo… Però stanno recitando. Fanno finta, capisci?"

"Lo so, papà. Lo so bene."

A giudicare dalla sua espressione, è imbarazzato almeno quanto me e vorrebbe non aver mai preso questo discorso.

Appoggia una mano sul telaio della porta e si passa l'altra tra i capelli. "Dimmi la verità: hai messo gli occhi su qualche compagna di scuola? Devono esserci un sacco di belle tipette, in quell'istituto, no?"

Ma certo, vorrei dirgli. Ce ne sono tantissime. A bizzeffe. Ma nessuna che abbia una particolare passione per i tizi con una gamba sola che fanno scoregge protesiche nei momenti più inopportuni e che probabilmente passeranno alla storia per aver condannato la Meadow a perdere il primo campionato di nuoto da quando è stata fondata.

"Non molte, in realtà."

"E la ragazza della palestra? Lei ti piace, non è vero? Quella con un braccio solo… Come hai detto che si chiama?"

"Santana."

"Ecco, sì. Proprio lei."

Ripenso a quando l'ho vista baciarsi in bocca con la sua ragazza e mi sforzo di non scoppiare a ridere.

"Nah… Lei è carina, ma non credo di essere il suo tipo."

"Non perderti d'animo, Dylan," ribatte lui, tentando di incoraggiarmi. "Nella vita non si può mai sapere. Fai un tentativo! Potresti restare piacevolmente sorpreso."

Sinceramente? No, non credo proprio che resterò sorpreso. Santana mi ha già sorpreso a sufficienza.

Capitolo Quindici

Una canzone punk irlandese pompa a tutto volume dalle casse della palestra, mentre in fondo al materassino comincia a formarsi una fila di ragazzini. Le lezioni del fine settimana sono dedicate esclusivamente agli studenti, e allora eccoci qui. Impiego qualche secondo prima di riuscire a distinguere le parole della canzone, ma alla fine capisco: parla di un marinaio con una gamba sola che per qualche motivo deve fare una consegna a Boston.

Santana si trova al centro della stanza, le mani piantate sui fianchi nella sua inconfondibile posa. Quando consegno a Martese i moduli per l'iscrizione e la ricevuta del pagamento, scopro che Santana è l'insegnante del corso per studenti. Meraviglioso. Non potrò nemmeno lamentarmi per la pessima colonna sonora che ha scelto, dalla quale nessuno a parte me sembra sentirsi offeso o disturbato.

"Siete pronti?" Domanda, afferrando un telecomando e abbassando leggermente il volume della canzone sul marinaio senza gamba. "Formate due file! Cominciamo a riscaldarci con le capriole."

Tolgo la protesi, raggiungo un'estremità del tappetino e mi posiziono accanto a una ragazzina che sembra avere tredici anni. Quando sono entrato, pensavo di aver sbagliato stanza e di essermi unito al gruppo delle scuole elementari, perché a parte un paio di persone, tutti sembrano più gracili e molto più piccoli di me.

"Gamberetti! Gamberetti freschi! Diamoci una mossa!" Grida Santana, sovrastando la musica di sottofondo.

È arrivato il mio momento. Mi alleno a fare questa mossa ogni sera, da quando sono stato alla Resilient per la prima volta. Sembra una cosa da perfetti deficienti, me ne rendo conto, ma Martese è convinto che il gamberetto sia una delle mosse più importanti del jiu-jitsu. È una schivata veloce, che sfrutta il movimento delle anche per creare uno spazio vuoto tra te e il tuo avversario, permettendoti di riorganizzare la difesa a terra. Una difesa che di solito si basa sull'uso delle gambe, ma che nel mio caso deve essere impostata sfruttando una gamba e un moncherino.

80

I ragazzini cominciano a fare il gamberetto alla velocità della luce, e io devo sforzarmi di tenere il ritmo. A metà del riscaldamento mi rendo conto di avere già il fiatone, e alla fine il mio *gi* è zuppo di sudore.

Santana chiama una delle allieve più grandi, una ragazza nera con le treccine, e le chiede di sedersi al centro della stanza. La ragazza indossa una cintura bianca con tre strisce di nastro bianco che girano intorno all'estremità nera. Quelle piccole strisce bianche si chiamano "gradi" e servono per valutare i progressi di ogni atleta: per conquistarsi la cintura del colore successivo, bisogna prima ottenere quattro gradi nel colore attuale.

"Oggi lavoreremo sugli atterramenti," dice Santana. "Questo è uno dei più semplici. Il nostro coach lo chiama *ingresso basso*, ma io preferisco chiamarlo *strizzagamba*!"

Subito dopo, ci fa vedere come eseguirlo. Si abbassa, afferra la gamba della ragazza e la stringe con entrambe le braccia. Poi ruota di lato, quel tanto che basta per far perdere l'equilibrio alla sua allieva, che cade di schiena sul tappetino.

Ce la mostra un paio di volte, spiegando ogni passaggio: la posizione della testa, la presa con le braccia, il modo di mettere le gambe per fare in modo che l'avversario non possa difendersi, e infine la rotazione.

"D'accordo, fate sei *strizzagamba* a testa e poi scambiatevi. Quando avrete finito, vi spiegherò come rispondere a questa presa con una meravigliosa ghigliottina."

Mi guardo intorno cercando qualcuno con cui fare coppia, ma tutti sembrano già occupati. Maledizione! Prima la canzone sul tizio con la gamba finta e adesso l'umiliazione di dovermene stare qui, in equilibrio sulla mia unica gamba, mentre tutti gli altri cominciano a provare una mossa chiamata *strizzagamba*. Guardo Santana implorandola con gli occhi, ma è troppo occupata a discutere con la sua allieva dalle treccine nere e con un'altra ragazza più alta di me.

Sento una mano poggiarsi sulla mia spalla. Mi volto di scatto e non vedo nessuno, ma poi, chinando la testa, mi accorgo che un ragazzino minuscolo mi sta guardando dal basso in alto. In un primo momento, penso che sia uno di quei poppanti che frequentano il corso propedeutico, ma c'è qualcosa che non torna: i suoi grandi occhi castani mi guardano con decisione. Sembra un personaggio di un fumetto giapponese.

81

"Atterrami se ne hai il coraggio," mi dice, con un sorriso.

"Ci provo! Ma sono solo un principiante…"

Ci scambiamo il solito saluto composto da un pugno e uno schiaffetto, poi mi metto subito al lavoro. Mi chino sotto di lui, afferro una gamba e cerco di sollevarlo. Tenermi in equilibrio è praticamente impossibile, perciò faccio un saltello di lato e cerco di produrre lo stesso effetto della rotazione di Santana. Funziona. Il ragazzo cade di schiena. L'unico problema è che io gli cado sopra, rotolo a terra e finisco malamente al tappeto.

Il mio compagno si alza rapidamente, poi mi porge una mano. La afferro e lascio che mi aiuti a rialzarmi. A giudicare dalla sua stretta, è molto più forte di quanto possa sembrare.

"Riproviamo," mi dice.

Mi abbasso e cerco di trovare una posizione più adatta, ma il mio tentativo si trasforma in una disfatta totale: mi ribalto su un fianco e cado a terra prima ancora di riuscire a toccarlo. Il ragazzo mi aiuta di nuovo a rialzarmi. I muscoli del mio polpaccio sono in fiamme per lo sforzo continuo.

Faccio qualche altro tentativo, poi ci scambiamo. Dal suo punto di vista, le cose sono molto più facili: appena mi afferra la gamba, io crollo sul tappetino. Non sono utile nemmeno come manichino per allenarsi, ma sembra che al mio compagno non interessi più di tanto.

Dopo qualche minuto, Santana batte le mani e la stanza sprofonda nel silenzio. Perfino la musica si è interrotta. "Basta così. Adesso vi faremo vedere come contrattaccare. Latisha, vieni qui! Prova ad atterrarmi e fai attenzione alla mia ghigliottina."

La ragazza di nome Latisha si avvicina, chinandosi per mettere a segno la sua presa, e afferra saldamente la gamba di Santana. Un attimo dopo, Santana contrattacca. Il suo moncherino si infila sotto al collo di Latisha, l'altra mano lo afferra bloccandolo, e poi si lascia cadere all'indietro. Latisha, rimasta senza respiro, molla la presa sulla sua gamba sperando di liberarsi, ma Santana la trascina giù.

Poi, quando entrambe sono sul tappetino, Santana le appoggia un ginocchio contro la schiena e cambia l'inclinazione del moncherino, sollevandolo un po' per trasferire tutta la pressione del suo ginocchio sulla gola della ragazza.

Latisha è finita. Non le rimane altro da fare che battere qualche colpetto sul fianco di Santana, che subito molla la presa. Prima di rimettersi in piedi, la ragazza rimane qualche secondo sdraiata a riprendere fiato. Tossisce e annaspa, mentre tutti gli altri scoppiano in una risata.

Latisha sorride, massaggiandosi la gola.

"Te la senti di ripetere la dimostrazione?" Domanda Santana.

Latisha torna in posizione. Le afferra la gamba. Santana le blocca il moncherino sotto alla gola, si butta a terra e usa la sua unica mano per aumentare la pressione. Ecco qua, il gioco è fatto.

"Adesso tocca a voi! Sei volte a testa, per la precisione. Pronti? Via!"

Questa volta le coppie sono già formate. Il mio compagno (si chiama Konrad, l'ho scoperto mentre ci stavamo esercitando) mi afferra la gamba e io cerco di contrattaccare, ma non ho il tempo di chiuderlo nella ghigliottina. Appena il mio unico piede si stacca da terra, finisco con la schiena sul tappetino, piombando giù come un sasso.

"Non ho la più pallida idea di come fare," ammetto, dopo essermi rialzato per la seconda volta.

Santana mi raggiunge di corsa.

"Sembra che questa mossa non faccia per te, vero?" Mi dice.

Non capisco se è preoccupata per me o se mi sta solo prendendo in giro. È abbastanza ovvio che questa mossa non faccia per me, e oltretutto il povero Konrad sta sprecando la sua lezione lavorando con un imbecille che sa solo cadere come un fico secco.

"Non riesco a mantenere l'equilibrio," le dico. "Appena perdo il contatto con il pavimento, vado giù."

"Allora devi evitare che ti sollevi," mi propone Santana. "E ghigliottinarlo quando sei ancora in piedi."

Fa cenno a Konrad di mettersi di fronte a lei.

"Ci serve una soluzione," dice, socchiudendo gli occhi come se stesse cercando di risolvere un'equazione.

Alzando una gamba, si mette a saltellare su un piede solo per fingere di essere me.

"Una cosa è certa: il piede va tenuto un po' indietro. Così lo costringerai a farsi sotto, se vuole afferrarti la gamba."

Sposto il baricentro in avanti e controllo che la gamba sia fuori portata. Santana ha ragione – in questo modo è molto più difficile da afferrare. Se mi trovassi a combattere contro qualcuno a scuola, probabilmente indosserei la mia protesi e questo faciliterebbe le cose, ma qui devo ingegnarmi come posso.

"Vieni a prendermi," dice, facendo un saltello all'indietro e guardando dritto verso di me. "Mira alla gamba."

Non me lo faccio ripetere due volte. Mentre mi fiondo contro di lei, Santana mi afferra alla nuca, mi costringe ad abbassare la testa e poi chiude attorno al mio collo la sua terribile ghigliottina facendomi ruotare di spalle. È così rapida che non sento nemmeno il suo braccio scorrermi come un cappio attorno alla gola, me ne accorgo soltanto quando non riesco più a respirare. Preso dal panico, batto i colpetti della vergogna e mi arrendo.

"Hai capito? Prova a farlo con Konrad."

Santana si fa da parte, rimpiazzata da Konrad, che non si sforza nemmeno di sfuggire alla mia presa. Cerco di soffocarlo, mettendogli un braccio sotto al mento e aiutandomi con l'altra mano per fare più pressione, sposto il peso all'indietro e mi lascio cadere.

Ma sono davvero una frana. Konrad si libera in tre secondi netti e Santana deve spiegare tutto da capo, muovendomi letteralmente le mani e le braccia come un burattino. Poi mi chiede di provare di nuovo e stavolta vado un po' meglio.

Adesso è il turno di Konrad. Quel ragazzino è un vero demonio. Mi blocca così saldamente che mi vedo costretto ad arrendermi di nuovo, all'istante, e nonostante la velocità della mia disfatta mi sento girare la testa. Tossisco e sollevo una mano per chiedergli di aspettare un momento.

"Tutto bene?"

"Sto bene, sto bene," dico, ma il mio disagio è evidente. Sembro un gatto che tossisce una palla di pelo.

Dopo l'ennesimo tentativo fallito di liberarmi, domando a Konrad se ha mai provato a fare una ghigliottina durante una vera rissa. Konrad mi guarda stupito. "Una rissa?"

"Sì, una rissa con i tuoi coetanei. Coi tuoi compagni di scuola, ad esempio…"

"E perché dovrei fare a botte con i miei compagni di scuola? Mia madre impazzirebbe!"

Santana batte una mano sul muro per mettere fine a questa parte della lezione e la sala piomba di nuovo nel silenzio.

"D'accordo. Come vi avevo promesso, oggi vi farò vedere qualche strategia per uscire da una *montada*. Dylan, concentrati. Conoscere questa roba ti risparmierà altre figure spiacevoli coi tuoi amichetti," mi dice, mentre un sorrisetto crudele si accende sulla sua faccia.

Santana si stende con la schiena sul tappetino e chiede a Latisha di sedersi sopra di lei. Latisha le blocca la vita tra le cosce e sposta tutto il suo peso su di lei. È la stessa posizione in cui ero finito durante quella maledetta rissa con Todd. Un brivido mi percorre la schiena mentre ripenso alla sua faccia che incombe sopra di me, un attimo prima che comincino a piovere pugni.

"Cos'è la prima cosa che dovete fare, quando vi ritrovate dalla parte sbagliata di una *montada*?" Domanda Santana.

Guarda i ragazzini in faccia, uno per uno.

Una biondina dalla corporatura fragile, che sembra pronta a spezzarsi al minimo soffio di vento, grida la risposta: "Pentirci dei nostri errori!"

"L'avete sentita?" Domanda Santana. "Se vi trovate in questa posizione, prima di tutto dovete pentirvi dei vostri errori passati, perché significa che avete sbagliato qualcosa di grosso. Coraggio, tutti insieme! Cos'è che dovete fare?"

"Pentirci dei nostri errori!" Grida l'intera classe, all'unisono.

Mi sento le guance calde e sono quasi sicuro di essere diventato tutto rosso. Mi guardo intorno, per capire se qualcuno mi sta fissando, ma fortunatamente sono tutti concentrati su Santana.

"Eppure," riprende Santana, "sbagliare è umano. Ci succederà molte volte di ritrovarci sotto una *montada*. Se veniamo travolti da un atterramento particolarmente efficace, ad esempio. Oppure se il nostro avversario riesce a passare la guardia. O se una posizione col ginocchio sullo stomaco si mette particolarmente male. E allora cosa possiamo fare, concretamente?"

"Trovare un modo per liberarci," grida qualcuno.

"Più facile a dirsi che a farsi," commenta Santana. "Ma è proprio così. Bisogna togliersi da questa situazione scomoda il prima possibile. Un avversario in *montada* può fare ciò che vuole, se non glielo impediamo. Può perfino spostarsi in posizioni ancora più vantaggiose, sapete? E noi non vogliamo che le cose peggiorino ancora di più."

C'è qualcosa di peggio che ritrovarsi sdraiati sulla schiena, con il tuo avversario seduto sopra? Pensavo di no, ma qualcosa mi dice che sto per ricredermi.

"E allora come dobbiamo comportarci?" Dice Santana. "Prima di tutto, gomiti stretti e gambe tese. Non piegate le ginocchia e non avvicinate i piedi al bacino fino a quando non vi sarete creati una via di fuga. Sapete perché?"

Si guarda intorno, in attesa di una risposta.

"Perché altrimenti ci bloccherà anche le gambe."

"Esattamente," dice Santana, portando i piedi vicino al bacino e flettendo entrambe le ginocchia. "In gergo si chiama *grapevine*. State a vedere!"

Subito Latisha fa scorrere i talloni per agganciarli dietro alle ginocchia di Santana.

"Ecco, adesso sono bloccata. Il *grapevine* mi impedisce di distendere le gambe, e quindi anche di inarcare la schiena. I miei movimenti sono limitati, perciò, come dico sempre: *niente ponte, niente fuga.* Fissatevelo bene in mente."

Non riesco a seguire il discorso, ma cerco di rimanere concentrato. È come se stessi cercando di imparare una nuova lingua.

"Il secondo rischio è che il vostro avversario si sposti in *montada* alta."

Latisha schiaccia a terra i gomiti di Santana e muove in avanti il bacino, sedendosi sul petto della nostra insegnante.

"Anche qui, come potete vedere, non si può andare in ponte," dice Santana, cercando di sollevare i glutei dal tappetino e piombando immediatamente giù con tutto il peso. "Perciò, ancora una volta: *niente ponte, niente fuga.* Adesso che avete imparato cosa *non* fare, vi darò qualche idea per sgusciare via."

Dopo che Santana ci ha spiegato per filo e per segno cosa fare, arriva il momento di provare la mossa con il nostro partner. Konrad si stende a terra e io salgo in *montada*.

Abbassando lo sguardo sul mio compagno, non capisco come possa riuscire a spostarmi. Sono molto più pesante di lui e poi, come se non bastasse, so già cosa sta per fare. Non ha altra scelta, userà la strategia di fuga che Santana ci ha appena insegnato.

Prima di metterci a fare sul serio, ci salutiamo: un pugno e uno schiaffetto. Non faccio in tempo a pensare "buona fortuna, piccoletto," che Konrad mi ha già afferrato un braccio, tirandolo verso il petto e inchiodando il mio gomito contro il suo corpo. A quel punto avvicina il piede sinistro al mio unico piede, il destro, poi contrae i muscoli dell'addome e fa quello che Santana ha chiamato *il ponte*, sollevando di scatto il bacino.

Prima che io possa capire cosa sta succedendo, mi ritrovo con la schiena a terra e vedo la faccetta sorridente di Konrad che mi guarda dall'alto in basso. Accidenti, adesso capisco cosa prova il bucato in lavatrice nel momento della centrifuga.

Ricominciamo da capo. Torno a sedermi in *montada* e il piccolo Konrad ci riesce di nuovo – mi prende un braccio, accosta il piede al mio, spostandolo di quel tanto che basta per la sua mossa e *hoplà*, il tempo di un battito di palpebre e sto di nuovo guardando il soffitto.

Facciamo ancora un paio di ripetizioni. Cerco di schiacciarlo con tutto il mio peso, ma non fa nessuna differenza. Anzi, ho l'impressione di avergli semplificato le cose. Konrad è una macchina da combattimento: non suda, non ansima, non ha mai il fiato corto.

"Adesso tocca a te," mi dice.

Ci scambiamo di posto e lo lascio sedere sopra di me. Subito dopo, sento il mio stomaco che comincia a contorcersi. Non è un flashback, d'accordo? Non vedo di nuovo la faccia di Todd pronto a colpirmi, ma mi sento comunque a disagio. Il mio corpo ricorda ancora la sensazione di quando sono stato schiacciato e pestato dal mio compagno di scuola.

Cerco di allontanare quel ricordo e di restare concentrato sulla mossa. Primo passo, afferrare un braccio. Santana ci ha spiegato che, se le braccia del nostro avversario sono troppe lontane, possiamo anche prendere il tessuto del suo *gi* all'altezza della vita e tirare verso di noi. Questo lo porterà a sbilanciarsi e magari anche ad appoggiare le mani sul pavimento per non perdere del tutto l'equilibrio.

Allungando una mano, riesco a raggiungere il suo gomito e faccio scorrere la presa fino alla mano, impedendogli di muoverla. Faccio scattare il mio piede buono, lo accosto al suo piede sinistro, poi sollevo le anche e faccio il ponte. Konrad non fa nessuna resistenza e mi cade addosso, ma riesco comunque ad alzarmi in ginocchio.

"Bravissimo! Facciamolo ancora!" Grida Konrad.

Torniamo alla posizione iniziale e ripetiamo tutto da capo. Ho sempre la sensazione che mi stia lasciando vincere troppo facilmente, ma non mi importa. Sto facendo del mio meglio.

"Continua ad allenarti, fratello!" Mi dice lui, a un certo punto. "Prima o poi riuscirai a farla come si deve."

Proprio in quel momento, Santana batte le mani e tutti si fermano per ascoltare quello che ha da dire.

"Basta così," grida Santana. "Tenete a mente quello che abbiamo appena fatto e preparatevi a usarlo nello *Shark Tank*! Non siete contenti?"

Una ragazza minuscola con due codine di capelli biondi agita un pugno in segno di gioia e tutti corrono verso una parete della stanza. Konrad mi aiuta ad alzarmi e poi li seguiamo senza fretta.

"Mettetevi in fila," ci dice Santana. "E aspettate il vostro numero!"

Saltellando sulla mia gamba buona, mi accodo agli altri. Non ho la più pallida idea di cosa sia uno *Shark Tank*, ma so che significa "vasca degli squali". Un nome che non promette niente di buono.

Capitolo Sedici

Santana passa in rassegna la fila, assegnando a ciascuno di noi un numero da uno a tre.

"Tutti i numeri uno sul tappetino! Sdraiatevi, voi sarete le vittime."

Un terzo dei ragazzi che erano in fila accanto a me avanzano timidamente e si sdraiano a terra.

Santana guarda verso di noi, i numeri due e tre, ancora in riga contro il muro. "Voi andate in *montada* e sforzatevi di mantenere la posizione per quindici secondi. Numeri uno, il vostro compito è buttarli giù prima che i quindici secondi siano finiti. Siete pronti?"

Tutti annuiscono.

"Numeri uno, voi rimarrete a terra fino alla fine della prova. Numeri due e tre, se venite buttati a terra, vi rimetterete in fila e aspetterete di nuovo il vostro turno. Ricordate, niente sottomissioni! Siamo qui per imparare a gestire una *montada*, non per sconfiggere il nostro avversario, perciò niente leve articolari, niente *kimura* e assolutamente niente soffocamenti. Avete capito?"

Gli allievi annuiscono di nuovo.

"Perfetto. Mettiamoci al lavoro!"

Sono tra i primi della fila, e il numero uno che mi viene assegnato da Santana è... la ragazza con le codine bionde! Forse non sono abbastanza forte da tenere fermo Konrad, ma dovrei cavarmela alla grande con una piccoletta che pesa la metà di me. Devo soltanto buttarmi su di lei a peso morto.

Saltello nella sua direzione e mi sistemo in *montada*. Quando finalmente mi concentro su di lei, noto che ha chiuso gli occhi. Sto per chiederle se va tutto bene, ma Santana fa suonare una campanella e grida: "PRONTI? VIA!" Un attimo dopo, volo in aria e atterro con la schiena a terra.

La parola "VIA!" risuona ancora nella mia testa, quando la ragazzina si alza in piedi spolverandosi le spalle in maniera teatrale. Guarda oltre la mia spalla, verso la fila dei numeri due e tre, alza una mano e dice: "Avanti un altro!"

Mi faccio da parte strisciando a terra, poi mi rimetto in piedi e torno in fila, mentre un altro ragazzo prende il mio posto. Quando guardo verso Santana, mi accorgo che sta sorridendo.

Nonostante gli allenamenti con la squadra di nuoto, che mi mantengono in una forma smagliante, mi accorgo che ho il fiato corto e sono zuppo di sudore.

Forse sono soltanto scioccato. Come ha fatto quella ragazzina a liberarsi di me con tanta facilità?

Avrei dovuto schiacciarla con più convinzione. Mi sono lasciato distrarre. Mi sono preoccupato per lei e sono stato colto impreparato.

La fila scorre velocemente e tutti si tuffano nella vasca degli squali con grande entusiasmo. Mi soffermo a guardare qualche breve battaglia sul tappetino: gli allievi in *montada* tengono duro e gli altri si contorcono e cercano in ogni modo di fuggire.

In men che non si dica, è di nuovo il mio turno. Stavolta mi tocca un ragazzo della mia stazza. Saltello verso di lui, mi siedo sul suo bacino, ci salutiamo con uno schiaffetto e mi faccio disarcionare in meno di un secondo.

Deve essere più facile di quanto sembra. Ma se ciò fosse vero, perché non sono riuscito a buttare giù il piccolo Konrad?

E sono di nuovo in fondo alla fila. Che scorre velocissima fino a buttarmi di nuovo tra gli squali.

L'unica persona libera è la ragazza con le codine. Maledizione. Stavolta dovrò concentrarmi sul serio. Non posso lasciarmi afferrare il braccio come un idiota. La schiaccerò con tutto il peso del corpo.

La ragazzina mi guarda dritto negli occhi.

"Altro giro altra corsa. Sei pronto?"

"Pronto! Quando vuoi."

E mi fa cadere di nuovo, ancora più in fretta della prima volta.

La ragazzina si alza di scatto e fa cenno al suo prossimo avversario, invitandolo ad affrontarla. Come un nastro trasportatore, la fila scorre implacabile.

Otto interminabili minuti più tardi, Santana invita i numeri due a stendersi sul tappetino, perciò questa volta mi toccherà stare sotto. Mi distendo e aspetto che qualcuno venga a sfidarmi.

Accidenti. Mi tocca di nuovo la piccoletta coi codini. D'accordo, posso farcela. Darò a questa specie di ninja in miniatura la lezione che si merita.

Sale sopra di me e si posiziona in *montada*. Ha un'espressione concentrata e crudele, una faccia che è tutta un programma.

Il tempo di batterci il pugno, e la ragazzina si mette subito al lavoro, spostando il baricentro in avanti e allargando le braccia sopra alla mia testa, le mani spalmate sul tappetino. Provo a fare un ponte per farla cadere di testa, ma lei è rapidissima e si siede sul mio bacino con uno scatto che mi stende di nuovo a terra. Poi scivola in avanti, stringe le ginocchia e le incassa sotto le mie ascelle.

Non riesco più a muovermi. Posso ancora fare un ponte, ma lei mi sta sul petto, e il mio movimento è del tutto inutile.

Comincio a sentirmi nervoso, ma non saperi dire di preciso perché. Forse perché una ragazzina con un'acconciatura da poppante mi sta mettendo in ridicolo, o magari sono semplicemente arrabbiato con me stesso per la mia incapacità.

Non c'è da meravigliarsi, se Todd mi ha ridotto in poltiglia. Sono una schiappa.

I quindici secondi più lunghi della mia vita sono finiti. Santana batte le mani e tutti gli sfidanti tornano a mettersi in fila.

Com'era prevedibile, non riesco a liberarmi nemmeno la volta successiva. Altri quindici secondi trascorrono nella mia totale impotenza.

E poi arriva un nuovo allievo. Mi contorco, afferro il braccio e faccio il ponte, ma non riesco a rovesciarlo giù. Alla fine del terzo tentativo, sono senza fiato e senza forze.

Una cosa è certa: non è una quesitone di fisico o di peso. Se la tecnica è giusta, la stazza non ha nessuna importanza. Mi inchiodano a terra e mi tengono fermo.

Dopo avermi centrifugato per bene, sembra che mi abbiano steso ad asciugare. Sono innocuo, come un lenzuolo al vento, e il mio cervello si è ristretto per il calore. Non riesco più a pensare nulla e sinceramente non so proprio cosa dovrei pensare. È tutto inutile.

Un ragazzo mingherlino, appena più grosso della tizia coi codini, si accomoda sopra di me. "Va tutto bene?" Mi domanda.

"Alla grande," rispondo, mentendo senza vergogna.

In realtà non va per niente bene. Va malissimo. Certo, nella mia breve vita ho avuto anche momenti peggiori, come quando hanno dovuto tirarmi fuori da un'automobile accartocciata aprendola come una scatoletta di tonno, ma posso affermare con assoluta certezza che questa esperienza mi sta regalando sensazioni simili. Sto impazzendo? Probabilmente sì.

Batto il pugno al ragazzino e faccio del mio meglio per concentrarmi. Punto subito al braccio, come mi hanno detto di fare. Poi dovrò bloccarlo al petto e fare quel movimento col bacino, ok?

Preso! Lo stringo forte e non me lo lascio scappare, lo avvicino al petto e lo incastro proprio come ho visto fare da praticamente chiunque.

E adesso mi preparo a... Adesso! Sollevo il bacino con tutta la mia forza e sento che il ragazzo oscilla di lato. Ce l'ho fatta! Sta per perdere l'equilibrio e...

Nemmeno per sogno.

Con uno strattone, sfila il braccio dalla mia presa, rafforza la sua posizione e siamo nuovamente punto e a capo.

Quando la campanella segnala la fine del nostro turno, rimango per qualche istante sdraiato a fissare il soffitto.

Stavolta nessuno mi ha preso a pugni in faccia, ma soltanto perché i pugni sono vietati dal regolamento. Questi ragazzini avrebbero potuto ridurmi molto peggio di Todd.

Tutti quanti. Inclusa la piccoletta con le codine in testa. Anzi, soprattutto lei.

L'unica cosa che ho imparato venendo a questa lezione è che anche una tredicenne potrebbe spaccarmi la faccia.

E poi, come gentile omaggio da parte dello staff, sono stato costretto ad ascoltare una canzone che parla di un marinaio con una gamba sola, che mi ha fatto sentire ancora più inutile e sbagliato. Se qualcuno avesse progettato uno scherzo o una *candid camera* con il preciso obiettivo di umiliarmi pubblicamente, non avrebbe potuto fare di meglio.

"Per oggi basta così," dice Santana. "Devo farvi i miei complimenti. È stata una bellissima lezione."

Per quanto mi riguarda, non c'è stato niente di bello. Ma almeno, a differenza degli allenamenti di nuoto, non dovrò più mettere piede in questo posto. La mamma sarà perfino felice della mia decisione di mollare. E forse anche papà.

Saltello fino a un angolo della stanza, dove recupero la mia gamba e incastro il moncherino nel suo alloggiamento. Un gruppetto di genitori sta intasando l'ingresso della palestra, impazienti di portare via i loro figli. Ci sono anche parecchi bambini che hanno appena concluso la lezione per le scuole elementari.

Uno di questi – avrà a malapena sei anni – mi fissa con aria curiosa. So che i bambini non possono fare a meno di guardarmi, ma oggi non riesco proprio a sopportarlo. Indossa un *gi* da jiu-jitsu in miniatura, e questo significa che anche lui sarebbe in grado di ridurmi in poltiglia, se soltanto volesse.

Raccolgo il mio borsone e punto dritto verso la porta, più veloce che posso. Forse dovrei salutare Santana e ringraziarla per la lezione, ma, dopo quella stupida canzone e le frecciatine che mi ha lanciato, non ho nessuna voglia di vederla e di parlare con lei. Sono sicuro che stia cercando di scoraggiarmi per non essere costretta a occuparsi di me, e mi sta bene. Non dovrà vedermi mai più.

"Che ti è successo alla gamba?" Domanda il bambino, indicando la mia protesi.

"Gliel'ha mangiata uno squalo," risponde Santana, spuntando alle mie spalle.

"Accipicchia!" Dice il bimbetto. "È lo stesso che ti ha mangiato il braccio?"

Mi volto verso Santana e rimango a fissarla. Che diavolo sta facendo?

Santana si stringe nelle spalle. "Potrebbe essere. Gli squali sono ghiotti di carne umana. Quando vedono uno di noi, non resistono."

"Porca paletta!" Impreca il bambino. "Non farò mai più il bagno al mare, San. Te lo giuro."

"Grazie mille, Santana," dice la madre del ragazzino, con una punta di sarcasmo, spingendo il piccoletto verso l'uscita. "Hai appena traumatizzato mio figlio."

Santana sorride. "Non c'è di che." E poi guarda verso di me. "Che ti prende, Dylan? C'è qualcosa che ti turba?"

Sto per esplodere. La storia dello squalo mi ha mandato su tutte le furie. Come se non bastassero i miei compagni di scuola, mi prendono in giro anche qui.

"Se non mi vuoi, basta dirlo," ringhio tra i denti.

"Che significa?"

Rabbia e frustrazione si mischiano in un cocktail mortale che mi fa bruciare lo stomaco.

"Non fare finta di niente, bellezza. Il marinaio con una gamba sola, lo *strizzagamba* e poi le frecciatine riguardo alla rissa che ho perso. Pensi che non me ne sia accorto?"

La mia voce è molto più aggressiva di quanto avrei voluto, ma non ne posso davvero più. Sono stanco di essere una barzelletta vivente. Un paio di genitori si voltano a fissarci, ma non mi interessa. È un problema di Santana. Io non metterò mai più piede qui dentro.

Santana mi guarda con gli occhi sgranati. "Sinceramente, non ho la più pallida idea di cosa tu stia dicendo. Un marinaio con una gamba sola?"

"La canzone."

"Per la miseria, stai parlando di '*I'm shipping up to Boston*'! È la prima canzone della mia playlist. Fino a poco tempo fa, la usavo perfino come musica d'entrata per i match nella gabbia... Se non mi credi, domandalo al coach o a qualunque allievo della palestra. La conoscono tutti."

Se non ci credessi, forse mi sentirei meglio. Ma purtroppo ci credo. Non posso fare altrimenti. E mi sento terribilmente in imbarazzo per averla aggredita così.

"Per quanto riguarda lo *strizzagamba*, devi sapere che ogni lezione prevede una parte sugli atterramenti. Sei stato semplicemente sfortunato, Dylan. Avrei dovuto cambiare l'argomento della lezione soltanto perché sei un ragazzino viziato che non vuole accettare la sua condizione?"

Adesso vorrei solo che la terra sotto ai miei piedi si aprisse e mi inghiottisse. Per la miseria, ha ragione. Ha perfettamente ragione.

"La frecciatina sulla tua rissa c'è stata, non posso negarlo. Non avrei dovuto. Hai ragione. Ma cosa ti ho insegnato oggi? A uscire da quella dannata posizione! Le parole stanno a zero. Sono i fatti che contano, Dylan. Riflettici."

Non so più cosa dire. Forse non è stata cattiva come credo, ma voglio comunque andarmene da questo posto.

E poi succede, inaspettatamente. L'espressione di Santana si addolcisce tutta d'un colpo.

"Ascoltami, Dylan. Quello che facciamo qui è adatto a tutti, ma non tutti sono adatti per farlo. Molta gente non ha nemmeno le palle per oltrepassare quella porta e mettersi in gioco. Tu ce le hai avute, te lo riconosco. Ma se vuoi resistere qua dentro, avrai bisogno di fare una dieta a base di CNF."

"CNF? E cosa diavolo è?"

Santana mi guarda dritto negli occhi. "Cresci e non frignare."

Capitolo Diciassette

Non riesco a muovermi. Ogni singolo muscolo del mio corpo è in fiamme. Non posso nemmeno allungare il braccio per raggiungere il mio cellulare e spegnere la sveglia. Ci sto provando, ma il dolore è insopportabile.

E così rimango immobile nel mio letto, a fissare il soffitto mentre ascolto il telefono che trilla a ripetizione.

Mi sento come se mi avessero picchiato. Anzi, a pensarci bene, è esattamente quello che mi è successo.

La mia mente comincia ad avviarsi, e i ricordi della giornata di ieri emergono dalla nebbia del sonno, un frammento alla volta, come i pezzi di un puzzle. Sono entrato in quella palestra coi Dropkick Murphys che cantavano un pezzo su un marinaio zoppo. Mi sono fatto umiliare da una piccoletta. E poi, per finire in bellezza, Santana mi ha consigliato una dieta a base di CNF.

Non so bene che sapore abbia il CNF, ma in questo momento inghiottirei volentieri un po' di morfina. Me l'hanno data in ospedale dopo l'incidente, e aveva un effetto strabiliante, il dolore scompariva in quattro e quattr'otto.

Chiudo di nuovo gli occhi, stringendo forte le palpebre. Devo reagire. Devo trovare un modo per alzarmi e farmi una doccia.

E poi, prima di tutto questo, devo allungare un braccio e spegnere questa dannata sveglia. Cerco di convincermi che non faccia poi così male, ma capisco immediatamente che non posso prendere in giro me stesso. Così, per ingannare il mio cervello, provo a scomporre l'azione in tanti piccoli movimenti più semplici.

Primo movimento: rotolare su un fianco. Secondo movimento: stendere il braccio. Accidenti, non ce la farò mai. Le mie braccia sono così pesanti che sembrano fatte di cemento.

Cresci e non frignare. La voce di Santana risuona nella mia testa.

Con un mini-conto alla rovescia a partire da tre, sposto il bacino e lo faccio rotolare di lato. Il mio corpo lo segue docilmente, e in meno di un secondo mi ritrovo sdraiato su un fianco. Ma il telefono è ancora troppo lontano. Punto un piede, faccio scivolare il bacino in avanti e sfrutto questo piccolo slancio per distendere il braccio. Missione compiuta. Il telefono è stretto nella mia mano. Ho fatto un movimento simile a quella mossa che chiamano "gamberetto", spostandomi in avanti invece che indietro.

Forse è per questo che cercano di costringerci a impararla. Non serve per sfuggire agli avversari, per schivare i loro attacchi e conquistarsi un po' di spazio vitale. No, il gamberetto serve per uscire dal letto il giorno dopo l'allenamento. Ho scoperto il loro segreto.

Bene, la sveglia è stata spenta. Adesso devo soltanto arrivare in bagno.

Sono solo dieci passi – oppure dieci saltelli, se decido di non utilizzare la protesi. Nelle mie condizioni di stamattina, però, la distanza equivale a un chilometro. Non sarà per niente piacevole.

Non frignare, Dylan. Ormai me lo dico da solo, vedete come sono ridotto?

Con uno sforzo degno di un supereroe, riesco a far scivolare la gamba oltre il bordo del letto.

Infilo una mano nell'alloggiamento della mia protesi, appoggiata contro al comodino, tiro fuori il coprimoncone e lo indosso con molta cautela.

Stranamente, il moncherino non mi fa così male, ho soltanto una strana sensazione di intorpidimento all'estremità. A confronto con tutti gli altri muscoli, però, sembra quasi piacevole.

Camminare fino al bagno, invece, non è per niente piacevole. E mi aspetta ancora un'amara sorpresa: quando raggiungo lo specchio del lavandino e guardo il mio riflesso, scopro che il petto, le braccia e perfino le spalle sono ricoperte di lividi violacei.

Dai polsi al bicipite, la mia pelle è punteggiata da segni di polpastrelli, che marcano tutti i punti in cui sono stato afferrato dai miei compagni di corso. Sul petto ci sono solo due chiazze scure, ma le loro dimensioni sono davvero colossali.

Ruoto di novanta gradi per ispezionare anche il fianco. Dall'ascella fino alla fine della cassa toracica, il mio corpo è un'unica ammostatura nerastra. E questa come me la sono fatta? Non ne ho la più pallida idea.

Una cosa è certa, a partire da oggi dovrò indossare solo maglie a maniche lunghe e rimanere coperto fino a quando anche l'ultimo livido non sarà scomparso. Se mi vedesse così, mia madre darebbe di matto.

Dopo la doccia, mi tampono col tessuto dell'accappatoio cercando di non farmi troppo male. Asciugare la schiena è almeno tre volte più difficile del normale.

Ma il premio dell'operazione più difficile del giorno va all'indossare una maglia. È come se tutti i muscoli della mia schiena e delle spalle fossero diventati di pietra. La doccia calda avrebbe dovuto scioglierli un tantino, e invece non riesco ancora a sollevare le braccia sopra alla testa, perciò l'unica soluzione è dimenarmi come un idiota fino a quando non riesco ad infilare le maniche.

Un attimo dopo, sento la voce di mia madre chiamarmi dal corridoio. "Dylan, cerca di darti una mossa o farai tardi per l'allenamento di nuoto!"

La sola idea di guidare mi fa venire i brividi. Per non parlare dell'allenamento di nuoto, una lunga ora di bracciate in piscina.

———

In cucina, la mamma sorseggia il suo caffè e legge le e-mail di lavoro sul tablet. Quando entro nella stanza, alza a malapena gli occhi dallo schermo e mi guarda solo per mezzo secondo.

Sto morendo di fame, ma non posso mangiare prima di andare a nuoto. Se non voglio rischiare di avere dei crampi terribili, dovrò aspettare la fine dell'allenamento.

La mamma alza la testa dallo schermo. "Tutto bene, tesoro?"

Me lo domanda come se già conoscesse la risposta, come se fosse un test per scoprire se ho intenzione di dirle la verità. D'accordo, i segni ci sono tutti. Cammino trascinando le gambe come una mummia egizia, per cui non posso negare che qualcosa non vada.

"Tutto bene," le dico. "Ho solo un po' di dolori per via del jiu-jitsu."

"A proposito, come è andata la lezione? Non ci hai ancora raccontato niente! Io e tuo padre abbiamo pensato che non ti fosse piaciuto. Sai, non eri obbligato ad andare, anche se il signor Terra è stato così gentile con te."

"Non saprei. Diciamo che è andata bene, ma niente di particolarmente interessante. C'è ancora un po' di caffè?" Provo a cambiare argomento, ma non sono sicuro che funzionerà.

Quando sono tornato dalla lezione alla Resilient, ho preso il telefono e ho preparato un messaggio da inviare al coach Martese, ringraziandolo per la disponibilità e dicendogli che non sarei più andato per mancanza di tempo.

In un certo senso è vero. La scuola, la squadra di nuoto e le sedute di psicoterapia divorano quasi tutto il mio tempo libero. Mia madre mi aveva già messo in guardia dall'intraprendere un'altra attività.

Ma c'è un'altra verità di cui sono sicuro al cento per cento: se hai voglia di fare qualcosa, il tempo lo trovi.

Il vero problema è che non sono per niente sicuro di voler fare jiu-jitsu alla Resilient. E non solo perché oggi sono esausto, ammaccato e dolorante, ma anche perché ieri mi sono sentito stupido, e non credo più a una parola di quello che il coach Martese ha detto riguardo all'adattarsi e al trasformare le mie debolezze in punti di forza.

Grazie per questa esperienza, ma gli impegni scolastici e sportivi con la squadra di nuoto non mi permettono di andare avanti...

Do un'ultima occhiata al messaggio che stavo per mandare a Martese. C'è una sola cosa che mi trattiene dallo schiacciare su "invia". Le parole di Santana. Il suo invito a crescere e a smetterla di frignare come un ragazzino. Se fosse stato qualcun altro a dirmelo, probabilmente mi sarei offeso a morte. Ma detto da lei è un altro conto, ha un valore completamente diverso.

"CNF," mi dico, sottovoce.

La mamma mi guarda di nuovo. "Cosa hai detto, tesoro?"

"Niente di cui preoccuparsi, mamma. È una cosa che mi ha insegnato   Santana."

Capitolo Diciotto

"Dylan, come stai?" Rich pianta i gomiti sulle ginocchia e si china in avanti, verso di me. "E intendo: come stai veramente."

Benissimo, ci risiamo. Prima cosa da fare: assicurarsi che la manica della felpa mi copra il polso. La maggior parte dei lividi sta cominciando a sparire, ma ne ho qualcuno fresco fresco, inclusa una bellissima serie di impronte sopra il polso destro che Santana mi ha regalato mentre mi utilizzava come manichino per spiegare alla classe una mossa chiamata *"Dagestani handcuff"*.

Questa è la prima seduta con Rich da quando ho iniziato le lezioni di jiu-jitsu. Due settimane fa era in un altro Stato per una conferenza, e la settimana scorsa era in vacanza con la sua famiglia. Questa settimana, invece, gli ho chiesto di spostare la seduta per poter partecipare a un seminario della Resilient sul *"no-gi"*, una varietà di jiu-jitsu che si pratica senza la parte superiore della divisa.

"Abbastanza bene, Rich," gli dico, e questa volta sono sincero.

"Magnifico," ribatte lui. "Cosa è cambiato, rispetto all'ultima volta? Quando ci siamo visti, le cose non andavano per niente bene. Non è così? Avevi appena avuto un… ehm… un diverbio con un tuo compagno di scuola."

"Acqua passata. Nemmeno me ne ricordo più."

Ok, questa è una bugia, ma non ho nessuna intenzione di ricominciare a parlare di Todd e della volta in cui mi ha fatto un occhio nero, anche se so benissimo che Rich sta manovrando la conversazione per portarmi a quel punto.

"Con gli altri ragazzi come va? Hai fatto nuove amicizie?" Domanda.

Non so davvero come rispondere. La squadra di nuoto si ostina a non parlarmi. Coi miei compagni di classe, le chiacchiere si limitano ai compiti e alle faccende di scuola. A pranzo, però, mi incontro con Anna e le sue amiche. Spesso ci sediamo insieme, e parliamo di un sacco di cose. Anna è una bellissima persona, ma questo non è né il momento né il luogo per parlarne.

"Tutto come al solito, Rich," gli dico.

"Mi dispiace molto."

"No, mi ci sto abituando."

La verità è che non mi interessa fare amicizia con quella gente. La maggior parte dei miei compagni di scuola sono solo rumore di sottofondo. Ci sono, ma è come se non ci fossero. A parte i ragazzi della squadra di nuoto, con cui sono costretto ad avere a che fare, e un paio di ragazze bellissime con cui vorrei molto avere a che fare – ma non ho speranze.

A questo punto, Rich lascia discendere uno dei suoi silenzi imbarazzanti.

"Ci sono stati altri episodi di bullismo?"

Cosa vuole sapere, di preciso? Se sono stato picchiato di nuovo? Beh, mi hanno fatto a pezzi alla Resilient, ma ci vado di mia iniziativa e poi nessuno continua a picchiarmi dopo che ho battuto i tre colpetti per arrendermi, perciò non conta.

O magari vuole sapere se continuano a prendermi in giro. In questo caso, la risposta è sì. Soprattutto da quegli idioti della squadra di nuoto, gente come Todd e Jack, che non hanno nemmeno il coraggio di farlo apertamente, e mi sfottono alle spalle. Quando sono presente mi ignorano e quando non ci sono parlano male di me.

"No, non direi," rispondo.

"Eppure hai un grosso livido sul polso, Dylan. Perché non mi dici la verità?"

Per la miseria, devo lavorare su questa cosa delle maniche lunghe. Forse si è sollevata quando mi sono seduto, altrimenti non so come abbia fatto a vederlo.

"No, quello non c'entra. Me lo sono fatto mentre facevo sport."

Rich alza un sopracciglio e mi guarda fisso, senza dire nulla.

"Ho cominciato a frequentare una palestra di arti marziali. Per il momento faccio solo jiu-jitsu, ma vorrei provare anche il corso di MMA."

"E quel livido te lo sei fatto durante una lezione?"

"E non solo quello! Ne avrò almeno un centinaio, su tutto il corpo," gli dico, alzando la manica.

Rich fa un'espressione che potrei definire un perfetto mix di orrore e disgusto, e che mi fa ripensare a una cosa detta da Santana, mentre mi parlava dei vari tipi di reazioni che possono nascere nelle persone quando scoprono che pratichi MMA.

"Bello mio, noi siamo diversi."

All'inizio pensavo che si riferisse ai nostri arti mancanti. Poi si è guardata intorno, includendo con lo sguardo tutti gli allievi della palestra che in quel momento si stavano allenando o combattevano con i loro compagni, e ho capito che parlava di tutti noi. Parlava della Resilient.

"Puoi provarci quanto vuoi, ma i profani non capiranno mai quello che stiamo facendo qua dentro," mi ha detto, a un certo punto.

I profani, nel vocabolario di Santana, sono tutte le persone che non combattono. Li guarda dall'alto in basso e parla di loro come se vivessero su un altro pianeta. Anch'io sono un mezzo profano ai suoi occhi, perché faccio solo BJJ, e questo significa che non tiro pugni e che non sono mai entrato in una gabbia da MMA.

Noi siamo diversi. Quando lo ha detto, non avevo capito fino in fondo cosa intendesse. Ma adesso, guardando la faccia sconvolta di Rich, mi è tutto più chiaro.

"Ehi, non c'è nulla di cui preoccuparsi! Non fanno neanche male," gli dico, cercando di rassicurarlo.

"E te li sei fatti in una palestra? Almeno è legale, vero? Non si tratta di una cosa losca…"

Adesso sembra mia madre. In genere come terapeuta non è per niente male, riesce a mantenere un certo distacco, ma sembra che oggi non ci stia nemmeno provando.

"Rich, il jiu-jitsu brasiliano è perfettamente legale! È una specie di lotta libera, ma l'obiettivo è soffocare il tuo avversario o mettere a segno una buona leva articolare, cioè una presa che potrebbe spezzargli un braccio o slogargli una spalla…"

Aspetta, cosa sto dicendo? Questo non fa che peggiorare le cose. Devo venderglielo in una maniera che sia davvero rassicurante. Mi serve qualcosa che possa funzionare con un tipo apprensivo come lui.

"… ma non è questo l'importante. Il punto è che puoi sempre arrenderti. Se hai paura di farti del male, batti due colpetti e il tuo avversario si ferma. È una disciplina sicura e senza rischi."

Non mi sembra convinto. Continua a guardarmi con gli occhi sgranati, sbattendo le palpebre lentamente e con solennità, come un gufo.

"Quando mi chiedono perché ho tutti questi lividi, rispondo sempre che io e la mia ragazza amiamo il bondage e tutte quelle cosette perverse," mi dice Santana, sghignazzando. "Si scandalizzano meno, ci puoi giurare."

Siamo seduti all'interno della gabbia da MMA. Sono passato qui dopo la seduta, e Santana mi ha incastrato, convincendomi a tenerle i pad imbottiti per allenare un paio di colpi. Al momento, però, stiamo facendo una pausa.

"A mia madre verrebbe comunque un infarto. Potrei dirlo al mio allenatore di nuoto, ma..."

Santana scoppia a ridere. "Era solo uno scherzo! E così vai dallo strizzacervelli, eh?"

"È stata un'idea dei medici. Quando ho perso la gamba, hanno pensato che avessi bisogno di aiuto per accettare la cosa."

Santana fa un sorso d'acqua, poi mi offre l'enorme borraccia che si porta sempre appresso, senza eccezioni, come se avesse paura di morire disidratata da un momento all'altro. Rifiuto l'offerta con un cenno della mano.

"E sta funzionando?"

"Per niente! Di solito le sedute sono una vera rottura, ma oggi mi sono divertito."

"Fammi indovinare, hai passato tutto il tempo a spiegargli cos'è una *kimura*?"

"Ci sei andata vicino… Gli ho spiegato come si fa la *rear naked*."

Santana dice sempre che i lottatori di jiu-jitsu sono un po' come i vegani: per loro è un'ossessione, ne parlano continuamente e trascinano tutti in questo vortice di follia.

"Se avessi parecchi soldi da sprecare, mi prenderei anch'io uno strizzacervelli. La vita di voi ricchi deve essere uno spasso."

"La mia famiglia non è ricca," protesto, mettendomi subito sulla difensiva. "La terapia è pagata dall'assicurazione sanitaria. Per via dell'incidente…"

"Tesoro, frequenti una scuola privata e hai una casa di proprietà. Di proprietà, capisci? Non siete mica in affitto! Hai perfino una macchina tutta tua, santo cielo! Stammi a sentire, per come vanno le cose di questi tempi, tu e la tua famiglia siete ricchi. E anche parecchio."

"Beh, non mi sento per niente ricco."

Santana si alza di scatto, recuperando i guanti dal pavimento. Poi apre la porta della gabbia e si gira a guardarmi.

"Ed è proprio questo il tuo problema numero uno."

"Dovrei essere grato per quello che ho? Forse ti sei dimenticata un piccolo dettaglio," le dico, guardando verso la mia gamba mancante.

"Sì che dovresti. Hai fatto un incidente che avrebbe potuto ammazzarti, e invece sei vivo. I tuoi genitori ti vogliono bene. La tua scuola ha i migliori insegnati dello Stato. Hai una bella casa, una macchina e una prenotazione per ricevere una protesi computerizzata."

Santana si china a raccogliere il suo braccio finto, che ha lasciato accanto alla porta, poi lo sventola in aria come una bandiera.

"Sai come ho fatto a procurarmi questo coso?"

Scuoto la testa.

"Martese ha organizzato un evento di beneficienza per me. Un torneo a pagamento, con un piccolo premio finale. Tu non sai quanto possa essere umiliante guardare le persone che combattono per te, non sai quanto sia difficile affidarsi alla carità degli altri... E soprattutto, non devi stare a preoccuparti per ogni minimo cambiamento del tuo corpo. Se cresci, la tua assicurazione ti darà una nuova gamba."

Non ribatto. Non ho nulla da dire. In fin dei conti, io sono fortunato. E ha ragione lei, il mio problema numero uno è che non mi ci sento. Non mi sento fortunato. Mi sento sopraffatto.

L'espressione di Santana si raddolcisce di colpo. "Dylan, lo so. La tua vita è cambiata parecchio e quei ragazzini viziati ti stanno rendendo la vita un inferno. Non è tutto rose e fiori, ma ti assicuro che andrà meglio."

"E come? Come credi che sia possibile?"

"Grazie alla magia," risponde, indicando con un cenno della testa la stanza coperta dai materassini. "Alla magia di questo posto. Anche questa è terapia."

Non sono del tutto convinto. Stare qui è molto piacevole, le persone sono fantastiche e mi trattano come se fossi normale. Soprattutto Santana. All'inizio ero convinto che mi odiasse, ma adesso so che mi aveva preso di mira soltanto per mettermi alla prova e cercare di rendermi più forte. Eppure non credo che combattere su un tappetino possa cambiarmi la vita.

"Sai cosa dovresti fare?" Mi domanda lei.

Naturalmente no. Non lo so.

"Dovresti cominciare col *rolling*."

Nel vocabolario del jiu-jitsu, il *rolling* è l'equivalente dello *sparring* nella boxe. Il coach Martese ha proibito a tutti i nuovi iscritti di farlo. Ci vogliono almeno tre mesi di allenamento per cominciare, e qualcuno non comincia mai – vengono in palestra, imparano le mosse e se ne tornano a casa.

"Pensi che io… Davvero credi che sia pronto?" Le domando.

Santana scoppia in una delle sue risate sguaiate. "Ma nemmeno per sogno, Dylan!"

"Ma hai appena detto che dovrei…"

"Se aspetti di essere pronto per cominciare a fare qualcosa, puoi stare sicuro che non la farai mai. Fidati, d'accordo?" Mi dice, con un sorriso. "Sarà divertente."

Capitolo Diciannove

Fare *rolling* con Santana è come annegare. È come essere afferrato per il collo e trascinato sul fondo di una piscina. Lei ha una bombola d'ossigeno, ma io no.

Abbiamo iniziato da poco, ma già non riesco a respirare. Una pressione insostenibile è concentrata sul mio petto. Il cuore martella all'impazzata, la bocca è completamente asciutta.

Mi ricorda quello che ho dovuto subire durante lo *shark tank*, quando sono stato massacrato da tutti i miei compagni di corso. Ma il *rolling* con questa ragazza è molto peggio. È uno *shark tank* elevato all'ennesima potenza. Per arrivare al termine di questo round da cinque minuti, dovrei resistere per altri tre. Tre minuti che equivalgono più o meno a un'eternità.

Sono con le spalle a terra, inchiodato al pavimento, e non riesco a muovere nemmeno un dito. Santana mi ha bloccato per bene. Adesso sta infilando una spalla sotto al mio mento. Eccola qua. Una tecnica che le piace chiamare "la spalla della giustizia", anche se non ho ancora capito il motivo: avere una sua spalla infilata sotto alla mandibola ed essere incastrato senza possibilità di appello... beh, non mi sembra che sia molto giusto. Questa mossa è una vera crudeltà. Non appartiene nemmeno alla categoria delle sottomissioni, perché non è progettata per comprimere la carotide e farti svenire, né per toglierti l'aria. Vuole solo farti sentire a disagio. E ci riesce benissimo.

Santana cambia la sua posizione e la pressione sul collo diminuisce un po', ma so già che lo ha fatto soltanto per arrivare a qualcosa di peggio. E infatti la sua spalla risale fino a coprirmi la faccia. Il naso e la bocca, per la precisione. Se già non riuscivo a respirare, adesso mi sento morire.

Si alza l'asticella del panico. Comincio a sudare freddo. I miei polmoni sembrano rinsecchiti, immobili, cristallizzati. Cerco di ricordarmi cosa bisogna fare in una situazione del genere.

Durante l'ultima lezione, abbiamo lavorato sull'uscita da questa precisa posizione, ma non ricordo nulla, nemmeno il primo passo. E anche se riuscissi a scollare la sua spalla dalle mie vie respiratorie, che diavolo potrei fare? Santana si fa chiamare "il boa constrictor", e adesso capisco perché.

Mi rimane soltanto una cosa da fare. Arrendermi. Due colpetti e sarà tutto finito.

Con uno sforzo incredibile, sposto una mano e la batto sul fianco di Santana. Le spire del serpente si allargano all'istante, scivola via da me e rimane a fissarmi, seduta a gambe incrociate sul tappetino.

Finalmente, l'aria entra nei miei polmoni. Per qualche istante mi godo la sensazione. È meraviglioso.

Ma adesso mi toccherà fare i conti con la sua ira. "Perché ti sei arreso?"

"Non riuscivo più a respirare."

"Sei un vero pappamolle, parola mia. Alzati, ricominciamo da capo."

"Aspetta un attimo, fammi sistemare la cintura…"

Durante il tempo interminabile che impiego per snodare e riannodare la cintura, Santana mi guarda con un sopracciglio alzato e la faccia schifata. Lo sappiamo entrambi, sto solo prendendo tempo.

"Sei pronto?" Mi dice.

Il tempo di batterci il pugno e finisco di nuovo a terra. Le spalle incollate al tappetino, l'unico braccio di Santana intorno al collo e la maledettissima spalla della giustizia che preme contro un lato della mia mandibola.

E poi, proprio quando mi sono illuso che le cose non possano più peggiorare, ecco che lo fanno. Santana si alza di scatto e mi pianta un ginocchio nello stomaco, proprio nel punto in cui finisce la mia cassa toracica e le costole si avvicinano formando una V. Questa la conosco bene. Si chiama *knee on belly*, o "posizione con il ginocchio sullo stomaco", per farla più semplice. La studiamo da parecchio tempo, ormai. So come liberarmi, o almeno credo.

Santana tiene un piede appoggiato sul tappetino e schiaccia il ginocchio contro la bocca del mio stomaco con una forza inimmaginabile. Ho la sensazione che potrebbe perforarmi la pelle e passarmi attraverso, bucando il tappetino e perfino il pavimento della palestra.

Cerco di contrastare la pressione contraendo i muscoli dell'addome. Cerco di sopportare la sensazione che il petto, compresso all'inverosimile, stia per esplodere. Perché è questo il problema, la maggior parte delle volte. Non il dolore, ma il senso di disagio, il fastidio e la scomodità. Cerco di abituarmi, ma Santana non mi permette di ignorare questa tortura, che sembra cambiare a ogni istante e proseguire in eterno. E probabilmente è vero – se volesse, Santana potrebbe tenermi qui tutto il giorno, spremendo fuori l'aria dai miei polmoni millilitro dopo millilitro, fino alla mia inevitabile sconfitta.

Senza nemmeno rendermene contro, la mia mano sta già battendo sul ginocchio che mi tormenta.

Ma la rotula di Santana continua ad affondare, disegnando un piccolo cerchio sul mio petto. Batto più forte, provando già un pizzico di sollievo al pensiero di sciogliere quella posizione.

"Ehi... non lo senti? Io... la mia mano... mi arrendo," riesco a dire, con un filo di fiato.

La pressione diminuisce un po'. Ma Santana non si muove.

"Non essere ridicolo. Non puoi arrenderti durante un *knee on belly*."

"Certo che posso," ribatto, ansimando. "L'ho appena fatto."

"Sai benissimo cosa fare. Studiamo da due settimane. Lavoratela."

"Cosa?"

Il ginocchio ricomincia ad affondare con tutta la sua terribile forza. "Lavoratela. Lavorati la mia mossa e trova una via di uscita."

Non riesco a crederci. Non puoi decidere di non fermarti se il tuo avversario si arrende. È il primo comandamento del BJJ. Se battono, ti fermi. Fine della storia.

Santana allenta di nuovo la pressione.

E un interruttore si accende nella mia testa.

Posso farcela. Devo solo concentrarmi.

Pensaci, Dylan. La contromossa. La via di fuga.

Tenendo i gomiti stretti, appoggio il ginocchio sul sedere di Santana, porto una mano sotto al ginocchio che mi sta pressando il petto, in modo che non possa più spostarlo, e di colpo distendo la gamba, facendo forza sul tappeto con il mio moncherino, come se volessi alzarmi. Rotolando di lato, mi ritrovo sopra di lei.

Non riesco a crederci! Sono uscito dalla sua *knee on belly* e adesso mi sento sopraffatto dall'entusiasmo. Pochi secondi fa ero pronto a mollare, ma adesso provo un sollievo completamente diverso da quello che ho conosciuto finora, cioè dal sollievo di quando ci si arrende e l'avversario ci lascia andare.

Santana mi regala uno dei suoi rari sorrisi, e poi qualcosa di ancora più raro: un complimento. "Sapevo che ci saresti riuscito!" Mi dice. Quindi, rientrando a pieno nel personaggio, non riesce a trattenere una delle sue frecciatine. "Che ti avevo detto? *Smettila di fare il pappamolle!* Ecco, finalmente mi hai dato retta!"

So benissimo che mi ha lasciato vincere. Ha allentano la presa e ha aspettato che io la buttassi giù. Se avesse voluto tenermi a terra, non sarei riuscito a liberarmi neanche tra un milione di anni.

Ma sono felice lo stesso. Sono felice perché non mi sono arreso, anche se non avevo molta scelta, a dirla tutta.

"Perché ti sei fermato?" Mi domanda Santana.

"Mi sono liberato. Ho vinto!"

"Ma cosa stai dicendo? Il round non è mica finito," dice, rovesciandomi di nuovo al tappeto. Mi prende un braccio, annoda una gamba attorno alle mie spalle e una attorno al petto, poi comincia a tirare così forte che il braccio sembra staccarsi dal resto del corpo.

Alzo il pollice e cerco di far leva sul braccio per mettere in pratica una tecnica che ho imparato da poco, la cosiddetta "fuga dell'autostoppista", ma ormai è troppo tardi. Il mio braccio è stato immobilizzato. La tensione nei tendini è così forte che non posso applicare altra forza senza rischiare di farmi male.

"Arrenditi, fesso!" Mi dice Santana. "Vuoi farti staccare un braccio?"

Mi lascia andare, e immediatamente la campanella sancisce la fine del round.

"Ma avevi detto di non arrendermi!"

"Se sto per romperti un braccio, non hai molte alternative," dice, alzandosi in piedi. "Devi valutare caso per caso!"

Mi porge una mano e mi aiuta a rialzarmi.

"Qualche altro consiglio?" Domando, visibilmente nervoso.

"Sì. Devi imparare a respirare."

Devo imparare a respirare? Che diavolo significa? Butti dentro l'aria e poi la fai uscire. Cosa c'è da imparare?

Santana comincia a respirare in modo esagerato, come se avesse un attacco d'asma o qualcosa del genere.

"Lo senti? È come se fossi perennemente in iperventilazione. Non è colpa tua. Tutti i principianti respirano da schifo. E poi dobbiamo lavorare sull'equilibrio. Sei davvero pessimo."

"Ma certo che sono pessimo!" Protesto. "Ho una gamba sola!"

"Davvero? Ma guarda, non me n'ero accorta. Ho un'ultima cosa da dirti, sei pronto?"

"Lo so già. Non frignare."

"Certo, quello vale sempre, ma non si tratta di questo. La mia è una proposta: ti va di vederci qui alle sei di mattina per una lezione personale?"

Capitolo Venti

È ancora buio quando, a bordo della Sfigatomobile, inizio a cercare parcheggio vicino alla Resilient. Non che sia difficile a quest'ora. Mi infilo nel primo posto libero davanti alla palestra, proprio accanto alla Cadillac rosso fuoco di Mia, la fidanzata di Santana.

Finalmente hanno fatto pace, penso. L'ultima volta che le ho viste insieme, Santana era su questo marciapiede, davanti all'ingresso della palestra, e le stava gridando degli insulti in spagnolo sotto gli occhi dell'intera squadra di MMA della Resilient, che si accalcava contro la finestra per vedere cosa stava succedendo. Quando è tornata in palestra, nessuno ha detto nulla. Com'è facile immaginare, io non sono l'unico a essere terrorizzato da lei.

Santana ha una specie di aura metafisica che la circonda. È sicura di sé, ma in un modo molto diverso dal coach Martese e dagli altri adulti. Lei non è tranquilla e rilassata, ma l'esatto contrario. Forse perché la sua sicurezza deriva esclusivamente dalla consapevolezza che potrebbe ucciderti a mani nude, se lo volesse.

Nella stanza in cui ci alleniamo ci sono tre tappetini da yoga e la canzone dei Dropkick Murphys ha lasciato il posto a una compilation di rumori del mare.

"Facciamo yoga?" Domando, cercando di non sembrare troppo sorpreso, mentre abbandono il borsone sul pavimento e mi siedo per togliere la protesi.

Immagino che potrei anche tenerla, ma ormai mi sono abituato a toglierla prima di entrare nella stanza coi materassini, e ho fatto tutto in maniera automatica, senza nemmeno rifletterci. E poi, farmi vedere senza protesi, con il mio moncherino all'aria, non mi crea più lo stesso imbarazzo dei primi tempi. A parte quando i bambini mi fissano con l'aria sconvolta, a quello non ci si abitua mai.

"Prima di tutto faremo qualche esercizio di respirazione," risponde Santana, sedendosi a gambe incrociate su uno dei tappetini da yoga. "Poi la nostra cara Mia ci guiderà attraverso alcune posizioni di yoga. Vacci piano con lui, Mia," aggiunge poi, voltandosi verso la sua ragazza. "Dylan respira come un asmatico con la testa in un sacchetto di plastica."

Sedersi a gambe incrociate è praticamente impossibile, se hai meno di una gamba e mezza, perciò appoggio il polpaccio della mia gamba buona sul moncherino e cerco di raddrizzare la schiena imitando la posa delle due ragazze davanti a me. Santana ci ordina di chiudere gli occhi e io eseguo senza fiatare.

La prima cosa da fare sono trenta respiri profondi, inspirando dal naso e espirando dalla bocca. Santana ci raccomanda di non fare nessuna pausa tra i vari respiri. Alla fine dell'esercizio, mi gira leggermente la testa.

Arrivati al trentesimo esercizio, Santana ci chiede di svuotare i polmoni e rimanere per un minuto in apnea. Con tutti gli allenamenti di nuoto che ho fatto, trattenere il respiro non dovrebbe essere un problema per me, ma alla fine dei sessanta secondi mi sento i polmoni in fiamme e non vedo l'ora di riempirli.

Santana conta gli ultimi cinque secondi con grande solennità e devo fare uno sforzo gigantesco per non respirare prima dello scadere del tempo. Ho le mani addormentate e posso sentire un formicolio che si irradia a tutte le dita dei piedi, comprese le cinque che non ho. Oltretutto, il mio petto sembra pronto a esplodere, come se un uomo grande e grosso si fosse seduto in posizione di *montada* alta e stesse per strangolarmi.

"Adesso un bel respiro profondo! Tratteniamo per quindici secondi e poi svuotiamo."

Il senso di sollievo mi riempie di pari passo con l'aria che entra nei miei polmoni.

Ripetiamo l'intero esercizio altre due volte. Trenta respiri profondi, apnea a polmoni vuoti, inspirare a fondo e mantenere per quindici secondi.

Ad ogni ripetizione, la fase di apnea a polmoni vuoti si allunga un po'. L'intorpidimento e il formicolio si fanno sempre più intensi, e anche il senso di costrizione al petto. Alla terza apnea mi gira la testa come se dovessi svenire. Il panico mi assale, ma riesco a frenarlo e a mantenermi cosciente.

Alla fine mi sdraio sul tappetino, chiudo gli occhi e aspetto che la testa smetta di girare.

Quando apro di nuovo le palpebre, Santana è in piedi accanto a me e mi fissa divertita.

"Com'è andata? Gli esercizi di respirazione sono una vera figata!" Mi dice.

Senza aspettare la mia risposta, batte le mani e mi fa cenno di alzarmi. "Forza! Adesso facciamo un po' di yoga!"

Dopo trenta minuti di cani a testa in giù e posizioni del bambino, collegate da decine di strane pose coi nomi di oggetti e animali vari che mi hanno fatto schiantare a terra più di una volta, la tortura è finalmente finita. È stata dura. Eppure devo ammettere che mi sento alla grande.

"Ti va di fare un po' di *rolling*?" Mi domanda Santana.

"Certo!"

Senza preoccuparci di indossare il *gi*, mettiamo via i tappetini da yoga e ci prepariamo a combattere. Mia fa partire il timer impostando un round di cinque minuti e in un batter d'occhio sono di nuovo uno straccio centrifugato in lavatrice.

Una battuta molto diffusa tra i praticanti di BJJ dice che il nostro sport è un po' come cercare di piegare un pigiama mentre il tuo avversario lo indossa. Ecco, il problema è che io sono sempre quello che viene piegato.

Mentre ci alleniamo, mi accorgo che Santana è un po' più aggressiva del solito. Prende subito la posizione di *montada* e mi comprime il petto con una delle sue prese devastanti. Le mie costole sembrano pronte ad andare in frantumi.

"Aspetta," mi dice, prima che io possa fermarla. "Adesso rallenta il respiro e mantieni la calma. Rifletti sulla tua posizione. Cerca una via d'uscita."

Faccio del mio meglio per seguire le sue istruzioni. Afferro il suo braccio buono, lo avvicino al petto, cerco di alzarmi in ponte e di rovesciarla a terra, ma non c'è niente da fare. Non riesco a spostarla nemmeno di un millimetro. Santana sorride. Per una volta, non sto boccheggiando come un pesce fuor d'acqua, ma cerco di reagire.

Alla fine dei cinque, sono stato costretto ad arrendermi per cinque o sei volte, ho il fiato corto e sono zuppo di sudore. Santana, al contrario, è soddisfatta e rilassata. Le uniche chiazze di sudore sui suoi vestiti sono opera mia. Ho inzuppato anche lei.

"Posso chiederti una cosa?" Domando, mentre ce ne stiamo sdraiati sui tappetini.

"Spara."

"Perché mi stai aiutando?"

La domanda mi tormenta da un bel pezzo. Santana mi ha preso sotto la sua ala e mi sta dando lezioni personali, ma non fa niente per incoraggiarmi. Anzi, il più delle volte si comporta come se fosse infastidita dalla mia presenza e dalla mia incapacità.

"Vuoi saperlo davvero?" Mi domanda.

"Se te l'ho chiesto…"

"Hai presente questa *rash*?" Domanda, indicando la tuta antiabrasione con il logo della Resilient che ho acquistato nel negozio della palestra e che ho indossato per venire ad allenarmi.

"La mia tuta da allenamento?"

"Beh, te ne vai in giro con il nome della nostra palestra stampato sul petto, ma qualsiasi ragazzino viziato può riempirti di botte e cavarsela con una bella sgridata. Se quel Todd dovesse picchiarti di nuovo, infangheresti il nostro nome. Capisci?"

Non so cosa mi aspettavo di sentire, ma sapevo già che non sarebbe stato un momento commovente di comunicazione cuore-a-cuore in stile commedia romantica. Dopo tutto, si tratta di Santana. Ed ecco svelato il motivo per cui mi sta aiutando a migliorare. Per evitare che io possa metterla in imbarazzo.

Santana si alza in piedi e si stringe nelle spalle. "Se non vuoi conoscere le risposte, forse faresti meglio a non fare domande."

Capitolo Ventuno

Sto ancora pensando alla risposta di Santana, quando apro il mio armadietto della piscina per recuperare costume, cuffia e occhialetti.

"BJJ?" ridacchia Jack, leggendo la scritta sulla tuta della Resilient. "Che significa? Bocchini in Jacuzzi per Jack? Ecco, lo sapevo, ti sei messo a fare qualche lavoretto di bocca per arrotondare! Ma io non ho intenzione di darti neanche un centesimo, pervertito che non sei altro!"

Gli altri nuotatori scoppiano a ridere.

Lo guardo dritto negli occhi, senza nemmeno degnarlo di una risposta. Ma lui sostiene il mio sguardo, senza abbassare la testa o trovare una scusa per interrompere il contatto come fa sempre Todd.

"Che diavolo stai facendo, storpio? Mi stai sfidando?"

Cammina dritto verso di me e raddrizza le spalle per sembrare ancora più imponente.

"Allora? Cosa vuoi fare?"

Una cosa è certa: non voglio prenderlo a pugni. Ma non voglio nemmeno sgattaiolare via come un codardo. Rimango immobile e continuo a guardarlo.

"Proprio come pensavo," dice lui, ruotando sui tacchi e tornando verso il suo armadietto nel mezzo delle risate generali. "Non hai le palle."

Sarebbe fin troppo facile prenderlo alla schiena, mettere a segno una *rear naked* e strangolarlo fino allo svenimento. Per qualche secondo, accarezzo la possibilità.

Ma poi sento la voce di Santana nella mia testa. Mi sta dicendo di non farlo. Specialmente dopo che quell'idiota ha nominato il jiu-jitsu indicando la *rash guard* della palestra e se n'è fatto gioco.

Sono solo parole, lasciale andare. È una citazione del coach Martese, che mi ha insegnato a non rispondere alle provocazioni. Io rappresento la Resilient, dentro e fuori dalla palestra. Non posso far scoppiare l'ennesima rissa a scuola, non questa volta. Non posso infangare il buon nome dei miei insegnanti e dei miei compagni di corso. Oltretutto, anche se Jack è più grosso di Todd, metterlo a tappeto non convincerebbe gli altri ad accettarmi.

Mi tolgo la tuta e la infilo nell'armadietto.

"Ragazzi, ho delle notizie importanti in arrivo! Ecco la lista dei convocati che andranno a La Cañada per rappresentare la nostra squadra alle gare del prossimo mese," dice l'allenatore, entrando nello spogliatoio con aria solenne. "Voglio che tutti gli atleti che gareggeranno si concentrino al massimo. Specialmente quelli della staffetta."

Mentre legge i nomi dei convocati per le individuali, smetto di ascoltare del tutto. Sarà una gara importante, contro cinque delle migliori scuole superiori a indirizzo sportivo d'America. E poi, come se non bastasse, il liceo "La Cañada", quello che ospita la gara, è il rivale numero uno della nostra scuola.

"E per finire, la staffetta 4x200. Non ho ancora deciso l'ordine di partenza, ma i convocati sono Jack, Toby, Alex e Dylan."

Alzo lo sguardo. Non stavo seguendo, ma ho l'impressione di aver sentito il mio nome. Sta dicendo sul serio?

Tutti gli altri si guardano spaesati. Alcuni stanno già borbottando tra loro.

Il nostro allenatore fa passare lo sguardo sull'intera squadra, osservandoci a uno a uno. "C'è qualche problema?"

"Certo che c'è un problema, Coach," sbotta Jack. "Perché ha convocato Dylan? Andiamo lì per vincere o per farci prendere in giro da tutti?" Dice, gonfiando il petto e guardandosi intorno per riscuotere i cenni di approvazione dei suoi compagni.

Nonostante il nostro odio reciproco, sono d'accordo con lui. Inserirmi nella staffetta significa perdere almeno tre secondi nel tempo complessivo, e la cosa non ha alcun senso. Anche se i miei compagni nuotassero meglio di come hanno fatto in tutta la loro vita, non vinceremmo comunque.

"Questa è una squadra," dice il nostro allenatore, scuotendo la testa. "E questo significa che ci aiutiamo a vicenda. Vuoi vincere? Allora aiuta i tuoi compagni a migliorare! Non ho altro da dire."

Qualcuno cerca di protestare, ma il coach lo interrompe immediatamente.

"Non vi sta bene?" Dice l'allenatore, inflessibile. "Allora iscrivetevi alla squadra di baseball."

Questa è ufficialmente la cosa peggiore che potesse mai capitarmi. Se qualcuno ancora non mi odiava, adesso non ho chance. Diventerò il ragazzo più impopolare della scuola. Ovvio che vogliono vincere, ma è impossibile che io migliori fino a quel punto, anche se i miei compagni mi aiutassero giorno e notte.

Il coach scioglie la riunione e tutti tornano verso gli armadietti. Io cammino a testa bassa. In questo momento vorrei soltanto indossare la divisa della scuola e andarmene in classe.

Forse potrei mollare la squadra, magari inventando una scusa. Dirò che sono malato. No, impossibile. Se i miei genitori dovessero credermi malato, non mi lascerebbero andare alla Resilient e perderei settimane di allenamento. Oppure potrei semplicemente abbandonare il programma di nuoto, ma che razza di ingrato sarei? La mamma e il papà spendono migliaia di dollari per farmi studiare qui, e lo fanno soltanto perché le attività di nuoto sono le migliori dello Stato.

Dunque non c'è via di uscita? Posso provare a migliorare il mio tempo, ma ho soltanto un mese e non posso fare miracoli.

Uno dei nostri compagni di squadra esce dalle docce completamente nudo e si ferma davanti al suo armadietto, proprio accanto al mio.

"Molto divertente," dice, guardandosi intorno e dirigendosi dritto verso Jack. "Dove sono i miei vestiti?"

"Perché lo chiedi a me, amico?" Risponde Jack, facendo il finto tonto.

Nascondere i vestiti degli altri è il grande classico degli scherzi da spogliatoio. Mi sorprende che non ci abbiano ancora provato con me. Forse perché il preside ha minacciato di sospendere dagli allenamenti di nuoto chiunque venga scoperto a commettere atti di bullismo, e nessuno vuole fare la stessa fine di Todd.

Il tizio nudo sta girando per lo spogliatoio, aprendo armadietti a caso. È sempre più nervoso. Più lui si arrabbia, più gli altri si divertono.

"Ragazzi, smettetela! Farò tardi a lezione," dice, in tono implorante, peggiorando ulteriormente le cose.

È a quel punto che ricordo di avere un cambio extra nel borsone del nuoto. Finisco di vestirmi, poi lo tiro fuori e mi avvicino a lui.

"Tieni," gli dico, consegnandogli tutto.

Dovremmo essere più o meno della stessa taglia. I pantaloni gli andranno un po' stretti, ma immagino che nessuno se ne accorgerà.

"Avete visto che dolce?" Dice Jack, rivolto ai suoi compagni. "È proprio una cosa da gay!"

Afferra la T-shirt dalle mani del ragazzo e la solleva in alto.

"Anche qui c'è scritto che me lo vorresti succhiare?"

Lo guardo dritto in faccia. "Sei ossessionato dal fartelo succhiare, tesoro. Come mai? Se vuoi aprirti con noi, non ti giudicheremo."

Alle mie parole, tutti scoppiano a ridere. Per la prima volta non stanno ridendo di me, ma con me. Ridono per la mia battuta, ridono di Jack. È una bella sensazione, ma sono sicuro che il prezzo da pagare sarà molto alto.

Capitolo Ventidue

Oggi è il grande giorno. Il giorno del passaggio di cintura per molti allievi della Resilient. Il passaggio di cintura non avviene con degli esami come nelle altre arti marziali, ma su scelta del maestro. Alcune cinture bianche diventeranno cinture blu. Dal blu si passa al viola, poi al marrone e per finire al nero. Martese mi ha detto che ci vogliono almeno dieci anni di allenamento serrato per poter sperare in una cintura nera.

E poi, non tutti verranno promossi alla prossima cintura. Se siamo fortunati, riceveremo una piccola striscia nera da applicare in fondo alla cintura per segnalare che stiamo facendo progressi. Santana dice che le strisce bianche sono "una stronzata colossale" e "una specie di tessera del supermercato per raccogliere i punti fedeltà", ma a dire il vero io sono piuttosto emozionato. Ne vorrei una anche io, per dimostrare che sto diventando un vero lottatore.

Quando entro in palestra, l'atmosfera è tutt'altro che rilassata. L'eccitazione, l'attesa, il nervosismo, l'emozione si mescolano tra loro, creando una sensazione unica. Ci sono un centinaio di persone, quattro volte più degli allievi che solitamente frequentano le lezioni durante gli orari di punta, una folla impressionante, composta da membri della squadra di MMA e lottatori di jiu-jitsu che indossano i loro migliori *gi*, le cinture annodate con cura attorno alla vita.

Martese sta in piedi al centro della sala grande, tutto impettito, e sfoggia la sua cintura nera. Jared e altri insegnanti, inclusa Santana, gli stanno accanto su entrambi i lati, con fare solenne.

"Silenzio, vi prego, stiamo cominciando!" Annuncia Martese. "Disponetevi lungo le pareti, dividendovi per cintura. Bianche da questa parte, blu lungo questo muro, e tutte le altre cinture di là. Mettetevi in ordine di grado, per favore."

Gli allievi raggiungono il loro posto, controllano le cinture dei vicini, contano le strisce bianche che indicano il grado e trovano il loro posto nella fila.

Io non ho molti problemi a farlo, sono una cintura bianca senza gradi, perciò il mio posto è in fondo. Pazienza. Ho iniziato da poco. Non mi importa un accidente se sono l'ultima ruota del carro.

Martese comincia a chiamare alcune persone che hanno accumulato quattro strisce sulla cintura e sono pronti a cambiare colore, chiedendo loro di raggiungerlo al centro del tappetino. Un paio di tizi con le quattro strisce non vengono chiamati, e sembrano un tantino delusi. I candidati alla cintura superiore si dispongono occupando tutto lo spazio disponibile. La loro agitazione è palpabile.

"Se pensavate di meritare una promozione, ma non siete stati chiamati, non perdetevi d'animo. Ho deciso che non siete ancora pronti, ma lo diventerete presto, se continuate ad allenarvi con costanza," dice Martese, guardando gli allievi con quattro strisce rimasti lungo la parete. "Quanto a voi, anche se siete candidati a una promozione, non è detto che la otterrete. E non vi basterà superare l'Iron Man, dovrete anche convincermi di essere pronti!"

Non ho mai partecipato a un Iron Man, ma improvvisamente sono felice di non avere alcun grado e di non dover ottenere una cintura. È una prova brutale e spietata, che richiede ogni briciolo di energia.

Martese lancia uno sguardo gelido a ciascuno dei suoi candidati. "Se venite sottomessi, resterete comunque in gara. Ma dovrete passare immediatamente al prossimo avversario, chiaro? Se vi prendete una pausa o se abbandonate il tappetino, anche solo per andare in bagno o bere un bicchier d'acqua, allora siete fuori e potete scordarvi la cintura. Dovrete continuare a combattere fino alla fine della prova. È tutto chiaro?"

I candidati annuiscono. Uno di loro si fa il segno della croce e guarda verso il cielo.

Martese accoppia i candidati con alcuni degli allievi disposti lungo il muro. Per conquistare una cintura blu, bisogna combattere contro avversari che abbiano almeno una cintura blu, la cintura viola richiede avversari viola e così via.

"Fate partire il timer," dice Martese, e al suo via si comincia. Sul materassino, i corpi dei lottatori volano in tutte le direzioni, mentre i lottatori si sfidano per conquistare una buona posizione, afferrano arti, passano la guardia, stringono, soffocano, torcono e stirano, cercando di sottomettere i loro amici e di costringerli ad arrendersi.

È una vera follia collettiva. Si combatte alla grande. Fino all'ultima goccia di energia.

I candidati fanno del loro meglio per dimostrare di meritare la promozione, ma gli avversari, più forti e più esperti di loro, combattono con precisione chirurgica, cercando di portare alla luce ogni piccola debolezza del loro stile di combattimento.

Dopo una decina di minuti, i candidati sono esausti. Martese chiama la fine del round. Qualcuno si alza in piedi, mentre qualche altro candidato rimane sdraiato sul tappetino. Un paio di persone annaspano rumorosamente, assaporando la sensazione dell'aria che torna a riempire i loro polmoni.

A questo punto, viene permesso ai candidati di bere un sorso d'acqua, e poi si ricomincia. Martese ordina di tornare sul tappetino.

"Forza, ragazzi, adesso si passa al *free rolling*! Per quelli che non l'hanno mai fatto, le regole sono simili a quelle dello *shark tank*," annuncia. "Mettetevi in fila e aspettate il vostro turno. Se venite sconfitti, tornate in fondo alla fila. Se vincete, tornate in fondo alla fila. I candidati alla promozione restano sul tappetino in ogni caso. Tutto chiaro?"

I primi avversari dei candidati sono i coach della palestra, Martese incluso. Il timer viene avviato e subito esplode l'incredibile caos controllato a cui avevamo assistito pochi minuti prima. Soltanto che stavolta ci tocca partecipare in prima persona.

Rimango a guardare Martese che sfida una cintura viola candidata a diventare marrone, l'ultimo step che precede la cintura nera. Il tizio in questione è un ragazzo enorme che frequenta le lezioni di livello avanzato e non manca mai a un allenamento. È molto bravo, ma con il coach Martese non c'è storia. Al coach bastano pochi secondi per prendergli la schiena e mettere a segno un soffocamento di tutto rispetto. Il tizio batte qualche colpetto sul suo braccio per implorare pietà e subito Martese lo lascia andare, facendo cenno al prossimo della fila di sostituirlo.

La fila scorre rapidamente. È come quando ci si mette in riga alla cassa del supermercato, ma invece della spesa, qui si comprano e si vendono solo chiavi articolari, lividi e qualche occasionale soffocamento.

Guardare le cinture più alte che si affrontano tra loro è emozionante. Mentre noi cinture bianche sbuffiamo e fatichiamo per tutto il tempo, sembra che loro non debbano consumare la minima energia per combattere, a meno che non si trovino a sfidare qualcuno del loro stesso livello e della stessa stazza. In quel caso, si assiste a un vero spettacolo della natura, una lotta che ricorda i combattimenti tra cervi a suon di incornate per aggiudicarsi una compagna.

Mentre sono perso in queste riflessioni, mi accorgo che sono arrivato in cima alla fila e che presto toccherà a me. Sono pronto a gettarmi a capofitto in questa spirale di corpi, braccia e gambe. L'avversario non si sceglie. Il primo che si libera sarà mio.

Eccoci qua. Avanzo verso una cintura viola e ci salutiamo. Lui rimane seduto sul tappetino, perciò sono costretto ad attaccarlo mentre si trova a terra. Afferro il tessuto dei suoi pantaloni e cerco di ruotare lateralmente per effettuare un *Toreando*, una tecnica che mi permetterebbe di superare la sua guardia in un batter d'occhio, se lui non sapesse come rispondere. E invece lo sa perfettamente. Scuotendo le gambe, fa scivolare il tessuto tra le mie dita. Perdo la presa e cado a faccia avanti. Lui solleva il busto e ferma la mia caduta, facendomi scorrere un braccio intorno al collo e chiudendomi in una ghigliottina perfetta. Non ho altra scelta, devo mollare. Due colpetti ed è tutto finito.

La sessione sarà durata in tutto dieci secondi. Faccio un respiro profondo e saltello verso la fine della fila. Ormai ho imparato che non c'è vergogna nel perdere così in fretta, specialmente contro qualcuno che è molto più esperto di te.

Torno a fare da spettatore, almeno per un po'. Le persone sul tappetino stanno esaurendo tutte le loro forze, ma l'Iron Man non si ferma. Finito con un avversario, devono immediatamente ricominciare con un altro. Non sono ammesse pause.

Martese ha smesso di combattere con i suoi allievi e si è fatto da parte. Con un blocchetto in mano, gira per la stanza e annota le sue osservazioni.

Sembra che la temperatura nella palestra stia raggiungendo il suo massimo. Qualcuno grida. Ci voltiamo a guardare e scopriamo che Santana ha appena costretto uno dei candidati ad arrendersi con una leva potentissima. Santana si alza come se niente fosse e il poveretto se ne sta lì a massaggiarsi il gomito. Il primo della fila ha un attimo di esitazione, ma Santana gli fa segno di andare. Come vi ho già detto, non sono ammesse. Se ti fai male durante un Iron Man, devi trovare un modo per andare avanti o sei fuori.

Passano pochi minuti e arriva di nuovo il mio turno. Stavolta devo affrontare un ragazzo che sta lottando per passare dal bianco al blu. È esausto, senza fiato, e sembra sul punto di cedere.

Supero la sua guardia senza troppe difficoltà e lo prendo di lato. Cerco di afferrare il colletto del suo *gi* per soffocarlo, ma il ragazzo è veloce. Con una manata, spinge via il mio braccio. Approfitto della sua distrazione per fargli scivolare sopra il moncherino e salire in *montada*.

Per qualche istante, vivo uno stato di pura esaltazione. Questo tizio è enorme e si allena da molto più tempo di me, ma sono riuscito a metterlo sotto. E poi sono qui grazie al mio moncherino. Per evitare di finire sotto la mia *montada* avrebbe dovuto afferrare una gamba che non c'era.

Abbasso il baricentro e cerco di rilassarmi, in modo da aumentare ulteriormente la pressione. Riesco a fargli passare una mano dietro al collo, affondo la testa sopra alla sua spalla e mi preparo al peggio.

Proprio quando comincio a pensare che non reagirà, il tizio solleva il bacino e ruota di lato, buttandomi giù. Piegando un ginocchio, torna a difendersi in modo efficace, ma non riesce a evitare che il mio moncherino si infili tra le sue gambe.

La mia mente è completamente vuota. Vedo solo il mio avversario, penso solo alle mie prossime mosse. Faccio scivolare una mano all'interno del suo colletto, afferrandolo con il palmo verso l'alto. L'altra mano incrocia, facendo la stessa cosa sull'altro lato. Inizio a tirare, cercando di soffocarlo con il tessuto del *gi*. Stringo più forte che posso.

E lui si arrende.

Non riesco a crederci, ce l'ho fatta. Sono stato io. L'ho sottomesso.

Non ero mai riuscito a completare un soffocamento, tranne che con qualche novellino appena arrivato in palestra. Questo tizio era un gigante, ma sono riuscito a sconfiggerlo. Certo, sarei un idiota se non riconoscessi che era già praticamente stremato. Se fosse stato più fresco, avrebbe difeso in modo completamente diverso e non sarei riuscito ad avere la meglio con tanta semplicità.

Avrei potuto sottometterlo lo stesso? Probabilmente no. Ma non è questo il momento di sminuire la mia piccola vittoria. Dopo aver sguazzato a lungo nel mare delle sconfitte, questo risultato è una zattera per non annegare.

Martese, su un lato della stanza, comincia ad applaudire. Per un attimo, credo che il suo applauso sia per me.

"Ben fatto, ragazzi! La prova è finita!"

Santana e gli altri istruttori lo raggiungono, poi ciascuno dei candidati viene chiamato per nome e invitato a ritirare la sua nuova cintura. Tutti gli altri esultano, applaudono e fanno un baccano infernale ogni volta che Martese annoda le cinture alla vita dei suoi allievi.

Martese e gli altri allenatori abbracciano i candidati promossi, che poi devono sfilare davanti a tutti i loro colleghi, ossia alle persone che per un'ora intera li hanno massacrati e torturati. Si stringono le mani, ci si batte il pugno e ci si abbraccia. Siamo tutti felici per loro. Abbiamo visto cosa hanno dovuto subire per quelle cinture e ne siamo stati parte.

È come una di quelle cerimonie di premiazione che si vedono in TV, ma i sorrisi sono sinceri e le congratulazioni sembrano molto più spontanee. Ve l'ho detto, siamo davvero felici.

Gli ultimi ad essere promossi sono le cinture bianche. Non sono invidioso, perché so che bisogna meritarsela. Dentro di me, però, c'è una specie di irrequietezza, un sentimento che non riesco a definire con precisione.

Bisogna meritarsela. E non è affatto facile. Non basta frequentare tutte le lezioni tutte le settimane. Ci vogliono lacrime, sangue e sudore. Ore e ore di allenamento, di *rolling*, dozzine di sconfitte e di sottomissioni. Centinaia di lividi.

Ci vuole una resistenza straordinaria. Una determinazione inesauribile. Sopravvivere a una tempesta non basta. Devi sopravvivere a tutte le tempeste che incontrerai. Alcuni round sono più facili degli altri, ma perfino questi ti mettono alla prova. Senza contare tutti gli altri: i round difficili, le battaglie impossibili.

E poi, in serate come questa, arriva l'uragano. E devi sopravvivere anche a quello.

Quando tutte le cinture sono state assegnate, Martese chiede il silenzio. Santana gli sta accanto e si sta già portando avanti con la prossima fase della cerimonia, ritagliando delle piccole strisce di nastro da un rotolo di adesivo bianco.

Martese chiama altre persone e Santana aumenta i gradi sulla loro cintura avvolgendo una striscia bianca attorno all'estremità nera. Martese si congratula con una stretta di mano o battendo il cinque, a seconda del rapporto che ha con l'allievo, e tutti applaudono a non finire.

Alcuni hanno già una striscia o due, e questo significa che dovranno continuare ad allenarsi ancora per parecchio tempo, mentre quelli che hanno già quattro gradi possono già tremare all'idea che presto dovranno sostenere un Iron Man.

Proprio come per il cambio di colore, la promozione al grado superiore non è scontata. Io aspetto in silenzio, con i nervi a fior di pelle. Mi alleno come un disperato ormai da mesi. Frequento più lezioni che possono e ho avuto il permesso di Martese per iniziare a fare *rolling*. Ultimamente riesco perfino a resistere fino alla fine dei cinque round.

Tutto questo ha un peso, ma la decisione finale spetta soltanto a Martese.

Ancora una volta per ultime, le cinture bianche vengono chiamate a ritirare i loro gradi. E Martese chiama anche il mio nome.

Sento un enorme boato quando Santana aggiunge il primo grado alla mia cintura. L'intera palestra sta esultando per me.

"Ottimo lavoro, Dylan. Te lo sei meritato," dice Martese.

Sorride e mi stringe la mano.

Dopo essersi occupata dei miei gradi, Santana mi abbraccia. "Ottimo lavoro, storpio!" Mi dice.

Mentre torno verso il muro, fatico a contenere le mie emozioni. Ho dentro un misto di felicità, orgoglio e sollievo. Le altre cinture bianche mi danno pacche sulle spalle e vengono a battermi il pugno.

"Sei un grande, Dylan!"

"Ormai stai diventando un killer professionista."

"Pazzesco! Davvero pazzesco!"

Torno in fila lungo la parete, ma non riesco a smettere di guardare la striscia bianca che risalta sull'estremità nera della mia cintura. Per le persone che non praticano arti marziali, un grado in più non significa nulla, ma qui dentro è un segno di valore, un riconoscimento di tutti i miei sforzi. Non trovo parole per descrivere quanto valga per me questa piccola striscia di nastro adesivo.

"Un'ultima cosa prima di salutarci," dice Martese. "La prossima settimana ci sarà il nostro *Rollathon* annuale, un evento di beneficienza per raccogliere i fondi da destinare al campo estivo della palestra. Potete consultare le modalità di iscrizione e le donazioni minime sul nostro sito web. Fate del vostro meglio e cercate di convincere qualche grosso sponsor a finanziarvi. In bocca al lupo!"

Santana mi aveva già parlato del campo estivo, un'iniziativa della palestra per regalare ai ragazzini meno fortunati del Paese un'esperienza unica di vacanza e formazione. L'evento di beneficienza servirà a coprire una parte dei costi, facendo in modo che il prezzo del campo rimanga basso e accessibile a tutti.

Il resto della serata trascorre a velocità aumentata nella mia mente. Si scattano varie fotografie, incluse le foto di gruppo delle squadre e dell'intera palestra. Dopo la tensione dell'Iron Man e delle promozioni, tutti sono molto più rilassati.

Alla fine, ci spostiamo negli spogliatoi per fare le docce e cambiarci. Sono quasi le undici, quando infilo la protesi e mi dirigo verso la mia auto. Mando un messaggio a mio padre per dirgli che sto tornando a casa e salgo a bordo.

Quando raggiungo il vialetto di casa mia, le luci sono ancora accese. Afferro il borsone della palestra e mi incammino verso il portone.

All'interno, mia madre sta leggendo un libro e mio padre guarda l'edizione notturna del telegiornale. Lascio cadere il borsone a terra, e soltanto allora mio padre si gira a guardarmi.

"Fila a letto, è tardi," dice mia madre, senza nemmeno alzare lo sguardo dal libro.

Spero che non sia l'inizio dell'ennesima predica sul fatto che negli ultimi tempi starei sprecando troppo tempo alla Resilient.

Apro il borsone e tiro fuori la cintura.

Quindi la porto a mio padre per fargliela vedere. "Ho preso il mio primo grado."

"Fantastico, Dylan."

Lo dice con quel tono condiscendente da genitore che è felice per l'entusiasmo del figlio, anche se in realtà non gliene importa un fico secco, ma non fa niente.

A quel punto, la mamma si decide finalmente ad alzare lo sguardo dal suo libro. "Ottimo lavoro! Questo periodo è stato pieno di vittorie per te: il tuo primo grado di jiu-jitsu e la convocazione per le gare di nuoto. Niente può più fermarti, tesoro!"

Un bellissimo complimento... peccato il suo "niente" sia semplicemente un altro modo per riferirsi alla mia gamba mancante.

"Siamo molto fieri di te, ragazzo," dice mio padre, rincarando la dose.

"Vi ringrazio."

La cosa strana è che le due cose non mi sembrano neanche lontanamente paragonabili. Il mio grado è frutto di un duro lavoro, mentre la selezione nella squadra di nuoto è del tutto immeritata. Insomma, solo una delle due cose sarebbe da festeggiare, e pare proprio che sia quella che a loro interessa di meno.

Per un istante, prendo in considerazione l'idea di raccontare dell'Iron Man e di quanto sia stata dura per tutti noi allievi, ma la mamma non vuole sentire parlare di arti marziali e combattimenti, perciò decido che è meglio evitare.

In fin dei conti, non mi importa se non riesco a condividere queste cose con loro. Il BJJ è solo mio. Lo faccio per me.

Mettendomi a letto, stanco e dolorante, sorrido nell'oscurità. Oggi è stato un grande giorno.

Capitolo Ventitré

Il giorno delle gare di nuoto, un grosso autobus ci ha caricati davanti alla scuola per portarci a La Cañada. Alcuni dei posti sono riservati a parenti, amici e tifosi della squadra, e purtroppo il buon vecchio Todd fa parte del gruppo. È seduto in ultima fila, insieme a Jack e ai suoi amici più stretti.

Io mi trovo poco più avanti. Accanto a me c'è soltanto un posto vuoto. Mi sono fatto il culo durante gli ultimi allenamenti e ho migliorato notevolmente il mio tempo, ma sono ancora distante anni luce dalla possibilità di traghettare la mia squadra verso la vittoria.

Alle mie spalle, Jack si sta lamentando con Todd del nostro allenatore. Per come la vede lui, è una stronzata totale far gareggiare uno storpio e lasciare all'asciutto il miglior nuotatore dell'istituto. Per come la vede lui, insomma, stiamo viaggiando dritti verso una sconfitta epocale.

La cosa buffa è che sono d'accordo con lui. La decisione del coach non ha senso, ma non c'è nulla che io possa fare a riguardo. Ho provato a spiegarglielo, ho chiesto di reintegrare Todd nella squadra, ma lui non ha voluto sentire ragioni.

La scorsa settimana ho pensato che avrei potuto fingere di infortunarmi. Niente di grave, soltanto una storta o uno stiramento muscolare, uno di quei piccoli incidenti da cui ci si riprende in fretta. Il problema, però, è che la mamma continua a dire che io sono troppo stressato. E con questa espressione intende dire che passo troppo tempo alla Resilient.

Se per caso mi fossi infortunato prima delle gare, sono sicuro al cento per cento che mi avrebbe costretto a smettere di frequentare un'attività sportiva. E sono altrettanto sicuro che non sarebbe stato il nuoto, per cui ho abbandonato l'idea del falso incidente e mi sono rassegnato a gareggiare. In questo momento, ho bisogno della Resilient più di ogni altra cosa al mondo. Ogni ragazzino ha diritto ad avere un rifugio, no? Beh, il mio porto sicuro è il Brazilian Jiu Jitsu. È lì che trovo la forza per andare avanti con tutto il resto.

Affronterò le gare a testa alta e farò del mio meglio. In fin dei conti, i rapporti con il resto della squadra sono già ai minimi storici, ma una volta toccato il fondo si può solo risalire.

È già parecchio tempo che mi ignorano, e quando mi rivolgono la parola è soltanto per chiedermi un "pompino in Jacuzzi" o qualche altra idiozia creata per prendermi in giro. E poi ci sono tutta una serie di battute sulla mia gamba, ma ve le risparmio volentieri.

Perciò eccomi qua. Che mi insultino pure. Cosa possono dire che non abbiano già detto?

Spero solo che, quando la nostra squadra sarà stata sconfitta e umiliata anche dalle peggiori scuole della California, il nostro allenatore ritorni in sé e decida di non convocarmi mai più. Certo, sarebbe ancora più bello se lo capisse prima della gara. Magari quando arriveremo a destinazione cambierà idea e deciderà di restituire a Todd il posto che gli spetta, facendomi rimpiazzare nella staffetta a quattro.

Nel frattempo l'autobus ha raggiunto il parcheggio. Scendiamo rapidamente, e poi noi della squadra ci dirigiamo verso lo spogliatoio dell'istituto ospitante, che condividiamo con parecchie altre squadre.

All'improvviso, uno strano nervosismo si impadronisce di me. So che sono destinato a fare schifo, ma se dovessi rendermi ridicolo davanti a tutti? Se facessi un casino durante il passaggio del testimone, ad esempio? O se partissi in anticipo, facendo squalificare l'intera squadra?

Visioni apocalittiche di disastri e umiliazioni varie si affollano nella mia mente, e non so più come mandarle via. Sono come visitatori sgraditi che hanno deciso di usare il mio cervello come casa per le vacanze.

E se succedesse questo?

E se capitasse quest'altro?

Mentre fanno i loro comodi, rimbalzando da una parete all'altra del mio cranio, capisco che sto entrando nel panico e mi dico che forse avrei fatto meglio a rimanere a casa. Accidenti. Avrei dovuto… che so, perdere l'autobus? Darmi malato? Qualsiasi cosa, pur di non essere qui.

E adesso cosa faccio? Devo darmi una calmata, ecco cosa. Altrimenti sarò esausto ancora prima di entrare in acqua, e allora sì che le cose si metteranno male. A questo punto, mi ricordo degli esercizi di respirazione che Santana mi ha fatto fare in palestra. Infilo il borsone in un armadietto a caso e vado a cercare un posticino tranquillo, lontano da tutti.

Fuori dalla scuola, accanto al parcheggio, c'è un campo da football americano. Mi siedo sulla linea delle cinquanta iarde, chiudo gli occhi e comincio a respirare. Trenta respiri profondi, tutti della stessa durata, senza pause di mezzo, riempiendo i completamente i polmoni ed espirando fino a svuotarli del tutto.

Quando arrivo al trentesimo respiro, rimango in apnea a polmoni vuoti. Aspetto finché non ho l'impressione che vadano a fuoco, poi inspiro di colpo, trattengo il fiato e conto fino a quindici.

A quel punto aspetto alcuni secondi e ricomincio da capo. Penso al fatto che Santana esegua questi esercizi prima di ogni combattimento, senza eccezioni, e la cosa mi dà coraggio.

Terminata la terza ripetizione mi sento ancora nervoso, ma non ho più la sensazione che tutti i miei nervi siano pronti a squarciarmi la pelle ed abbandonare il mio corpo. Dentro di me, l'incendio sta cominciando a spegnersi.

Mi incammino verso la piscina, ma il mio stomaco si attorciglia su sé stesso. Un nuovo pensiero lo ha strizzato così forte che per un attimo ho voglia di vomitare.

Dovrò togliere la protesi davanti a tutti. Non solo davanti ai miei compagni di squadra, ma davanti ai nuotatori di tutte le scuole dello Stato, davanti al pubblico seduto sulle gradinate, davanti agli arbitri e agli istruttori. E non potrò tuffarmi immediatamente in acqua, perché si tratta di una staffetta: fino a quando non mi toccheranno, non potrò tuffarmi e nascondere il mio orribile moncherino.

Ero così preoccupato per la mia lentezza che non avevo ancora pensato alla dannata gamba deforme.

Quando tolgo la protesi alla Resilient, non ho nessun problema a mostrarmi per come sono. A parte qualche bambino, nessuno mi fissa. Il mio arto mancante mi rende me stesso – Dylan, cintura bianca con un grado aggiunto, il ragazzo a cui non riuscirai mai ad afferrare il piede sinistro, perché non ce l'ha. Una particolarità come un'altra, in fin dei conti.

E poi c'è la squadra di nuoto. Anche loro mi vedono regolarmente senza protesi, ma ormai ci ho fatto l'abitudine. Jack mi prende continuamente in giro, sono abituato anche a questo. È come essere soffocato durante un combattimento: spiacevole, sicuramente da evitare, ma quando capita bisogna farci i conti e sopportare.

La calma che gli esercizi di respirazione erano riusciti a darmi sta già scomparendo. Il cuore ricomincia a martellare, la paura si trasforma in terrore. Faccio dietro front, torno al campo da football e ricomincio con gli esercizi. Ma non riesco a concentrarmi.

Una parte di me vorrebbe fuggire. Ma non posso permettermelo.

Capitolo Ventiquattro

La gara è già entrata nel pieno e stiamo vincendo di parecchio. Ma adesso viene il brutto. Raggiungo il blocco di partenza e schiaccio il bottone per sganciare la protesi, poi tolgo anche il coprimoncone e rimango in attesa.

Uno dei nostri è già in piedi sul blocco, pronto a tuffarsi. Io sarò il prossimo.

Mi volto verso le gradinate. Gran parte del pubblico è impegnata a guardare la gara, ma ci sono varie persone che mi fissano.

Il nostro primo nuotatore è in testa. Appena tocca il muretto della piscina, il numero due si lancia in acqua.

È una transizione fluida, senza intoppi. Il nostro compagno mantiene la prima posizione e riesce perfino a guadagnare qualche metro di distacco. Mi siedo sul blocco, sollevo la gamba e mi alzo in piedi, facendo ruotare le spalle per sciogliere i muscoli.

I miei avversari sono già pronti ai loro posti e si stanno mettendo in posizione. Aspetto che i nuotatori raggiungano la fine della vasca e comincino a nuotare verso di me, poi mi preparo anch'io. La mia gamba buona è migliorata moltissimo, con tutti quegli allenamenti di jiu-jitsu e yoga, ma è comunque una gamba sola: meglio non stancarla prima del tempo.

Ok, adesso devo concentrarmi. Devo partire al momento giusto e prendere subito il ritmo. Mi sporgo verso la piscina.

Sento lo sguardo del pubblico addosso. So che in molti mi stanno guardando, ma cerco di ignorarli, faccio un paio di respiri profondi e guardo soltanto la mia corsia. Appena il numero due tocca il bordo, contraggo i muscoli della gamba e mi tuffo.

Cerco di trovare il mio ritmo, aprendomi la strada a forza di bracciate e aggiustando la posizione per ridurre l'attrito. Qualche secondo più tardi sto nuotando alla mia massima velocità, ma ogni volta che piego la testa per riprendere il fiato riesco già a intravedere una figura nella corsia accanto.

Spingendo più che posso, raggiungo l'estremità della piscina e rimbalzo contro il bordo in maniera quasi impeccabile. Ma intanto qualcuno, due corsie alla mia destra, mi ha appena superato.

Continuo a nuotare. Non c'è nient'altro da fare. Anche se non siamo più in testa, devo evitare che il distacco diventi irrecuperabile, in modo che il mio compagno abbia una possibilità nell'ultima frazione.

A metà vasca, altri nuotatori mi raggiungono. I miei poveri polmoni stanno per scoppiare. Sono esausto, ma non posso fermarmi. E non posso nemmeno lasciarmi demoralizzare.

Nuota. Zitto e nuota, mi dico. Spingi. Ancora qualche bracciata e ci siamo.

Quando sfioro il bordo, Jack Kim si lancia come un proiettile sopra di me, scivolando morbido nell'acqua.

Mentre recupero il fiato, resto per qualche istante a galleggiare nella piscina. Ho dato il tutto per tutto, ma devo comunque fare i conti con un'amara verità: siamo penultimi. Jack Kim sta guadagnando terreno a ogni bracciata, ma non riuscirà mai a vincere.

Raggiungo la scaletta e mi arrampico fuori dalla vasca. Sono così stanco che non mi guardo nemmeno intorno. Se vogliono guardare, che guardino. Prendo il mio asciugamano, tampono per bene il moncherino, poi aggancio di nuovo la protesi.

Il resto della squadra si è radunato sul ciglio dell'acqua e sta incitando Jack a pieni polmoni. Ormai è sulla via del ritorno, ma non smette di recuperare posizioni. Quinto posto. Quarto.

Se avesse un'altra vasca da percorrere, potrebbe tranquillamente superarli tutti. Ma la piscina è finita.

Tutto intorno a noi, la folla grida, batte le mani ed esulta. I parenti e gli amici sugli spalti sono tutti in piedi.

Negli ultimi metri, Jack sembra rinvigorito da una nuova scarica di energia. Tocca il muretto. E si qualifica terzo.

Si siede sul bordo, lancia via gli occhialini e batte la mano sul pelo dell'acqua in un gesto di frustrazione. Come dargli torto? Jack è stato il migliore, in questa maledetta gara.

Guardando verso i miei compagni di squadra, noto che Todd mi sta guardando in cagnesco.

Il nostro allenatore corre verso di me, mostrandomi il cronometro.

"Accidenti, Dylan, sei stato un fulmine! Questo è il tuo nuovo record personale."

Magra consolazione. Ho fatto del mio meglio e abbiamo perso miseramente per colpa mia.

Lo ringrazio e filo dritto verso lo spogliatoio. Adesso voglio solo farmi una doccia, vestirmi e tornare sull'autobus il prima possibile.

Dopo essermi insaponato e sciacquato in tutta fretta, mi volto per recuperare la gamba, ma non c'è più. L'avevo appoggiata al muro, proprio sotto il gancio a cui avevo appeso il mio asciugamano.

E anche l'asciugamano è scomparso.

Certo, qualcuno potrebbe averlo preso per sbaglio, in fin dei conti ci sono dozzine di ganci lungo la parete e gli asciugamani si somigliano tutti. Ma lo stesso non si può dire per la mia gamba. Forse l'hanno trovata lì, abbandonata in un ambiente umido, e hanno deciso che fosse meglio spostarla in un ripostiglio o nello spogliatoio?

Alcuni ragazzi stanno venendo verso le docce, ma non me la sento di chiedere se hanno visto la mia gamba. Che razza di domanda è? Mi avvicino ai ganci saltellando su una gamba sola e mi guardo intorno, ma non c'è nulla da vedere. La protesi è scomparsa.

Sono nudo, bagnato e senza una gamba. Non mi resta che tornare nello spogliatoio in queste condizioni e sperare che la mia roba sia lì.

Dopo la gara, la stanza sta cominciando a riempirsi. Un paio di ragazzi guardano verso di me e poi si voltano di scatto, in evidente imbarazzo. Nessuno dei miei compagni è ancora rientrato nello spogliatoio.

Fortunatamente, l'istituto ospitante ha messo a disposizione dei nuotatori alcuni asciugamani bianchi, che se ne stanno accatastati in un angolo. Non sono mai stato così felice di vedere una pila di asciugamani in vita mia. E nel giro di qualche secondo, mi affeziono ancora di più all'asciugamano in prestito: aprendo l'armadietto in cui avevo riposto il borsone, scopro che anche i miei vestiti si sono volatilizzati.

Adesso sono sicuro che non sia stato un malinteso o un errore in buona fede. No, sono stati i miei compagni di squadra. Vogliono vendicarsi della mia pietosa performance e hanno deciso di umiliarmi di fronte a tutti i nuotatori della California.

Una rabbia cieca si impadronisce di me. E il peggio è che non posso sfogarla, se non voglio andarmene in giro a saltellare seminudo davanti a centinaia di persone. Quando diavolo arrivano i miei compagni? Mi siedo su una delle panche e rimango lì ad aspettarli, coi nervi a fior di pelle.

Dopo qualche minuto, Jack fa il suo ingresso nello spogliatoio, accompagnato da Todd.

"Molto divertente. Dove l'hai nascosta?" Dico, guardando Jack Kim negli occhi.

Guarda Todd con un sorrisetto e poi cerca di mettere su un'espressione innocente. "Di cosa stai parlando? Non capisco?"

"La mia gamba."

Jack abbassa lo sguardo e indica la mia gamba buona. "È proprio qui, attaccata al tuo culo."

Todd scoppia a ridere.

"Dimmi dov'è."

Non ho nessuna certezza che sia stato lui a nasconderla, ma sono sicuro che sappia dove si trova.

"Te l'ho già detto, amico, non so di cosa stai parlando," dice, aggiungendo una venatura minacciosa al suo normale tono di voce.

Con me non attacca. Passo metà delle mie giornate a farmi picchiare da lottatori professionisti, non ho certo paura di Jack e Todd.

Fisso lo sguardo sugli occhi di Todd. "Dammela e non ti farò niente, d'accordo? Amici come prima."

Todd ride. "Altrimenti cosa vorresti fare? Prendermi a pugni come l'ultima volta?"

Ruota sui tacchi e torna verso la piscina, con Jack che ridacchia al suo fianco.

Uno dei nuotatori della scuola ospitante ci ha osservati per tutto il tempo. "Che ti hanno fatto?" Mi domanda.

Gli spiego che nella nostra scuola i membri della squadra di nuoto vanno pazzi per questi scherzi da idioti, e probabilmente stavolta mi hanno nascosto la gamba e i vestiti. Dico soltanto questo, senza scendere nei dettagli.

Il ragazzo si volta verso gli altri atleti. "Avete visto la sua gamba da qualche parte?"

Nessuno fa battute cretine o scoppia a ridere, probabilmente perché la gente da queste parti conserva ancora un briciolo di cervello.

"Nessuno ha visto nulla? D'accordo, vado a cercarla," dice, rivolgendosi a me.

Mi lascio cadere su una panca. Dentro al mio stomaco ribolle uno spezzatino a base di rabbia e impotenza, e riesco quasi a sentire la sua salsetta densa che mi impregna le interiora. Non posso nemmeno tornare là fuori, visto che dovrei saltellare su una gamba con uno strofinaccio attorno alla vita.

Che si fottano. Jack, Todd e tutti gli altri. Che si fottano.

Lo ripeto nella mia mente, almeno una dozzina di volte.

Controllo il borsone. Per fortuna mi hanno lasciato il telefono. Potrei chiamare i miei genitori, ma non voglio che si intromettano.

In questo momento ce l'ho con tutti, perfino con loro. Li odio perché mi hanno costretto a iscrivermi in questa scuola di idioti. E odio anche il mio allenatore, che mi ha convocato per questa stupida gara sapendo di andare incontro a una sconfitta certa, scaricando su di me la responsabilità di questo disastro. Ma soprattutto odio Jack e Todd. Li odio più di qualsiasi altra persona che io abbia mai odiato in tutta la mia vita.

Il tizio che si era offerto di cercare la mia gamba ritorna dopo qualche minuto. "Mi dispiace, amico, non l'ho trovata. Se sei d'accordo, posso prestarti un paio di pantaloncini e una maglietta finché non saltano fuori i tuoi vestiti."

Non vorrei accettare il suo aiuto, ma non ho altra scelta. Con quegli abiti addosso, potrei tornare alla piscina e dare un'occhiata per conto mio.

La portiera dello spogliatoio si apre, e il nostro coach entra nella stanza accompagnato da un gruppetto di suoi ragazzi.

"Sbrigatevi," si raccomanda. "L'autobus parte tra dieci minuti."

Alza lo sguardo verso di me e rimane per qualche istante a fissarmi. "Dylan, va tutto bene?" Mi domanda.

Se pensate che dovrei raccontargli tutto, state per essere delusi.

"Tutto bene, Coach."

"Allora datti una mossa. Il nostro autobus sta per partire."

Senza aggiungere altro, si incammina verso la porta. I ragazzi della mia squadra si scambiano un'occhiata. Se non avrò i miei vestiti e non tornerò in tempo sull'autobus, il nostro allenatore verrà a cercarmi. A quel punto nessuno potrà più nascondergli quello che hanno fatto e ci saranno delle pesanti conseguenze per tutti.

Uno di loro esce dallo spogliatoio, e subito torna con Todd. In una mano ha la mia gamba, nell'altra i miei vestiti. Ma questi ultimi sono bagnati e gocciolanti.

"Per la miseria, Dylan! Li abbiamo trovati sul bordo della piscina. Dovresti fare più attenzione a dove lasci le tue cose. Non puoi andartene in giro a dare la colpa agli altri, lo sai? Si chiama "diffamazione". Io ne so qualcosa, mio padre è un avvocato!"

Capitolo Venticinque

"E adesso, signore e signori, preparatevi per la sfida più attesa della serata!"

Jared mi dà un colpetto di gomito. Siamo seduti al bordo della gabbia e sono molto felice di essere stato invitato a guardare il match da qui, insieme al team di Santana, perché il pubblico sulle gradinate è ubriaco e molesto.

Al centro della gabbia c'è l'annunciatore, che indossa un completo ricoperto di paillettes e brillantini. "Tre round esplosivi per queste due straordinarie ragazze della categoria pesi piuma. Date il vostro benvenuto alla prima contendente, nell'angolo rosso. In rappresentanza della gloriosa palestra Alliance di San Diego, dal peso di cinquantasei chilogrammi e settecento per un metro e sessantasette di altezza, quest'anno ha già vinto tre match su quattro nel circuito amatoriale: date il vostro benvenuto a Gabriella Rich!"

Il volume della musica si alza, mentre i riflettori ruotano sopra la gabbia avvolgendola in un turbine di luci e spostandosi verso il corridoio su cui sta avanzando l'avversaria di Santana, seguita dai suoi due accompagnatori che resteranno all'angolo della gabbia pronti a prestarle assistenza se dovesse averne bisogno. Gabriella Rich alza in alto le mani, già fasciate dai guanti, per caricare il pubblico, mentre divora a lunghi passi la strada che la separa dalla gabbia. Il pubblico è in delirio, la musica si alza ancora.

Quando raggiunge la porta della gabbia, l'arbitro controlla che i guanti e tutto il resto siano in regola, poi la spedisce dal suo allenatore che la aiuta a sistemarsi il paradenti. Al termine di questa routine, Gabriella Rich fa il suo ingresso nella gabbia, mentre i riflettori vorticano di nuovo e vanno a illuminare il Signor Paillettes, che solleva di nuovo il microfono. La musica si interrompe di colpo.

Jared mi dà un altro colpetto col gomito.

"Adesso tocca a noi!"

Di punto in bianco, mi sento inspiegabilmente nervoso. Gabriella sembra più grande di Santana, e molto più muscolosa. Se ne sta nel suo angolo, a prendere a pugni l'aria, alternando i colpi a dei temibili calci rotanti che sembrano mandarla in estasi.

"Ed ora, vi presento la sua avversaria," riprende il Signor Paillettes. "In rappresentanza della Resilient MMA di Los Angeles, dal peso di cinquantasei chilogrammi e due per un metro e settantadue di altezza, signore e signori, ecco a voi una vera guerriera: cinque incontri e cinque vittorie quest'anno nel circuito amatoriale. Riuscirà a mantenersi imbattuta? Nell'angolo blu, fate sentire tutto il vostro calore per Santana Dominguez!"

Non vi mentirò, quando il tizio dice il nome della nostra palestra, mi vengono i brividi. Non sono un lottatore di MMA come Jared e Santana, però mi sento comunque parte della squadra. Quella è la mia palestra, la mia gente, la mia tribù. Non mi sono mai sentito così accolto in un gruppo di persone, nemmeno prima dell'incidente. C'è un legame tra noi, un legame di sangue e sudore, un legame che si è formato passando ore e ore a soffrire e combattere sugli stessi materassini.

La musica di Santana risuona nell'arena. Un altro successo dei Dropkick Murphys, una canzone intitolata "Rose Tattoo". Le porte degli spogliatoi si aprono e Santana appare in tutta la sua magnificenza, scortata dal coach Martese e da un altro membro della sua squadra. Non alza le braccia, non saltella e non fa nulla per mettersi in mostra. Cammina dritta verso la gabbia, lentamente, con un'espressione concentrata e priva di emozioni sul volto.

Io e gli altri ragazzi della Resilient, nella zona VIP attorno alla gabbia, balziamo in piedi e la acclamiamo come pazzi, mentre l'arbitro controlla i guanti e si assicura che sia tutto a posto. Santana si infila il paradenti ed entra con eleganza nella gabbia ottagonale, dove comincia a correre lungo il perimetro per riscaldarsi mentre l'arbitro chiude la porta.

Alle nostre spalle, qualcuno della folla grida: "Ragazzi, le manca un braccio!"

"Porca puttana," dice un altro tizio, seduto accanto a lui. "Non è vietato dal regolamento?"

"Ma figurati! Di questi tempi tutto è permesso. Se fosse per me, vieterei alle ragazze di combattere."

Jared si volta e li fissa, senza mollarli fino a quando non si decidono a chiudere le loro boccacce. Sono ubriachi, ma non abbastanza da pensare che potrebbero tenere testa a un gigante come Jared.

Nella gabbia, Santana tiene lo sguardo fisso su Gabriella mentre l'arbitro dà le indicazioni di rito. Si battono i guanti e poi balzano entrambe all'indietro. Santana appoggia la schiena alla gabbia.

La campanella suona. L'arbitro, che aveva alzato un braccio, lo lascia cadere e fa qualche passo all'indietro, mentre Santana corre a tutta velocità verso il centro dell'ottagono. Sono mesi che si esercita con quella ginocchiata volante. Se la sua avversaria sceglierà di abbassarsi per afferrarla alla vita o a una gamba, verrà travolta dal suo attacco letale, beccandosi un bel colpo in testa e finendo dritta al tappeto.

Ma Gabriella non si abbassa, né tenta di afferrarla. Rimane in piedi e tira un calcio basso, mirando alle caviglie. Santana schiva e ricambia l'agguato con un calcio circolare alla coscia.

Il suo colpo va a segno e Santana balza subito di lato. Danzano una attorno all'altra, facendo qualche finta e cercando un'apertura nella difesa dell'avversaria, una debolezza che permetta di entrare senza rendersi troppo vulnerabili. Almeno credo che sia ciò che stanno facendo. Una volta Santana mi ha spiegato che il balletto inziale dovrebbe servire proprio a questo.

Ma chi non ha mai combattuto nella gabbia non può capire, mi ha detto. Ci si studia a vicenda, si cerca di conoscere chi si ha davanti, stimando la rapidità dei suoi riflessi e la propensione ad attaccare.

E poi c'è un'altra cosa: bisogna prendere concentrazione, impegnarsi per evitare il peggio. Un passo falso nella prima fase della gara e il match è chiuso, basta una gomitata alla tempia o un pugno ben assestato.

Nella boxe, se un lottatore finisce al tappeto, l'avversario fa un passo indietro e aspetta il conteggio dell'arbitro. Nelle MMA, invece, non c'è nessun obbligo di fermarsi. Il malcapitato viene inseguito a terra e tempestato di pugni e gomitate fino a quando non perde conoscenza. Si chiama *ground and pound*, e Santana padroneggia la tecnica alla perfezione, nonostante le manchi mezzo braccio.

Gabriella passa all'attacco. Si sposta di lato e sferra un potente *uno-due*, che Santana riesce a schivare solo in parte, ruotando le spalle. Il primo pugno va a vuoto, ma il destro la colpisce dritta in faccia.

Arretra di un passo, un rivolo di sangue le cola dal naso. Gabriella esita per un istante, soltanto mezzo secondo, ma è sufficiente per permettere a Santana di balzare indietro e recuperare la sua lucidità. Solleva una mano e piega le dita come per dire alla sua avversaria "Sono pronta, vieni a prendermi."

Gabriella accetta l'invito e si lancia in avanti, cadendo nella sua trappola. Santana si piega sulle ginocchia e si fionda su di lei, atterrandola senza fatica.

Il tempismo è impeccabile. Gabriella cade di schiena e Santana le monta sopra.

Segue una lotta a terra in cui entrambe cercano di migliorare la loro posizione. Gabriella avvinghia Santana tra le sue gambe, bloccandola all'altezza della vita e guadagnandosi una buona possibilità di difendere. È strano vedere le cose che impariamo a lezione riprodotte là dentro, in un vero match di MMA, tra due lottatrici che vogliono solo dominare la gabbia e portare a casa la vittoria.

Santana mette a segno un pugno rapidissimo, spaccando il sopracciglio di Gabriella.

Gabriella reagisce infilando le braccia sotto le ascelle di Santana e tirandola verso di lei, ma Santana è più forte e resiste alla trazione. Si solleva di nuovo e sferra un altro colpo alla faccia della sua avversaria, una gomitata tagliente. Gabriella abbandona ogni tentativo di rovesciare la situazione, ritira le braccia e pensa soltanto a proteggersi.

Ed è in quel momento che Santana la costringe ad abbassare un ginocchio, facendo forza col suo moncherino, e riesce a liberare una gamba. L'altra è ancora incastrata tra le cosce di Gabriella, ma adesso Santana riesce a scivolare in avanti, schiacciando Gabriella con il suo peso.

È una buona posizione. Non quanto una *montada*, ma comunque meglio della precedente. Gabriella si ribella sganciando un paio di gomitate sul cranio di Santana, ma lei non sembra minimamente turbata dai colpi in testa. Si mette subito al lavoro col suo *ground and pound*, facendo cadere sull'avversaria una fitta grandinata di pugni.

Gabriella dapprima tenta di difendersi, poi tira qualche pugno alla cieca e cerca di nuovo di attirare a sé Santana, ma essendo bloccata a terra con la schiena piatta, non riesce a fare abbastanza forza da spostarla.

Dopo qualche scambio di colpi, Gabriella tenta di nuovo la fuga: si solleva verso Santana, punta un piede e scivola via con la cara vecchia mossa del gamberetto.

Sembra proprio che Santana l'abbia persa. Gabriella punta di nuovo il piede e prova ad allontanarsi ancora, ma Santana la supera con un salto e la prende alla schiena. Jared alza le braccia in segno di esultanza e grida: "Agganciala, Santana! Agganciala!"

Ma Santana lo sta già facendo. Si è spalmata sulla schiena dell'avversaria e le ha fatto scivolare un piede attorno alla vita, agganciando il tallone dall'altra parte, sulla pelvi. Dopo aver fatto lo stesso con l'altro piede, la sua posizione è solida, impossibile da sciogliere.

"Vai così!" Grida Jared, mentre tutto il suo team di tifosi si alza in piedi, me compreso, perché sappiamo perfettamente che se Gabriella non risponde con qualcosa di geniale, per lei è finita.

Proprio come nel BJJ, farsi prendere la schiena è la cosa peggiore che possa capitare a un lottatore di MMA. Non puoi attaccare con pugni e gomitate, mentre la persona che ti sta dietro ha parecchie opzioni per torturarti.

Guardo l'orologio. Mancano ancora tre minuti alla fine del round.

Santana si dà subito da fare. Infila il moncherino sotto al mento di Gabriella e usa il braccio intero per prenderla a pugni su uno zigomo. Colpi lenti e metodici, mirando sempre allo stesso punto.

Gabriella si contorce e si agita, ma non riesce a scollarsi Santana di dosso. Coi talloni ben fermi, Santana ha un controllo perfetto. Cambiando posizione del braccio e chiudendo di nuovo la mano a pugno, Santana fa piovere dei colpi a martello sulla faccia di Gabriella, evitando accuratamente di far cadere il pugno sul lato della testa, sulla nuca e sulla parte posteriore del cranio, zone che non possono essere colpite per regolamento.

Nel disperato tentativo di fermarla, Gabriella carica il peso su un lato e cerca di rotolare, ma il movimento la porta a sollevare il mento. Santana fa scivolare la sua mano buona nello spazio che si è creato, avvicina la testa in modo da sfiorare un orecchio di Gabrielle con il suo e utilizza la mano per afferrare il gomito dell'altro braccio.

A questo punto, inizia la manovra di soffocamento. Gabriella cerca di afferrare il braccio di Santana per liberarsi, ma non riesce a far presa sull'estremità ossuta e scivolosa del moncherino.

Come un boa constrictor, Santana stringe ancora di più. Il pubblico è in piedi, tutti stanno gridando, perfino quei due idioti che fino a pochi minuti prima dicevano che le ragazze non dovrebbero combattere nella gabbia.

Alzo lo sguardo verso il maxi-schermo appena in tempo per vedere il guanto giallo di Gabriella battere dei colpetti sul moncherino di Santana.

Anche l'arbitro lo ha visto. Si tuffa a terra e afferra le braccia di Santana, facendole mollare la presa. Santana apre la sua *rear naked* modificata, fa una capriola all'indietro e colpisce l'aria con un pugno in segno di trionfo.

Jared saltella avanti e indietro come una scimmia impazzita, poi si gira di scatto e viene ad abbracciarmi.

Vittoria per sottomissione al primo round, grazie alla sua mossa personalizzata, la *rear naked choke* alla Santana, ossia con una mano sola.

Santana si alza in piedi, si arrampica in cima alla gabbia, slancia una gamba dall'altra parte e rimane seduta là sopra, a cavalcioni, le braccia alzate in aria.

Mentre i riflettori fanno brillare la sua faccia chiazzata di sangue, ripenso a qualcosa che mi ha detto durante una delle sue lezioni, quando le ho chiesto se davvero un'amputazione può essere considerata un vantaggio nel jiu-jitsu:

"Non puoi prendere una mano che non c'è."

Capitolo Ventisei

Santana salta giù dalla gabbia e torna verso Gabriella, ancora stesa a terra. Un medico ha appena finito di controllare che stia bene e che non abbia riportato danni che richiedano un intervento immediato. Santana sorride, si siede accanto a lei e poi la abbraccia.

Non riesco a sentire le sue parole, ma guardo tutta la scena con ammirazione: Santana aiuta la sua avversaria sconfitta a rialzarsi, poi la abbraccia di nuovo. Soltanto a quel punto raggiunge il suo allenatore e abbraccia anche lui. Martese ricambia con una stretta poderosa, la solleva da terra e la fa girare.

L'arbitro richiama le lottatrici al centro della gabbia per la premiazione. Il Signor Paillettes, gridando come un ossesso nel suo microfono, annuncia che il match è stato vinto da Santana per sottomissione. L'arbitro cerca di afferrare la sua mano per sollevarla, ma si accorge che ha scelto il lato sbagliato: da quella parte c'è solo il moncherino. Dopo un attimo di esitazione, afferra il braccio amputato e lo solleva comunque. Chi se ne importa. È lei la vincitrice, e ha trionfato anche grazie a quello.

Santana saluta Gabriella con un terzo abbraccio, e Martese stringe la mano all'allenatore di Gabriella e ai suoi accompagnatori. Quindi escono tutti dalla gabbia e si incamminano verso i rispettivi spogliatoi.

Jared mi dà una spinta e si fionda verso Santana. "Muoviti, andiamo a congratularci," mi grida.

Lo seguo fino al corridoio di entrata dei lottatori, fino alla doppia porta che immette nello spogliatoio, dove veniamo squadrati da due enormi buttafuori.

"Dici che possiamo entrare?" Domando a Jared.

"Ma certo," risponde lui, stringendo la mano al più grosso dei due e salutandolo per nome, mentre l'altro ci apre la porta.

Entriamo in una stanza completamente spoglia, dove si trovano alcuni pannelli divisori che permettono agli atleti di cambiarsi senza doversi trovare sotto gli occhi di tutti. La carta da parati e la moquette ci ricordano che una volta questa era la sala riunioni di un grande hotel, prima di essere convertita ad arena per gli incontri di MMA.

Un paio di lottatori si stanno riscaldando tirando pugni a vuoto. Altri camminano avanti e indietro con l'espressione di chi è pronto a tutto, come attori di teatro che devono entrare nel personaggio prima di andare in scena.

Individuo subito il coach Martese, che se ne sta in un angolo a parlare con un ragazzo della Resilient. Poi sento qualcuno che grida e riconosco la voce di Mia. Sta urlando qualcosa a Santana in spagnolo.

Santana le risponde con lo stesso tono di voce. Si scambiano alcune battute nervose in spagnolo, alternate ad altre raffiche di parole nella mia lingua. Mia è fuori di sé dalla rabbia.

"L'ho visto coi miei occhi, San. Ho letto il suo messaggio sul tuo dannato telefono!"

"Hai preso il mio telefono? Come ti sei permessa!" Ribatte Santana. "*Estas loca*!"

"*Me estas engañando*!"

"*Estas loca*!" Ripete Santana.

Mia strappa di mano il telefono a Santana e a quel punto Martese interviene, mettendosi tra di loro.

"Hai rovinato tutto," piagnucola Santana.

"Io? Sei tu che hai altri pensieri per la testa! Sei tu che scrivi alle altre ragazze!"

Jared mi guarda e fa spallucce. "Tipico di Santana," commenta, come se questo bastasse a spiegare ogni cosa. E probabilmente è così.

"Tra noi è finita," dice Mia. "E non venire a chiedermi scusa, perché stavolta non me la bevo."

Mia esce di scena, spintonando uno dei due gorilla sulla porta.

Se Santana è turbata, non lo dà a vedere. "È veramente una pazza," dice a tutti e a nessuno, scuotendo la testa.

Poi raggiunge me e Jared e solleva il moncherino, mimando la *rear naked choke* con cui ha vinto l'incontro, poi sorride, come se avesse già dimenticato il litigio di poco prima.

"Hai visto che presa?" Domanda a Jared.

"Sei stata magnifica," dice lui.

"Lo so!"

Santana fa un balletto sulla punta dei piedi e finge di colpire il vuoto con delle gomitate.

"UFC sto arrivando! Guardami, baby, sto per prendere il volo!"

Capitolo Ventisette

Santana è seduta a bordo della Sfigatomobile, e sembra piuttosto diffidente del mio trabiccolo. A un certo punto, mentre sto guidando, allunga una mano verso il tachimetro e batte un colpetto sulla plastica della strumentazione per assicurarsi che la lancetta non sia bloccata.

"No, il tachimetro funziona," le dico. "Ma questo cassonetto è lentissimo. Non riesco a farla andare più veloce di così."

"Perché sei lentissimo anche tu."

Mentre imbocchiamo la superstrada, Santana appoggia la schiena alla portiera e socchiude gli occhi. Mi sta osservando.

"Allora, quando ti deciderai a raccontarmi cosa ti è successo?"

"Di cosa stai parlando?"

"Sembri una persona diversa, dopo quelle dannate gare di nuoto. Sei sempre pensieroso."

Mi domando se qualcuno le abbia raccontato dell'incidente nello spogliatoio, ma è un'ipotesi troppo improbabile. Non l'ho ancora detto a nessuno.

Mi stringo nelle spalle e cerco di schivare la domanda. "Sono una persona riflessiva. Certe volte mi perdo nei miei pensieri."

Santana si ravviva i capelli con una mano, facendoli ricadere all'indietro. "Stronzate. C'è qualcosa che non va. Io ho una specie di sesto senso per queste cose. Di che si tratta? Scuola? Genitori? Aspetta, non dirmelo… ti sei fatto una fidanzata?"

"No," le dico, un po' troppo in fretta.

"Un fidanzato?" Domanda, scoppiando a ridere subito dopo. "No, non è possibile. Se tu sei gay, allora io sono etero."

Forse dovrei dirle la verità.

L'unica persona con cui ne ho parlato è Rich, ma soltanto perché avevo bisogno di qualcosa per far passare più rapidamente la seduta di un'ora. E poi perché sono sicuro che uno psicoterapeuta non possa raccontare a nessuno i fatti dei suoi clienti, a meno che non stiano per commettere un omicidio o roba del genere.

Beh, volete sapere una cosa? Parlarne con lui non è servito proprio a niente. Non mi ha aiutato ad "elaborare la cosa", come dice sempre lui. È stato umiliante e ho ricevuto soltanto dei consigli da idiota. Perché non ne parli con il tuo allenatore o con la preside della scuola? Certo, così diventerò una spia e nessuno vorrà più parlare con me. Perché non cerchi di chiarire con Todd? Anche peggio. Gli adulti non hanno la più pallida idea di cosa significhi andare a scuola. Magari una volta lo sapevano, ma se ne sono completamente dimenticati.

Racconto a Santana tutto quello che è successo alle gare. Lei mi sorprende, perché ascolta in silenzio, senza mai interrompermi. Smette perfino di fissarmi. Scivola di nuovo sul sedile e sposta lo sguardo sulla strada.

Quando finisco il mio racconto, non dice niente.

Immagino che stia per chiedermi dove abita Todd, così può rompergli il culo o almeno spaccargli tutte le finestre.

Ma lei non apre bocca.

"Allora?" Le dico, per rompere il silenzio. "Che mi consigli di fare?"

"Tu cosa pensi?"

Le riferisco i consigli di Rich. Per tutta risposta, Santana scoppia a ridere.

"Il mio primo consiglio è di cambiare strizzacervelli! Che diavolo ha in testa? Vuole fare di te una spia, un traditore, un uccellino che canta…"

"Beh, non ci riuscirà mai," la rassicuro.

"E allora cosa si fa?" Mi dice lei.

"Non ne ho idea. Per questo te l'ho chiesto."

Si aggrappa con una mano al cruscotto, si solleva dal sedile e avvicina il viso al mio, guardandomi in maniera inquietante. "Ti do un indizio: hai passato mesi e mesi a imparare come soffocare qualcuno, facendogli patire le pene dell'inferno. Dunque, adesso c'è un coglione che ti tormenta. Cosa diavolo hai intenzione di fare, piccoletto?"

"Non potevo mica picchiarlo… alle gare di nuoto, te lo immagini? Davanti a tutto lo Stato della California! Come minimo, mi avrebbero sospeso."

"Oddio, che paura!" Ribatte lei, con la voce in falsetto. "Vi prego, non sospendetemi! Non voglio restare una settimana in casa a guardare la TV!"

"Sul serio, Santana. I miei genitori pagano un sacco di soldi per mandarmi in quella scuola. Non lo sopporterebbero. Mi costringerebbero a mollare il jiu-jitsu, e allora sì che sarebbe la fine."

Santana sospira. Apre la bocca, come se volesse dirmi qualcos'altro, ma poi scuote la testa e rimane per qualche secondo a pensare.

"D'accordo, non puoi picchiarlo a scuola. Ma non puoi nemmeno fargliela passare liscia."

"L'ho già fatto, San."

"Stammi bene a sentire, Dylan. Se quel tizio ti ha preso di mira, non la smetterà finché non reagisci. E devi reagire sul serio, con tutta la forza che hai. È per questo che hai iniziato ad allenarti, no? Per smettere di fare la vittima."

Non ho il cuore di dirle che non mi alleno più per questo motivo. Mi alleno perché mi piace. Perché è una sfida fisica e intellettuale. Mi alleno perché mi tiene la mente impegnata, perché quando finisco mi sento in pace con me stesso, anche se sono ammostato e dolorante. Non c'è niente al mondo che mi faccia sentire bene come il jiu-jitsu. Smettere di fare la vittima ormai è slittato in fondo alla lista dei motivi per cui frequento la palestra.

"Il miglior lottatore è colui che non combatte, no? Martese lo dice sempre."

Santana alza lo sguardo al cielo e poi si esibisce in una risata teatrale che mi ricorda un vecchio film dei tre moschettieri. "Martese dice un sacco di cose."

"E le mette anche in pratica. La scorsa settimana un tizio gli ha rubato il parcheggio davanti alla palestra e lui se n'è andato senza nemmeno protestare."

"Tu non l'hai conosciuto nei suoi tempi d'oro, quando invadeva le palestre di arti marziali per dimostrare la superiorità del jiu-jitsu! Sai cos'è una *Gracie Challenge*?

"Ci puoi scommettere! Martese faceva anche questo?"

"Certo che lo faceva! Metteva in giro delle locandine invitando chiunque a combattere contro di lui. Non c'erano regole, a parte il divieto di utilizzare armi."

"Aspetta, ho capito dove vuoi arrivare! Se io sfidassi Todd e lui accettasse di sua spontanea volontà, allora…"

Santana sorride. "È un ottimo consiglio, non ti pare?"

Capitolo Ventotto

A pranzo, punto dritto verso il tavolo della squadra di nuoto e mi siedo senza dire nulla. Jack, Todd e gli altri mi guardano con gli occhi sgranati.

"Chi ti ha dato il permesso di sederti con noi?" Ringhia Jack.

Lo ignoro. Sono qui solo per Todd.

"Lo hai sentito?" Dice Todd. "Vai a sederti al tavolo degli handicappati, storpio."

"Sei stato tu a nascondere i miei vestiti e poi a gettarli in piscina," dico, invece di raccogliere la sua provocazione. "Lo so."

"E anche se fosse, cosa vorresti fare? Lo dirai alla mammina?" Mi domanda, imitando la voce di un bambino che frigna.

"Hai presente la Resilient MMA, la palestra sul Ventura Boulevard?"

"Ma certo, la palestra dei gay!" Dice Todd.

Tutti gli altri ridacchiano.

"Ci vediamo lì sabato a mezzanotte."

"È un appuntamento?" Ribatte lui, sghignazzando. Jack e gli altri attaccano a ridere così forte che l'intero refettorio si volta a guardarli.

"Esatto, è un appuntamento. Solo tu, io e la gabbia di ferro."

"Ti ho già detto che non sono gay, bello. Non voglio i tuoi pompini gratis."

"Pensaci. Sarà divertente. Non ci sono regole. Puoi usare pugni, calci, gomitate e ginocchiate."

Alza un sopracciglio e guarda verso i suoi compagni, come se non credesse alle sue orecchie.

"Fammi capire bene, mi stai chiedendo una rivincita?" Dice. "Non ti è bastata la prima volta?"

Ripenso a un altro insegnamento di Santana: mantenere lo sguardo. Non bisogna mai interrompere il contatto con l'avversario, mai cedere o abbassare lo sguardo. Bisogna fissare il proprio avversario come se volessi rubargli l'anima attraverso gli occhi. Bisogna spaventarlo e indebolirlo ancora prima di entrare nella gabbia.

"Che c'è? Hai paura di perdere?" Gli domando.

"Contro di te? Nemmeno tra un miliardo di anni."

Jack fa dondolare il busto e si tiene la pancia, come se stesse per esplodere dalle risate. "Ragazzi, è la cosa più divertente che io abbia mai sentito!" Poi guarda verso i suoi amici. "Se Todd dovesse perdere sul serio, ci sarebbe da ridere!"

Per quanto possa sembrare strano, Jack e Todd non sono davvero amici. Prima che arrivassi io, Jack era il maschio alfa del branco e Todd era la sua vittima preferita. Poi quell'idiota di Todd ha iniziato a prendere di mira i suoi compagni di squadra, entrando lentamente nelle grazie del suo persecutore.

Appena Jack chiude la bocca, gli ingranaggi cominciano a girare nella testa di Todd. Ci sarebbe da ridere, già. Niente di paragonabile a una scazzottata qualsiasi nel cortile della scuola. Se Todd dovesse perdere contro di me nella gabbia, la sua reputazione verrebbe macchiata per sempre.

La posta in gioco è alta, e Todd lo sa bene.

"Beh, se non hai paura dimostralo. Ci vediamo sabato," gli dico, alzandomi dalla panca e gettandomi in spalla lo zaino. "E non dimenticare di comprarti un paradenti. Ti servirà."

Capitolo Ventinove

"Allora, qual è il piano?" Mi domanda Santana, sedendosi accanto a me sul tappetino.

"Pensavo che dovessi dirmelo tu."

Santana si batte l'indice sul mento, inseguendo il filo di un pensiero. "Dunque… qui non si tratta di jiu-jitsu, perciò potresti anche tenere la protesi, giusto?"

"Giusto," le dico, esitando un attimo di troppo.

"Ma tu non vuoi farlo, perché sei troppo onesto."

"Che succederebbe se lo colpissi col ginocchio?" Domando, battendo un colpetto sulla mia articolazione di titanio.

Santana mi guarda come se non avesse capito la domanda. "Che intendi?"

"Potrei fargli del male, San!"

Santana si allunga verso di me e mi dà due schiaffetti sulla guancia. "Svegliati, bello mio! È proprio questo lo scopo. Sai com'è, lo hai invitato a fare a botte. In una gabbia di ferro."

"Ma ci sono delle regole, immagino."

"Ho controllato. Nessuna regola che stabilisca se si può indossare una protesi." Santana si china di nuovo nella mia direzione, improvvisamente cupa. "Lui cercherà di farti del male con ogni mezzo, su questo puoi contarci. È proprio per questo che ha accettato la sfida. Verrà qui, nel tuo territorio, soltanto per prenderti a calci in culo. Se non vuoi fargli del male, forse dovresti rinunciare all'incontro."

"Non esiste. Non posso tirarmi indietro proprio adesso."

Già, non ci penso nemmeno. Da quando ho sfidato Todd, l'intera scuola non parla d'altro. Sui social la cosa è diventata virale, e gli studenti stanno formando dei veri e propri fan club. Esistono perfino due pagine che si chiamano "Team Todd" e "Team Dylan". La pagina di Todd, naturalmente, ha più iscritti, ma anch'io ho i miei sostenitori, per lo più ragazzi che vengono bullizzati da Todd e dalla sua banda, ma a questi si aggiungono un bel po' di ragazze.

I nostri profili social, come potete immaginare, hanno avuto un'improvvisa impennata di followers. Qualche settimana fa ho postato un video dei miei allenamenti alla Resilient e il gruppetto del "Team Todd" non ha perso nemmeno un momento per aggredirmi.

"Uomini avvinghiati a terra? BLEAH, questo sport è da gay!"

"Può allenarsi quanto vuole, ma Todd gli farà il culo a strisce."

"Però sarebbe divertente se Todd le prendesse da uno storpio. Ci sarebbe da ridere."

Sotto a questo commento, c'era una risposta da parte di Todd:

Non ci sperare! Lo picchierò così forte che dovrà farsi ricostruire anche le braccia!

A quel punto Jack e i suoi amici si erano inseriti nella conversazione:

Se non gliele ricostruiscono, anche meglio LOL Così dovrà mollare la squadra di nuoto.

Se quest'anno non vinciamo almeno una staffetta, la reputazione della scuola sarà rovinata per sempre!

Alcune persone, nei corridoi, mi hanno chiesto di comprare i biglietti per assistere alla serata, e ho dovuto insistere parecchio prima che si rassegnassero. La sfida si terrà a porte chiuse, eppure, in un certo senso, è come se tutta la scuola dovesse essere lì con noi.

L'unica cosa che potrebbe annullare il match, a questo punto, sarebbe una soffiata al coach Martese da parte di qualche insegnante o di qualche genitore preoccupato, ma gli studenti sono così entusiasti della cosa che si sono promessi a vicenda di tenerla segreta fino al grande giorno.

Vogliono vederci combattere. Tutti quanti. E poi, a dirla tutta, anch'io voglio combattere contro Todd. Il problema è che non ho ancora pensato ai dettagli. Sono sicuro che, se finiremo a terra, vincerò. Non sono certo un campione, però mi sono allenato abbastanza da sapere quello che faccio. Negli ultimi tempi ho affrontato parecchi principianti, durante le lezioni, incluso qualche adulto. Sono i più pericolosi, questo è vero, ma sono sempre riuscito a tenerli sotto controllo.

È l'inizio del match che mi preoccupa, la parte in cui ci troveremo entrambi in piedi. Santana mi ha fatto lavorare parecchio sui pugni e sulle gomitate, e so già che non ripeterò il mio errore della prima volta che ho fatto a botte con Todd, ma non ho nessuna conoscenza di boxe, kickboxing e muay thai. In piedi, sono innocuo come un agnellino. Accidenti a me, avrei almeno potuto iscrivermi a una lezione di prova di taekwondo.

"E allora combatti," mi dice Santana. "L'importante è andare subito a terra. Accorcia la distanza, prendilo, fallo cadere. Da quel punto in poi, sarà solo una questione di *ground and pound*, leve articolari e altra roba che hai imparato a lezione. Ma anche se dovesse colpire lui per primo, e buttarti col culo a terra, la strategia rimane la stessa: lo aspetti, lo afferri, lo tiri verso di te, lo fai cadere, gli sali sopra e lo stordisci a suon di pugni in faccia finché lui non ti lascia prendere la schiena. A quel punto lo soffochi e chiudi l'incontro."

"Detto così sembra semplice," dico io, mentre cerco di visualizzare mentalmente la strategia che Santana mi ha proposto di attuare. "Gli salto addosso, lo faccio cadere, prendo la schiena e soffoco."

Santana annuisce. "E se non riesci a prendere la schiena, *ground and pound* fino a quando non comincia a frignare come un poppante. Non te lo dimenticare. So che nel jiu-jitsu non sono ammessi colpi, ma questa è la gabbia, baby."

Detto questo, salta in piedi e mi prende per mano, facendomi alzare. "Mettiti la protesi e vieni con me nella gabbia. Devi prendere confidenza con l'ottagono. Non abbiamo tempo per approfondire il lavoro a parete, ma voglio almeno insegnarti le basi."

Lavoro a parete, nel vocabolario delle MMA, indica tutte quelle tecniche da utilizzare quando ci si ritrova schiacciati contro una delle pareti della gabbia. L'ottagono è molto diverso dal ring della boxe e del wrestling, dove le corde arrivano solo a una certa altezza e si rischia di cadere dall'altra parte: nella gabbia ci si ritrova spesso a combattere contro uno dei pilastri o contro la parete di maglia metallica, e si deve imparare a gestire la situazione al meglio.

Le pareti possono essere sfruttate come appoggio per rimettersi in piedi, oppure come superficie per schiacciare l'avversario, utilizzando le maglie della rete per ferirlo e indebolirlo. Santana dice che il lavoro a parete è il terzo pilastro delle MMA, dopo il lavoro a terra e il kickboxing.

Appena entriamo nella gabbia, Santana chiude la porta. Il pavimento sotto ai miei piedi è di una consistenza insolita, più duro del materassino da jiu-jitsu, ma anche stranamente elastico.

Cammino fino al centro dell'ottagono e mi guardo intorno. Dall'interno, sembra molto più piccola. Così piccola che comincio a provare un leggero malessere, una specie di claustrofobia.

Santana invece è perfettamente a suo agio, come se la gabbia fosse casa sua. Io, al contrario, mi sento un intruso.

"Bene, cominciamo dalla parte più complicata: l'inizio del match. Dobbiamo trovare un modo per avvicinarci al buon vecchio Todd senza usare calci né balzi. Non è per niente facile, ma qualcosa ci verrà in mente."

Capitolo Trenta

Per la prima volta, da quando sono arrivato alla Meadow Grow, l'idea di andare a scuola non mi dispiace per niente. Invece di rimanere seduto in macchina nel parcheggio, a preoccuparmi di ciò che potrebbe succedere dopo il primo suono della campanella, mi infilo nel primo posto disponibile e scendo immediatamente dall'auto. Non vedo l'ora di entrare.

Gli altri studenti mi fissano e parlano continuamente di me, ma non per colpa della gamba – d'accordo, non prendiamoci in giro, anche per via della gamba, ma non è questo il punto. Sono uno sfigato con una gamba sola? Mi sta bene. Ma la sfida che ho lanciato a Todd mi ha improvvisamente reso popolare, portando a galla una semplice verità: c'è un sacco di gente che non sopporta Todd, Jack e quelli del loro gruppetto.

Il mondo dello sport studentesco è pieno di babbei come loro. Di solito sono i quarterback della squadra di football o i capo-cannonieri della squadra di calcio, ma la nostra scuola fa schifo in entrambi gli sport. Da noi va forte il nuoto, ed è per questo che i più grossi palloni gonfiati della Meadow scelgono sempre il nuoto come attività extracurricolare.

Beh, quanto agli altri ragazzi della scuola, ossia quelli che hanno un briciolo di sale in zucca, la storia è completamente diversa. Ho scoperto che esiste perfino un gruppetto di appassionati di MMA, formato quasi esclusivamente da ragazzi del primo anno. Alcuni di loro sono perfino venuti alla Resilient a guardare dei match, e conoscono Santana e gli altri della sua squadra. Ultimamente Santana sta diventando piuttosto famosa in città ed è stata perfino intervistata da alcune riviste di MMA. Il motivo è facile da intuire: nonostante abbia un braccio solo, nessuno è ancora riuscito a batterla.

Quando mi chiedono se la conosco, rispondo semplicemente di sì, senza vantarmi e senza fare grandi scenate. Dentro di me, però, mi sento molto orgoglioso di essere un suo allievo. La sua *rear naked* modificata a un braccio solo è diventata virale su internet, e molti si meravigliano al vederla eseguire con tanta scioltezza una presa che è incentrata sull'utilizzo di entrambe le braccia. Non solo,

Santana l'ha perfezionata a tal punto da renderla la sua mossa distintiva, il suo marchio di fabbrica.

Una delle cose più assurde che mi ha insegnato Santana è visualizzare le situazioni. Visualizzare una mossa, mi ha spiegato, vale quasi quanto allenarsi fisicamente a farla. All'inizio ho pensato che fosse una di quelle sciocchezze che certe volte si inventa per prendermi in giro, ma ho cercato su Google e a quanto pare diceva la verità.

Perciò, appena vedo Todd entrare nello spogliatoio della piscina – ebbene sì, il suo periodo di sospensione è ufficialmente finito – infilo il borsone nell'armadietto e mi metto a fissarlo.

Nella mia mente, la sfida ha inizio. Siamo nella gabbia. Riduco la distanza con un passo lungo sulla mia gamba buona, sollevando le mani in posizione di difesa e allargando un po' i gomiti. Fingo un diretto, lui para e contrattacca con un gancio destro, io mi abbasso ed entro con un *double leg*, uno degli atterramenti che mi riesce meglio: si afferrano entrambe le gambe e si ribalta l'avversario su un lato. Mentre lui è ancora confuso, salgo in *montada* superando la guardia senza grossi ostacoli.

A questo punto mi metto a lavorare di *ground and pound*. Proprio mentre sto lasciando cadere il primo pugno a martello, sento la voce di Jack che mi riporta al presente: "Ehi, Todd! Vuoi sapere la mia nuova teoria sul match con lo storpio? Secondo me Dylan si è preso una cotta per te e vuole starti abbracciato sul pavimento della gabbia. È un gay sado-maso, non c'è alcun dubbio. Il caso è chiuso!"

Due o tre ragazzi scoppiano a ridere, ma Todd non è tra loro.

Smetto di fissarlo, recupero il borsone, tiro fuori occhialini e asciugamano. Ricordatevi di questo mio consiglio, ragazzi: se proprio dovete fissare qualcuno, uno spogliatoio pieno di gente in costume non è il luogo più adatto per farlo. Questa volta me la sono proprio cercata.

La squadra di nuoto è già pronta a bordo piscina. Pochi secondi più tardi Todd torna nella stanza perché, a quanto pare, aveva dimenticato di prendere gli occhialetti.

"Sei ancora sicuro di volerlo fare?" Mi domanda sottovoce, cercando di fare il duro, come se mi stesse facendo un favore offrendomi una via d'uscita.

Lo guardo e senza la minima esitazione rispondo: "Certo che sono sicuro. Perché?"

"Perché l'ultima volta ti ho pestato come basilico fresco. Potresti farti molto male, lo sai?"

"Ho già perso una gamba, Todd. Peggio di così non può andare."

Mentre ribatto colpo su colpo, non riesco a trattenere un sorriso. Mi sto divertendo. Non sono sicuro che Todd abbia paura di me, ma sta cominciando ad avere qualche ripensamento sul match, questo è certo. Sa che non può più tirarsi indietro e la cosa, in qualche modo, lo preoccupa.

Come dice sempre Santana, una volta che le porte della gabbia si chiudono con te dentro, le parole stanno a zero. Puoi dire tutto quello che vuoi prima del match, puoi straparlare sui social e fare il gradasso, ma alla fine quello che conta è il risultato del match.

Continuo a fissare Todd. Il mio sguardo è pieno di rabbia, ma non quella rabbia emotiva che ti fa perdere il controllo. La mia è una rabbia fredda è affilata.

Non voglio soltanto vincere il match. Una volta inchiodato con le spalle a terra, desidero fargli provare quello che ho provato io, una sensazione di totale impotenza, un senso di umiliazione che ti fa sentire senza valore. Quando sarò sopra di lui, avere due gambe non gli servirà a niente.

"Ehi," mi dice, come se fossimo migliori amici, e questo mi fa capire una volta per tutte che mi teme. "La storia dei vestiti bagnati era soltanto uno scherzo. Lo facciamo praticamente a tutti i nostri compagni di nuoto."

"Tranne che a Jack. E scommetto che non è mai capitato neanche a te."

È la verità, e lo sappiamo entrambi. Gli scherzi, le prese in giro, gli atti di bullismo… questa roba è a senso unico. Ci sono i bulli e le vittime. I ruoli non si invertono mai. E adesso che Todd si sente preso in trappola, ha paura che la legge del bullismo stia per spezzarsi. Ha paura di diventare una vittima ed è soltanto per questo che mi tratta da amico. Beh, ho una brutta notizia per lui: non ho nessuna intenzione di farmi fregare dai suoi giochetti mentali.

Quando capisce di non avere speranze, torna ostile e aggressivo come al solito.

"Ti dico soltanto una cosa, storpio: non andare a piangere dal preside, quando ti farò un altro occhio nero, o sarà peggio per te."

"Sai cosa ti dico," ringhio, inseguendo un'idea che mi si è appena accesa in testa. "Chiedimi scusa e la finiamo qui. Niente più match."

"Te l'ho già detto, amico. Era solo uno scherzo."

Senza smettere di fissarlo, sollevo un sopracciglio.

"D'accordo, d'accordo. Ti chiedo scusa," dice, porgendomi una mano. "Allora? È tutto finito?"

"No, non te la caverai così facilmente. Chiedimi scusa durante la pausa pranzo, nel refettorio. Anzi, chiedi scusa pubblicamente a tutti quelli che hai bullizzato e io annullerò la gara proprio lì, davanti a tutti."

Mi basta guardarlo in faccia per capire che non accetterà. A una prima occhiata sembra arrabbiato, ma so che ha paura. Più precisamente, ha paura di essere messo in imbarazzo davanti a tutti. Lo so, perché ho provato la stessa sensazione molte volte.

"Puoi scordartelo, scherzo della natura! Io stavo solo cercando di risparmiarti un'altra bella strigliata, ma se proprio vuoi farti prendere a calci in culo, peggio per te!"

Faccio ruotare le spalle, rilasso i muscoli della schiena e sorrido. È un'altra cosa che mi ha insegnato Santana: "Sorridi sempre, serve a confondere i tuoi avversari."

"Staremo a vedere chi prenderà a calci chi," rispondo, con la voce calma e sicura.

A pranzo, mi tengo distante da Todd e dagli altri. Raggiunto il mio solito tavolo con il vassoio del cibo, infilo gli auricolari e comincio a guardare un video sul telefono. È una breve lezione su come controllare i polsi dell'avversario quando ci si trova a terra. Afferrare uno dei polsi significa poter controllare la posizione del braccio di un avversario, e questo offre un'infinità di vantaggi, specialmente in un match di MMA, in cui puoi colpirlo al fianco e al volto con la mano libera.

Come al solito, Anna viene a sedersi vicino a me. A differenza del solito, però, le sue amiche non ci sono. Penso subito che ci sia dietro qualcosa. Forse le voci dell'incontro con Todd hanno raggiunto anche lei, e adesso si sente attratta da me.

Santana mi ha sempre detto che i lottatori di MMA ricevono un sacco di attenzioni, anche in senso romantico. D'accordo, mi avete beccato, non ha detto proprio così, non sarebbe da lei. Le sue testuali parole sono state: "Dylan, non importa se sei brutto o zoppo. La gente che fa MMA naviga nella figa." Ecco, capite perché non volevo dirvelo?

"È vero che hai sfidato Todd a duello?" Mi domanda Anna.

Alzo lo sguardo dal cellulare e rimango per un momento a fissare la forchettata di petto di pollo alla piastra che stavo per portarmi alla bocca.

"Non è un duello con le pistole," le dico, cercando di farla sembrare una cosa da nulla. "È solo un incontro di MMA."

"Perché l'hai fatto?"

Accidenti, non so proprio come rispondere. I ragazzi mi fanno un sacco di domande, quando mi incontrano nei corridoi, ma nessuno mi aveva mai chiesto perché.

"Perché è uno stronzo e continua a trattarmi male," le dico.

Non voglio scendere nei dettagli. Parlarne con Rich è stato abbastanza umiliante e non ripeterò l'esperienza anche con Anna, potete scommetterci.

"Non mi sembra un buon motivo per prendere a pugni qualcuno. Non potete risolverla in un altro modo? Anche se dovessi vincere la sfida, cosa dimostrerebbe? L'intera faccenda è semplicemente ridicola."

Nel frattempo, una delle sue amiche è venuta a sedersi con noi. "Secondo me, invece, è una figata assoluta. Io sono nel Team Dylan, sapete?" Ci dice, sorridendo. "Ti alleni in quella palestra sul Ventura Boulevard, vero? Quella della lottatrice con un braccio solo?"

"Verissimo."

"E allora vincerai di sicuro."

"Ma certo che vincerò," le rispondo, raggiante.

Non mi sto vantando, ci credo sul serio. Nei film di arti marziali si può intuire il vincitore di un combattimento dalle cose che fa prima del match: stare in piedi su un tronco di legno, tirare calci al vento, passare ore davanti a uno specchio ripetendo la stessa mossa.

Per me, la storia è completamente diversa. So che vincerò perché ho perso già molte volte. Il mio corpo si è abituato alle cadute, alle prese e ad assorbire i colpi. Ho la pelle dura, i lividi ormai non compaiono così facilmente. Sono pronto a ogni tipo di situazione, perfino a essere soffocato e malmenato.

Ho sopportato ogni tipo di tortura. Santana mi ha insegnato ad assorbire pugni e calci senza farmi male, assecondando il movimento dell'avversario per ridurre al minimo l'impatto.

Ma, più di ogni altra cosa, ho imparato a sentirmi comodo nella scomodità. So restare calmo anche nel bel mezzo di una tempesta. So come respirare quando sembra impossibile, so come sfruttare la resistenza del pavimento, come gestire ogni situazione, anche le più disperate, sfruttando la mia intelligenza per districarmi dalle posizioni peggiori. In poche parole, sono cresciuto e sono diventato una persona diversa. Se la mia prima rissa con Todd si facesse adesso, lo rovescerei in un attimo, passerei la guardia e lo inchioderei a terra.

Ho perso per sottomissione decine di volte – ma che dico, centinaia – però ho appreso dai miei errori e nell'ultimo mese ho cominciato a vincere qualche match. Ho boccheggiato, mi sono contorto sul tappetino, ma in ogni caso ho lottato ed è questo il vero motivo della mia sicurezza. Vincerò, non c'è altra possibilità.

Mentre penso queste cose, Anna continua a fissarmi come se fossi un idiota. Una ciocca di capelli le cade davanti agli occhi e lei la sistema dietro l'orecchio facendo scorrere due dita sulla fronte.

"Una figata? È la cosa più stupida che abbia mai sentito!"

La sua attitudine negativa comincia a infastidirmi. Anna non ha nemmeno la metà dei miei problemi, perciò non può capire. E comunque non si sta nemmeno sforzando di farlo.

Mi stringo nelle spalle e infilzo un altro pezzo di pollo. "Pensala come vuoi. La mia decisione non cambia," biascico, col cibo in bocca.

"Ha ragione Dylan!" Dice la sua amica. "Todd è il più infame dei bulli," aggiunge sorridendo e guardandomi dritto negli occhi. "Devi vincere tu. Fallo per tutti noi."

"Chiunque vincerà l'incontro, avrete perso entrambi," dice Anna, e per la prima volta mi viene il dubbio che forse tutta questa faccenda del match sia un errore.

Capitolo Trentuno

È quasi mezzanotte. La Resilient è immersa nel buio. Parcheggio davanti all'ingresso, spengo il motore e aspetto che Santana arrivi e apra la porta con il suo mazzo di chiavi personale.

Ha agganciato il buon vecchio Jared per farci da arbitro, così lei potrà stare nell'angolo e darmi qualche consiglio se dovessi averne bisogno. Sono agitato da morire. Nelle ultime ore, una parte di me ha cominciato a sperare che il coach Martese ci scopra e faccia annullare l'incontro.

Ma sei già stato nervoso altre volte, mi direte voi. D'accordo, ma questa volta è diverso. Sono talmente in ansia che il mio stomaco è attorcigliato come un gomitolo di lana e potrei vomitare da un momento all'altro. Mi sento così da stamattina, da quando mi sono svegliato e ho pensato che era arrivato il grande giorno, il giorno della sfida.

A un certo punto ho accarezzato l'ipotesi di rubare qualche goccia di valium dall'armadietto delle medicine – mia madre se lo è fatto prescrivere da un medico dopo l'incidente – ma poi decido di resistere. Non so che effetti potrebbe avere sulla mia capacità di combattere.

La cosa più strana è che, per tutta la settimana, mi sono sentito alla grande. Tutto il contrario di adesso, nemmeno una punta d'ansia o di paura. Mi sono allenato un sacco, ho fatto esercizi di visualizzazione, mi sono goduto la fama e l'attenzione da parte dei miei compagni di scuola, ero carico e pronto ad esplodere.

Adesso tutta questa energia mi si è rivolta contro e farei qualsiasi cosa, letteralmente qualsiasi, pur di liberarmi da quello che sto provando. Come faccio a spiegarvelo? È come quando devi fare un esame per cui non ti senti affatto pronto, ma moltiplicato per mille. È come fare bungee jumping da un aeroplano quando soffri di vertigini e la tua unica paura è quella dell'altezza.

Insomma, in questo momento odio il vecchio Dylan molto più di quanto potrei mai odiare Todd. Todd è un idiota, questo lo sanno tutti, ma non è colpa sua se adesso ci troviamo in questa situazione. È tutta colpa del vecchio Dylan.

Il vecchio Dylan mi ha messo nei guai, e il nuovo Dylan vorrebbe prenderlo a pugni. Quanto a Todd, lo lascerei andare volentieri. Se fossi libero di scegliere, me ne andrei a casa e mi infilerei nel letto con tutti i vestiti. Ma dovrò farmi coraggio e tenere duro fino alla fine dell'incontro.

Mi tremano le mani così forte che l'idea di dovermi infilare i guanti mi preoccupa un tantino. Per non pensare al momento in cui dovrò entrare in quella maledetta gabbia.

Santana mi aveva preparato a questo momento. Mi aveva detto che avrei avuto paura, che ci voleva un coraggio immenso per entrare là dentro ma, come molte altre volte, io non ho creduto a una sola parola. Pensavo che mi stesse soltanto prendendo in giro.

"Il mio primo match nel circuito *ama* è stato tremendo," mi ha detto qualche giorno più tardi, durante il mio ultimo allenamento per il match. "Ero così spaventata che ho vomitato nello spogliatoio. C'era vomito dappertutto, Dylan! Letteralmente. Pensa che Martese è dovuto uscire di corsa dall'arena per andare a prendere una nuova *rash guard*."

Due fari illuminano gli adesivi sulle vetrine della palestra. Un'automobile si parcheggia dietro alla mia. Jared e Santana saltano fuori dalle portiere. Se fino a questo momento avevo ancora una possibilità di fuggire, adesso è sfumata.

Incespicando, esco dalla Sfigatomobile, recupero il borsone e li raggiungo. Uscire da casa con il borsone è stato un rischio, credetemi. Avevo pensato di dire ai miei genitori che andavo a una festa, ma vedendomi con quel borsone si sarebbero insospettiti di sicuro perciò ho dovuto inventare una storia d'effetto: sto aiutando Santana a prepararsi per un incontro importante, ma a lei piace allenarsi di notte, perciò eccomi qui.

Mentre Jared infila la chiave nella porta della palestra, Santana mi squadra dal basso verso l'alto. "Come ti senti?"

"Mi viene da vomitare."

Lei scoppia a ridere. "Te l'avevo detto."

Jared spalanca la porta e la tiene aperta per lasciarci entrare.

"Se ve lo chiedono, non sono mai stato qui," dice Jared, entrando dopo di noi.

"Non ti preoccupare, questo match è segreto. Martese non lo saprà mai," dice Santana.

È quello che speriamo tutti. Il coach non avrebbe mai acconsentito a questo match e andrebbe su tutte le furie se dovesse scoprirlo.

"Vai a cambiarti. Devi fare un po' di riscaldamento," mi dice Santana.

Trascino il borsone fino allo spogliatoio, felice di avere qualcosa da fare che non sia preoccuparmi per tutte le cose che potrebbero andare storto durante l'incontro e per l'inferno che diventerà la mia vita se dovessi perdere.

Mi cambio, prendo la borraccia, i guanti e il paradenti, poi mi incammino verso la gabbia. Santana ha già preso i pad imbottiti. Abbiamo provato un milione di volte le prime fasi della gara, ma Santana vuole farmi provare di nuovo.

Stai pronto a difenderti. Avvicinati. Atterralo. Supera la guardia. E a questo punto distruggilo. Non devi lasciare che si rimetta in piedi, costi quel che costi. È questo il piano.

Santana apre la porta della gabbia e mi aspetta all'interno. La raggiungo. Lei solleva i pad, invitandomi a fare qualche finta. Assesto un paio di pugni leggeri, poi mi abbasso e mi lancio verso di lei per atterrarla con un *double leg*, come avevamo programmato. La faccio cadere, salgo in *montada* e supero la guardia, poi mi fermo. È tutto quello che mi serve.

Mi riposo e proviamo di nuovo. Questa volta Santana fa un passo indietro poco prima del mio assalto, perciò non posso tuffarmi per atterrarla. Tiro qualche altro pugno e aspetto che si avvicini di nuovo, ma alla prima occasione rientro nei binari del mio piano e parto per un *double leg*.

Lo facciamo ancora cinque o sei volte. Ad ogni atterramento che riesco a mettere a segno, un po' di tensione svanisce dai miei muscoli e qualche milligrammo di ansia mi abbandona.

"Ehi, qui comincia a farsi tardi! Forse il tuo amichetto se l'è fatta sotto e ha deciso di non venire," dice Jared, mentre Santana raccoglie la mia borraccia e me la avvicina alle labbra per farmi bere.

"Sarebbe perfettamente da lui," ribatte Santana, con un sorrisetto.

Spero che abbia ragione. Vincere senza nemmeno dover combattere sarebbe un sogno.

Controllo l'ora. Mezzanotte è passata da un pezzo.

163

Se non dovesse presentarsi, dovrò dimostrare a tutti che è un codardo. Mi toccherà fare una diretta su Instagram, in modo che tutti possano vedere che sono qui.

Mi tolgo i guanti e vado a recuperare il cellulare per avviare la diretta, ma proprio in quel momento vedo un'automobile fermarsi nel parcheggio sul retro. La BMW di Jack Kim.

Capitolo Trentadue

Appena Todd e Jack scendono dall'auto, il mio stomaco fa un salto mortale. Jared corre ad accoglierli e accompagna Todd verso lo spogliatoio.

"Ti sei fatto picchiare da quel pulcino spennacchiato?" Domanda Santana, fissando la schiena di Todd.

"Ehi, ti ricordo che ancora non avevo preso nemmeno una lezione di jiu-jitsu."

Santana rimane immobile, con le braccia incrociate e lo sguardo fisso sui nuovi arrivati.

"Ma guardalo, se la sta facendo sotto."

Effettivamente, Todd sembra perfino più agitato di me. Ma la cosa sorprendente è che anche il suo accompagnatore si guarda intorno con il terrore negli occhi. Se penso alla prima volta in cui ho visto Jared e Santana, però, mi pare tutto perfettamente nella norma.

Adesso Jared è soltanto Jared, ma quella volta era un tizio forzuto che avrebbe potuto sbriciolarmi con le sue mani. E lo stesso vale per questo posto, che oggi è la mia palestra, ma una volta era un luogo terrificante, pieno di lottatori, dominato da una gabbia di ferro.

Santana mi assesta uno schiaffo al centro del petto. "Rimettiti i guanti, bello mio. Niente paura. Continuiamo il riscaldamento."

Jack viene subito verso di noi, accompagnato da Jared. Mentre cammina, tira fuori il telefono e lo fa ruotare tutt'intorno, come se stesse facendo una panoramica della palestra. Jared si affretta a coprire la fotocamera con una mano.

"Niente riprese, amico. Niente foto e niente post sui social. Questo match è segreto."

"Pensavo che Fight Club fosse soltanto un film!" Protesta Jack, ma non ha il coraggio di insistere e mette subito via il suo telefono.

Davanti a Santana e Jared, il suo senso dell'umorismo sembra misteriosamente scomparso. Nessuna frecciatina, nessuna battuta sul fatto che il BJJ sia la versione gay del wrestling o roba del genere. Qui dentro, Jack Kim appare per quello che è: un figlio di papà ricco e viziato, che sa fare il bulletto solo con chi è più debole di lui.

Todd esce dallo spogliatoio dopo pochi minuti. Vedendolo, Santana scoppia a ridere fragorosamente, ma riesce a ricomporsi quasi subito. Indossa un paio di pantaloncini che sembrano un costume da surfista, una maglietta costosa marcata "Tap Out", un paio di stivaletti da lotta libera e dei guantoni da boxe.

Santana si china verso di me per parlarmi all'orecchio. "Questo pagliaccio non ha mai visto un incontro di MMA, ci scommetto. Neanche in televisione."

"Togliti quegli stivali e la maglietta," gli grida Jared, impassibile. "Vado a prenderti un paio di guanti da MMA."

Jared scompare nel magazzino e Todd esegue i suoi ordini. Ha appena finito di sfilarsi la maglietta, quando Jared gli consegna un paio di guanti senza dita e lo aiuta a indossarli.

Poi mi fa segno di avvicinarmi e io li raggiungo.

"Voglio un match pulito, d'accordo? Utilizzeremo il regolamento professionistico, quello degli incontri di MMA che vedete in TV, per intenderci. Niente morsi. Niente dita negli occhi. I pugni si possono tirare solo con le mani chiuse, altrimenti dovrò sospendere l'incontro e squalificarvi. Niente colpi all'inguine, niente calci alla testa se l'avversario è a terra. Non c'è altro. Tutto chiaro?" Domanda, guardando dritto verso Todd.

Todd annuisce. Le sue dita stanno tremando, e vederlo così nervoso mi fa sentire molto più sicuro di me.

"Non ci saranno round. Niente cronometro né campanella. Il match andrà avanti finché qualcuno non si arrende, o fino a quando sarò io a fermarlo. Se dovessi dare altre istruzioni durante il combattimento, siete tenuti a obbedire. Ultima raccomandazione: non abbassate mai la guardia. Qualsiasi cosa succeda, non potete distrarvi, perché rischiate di farvi male sul serio."

Sposta lo sguardo dagli occhi di Todd ai miei, e poi guarda di nuovo verso Todd. "Allora, siete pronti?"

Faccio cenno di sì con la testa. Anche Todd annuisce.

"Ottimo," riprende Jared. "Allora entriamo nella gabbia!"

Fa due passi in quella direzione, poi si ferma di colpo.

"Tu ce l'hai un paradenti?" Domanda a Todd.

Jack infila una mano nella tasca della sua felpa e glielo consegna, con la stessa cerimoniosità di una damigella che porta allo sposo la sua fede di nozze. Se Jared non glielo avesse ricordato, probabilmente Todd avrebbe dovuto prenotare una visita dal dentista.

"E tu?" Mi domanda Jared.

Santana mi consegna il mio. È un paradenti personalizzato, fatto su misura. Me lo infilo e controllo che sia a posto.

"Adesso è tutto pronto, signori," dice Jared.

"No, aspetta!" Grida Santana.

Corre verso il bordo della gabbia, schiaccia un paio di volte sullo schermo del suo telefono e di punto in bianco la palestra si riempie di musica. "Shipping up to Boston", la canzone del marinaio storpio.

"Visto che questo è il tuo primo e ultimo match di MMA, ti meriti una buona canzone d'entrata!" Mi dice Santana, sorridendo raggiante.

Todd entra per primo nella gabbia e io lo seguo. Jared gli mostra il suo angolo e gli spiega cosa dovrà fare all'inizio dell'incontro, mentre Santana raggiunge il posto di primo assistente a bordo gabbia e appoggia entrambi i gomiti sulla struttura rialzata che sostiene il pavimento dell'ottagono.

Una volta dentro, faccio di corsa qualche giro della gabbia. Le farfalle sono tornate nel mio stomaco, ma questa volta sono grosse quanto le scimmie volanti del Mago di Oz. Ho la bocca asciutta e vorrei bere, ma so che non è il momento.

La musica si ferma. Il silenzio che regna nella Resilient è strano e irreale. Ma purtroppo è tutto vero.

Jared chiude la porta della gabbia e ci chiama al centro.

"Le regole sono chiare?"

Annuisco e guardo verso Todd. Anche lui muove su e giù la testa, sostenendo il mio sguardo.

"Adesso andate ai vostri angoli e aspettate la campanella," ci dice Jared.

Non abbiamo una vera campanella alla Resilient, ma Santana ha installato un'app sul suo telefono che riproduce il suono della campanella attraverso le casse Bluetooth della palestra.

Arretro fino al mio angolo, appoggio la schiena alla rete metallica, chiudo gli occhi e sento la voce di Santana alle mie spalle. "Puoi farcela, bello! Alza la guardia, riduci la distanza e poi entra in *double leg* come hai già fatto un milione di volte!"

Guardo verso l'altra estremità della gabbia, dove si trova Todd. Jack sta cercando di incoraggiarlo gridandogli qualcosa, ma la sua voce mi arriva attutita. Sono concentratissimo, il mio campo visivo si restringe sul mio avversario, come uno zoom. Tutto quello che è fuori, mi appare solo come uno sfondo sfocato. Il sangue pompa nelle mie orecchie, la bocca non è mai stata così asciutta.

Al suono della campana, Jared batte le mani e si sposta dal centro della gabbia. Adesso non c'è più nulla tra me e Todd, solo qualche metro di pavimento a dividerci, mentre un recinto di metallo ci circonda su otto lati.

Todd va subito a prendersi la posizione centrale. Senza nessuna fretta,   avanzo   verso   di   lui.

Capitolo Trentatré

Todd arretra di un passo e ora si trova a due terzi dell'ottagono, a metà strada tra il centro e la parete. Alzo le mani, gomiti stretti, mento incassato nel collo. Todd lancia un pugno selvaggio mirando alla faccia.

Il mio guanto assorbe una parte dell'impatto e lo fa rimbalzare di lato, ma mi colpisce comunque alla tempia. Il colpo mi fa arretrare, ma lo shock è più forte del dolore, e l'unico effetto del pugno è quello di sbilanciarmi, facendomi quasi cadere. Dopo mesi di allenamento con Santana, il mio equilibrio sulla protesi è molto migliorato, ma non posso comunque competere con un lottatore a due gambe.

Prendendo coraggio, Todd si fa avanti e tira qualche pugno. Punta tutto sulla forza, senza preoccuparsi di prendere la mira, spingendo verso di me. Un pugile, o un altro tipo di atleta più abile di me nel combattimento in piedi, avrebbe contrattaccato con facilità, ma questa è una mia debolezza e non posso farci niente. Continuo ad arretrare, fino a quando la mia schiena non finisce sulla parete della gabbia, e allora Todd può colpirmi con un diretto allo stomaco.

Il dolore mi getta nel panico. Mi sento la bocca piena di sabbia. Avevo un piano, sapevo perfettamente cosa avrei dovuto fare all'inizio dell'incontro, ma la realtà ha mandato in fumo tutti i miei progetti. La realtà è confusa e caotica. Il pavimento comincia a girare sotto ai miei piedi, l'immagine del mio avversario diventa sfocata.

"Abbraccialo! Abbraccia quell'idiota!" Mi grida Santana.

Abbraccialo. Un comando che ho sentito gridare mille volte, durante i match di allenamento alla Resilient. L'ho interiorizzato a tal punto che non devo più nemmeno pensarci. A quella parola, il mio corpo sa già come reagire.

Mentre Todd cerca di sferrarmi un altro colpo, faccio scivolare le braccia sotto alle sue, lo abbraccio e lo stringo a me, petto contro petto. Spostando all'indietro la protesi, appoggio il tallone contro la rete della gabbia e faccio leva sull'articolazione del ginocchio, finché non si blocca con un click.

"Perfetto, Dylan," mi incita Santana. "Adesso testa in HP e allaccia le mani!"

HP. *Head Position.* Ossia: infilare la testa sotto il mento dell'avversario e fare pressione verso l'alto. Un altro comando che il mio corpo ha imparato a eseguire in automatico. Piego il ginocchio vero per spostare il peso e spingo la testa contro il mento di Todd. A quel punto le mie braccia riescono a scorrere contro il suo busto, le mani si incontrano e finalmente posso intrecciare le dita.

Todd reagisce dandomi un colpo al fianco, ma siamo così vicini che i suoi pugni risultano deboli, del tutto inefficaci. Il suo momento di vantaggio è finito. Non sono più nel panico e l'effetto sorpresa è sfumato. Mi ha colto impreparato, tutto qua. Mi sono sentito come se mi fossi appena tuffato in un lago ghiacciato, ma adesso mi sto abituando all'acqua ed è ora di cominciare a nuotare.

Il cuore batte ancora come un martello pneumatico nel mio petto, ma la mente si è calmata. Sento Jack, dall'angolo opposto, gridare dei consigli del tutto privi di conoscenze tecniche, del tipo: "Liberati, amico! Scollati di dosso lo storpio!"

Ma le mie mani sono agganciate saldamente una all'altra. L'unico modo per liberarsi, sarebbe approfittare del prossimo cambio di posizione, perché a un certo punto dovrò farlo.

Santana mi accompagna in questa delicatissima operazione, passo dopo passo. Impartisce le istruzioni con calma e freddezza, come fa sempre Martese quando lei si trova nella gabbia, con la stessa attitudine di un fratello maggiore che spiega al fratellino quali tasti schiacciare sul controller di un videogame per vincere la partita.

Le istruzioni di Jack, al contrario, corrispondono allo schiacciare tutti i tasti nella speranza che succeda qualcosa di buono: "Prendilo a pugni, bro! Sfiguralo! Strappagli l'altra gamba."

"Adesso fai un passo avanti e rovescia la situazione," dice Santana.

Non era questo il piano. Dovevo atterrarlo al centro della gabbia e combattere a terra. Ma il jiu-jitsu mi ha insegnato che l'unica cosa da fare è lavorare sulla posizione in cui ti trovi: se aspetti sempre l'occasione perfetta per fare ciò che hai programmato, probabilmente non combinerai nulla.

Aspetto che Todd si contragga per sferrare un altro colpo. All'improvviso i suoi muscoli si tendono e spinge verso di me con tutte le forze. Allargo la gamba di lato, ruoto leggermente il bacino e lascio che la sua spinta lo faccia girare attorno a me. Di colpo, Todd si ritrova con la schiena contro la gabbia e il mio peso che lo spinge verso il metallo. Blocco di nuovo la testa sotto il suo mento e stringo la presa.

Più cerca di divincolarsi, più il suo petto si comprime. Respirare diventa difficile per lui. Ed è proprio questa l'idea del lavoro a parete – schiacciare l'avversario contro la gabbia e prosciugarlo di qualsiasi energia.

"Grande!" Dice Santana.

Jack batte il pugno contro la gabbia per richiamare l'attenzione di Jared. "Separali, arbitro! Non possono mica starsene così per tutto il tempo!"

"E perché no?" Risponde Jared. "Non è mica un incontro di boxe!"

Mentre Jared sta ancora parlando, piego il ginocchio buono e mi abbasso. È il momento di mettere a segno un atterramento. Mollo la presa sul busto e dirigo entrambe le mani verso la caviglia destra di Todd, la afferro saldamente e tiro verso di me. Il piede si stacca dal pavimento e Todd, che non se l'aspettava, piomba a terra.

Santana applaude e mi fa i complimenti.

"Bella mossa, ragazzo! Adesso si lavora a terra!"

Todd è seduto con la schiena contro il bordo della gabbia, come un poppante che è appena stato mollato all'interno di un box per bebè e non sa ancora come comportarsi, né tantomeno come uscire da lì.

Sorpasso le sue gambe con un passo rapido, mi chino accanto a lui e mi conquisto una delle migliori posizioni laterali che si possano desiderare: una spalla infilata sotto la sua mandibola, contro il lato del collo, e le mani strette sul suo polso. Con la mano libera, prova a sferrare qualche pugno all'addome, ma non riesce a spostarmi nemmeno di un millimetro.

Respirare diventa una faccenda sempre più complicata per il buon vecchio Todd. Apre la bocca e annaspa, risucchia tutta l'aria che può. Sentendosi in difficoltà, la smette di tirare pugni a casaccio e cerca di scuotermi via con tutto il corpo. Riesco quasi a sentire la sua rabbia e la sua frustrazione in quegli scossoni brutali. È normale. Tutti si sentono frustrati, la prima volta che finiscono inchiodati al tappeto.

Lascio che la forza di gravità mi sia amica. Più rilasso i muscoli non essenziali alla presa, più divento pesante. E più aumenta il mio peso, più sarà difficile sbalzarmi via. Dopo nemmeno un minuto di strattoni, scossoni e movimenti disperati, Todd non sa più cosa fare e rimane fermo.

La tempesta è passata e io l'ho superata indenne. Adesso è il mio turno di fargli piovere addosso. È una sensazione grandiosa, quasi di onnipotenza, resa ancora più inebriante dal pensiero di ciò che sto per fargli.

"Colpisci! Colpisci!" Ringhia Santana. "Lavoratelo per bene!"

Sedendomi a terra, cambio posizione e faccio partire due gomitate fulminee, mirando alla faccia. Todd cerca di difendersi, parando il colpo coi guanti, ma la seconda volta fallisce: il gomito penetra tra le sue mani e va a spaccargli il sopracciglio sinistro.

Un fiumiciattolo di sangue comincia a colare dal taglio, scendendogli lungo la guancia.

Todd fa un altro tentativo di liberarsi, ma non mi sposta nemmeno di un centimetro. Non gli rimane altra scelta che difendersi e aspettare il prossimo cambio di posizione. Forse a quel punto, reagendo con un buon tempismo, potrebbe divincolarsi, o per lo meno allontanarsi un po' da me con la mossa del gamberetto, ma per questo servirebbe un minimo di addestramento. Invece, seguendo l'intuito, afferra il mio braccio e tenta di costringermi a mollarlo.

"Portalo in mare aperto, squalo!" Mi grida Santana.

Todd e Jack non hanno idea di cosa voglia dire, ma io sì. Il mare aperto è il centro della gabbia, dove non ci sono pareti da sfruttare per puntellarsi ed evitare di finire con le spalle a terra.

Fingendo che i suoi tentativi di fuga mi stiano creando problemi, lo lascio scivolare più in basso. Todd appoggia una mano sul tappeto e fa per rialzarsi, ma io lo afferro dietro al ginocchio, trascinandolo ancora di qualche centimetro verso il centro della gabbia.

A quel punto allento la presa, lo illudo che riuscirà a mettersi in piedi, mantengo il controllo sui suoi fianchi e all'ultimo istante tiro con forza nella mia direzione, facendolo cadere ancora una volta. Il bordo della gabbia ormai è irraggiungibile.

Strisciandogli addosso, ristabilisco il pieno controllo e poi gli faccio scorrere un braccio attorno alla testa per bloccarlo con una *crossface*, una presa di sottomissione dal potenziale devastante.

172

Ma è solo il punto di partenza per raggiungere l'obiettivo che avevo in mente fin dall'inizio. Gli tiro una gomitata con il braccio libero, tanto per dargli qualcosa a cui pensare mentre rifletto sulla mia prossima mossa.

Indossare la protesi si è rivelato fondamentale per la prima parte del match, ma adesso non ne ho più bisogno e mi sta perfino risultando d'impaccio. Quando mi alleno a terra non la indosso mai. Mi appesantisce e ostacola il mio passaggio in *montada*.

Ormai la decisione è presa: è arrivato il momento di liberarsene. Lo storpio è pronto per scatenare la sua furia.

Un'altra gomitata per stordirlo e poi, veloce come un fulmine, abbasso la mano e schiaccio il pulsante sul lato della protesi, che sblocca la vite di sicurezza dell'invaso dal resto della protesi, facendo scivolare fuori quello che resta della mia gamba. Sfilo rapidamente l'invaso e poi calcio via entrambi i pezzi con il piede buono, verso il bordo della gabbia.

Se Todd dovesse riuscire ad alzarsi adesso, per me sarebbe la fine. Ma non succederà. Todd è nel mio mondo, in mare aperto, lontano dalle pareti che potrebbero offrirgli un appiglio e un barlume di speranza.

Lo trascinerò sul fondo, dove non c'è ossigeno. Lo farò annegare.

Capitolo Trentaquattro

"Falli alzare, arbitro! Digli che devono alzarsi!" Grida Jack, rivolto a Jared.

Jack è il tipico profano che non capisce le regole delle MMA e pensa che siano solo una versione alternativa della boxe. Ma in questa disciplina il combattimento a terra è quasi più importante di quello che avviene in piedi. Finché il lottatore in attacco continua a muoversi e rimane attivo, l'arbitro non può interrompere l'incontro.

Jared ignora le suppliche che provengono dall'angolo di Todd con una scrollata di spalle, e proprio in quel momento inizia la mia ultima transizione, il passaggio in *montada*.

Di solito, per conquistarsi la *montada*, bisogna far passare una gamba sopra all'avversario, ed è proprio in questa fase che si rischia di essere bloccati o anche qualcosa di peggio: l'avversario potrebbe afferrare la gamba e approfittarne per fuggire o perfino per rovesciare la posizione a suo vantaggio.

Ma io non ho nessuna gamba da afferrare. Devo solo fargli scivolare addosso un moncherino di pochi centimetri e poi spostare il peso per salire su di lui. Muovendomi rapidamente, senza dargli il tempo di salire in ponte o di scuotermi via in qualche altro modo, eseguo l'operazione su Todd e mi ritrovo in una magnifica *montada* alta.

Adesso sono nella stessa posizione in cui si trovava lui, durante la nostra prima rissa. E ho intenzione di godermela più che posso.

Gli sparo un bel pugno in faccia, mirando al sopracciglio spaccato. Todd smette subito di usare le mani per tentare di spingermi via e si copre il viso insanguinato.

La mia testa è piena di rabbia. Una rabbia fredda, lucida e implacabile. Guardando in basso, non vedo un ragazzino spaventato e ferito, ma il ghigno arrogante che aveva mentre mi picchiava senza pietà. E sopra il suo ghigno, si srotola la pergamena che contiene tutti i commenti d'odio sui social. Gli insulti che ho ricevuto, le frecciatine, le cosiddette "battute".

"Se io nuotassi abbastanza veloce, pensi che finirei per girare in tondo?" Gli domando, infilandogli l'avambraccio sotto il mento e premendo sulla sua gola.

Le unghie di Todd mi graffiano il braccio, mi affondano nella pelle. Vuole respirare, vuole a tutti i costi sgomberare la gola. Con l'altra mano, gli sferro l'ennesimo pugno in faccia.

E poi mi fermo. Voglio che mi guardi bene in faccia.

Sgancio una raffica di tre gomitate sul lato della sua testa. Il sangue di Todd mi schizza addosso e macchia il pavimento della gabbia.

Faccio un'altra pausa e mi godo lo spettacolo. Jack è a pezzi. La sua spavalderia è svanita, evaporata.

Lo guardo dritto negli occhi mentre metto a segno una gomitata perfetta, che gli apre un taglio trasversale su una guancia.

Nella mia testa, non sto picchiando Todd. O meglio, non sto distruggendo soltanto lui.

Sto distruggendo tutto. Tutti quelli che odio. La donna distratta che guidava quell'automobile il giorno dell'incidente. La mia fortuna di merda che mi ha fatto trovare nel posto sbagliato al momento sbagliato.

Con ogni colpo, rimedio agli errori del mondo e vendico le mie sofferenze. Il dolore dell'arto fantasma. Gli sguardi di pietà che ricevo dalle ragazze. La sensazione di svegliarmi la mattina e ricordarmi di avere solo una gamba.

Sento la voce di Jared. Sta parlando con Todd. "Devi reagire, o sarò costretto a dichiarare la vittoria di Dylan. Mi senti?"

Per tutta risposta, Todd fa partire un pugno. Mi colpisce allo stomaco, ma ha la forza di un gattino che gioca con un gomitolo di lana.

Eppure è bastato a spezzare l'incantesimo. La voce di Jared mi ha riportato al presente, succhiando via il veleno dai miei colpi. È arrivato il momento del gran finale, ma ne ho abbastanza di prenderlo a pugni. Basta, non voglio sfigurarlo e non voglio fare altri danni. Voglio soltanto che si arrenda, e so quello che devo fare.

Sposto il peso a sinistra, liberando metà del suo corpo dalla pressione. Istintivamente, Todd rotola su un fianco, appoggiando a terra la faccia per impedirmi di colpirlo.

Mentre lui ruota su sé stesso, supero i suoi fianchi con la mia gamba buona e aggancio un tallone al bacino. Poi gli faccio scorrere un braccio intorno al collo, come un cappio. Prima che capisca cosa sta succedendo, Todd è incastrato nella mia presa. Adesso dovrebbe provare qualcosa, ma gli mancano le forze.

Gli appoggio il moncherino su un fianco e lascio che completi la sua rotazione. Finalmente gli ho preso la schiena. Todd è spacciato. La mano destra gli passa sopra la spalla e sale verso il braccio che gli chiude il collo. Apro la mano e afferro il bicipite sinistro.

Quindi stringo. Stringo più che posso, avvicinando i gomiti per rendere la mia *rear naked* ancora più efficace. Il sangue e l'ossigeno non arrivano più al cervello. In pochi istanti, Todd capisce che non può più andare avanti e batte tre volte contro il mio braccio, con tutta la forza che gli resta.

Lo lascio andare proprio mentre Jared balza verso di noi e ci separa, afferrandomi sotto alle ascelle e trascinandomi via dal mio avversario.

In ginocchio sul rivestimento di cotone insanguinato, guardo il mio avversario sconfitto.

Ce l'ho fatta. Ho vinto. Todd si è arreso.

Strisciando fino al bordo della gabbia, recupero i pezzi della mia protesi e la indosso di nuovo, un attimo prima che Santana invada la gabbia per abbracciarmi.

"Bella presa, piccoletto! Sei stato un grande!"

Con la coda dell'occhio, guardo verso l'angolo di Todd. Jack non c'è più. Cerco di capire se sia entrato nella gabbia, magari per controllare che il suo amico stia bene.

Ma non lo vedo da nessuna parte. E poi, in fondo alla palestra, intravedo una figura che cammina verso l'uscita, scuotendo la testa. Apre la porta con una spinta e scompare.

Todd è seduto contro una parete della gabbia e Jared gli sta accanto, rincuorandolo con delle amichevoli pacche sulla spalla. Todd sputa a terra il suo paradenti e sospira.

"Tranquillo, amico, sei ancora tutto intero. Riposati un attimo e appena sarai pronto ti aiuterò ad alzarti," gli dice Jared.

Sogno questo momento da sempre, da quando ho deciso di sfidarlo non ho mai smesso di pensare a cosa avrei potuto dire, a come avrei dovuto sbeffeggiarlo e umiliarlo.

Ma adesso che siamo qui, mi sembrano solo idiozie. Non c'è niente da dire, hanno parlato i fatti. L'ho distrutto. Si è arreso. L'incontro è finito.

Sono felice di aver vinto, ma l'emozione che sento più forte è il sollievo. Ricambio l'abbraccio di Santana e poi vado dritto da Todd. Voglio assicurarmi che stia bene.

Capitolo Trentacinque

Passo la mia borraccia a Todd. Lui la guarda perplesso, poi guarda me. La sua espressione è sospettosa, forse pensa che io stia cercando di ingannarlo in qualche modo. Alla fine, però, accetta. Fa un lungo sorso e poi si passa una mano sulla faccia, pulendo via una piccola parte del sangue che la ricopre.

Alla fine, guarda verso il suo angolo.

"Se n'è andato," gli dico.

"Immaginavo."

"Mi hai quasi fregato, all'inizio," gli dico.

Lui non risponde.

Lo prendo per mano e lo aiuto ad alzarsi. "In ogni caso, hai combattuto bene. Al tuo posto, un altro principiante non sarebbe durato la metà, te lo assicuro."

Per un istante penso a quanto sia assurdo tutto questo. Poco fa stavo per soffocarlo. Se non si fosse arreso, avrei continuato fino a fargli perdere i sensi, lasciandolo lì, svenuto sul pavimento.

Adesso, invece, cerco di rincuorarlo e gli offro la mia acqua. Non avevo mai riflettuto sul vero motivo per cui due avversari si abbracciano alla fine di un incontro. Succede quasi sempre, il vincitore va a consolare il perdente e si assicura che stia bene, o comunque che non ci siano grossi danni. Non ne avevo mai capito il senso, fino ad oggi.

È una questione di rispetto. Nonostante tutto, avete affrontato insieme una situazione difficile. Uno doveva vincere, l'altro era destinato alla sconfitta, ma entrambi hanno avuto il coraggio di entrare nella gabbia e di combattere fino alla fine. E il coraggio merita rispetto.

Jared torna dentro alla gabbia con un asciugamano pulito.

"Vieni con me, dobbiamo medicare le ferite e sbarazzarci di tutto quel sangue," dice a Todd, consegnandogli l'asciugamano e accompagnandolo verso lo spogliatoio.

Santana continua a saltellarmi intorno. "Per la miseria, Dylan! Quando ti sei tolto la gamba è stato incredibile! La cosa più divertente e surreale che io abbia mai viso durante un match."

Poi mi guarda e all'improvviso smette di saltare.

177

"Che ti prende?" Domanda. "Non sei felice?"

"Certo che sono felice."

"Bello mio, hai vinto! Ti rendi conto? Hai vinto per sottomissione!"

Mi guarda negli occhi, cercando di leggere nei miei pensieri.

"Lo so, lo so," dico.

"Non provare a sentirti in colpa per averlo massacrato! Pensa a tutte le stronzate che ha fatto: ti ha preso in giro, ha rubato la tua protesi, ti ha umiliato ogni volta che ne ha avuto occasione. Se l'è cercata, fine della storia."

D'accordo, Santana ha ragione. Se l'è cercata. Eppure quelle gomitate non erano per lui, né per quello che mi ha fatto. Ho sfogato su di lui la mia rabbia, la frustrazione, tutti i sentimenti negativi che avevo dentro. Mentre lo colpivo mi sentivo alla grande, buttavo fuori ogni cosa, era meglio di una seduta da Rich – molto meglio, a dire il vero. Ma adesso che è tutto finito...

Se lo avessi atterrato e sottomesso immediatamente, sarebbe stato diverso. Ma non è andata così. Non volevo soltanto vincere. Volevo fargli male. Volevo punirlo per le sue azioni, questo è vero, ma in realtà Todd ha dovuto pagare il prezzo di parecchie cose che non c'entravano niente con lui.

Sto per spiegarlo a Santana, ma lei è più veloce di me.

"Dylan, era un match e dovevi combattere! Apri gli occhi, pensi che lui si sarebbe fatto scrupoli a colpirti? No, ti avrebbe ridotto anche peggio!"

So che ha ragione, ma non mi è molto d'aiuto. Io non sono come Todd.

"Vado a vedere come sta," dico.

Santana alza gli occhi al cielo.

Mentre esco dalla gabbia, Jared esce dallo spogliatoio e mi viene incontro.

"Tutto a posto, Dylan. Il tizio è un po' ammaccato e ha qualche taglietto in faccia, ma il test per il trauma cranico è negativo, perciò possiamo dire che sta bene. Belle gomitate, comunque."

Anche Jared pratica MMA, e anche lui pensa che sia andato tutto come doveva andare. È una lotta, bisogna lottare.

Forse hanno ragione. Forse mi sto facendo troppi problemi e sto cercando di rovinare anche questo momento di trionfo. Todd si sarebbe sentito così, dopo avermi spaccato la faccia? Ne dubito fortemente.

Dovrei godermi la vittoria. L'ho annientato, e non è stato un colpo di fortuna. No, ho vinto perché mi sono allenato duramente, ho elaborato un piano e l'ho eseguito alla perfezione.

A differenza dell'ultima volta che ho fatto a pugni con Todd, oggi sapevo quello che stavo facendo. Quando lui mi ha colpito, non sono andato nel panico. Ho mantenuto la calma, o almeno ci ho provato.

Ho affrontato la tempesta a testa alta. Ora posso raccoglierne i frutti. Lunedì mattina inizierà la mia nuova vita. Dopo aver visto come ho ridotto la faccia di Todd, dubito che qualcuno avrà ancora voglia di prendermi in giro.

Chi lo ha detto che uno storpio non può prenderti a calci in culo?

Capitolo Trentasei

Il sangue e il sudore sono stati accuratamente ripuliti dal pavimento della gabbia. Santana e Jared hanno disinfettato i guanti che avevano prestato a Todd e hanno nascosto gli asciugamani sporchi in una busta di plastica. In genere, le cose da lavare vanno messe nel cestino del bucato, che viene consegnato ogni settimana a una lavanderia in fondo all'isolato. Cosa ci garantisce che il personale della lavanderia non si lamenterà con Martese per tutto quel sangue sugli asciugamani? Nulla, ve lo dico io. Ed è per questo che Jared sta infilando il sacchetto nel bagagliaio della sua macchina. Lo porterà a casa e ci penserà lui a smacchiare tutto.

Nel frattempo io e Todd ci siamo cambiati. Todd si è calato il berretto da baseball quasi fino alla punta del naso, nascondendo il sopracciglio spaccato sopra all'occhio sinistro e i taglietti che contornano il destro.

Anche il mio occhio sta cominciando a gonfiarsi e la pelle ha già preso un colorito giallastro. È il mio terzo o quarto occhio nero da quando ho cominciato ad allenarmi e non mi preoccupo più. Ormai è solo un'ammaccatura come tante altre. L'unica cosa che davvero non sopporto, è quando un orecchio mi si riempie di liquidi e devo chiedere a Martese o a Jared di bucarmelo con un ago sterilizzato. Anche se Santana sostiene che alle ragazze non dispiacciano, sono ancora troppo giovane per avere le orecchie a cavolfiore.

Jared torna all'interno, spegne le luci e ci invita a uscire. Dopo aver chiuso a chiave il portone, fa salire Santana in macchina e partono a tutta velocità, scomparendo in fondo al Ventura Boulevard.

Anch'io sto per entrare in auto, quando mi accorgo che Todd si guarda intorno confuso. Era stato Jack a portarlo in palestra e adesso non ha nessuno che possa accompagnarlo a casa.

"Vuoi un passaggio?"

Mi fissa per qualche secondo. La mia gentilezza lo insospettisce.

Eppure, tutto l'odio che provavo per lui sembra sparito. Adesso lo vedo per quello che è, un ragazzo non troppo intelligente, che si comporta da bullo per attirare l'attenzione su di sé e per illudersi di essere rispettato dagli altri.

Apro il bagagliaio della Sfigatomobile. "Metti qui il borsone, così puoi stare comodo."

Todd si avvicina lentamente. "Grazie."

Entro in macchina con lui e faccio manovra.

"Dove abiti?" Gli domando, immettendomi sul Ventura Boulevard.

"Certo, certo, che scemo," dice lui, come se volesse scusarsi di non avermelo detto prima. "Devi girare a sinistra in fondo alla strada. Conta sei isolati e poi prendi a destra."

Non sono mai stato a casa di Todd prima d'ora. Anzi, a dirla tutta non sono mai stato a casa di nessuno dei miei compagni di scuola, qui alla Meadow Grove. Non mi invitano mai per studiare o fare i compiti, né tantomeno alle feste. Qualcuno pensa che io sia un solitario, qualcuno mi disprezza e basta.

La mia vita sociale gira tutta intorno alla Resilient. Vado a scuola perché devo andarci, in un certo senso è il mio lavoro, ma non mi importa se lì non riesco a farmi degli amici. Il mio ambiente è la palestra, il posto in cui vado per mia libera scelta e l'unico in cui mi sento a mio agio.

"Riesci a guidare tranquillamente?" Mi domanda Todd. "Dopo l'incidente, intendo…"

Mi stringo nelle spalle. "Sì, abbastanza. Mia madre invece ha sempre i nervi a fior di pelle. Se potesse, smetterebbe del tutto di guidare."

"Mi sembra giusto," ribatte lui, lo sguardo fisso su un punto fuori dal finestrino.

"Metti del ghiaccio sulla faccia prima di andare a dormire, così non si gonfierà troppo."

"Va bene, grazie."

Ci fermiamo al semaforo.

"So che è anche colpa mia, ma non è stata una mia idea," dice Todd, di punto in bianco. "Quando ti abbiamo rubato la gamba."

Dal modo in cui lo dice, sembra che ci tenga parecchio a questa cosa. Eppure, se avesse vinto la sfida, non credo che me lo avrebbe detto.

"È partito tutto da Jack. Non mi ha costretto, non sto dicendo questo. Ma dirgli di no è difficile, sai?"

Lo so bene. Jack è il capitano della squadra di nuoto, e se il capitano è un idiota anche i suoi seguaci diventano idioti. Non solo nelle squadre sportive, ma un po' in ogni campo. I seguaci si accodano al capobranco, o perché hanno paura o perché vogliono compiacerlo, oppure perché hanno paura di essere presi di mira. Il meccanismo è semplice: se il branco è occupato a ridere di qualcun altro, non può ridere di te.

Il problema è che, a un certo punto, devi guardarti allo specchio. E allora vedrai riflessa l'immagine di un codardo e dell'idiota che sei diventato.

Non voglio dire che io sono migliore. Se fossi stato parte del gruppo, forse avrei fatto lo stesso, ma non ho mai avuto scelta. E questa è stata la mia fortuna.

Improvvisamente, la luminosità nell'abitacolo cambia. Una luce brillante ci investe. Restiamo un istate col fiato sospeso. Un'automobile inchioda alle nostre spalle, il clacson che suona all'impazzata. Subito dopo, il conducente riparte rombando e ci sfreccia accanto mostrandoci il dito medio. Faccio appello al mio Martese interiore e mi sforzo di non inseguirlo. Era solo un tizio che andava troppo di fretta. Magari sta portando un ragazzino ammalato al pronto soccorso o qualcosa del genere.

Todd mi sta fissando come se si aspettasse una risposta.

"Senti, non fa niente. Qualsiasi cosa sia successa, siamo pari."

"Dici sul serio?" Domanda Todd, incredulo.

"Certo," rispondo, facendo spallucce.

Ripenso alle parole di Santana durante uno dei nostri ultimi allenamenti. "Se non riesci ad essere magnanimo con l'avversario che hai sconfitto, allora hai davvero qualche rotella fuori posto."

Davanti alla casa di Todd, tutti i parcheggi sono occupati da automobili di lusso. Arrivo fino in fondo alla strada, ma non riesco a trovare un posto in cui fermarmi.

"I miei genitori stanno facendo l'ennesima festa," mi dice.

A giudicare da come lo ha detto, ho l'impressione che ne facciano parecchie. Non ricordo l'ultima volta che i miei genitori hanno invitato qualcuno a casa loro. Beh, hanno dato una festa quando sono uscito dall'ospedale, ma è stata una cosa imbarazzante perché nessuno sapeva cosa dire e gli ospiti se ne sono andati appena hanno potuto.

"Infilati nel vialetto," mi dice Todd.

Faccio inversione, imbocco il vialetto e parcheggio dietro a una BMW nera e nuova di zecca, con una targa personalizzata che dice ADVOCAT. Il padre di Todd è un avvocato specializzato in lesioni personali, e questo spiega perché abbia una casa così grande e perché possa permettersi tutte queste feste.

"Ehi, devo chiederti un favore. Posso lasciare il borsone in macchina? Me lo riprendo lunedì, dopo la scuola."

"Certo."

Mentre usciamo dall'auto, il portone si apre. Ne esce un signore elegante, con gli stessi riccioli scuri di Todd, un bicchiere di whisky in una mano e un sigaro acceso nell'altra.

"Bentornato, figliolo. Come è andata la festa?" Dice il padre di Todd, venendo verso di noi.

Quando mi vede si ferma. "Ehi, ciao. Ti chiami Dylan, giusto?"

Sono stupito. Non pensavo che mi avrebbe riconosciuto. Poi mi ricordo che è colpa mia se suo figlio è stato sospeso, e allora la cosa non mi sembra tanto strana.

Sta per dirmi qualcosa, ma quando vede la faccia di Todd rimane a bocca aperta. "Santo cielo, cosa ti è successo?"

Ruota sui tacchi e corre verso il portone. "Greta! Greta! Vieni subito qui."

Todd alza una mano per cercare di fermarlo. "Papà, non attirare l'attenzione!"

Il padre di Todd appoggia il bicchiere di whisky sulle pietre del vialetto e lascia il sigaro in bilico su un vaso di ceramica.

"Cosa ti hanno fatto?"

"Tranquillo, non è niente di cui preoccuparsi," dice Todd.

Il cuore mi batte all'impazzata e il mio sguardo rimbalza dalla faccia gonfia di Todd alla targa con la scritta ADVOCAT, per poi fermarsi sull'espressione furiosa del padre. Se Todd gli racconta quello che è successo, finiremo tutti nei guai. Non solo io, ma anche Santana, Jared e Martese. Una denuncia da parte di un pezzo grosso come lui potrebbe significare la fine della Resilient.

La mamma di Todd comincia a gridare appena lo vede da lontano.

Io guardo verso di lui col fiato sospeso. Quello che dirà adesso è decisivo. Come farà a spiegare tutti quei tagli in faccia? Jared lo ha ripulito per bene, ma non poteva fare miracoli. È palese che qualcuno lo abbia picchiato, perfino un idiota se ne accorgerebbe.

"La festa è andata bene, ma c'era poca roba da mangiare. Jack e gli altri stavano morendo di fame e se ne sono tornati a casa immediatamente, ma io e Dylan siamo rimasti fino alla fine. Prima di tornare a casa, ci siamo fermati al chiosco dei tacos per fare uno spuntino e lì... beh, dei tizi ci hanno aggrediti."

Nel frattempo altri adulti stanno uscendo sul vialetto, disponendosi a semicerchio intorno a noi.

"Per rapinarvi?" Domanda il padre di Todd.

"Macché. Non ci hanno preso nulla. Sono scattati senza motivo, forse erano ubriachi, o magari fatti. Non lo so..."

La mamma di Todd mi guarda dritto in faccia. In un primo momento ho l'impressione che sia incredula, che non se la sia bevuta, ma poi realizzo che sta fissando il mio occhio nero.

"Hanno picchiato anche te?" Mi domanda.

"Sì, ma gli ho tenuto testa. Da qualche mese pratico jiu-jitsu, sono piuttosto bravo a difendermi. Abbiamo reagito e alla prima occasione ci siamo infilati in macchina e siamo fuggiti."

La mamma di Todd gli prende la testa tra le mani e lo esamina da vicino. È ancora incredula, non riesce a chiudere la bocca.

"Avevano dei tatuaggi? Forse erano dei gangster... Insomma, che razza di persona picchierebbe un ragazzino con una..."

Stava per dire "con una gamba sola", ma poi si è ricordata che suo figlio mi ha picchiato, per cui tira il freno a mano e lascia la frase in sospeso.

"Chiamo subito la polizia," dice il padre di Todd, risoluto.

"No!" Grida Todd, in preda al panico. "Siamo sani e salvi, papà. Non è successo niente. Se li denunciamo potrebbero venire a cercarci, e allora sì che le cose si metterebbero male."

"Dobbiamo comunque fare una segnalazione. Te la senti di parlare coi poliziotti?"

"Sì, ma lo farò domattina. I genitori di Dylan lo stanno aspettando e io sono stanco morto."

"Domattina non ti ricorderai niente. E poi, se non li chiamiamo subito, non ci prenderanno sul serio."

"Raccontaci meglio," propone sua madre. "Poi ci parleremo noi."

"Non lo so, dico sul serio," piagnucola Todd. "Ci siamo fermati al chiosco. Stavamo ordinando dei tacos, poi un tizio mi bussa sulla spalla e mi tira un pugno."

"Quale chiosco?" Domanda il padre.

"Non mi ricordo. Aveva un nome spagnolo, tipo…" Todd mi guarda, disperato.

"Sì, qualcosa tipo El Taco Loco," dico. "Non ricordo il nome preciso."

"Vi ricordate la via?" Domanda sua madre.

"È dalle parti del Ventura Boulevard. In zona Lankershim, forse? Non sono sicuro, mi sento ancora confuso per via dei colpi in testa," le dico, appoggiando le nocche sulla tempia, accanto all'occhio giallastro. "Quel tizio aveva un ottimo destro." Questa parte non è una bugia. Il destro di Todd è micidiale.

"Va bene, basta così. Lo troveremo. Quanti chioschi dei tacos ci saranno, da qui al Ventura Boulevard?" Dice suo padre. "Siete sicuri che non abbiano preso niente? Avete ancora telefono e portafogli?"

Annuisco. "Erano ubriachi e andavano in cerca di guai. Volevano solo fare a pugni, immagino."

Un tizio coi pantaloni di lino e una polo extra large, la pancia che sporge sopra alla cintura, si è avvicinato al padre di Todd e gli ha appoggiato una mano sulla spalla. Ha le guance arrossate dall'alcool.

"Com'erano questi tizi?"

Lo guardo dritto in faccia con aria di sfida. So già dove vuole arrivare, ma aspetto che finisca.

"Insomma," biascica, "erano neri? Messicani? Italiani?"

Eccoci qua, è l'ennesimo razzista che ha già pronto un gruppo etnico su cui scaricare la colpa. "No, erano bianchi. Americani bianchi," gli dico.

Il tizio sembra un tantino confuso, per non dire terribilmente deluso, dalla mia risposta.

"E comunque poteva andarci peggio," aggiunge Todd. "Insomma, se Dylan non mi avesse difeso, non so proprio cosa sarebbe successo."

"Sì, beh, ecco… io devo proprio andare, i miei genitori si staranno preoccupando."

"Te la senti di guidare?" Mi domanda la mamma di Todd.

"Sì," rispondo. "Sto bene. Davvero."

Penso che per il momento la storia regga, ma uno dei segni rivelatori di una bugia è l'aggiunta di troppi dettagli, ed è proprio questo che stiamo facendo io e Todd. Meglio tagliare la corda finché li abbiamo dalla nostra parte, sperando che Todd non cambi idea e non decida di vuotare il sacco dopo che me ne sarò andato. Posso fidarmi di lui? Per come la vedo, ha più di un motivo per mantenere il segreto.

Suo padre mi stringe la mano.

"Dylan, grazie per aver riportato mio figlio a casa sano e salvo. Sono davvero felice che siate tornati amici dopo quello che, sì, insomma, dopo quell'incidente."

"Nessun problema, signore."

Mentre entro in macchina, il padre di Todd si rivolge a lui, e riesco a sentire uno stralcio della conversazione prima di chiudere lo sportello: "Devi prendere qualche lezione di autodifesa, figliolo. C'è una buona palestra sul Ventura Boulevard, domani andrò ad informarmi. Farti difendere da uno storpio, puah! Imbarazzante! Che razza di rammollito che sei diventato!"

Capitolo Trentasette

Parcheggio lungo la strada e apro il portone cercando di non fare rumore. La casa è immersa nel silenzio. Appoggio il borsone nell'ingresso e raggiungo il soggiorno in punta di piedi.

"Alla buon'ora!"

La mamma spunta fuori dalla porta della cucina. Mi accorgo che anche mio padre è nel soggiorno, sdraiato sul divano, e sta guardando qualcosa sul suo iPad.

"Dove sei stato?" Domanda la mamma. "È quasi l'una."

"Tua madre cominciava a temere che fossi andato a una festa."

"Ve l'ho detto, aiutavo Santana ad allenarsi. Anche se non credo che accetterò mai più di tenerle i *pad*," dico, indicando il mio occhio nero. Lo avrebbero notato comunque, meglio inventarsi subito qualcosa, prima che comincino a fare domande in stile inquisizione.

Mio padre ha visto Santana soltanto una volta o due, ma è letteralmente *innamorato* di lei. Ogni volta che parlo di lei, non perde occasione per dirmi quanto sia figo che una ragazza con un braccio solo – tecnicamente un braccio e mezzo, ma non ha importanza – sia così determinata a combattere nella UFC.

Mia madre, che ormai si è abituata agli occhi neri e ai lividi degli allenamenti, sembra non dare troppa importanza alle mie ammaccature.

"Vado a prenderti il ghiaccio," mi dice, avviandosi verso la cucina. "Dovremmo avere anche una pomata all'arnica, da qualche parte."

―――――――――

Mi faccio un'altra doccia, metto il ghiaccio sull'occhio e tampono il livido con la pomata all'arnica che in teoria dovrebbe aiutarlo a guarire prima. Poi mi infilo nel letto e rimango lì, a fissare il soffitto.

I dolori del combattimento cominciano a farsi sentire. La stanchezza ha preso possesso del mio corpo e ho una specie di ronzio nella testa.

Qualcuno bussa alla porta.

"Chi è?"

"Posso entrare?"

"Vieni."

Mio padre entra e si siede sul bordo del letto.

"Non l'ho ancora detto a tua madre e non ho intenzione di dirglielo, ma ho parlato con il padre di Todd. Mi ha telefonato poco prima che tornassi a casa. Vuoi dirmi cosa è successo?"

Faccio un respiro profondo e gli racconto tutta la verità, a partire da quando Todd e i suoi amici mi hanno nascosto la protesi. Gli racconto della sfida, del match, della mia vittoria, di Jack che ha abbandonato il suo amico in palestra e della scusa abbastanza plausibile che abbiamo raccontato ai genitori di Todd.

Mio padre mi lascia finire senza interrompermi, poi mi domanda: "Se la sono bevuta?"

"Sì, sembravano abbastanza convinti."

"Meglio così. Gli avvocati portano solo problemi."

Sollevato, si alza dal letto e si avvia verso la porta.

"Gli hai fatto passare la voglia di prenderti in giro, eh?" Mi dice poi con un sorriso, voltandosi prima di uscire.

Adesso che è tutto finito, non sono per niente orgoglioso di quello che ho fatto. Sia chiaro, non mi pento di aver lanciato la sfida e sono felice di aver vinto usando una presa di jiu-jitsu, ma sono arrabbiato con me stesso per aver perso il controllo e per avergli lasciato tutti quei tagli in faccia.

"Spero di sì."

Mio padre mi fa l'occhiolino. "Beh, se l'è proprio cercata."

Capitolo Trentotto

Mi sveglio che è quasi mezzogiorno, ma continuo a fissare il soffitto per un bel pezzo. Sento un formicolio nel punto in cui avrebbe dovuto trovarsi la mia gamba mancante. Se chiudo gli occhi e mi concentro, in queste occasioni, riesco ancora a sentire le dita del piede che si piegano. Ho i muscoli in fiamme e l'occhio colpito da Todd mi fa un male cane. Mi sembra di essere tornato indietro nel tempo alla mia prima settimana di jiu-jitsu, quando non riuscivo nemmeno ad alzarmi dal letto.

Quando finalmente ritrovo un briciolo di forza, saltello fino al bagno per controllare i danni. L'occhio sta diventando bluastro e ho qualche livido sparso qua e là, ma tutto sommato sto bene. Anche se mi fa male tutto.

Faccio l'ennesima doccia, mi lavo i denti e mi infilo dei vestiti puliti. Ho un sacco di compiti da fare per domani, ma prima di tutto ho bisogno di fare colazione. Combattere mette una fame incredibile.

La mamma è in cucina. Quando entro nella stanza, raccoglie dal tavolo il mio telefono e me lo mostra. Devo averlo lasciato lì ieri sera.

"Ti vogliono tutti," mi dice, prima di consegnarmelo.

Mi chiedo cosa signifighi, ma poi accendo lo schermo e capisco: ho dozzine di messaggi e notifiche da leggere, oltre a quattro chiamate perse da parte di Santana.

Non so cosa sia successo, ma di sicuro c'è qualcosa di strano. Ho centinaia di nuovi follower e richieste di amicizia.

"Che ci vuoi fare," le dico, cercando di sminuire la cosa e incamminandomi verso il soggiorno.

"Ti vanno i pancakes?"

"Certo che mi vanno!" Rispondo, mentre apro un post su Instagram in cui mi hanno taggato.

È un video, girato dal bordo della gabbia poco prima della fine dell'incontro. Io e Todd siamo a malapena riconoscibili, ma a margine dell'inquadratura si vede chiaramente la mia protesi.

Todd si arrende, Jared mi trascina via e il video si interrompe.

Vado subito a guardare i commenti. Sono più di cento, mentre i like superano il migliaio. Comincio a leggere qualcosa.

O – MIO – DIO. È stato pazzesco.

TUTTO CON UNA GAMBA SOLA. QUEL RAGAZZINO È LEGGENDA

LOL, Todd è una mammoletta.

Avete visto la gamba staccata dal resto del corpo? HAHAHHAAH!

Il telefono segnala un'altra chiamata in arrivo. È di nuovo Santana. Schiaccio il tasto verde e rispondo.

"L'hai visto?" Domanda Santana.

"Sì. Mi sono appena svegliato."

"Devi farglielo cancellare. Se lo vede Martese, darà di matto."

"Vediamo, l'account è di un certo *RealJAY*. Pensi che si tratti di…?"

"Certo che sì. Lui e nessun altro."

Dall'angolazione del video e dalla presenza di Santana sul lato opposto della gabbia, è facile risalire al colpevole.

"Hai ragione, il filmato è girato dall'angolo di Todd. Deve essere stato Jack."

Santana rimane per qualche secondo in silenzio. "Ma perché l'ha fatto? Perché pubblicare il filmato di un suo amico che viene fatto a pezzi?"

"Perché è uno stronzo. Ecco perché."

"Hai il suo numero di telefono?" Mi domanda Santana.

"No. Ma posso procurarmelo."

"Ottimo. Mandalo a me. Ci penso io," dice, chiudendo la telefonata.

Non credo che esista una sola persona sulla faccia della terra capace di dire no a Santana, quando lei fa sul serio.

"Era Santana?" Domanda mia madre dalla cucina. "Ha chiamato per scusarsi del pugno in faccia?"

Il telefono vibra di nuovo. Una notifica. Ho ricevuto una richiesta di amicizia di Jenny Moran, la ragazza più bella della scuola, il sogno di qualsiasi ragazzo che abbia mai messo piede alla Meadow Grove.

Capitolo Trentanove

Se avessi saputo che, per avere tutta questa popolarità, bastava togliermi la gamba finta e prendere a pugni qualcuno in una gabbia di ferro, lo avrei fatto mesi fa. Non sono ancora arrivato a scuola, ma un paio di studenti mi hanno già riconosciuto e sono venuti a battermi il pugno lungo la strada. Vengo salutato amichevolmente da persone che non mi avevano mai rivolto la parola. Molte di loro non sapevano nemmeno che esistessi, prima del match.

"Gliele hai fatte vedere, fratello!"

"Possiamo assistere al tuo prossimo combattimento?"

"Amico, per un attimo ho pensato che lo stessi uccidendo."

"Se uno volesse… Insomma… Le iscrizioni alla tua palestra sono aperte a tutti?"

Due ragazzi del primo anno mi chiedono di scattare un selfie con loro. Con una mano, faccio il tipico segno del BJJ: dita chiuse a pugno, pollice e mignolo aperti. Non ho idea di cosa signifìchi, forse ha origini brasiliane, ma ho visto dozzine di fotografie in cui i lottatori facevano quel gesto.

Quando arrivo nell'aula magna della Meadow, sono gonfio d'orgoglio. Alcuni mi battono il cinque nei corridoi e mi accompagnano fino al mio posto, dove mi accorgo che Jenny Moran mi guarda con interesse.

Sorride leggermente quando le passo davanti. "Il prossimo fine settimana darò una festa a casa mia. Hai ricevuto il mio invito?" Mi domanda, passando la mano tra i capelli.

"Certo, non mancherò," le rispondo, anche se fino a un attimo prima non avevo mai sentito parlare di questa festa.

"Perfetto. Toglimi una curiosità, Dylan. Sei fidanzato?"

"In questo momento no. Ma le cose cambiano in fretta, Jenny…"

"Lo credo bene," fa lei, sparandomi un sorriso radioso e voltandosi di nuovo verso la cattedra da cui un professore ha appena iniziato a chiamare il primo nome dell'appello.

Affronto il resto della mattina con il terrore che qualcosa vada storto. E se il preside avesse scoperto quello che ho fatto con Todd? Se mi espellesse per sempre dalla scuola? E se Todd mi dicesse che il padre ha scoperto la verità e che ha deciso di denunciare me, la mia famiglia e la palestra?

Ma forse sto esagerando, e infatti la mattinata trascorre senza intoppi. Tutti mi trattano come se fossi una maledetta rock star, i ragazzi mi fanno domande sul match e le ragazze – anche quelle che mi hanno sempre ignorato – mi sorridono e flirtano con me.

Sono sicuro che molte di loro non abbiano nemmeno visto il video. Santana ha convinto Jack a rimuoverlo quasi immediatamente, ma adesso è diventato una specie di leggenda tra i miei compagni di scuola.

In fin dei conti, il match non è stato niente di che. Io non sono un lottatore di MMA e non avevo mai combattuto nella gabbia prima d'ora, ma Todd non aveva la più pallida idea di cosa stesse facendo ed è andata come è andata. Se mi fossi trovato ad affrontare un avversario più esperto nel combattimento in piedi, avrei perso miseramente.

Non so cosa pensano di aver visto i miei compagni di scuola, ma dal modo in cui ne parlano sono sicuro che non si tratti del vero match contro Todd.

"Avete visto quando è saltato addosso a quel poveretto dalla cima della gabbia? È stato pazzesco! Sei pazzesco, amico!" Biascica un tizio che puzza di marijuana, mentre mi metto in fila per la mensa.

Deve aver visto troppi incontri di wrestling, dove i lottatori saltano come ranocchie dai pali del ring su degli avversari che se ne stanno immobili, spalmati a terra. Nelle MMA, c'è una sola occasione in cui uno dei fighters è sdraiato a terra e l'altro si arrampica in cima alla gabbia: quando l'incontro è finito. Scalare la gabbia è un modo per celebrare la vittoria, non una strategia di combattimento.

"Non credo che sia mai successo," dico al ragazzo fumato. "Ma ti ringrazio lo stesso."

"Per la miseria, non riuscivo a credere ai miei occhi," ribatte lui, ignorando quello che ho appena detto. E poi aggiunge: "Quelli della squadra di nuoto fanno tanto i gradassi, ma sono solo dei palloni gonfiati!" Evidentemente non sa che anch'io faccio parte della squadra di nuoto.

Ed ecco che spunta fuori un altro membro della mia squadra: Jack, seduto su uno dei tavoli da pic-nic del cortile, mi intercetta appena esco con il vassoio del pranzo, agitando una mano per attirare la mia attenzione.

"Ciao Dylan," mi saluta. "Puoi dire alla tua amica che ho rimosso il video da Instagram?"

"Certo, Jack."

"Tra noi due è tutto a posto?" Mi domanda.

Questo sì che è strano. Ha paura di me, o forse di Santana. Comunque sia, qualcosa deve averlo spaventato se adesso si preoccupa di ottenere il mio perdono.

"Sì. Tutto a posto."

Non so che altro dirgli. Ha tradito la nostra fiducia caricando quel video e ha perfino tradito il suo amico, abbandonandolo dopo la sconfitta. Oltretutto, se Todd ha detto la verità, è stato lui a partorire l'idea di nascondere la mia protesi. Tra noi due è tutto a posto? Non direi proprio, ma non ho energia a sufficienza per affrontare la questione. Nonostante la vittoria con Todd e la mia nuova popolarità, continuo a volere soltanto una cosa: essere lasciato in pace.

Aspettate, forse ho detto un'idiozia. Prima pensavo che non mi piacesse trovarmi al centro dell'attenzione, ma forse sto cominciando a cambiare idea. Diciamo così: mi piacciono le attenzioni, ma solo quelle positive, quelle che non riguardano la mia gamba mancante, ma le cose buone che ho fatto.

Capitolo Quaranta

Il mio solito tavolo è già occupato, perciò mi guardo intorno in cerca di un altro posto dove sedermi. Quando guardo di nuovo verso il mio tavolo, uno degli occupanti abusivi mi fa ciao con la mano. E allora capisco: non mi hanno rubato il posto, sono seduti lì perché mi stavano aspettando.

"Ragazzi, fategli spazio," dice qualcuno, mentre cammino verso il tavolo.

Gli occupanti si stringono e mi fanno sedere al centro della panca. È come se fossi l'ospite d'onore a una grande festa che hanno organizzato per me. Alcuni mi offrono il loro cibo, altri mi tempestano di domande. Vogliono informazioni sulla Resilient, sul BJJ e sulle MMA. Che differenza c'è tra le due discipline?

E poi un tizio dell'ultimo anno, il capitano della squadra di lacrosse, mi chiede di Santana. Vuole sapere se è single.

"No, ha una fidanzata," gli dico. Lui non dice nulla, ma è visibilmente abbattuto. Tutte le ragazze della scuola hanno una cotta per lui, e non è abituato a questo genere di sconfitte.

Le domande sono così numerose che alla fine della pausa pranzo mi accorgo di non aver quasi toccato cibo. Ma ne è valsa la pena. Potrei parlare di jiu-jitsu per ore.

Mentre la campanella dell'inizio delle lezioni comincia a suonare, vedo Anna che sta attraversando il cortile con il vassoio vuoto.

"Mi dispiace per il tavolo. Prometto che domani arriverò prima e ti terrò un posto."

"Puoi risparmiarti la fatica."

Ok, abbiamo un problema. Mi aveva detto di essere contraria al match, ma non pensavo che la prendesse così male.

"Nessuna fatica, davvero. Mi piace pranzare con te."

Non dice nulla, continua a camminare verso la mensa in silenzio.

"Hai saputo? Ho vinto la sfida."

A queste parole si ferma e mi guarda dritto in faccia.

"Ma davvero? Non l'avrei mai detto."

Il sarcasmo è palese.

"Che cosa dovevo fare? Continuare a farmi prendere in giro da quegli idioti?"

"Ho visto il filmato, Dylan. Ho visto quello che hai fatto a Todd."

A giudicare dal modo in cui arriccia il labbro superiore, sembra contrariata.

"Prenderlo a pugni in faccia mentre è a terra... Semplicemente disgustoso! Non c'è nulla di cui andare fieri."

"Ti ricordo che lui ha fatto la stessa cosa con me," ribatto, avvelenato.

"E infatti anche lui dovrebbe vergognarsi."

"Pensala come vuoi, ma se l'è cercata."

"I tuoi fan vogliono un selfie," mi dice, indicando un gruppo di matricole che mi seguono a pochi passi di distanza, con il cellulare già   in   mano.

Capitolo Quarantuno

"Dylan! Santana! Venite subito qui. Devo parlare con voi."

Io e Santana ci scambiamo uno sguardo colpevole mentre camminiamo verso la gabbia, dove ci aspetta Martese. Tiene le braccia incrociate e sembra parecchio incazzato. Siamo entrambi preoccupati, perché di solito Martese è la persona più calma del mondo.

È da tutta la settimana che provo questa sensazione, come se dovesse succedere qualcosa di terribile da un momento all'altro. Con il passare dei giorni, gli studenti hanno smesso di idolatrare la mia impresa e non vengono più a battermi il pugno tutte le mattine. Anche le notifiche sui social stanno diminuendo. Insomma, le cose sono tornate più o meno al punto di partenza, a eccezione dei bulli, che si sono volatilizzati.

Todd è tornato a scuola soltanto mercoledì. La sua faccia era ancora un disastro. Come potete immaginare, ha ricevuto un'accoglienza diametralmente opposta alla mia. Gli studenti lo trattavano come se avesse la rogna, e nessuno osava avvicinarsi.

Nessuno tranne me e Anna. Ho provato a parlarci varie volte, gli ho anche offerto il mio correttore per nascondere i lividi, ma lui non ha voluto saperne, continuava a ripetermi di lasciarlo in pace. Quanto ad Anna, l'ho vista parlare con lui una volta durante la pausa pranzo, e non mi ha nemmeno salutato, si è limitata a lanciarmi un'occhiataccia quando le sono passato accanto.

C'è una famosa citazione che dice: la vittoria ha molti padri, la sconfitta è orfana. Todd è stato abbandonato da tutti, mentre la mia impresa mi ha fatto guadagnare un po' di rispetto. Non solo perché ho vinto, ma perché partivo svantaggiato. Nessuno avrebbe mai scommesso sulla vittoria di un tizio con una gamba sola, e invece eccomi qua. Ho stupito tutti, Todd incluso.

Come ogni cosa bella, però, sapevo che la mia nuova popolarità non sarebbe durata a lungo. Prima o poi qualcosa doveva andare storto. E alla fine quel momento è arrivato.

"C'è qualcosa che volete dirmi?" Ci domanda Martese.

Appena lo dice, sento l'irrefrenabile impulso di confessare tutto. Se fosse stato un insegnante o uno dei miei genitori, probabilmente avrei continuato a nascondergli tutto, ma con il coach Martese è diverso. In un certo senso, sono in debito con lui. Mi ha rintracciato, ha parlato con i miei genitori, mi ha allenato e mi ha reso parte della grande famiglia della Resilient.

Mi ha aiutato senza considerarmi diverso. Mi ha corretto, lasciandomi libero di sbagliare dozzine di volte, facendomi crescere senza forzare i miei tempi. Ha trasformato il mio arto mancante in un potere speciale. Alla Resilient non sono il ragazzo senza una gamba, sono soltanto Dylan.

Insomma, Martese mi ha salvato. Gli devo tutto.

Apro la bocca per dichiararmi colpevole, ma Santana mi batte sul tempo.

"È stata una mia idea," dice.

"Pensavate davvero di farla franca?" Domanda Martese. "Mi credete così stupido?"

"Mi dispiace," gli dico.

Martese mi guarda storto. "E non hai ancora visto niente."

"Dispiace anche a me, Coach," dice Santana. "Ho fatto tutto di nascosto perché non volevo che lei fosse coinvolto. Se non ne sapeva niente, non potevano incriminarla nel caso in cui…"

Martese la gela con lo sguardo. "Non è così che funziona, Santana! Questa è la mia palestra, sono responsabile di tutto quello che succede sotto questo tetto. A meno che non si tratti di qualcuno che entra illegalmente, ma questo non è il tuo caso. Purtroppo per me, sono stato io a darti la chiave. E te l'ho data perché mi fidavo di te."

"Quindi c'è di mezzo una causa legale?" Sbotto io. "Scommetto che è stato il padre di Todd. Ho ragione?"

"Cosa?" Dice Martese. "Di che stai parlando?"

"Il vecchio di Todd è un avvocato," dice Santana. "Specializzato in lesioni personali."

Dall'espressione di Martese, capisco che questa è una novità. "No, grazie al cielo nessuno ci ha denunciati, almeno per il momento. Ma ho ricevuto un messaggio dall'allenatore di un'altra palestra che ha visto il filmato su internet. Voleva sapere se abbiamo ricominciato a organizzare incontri di Vale Tudo, come si faceva una volta in Brasile. Vi rendete conto?"

I match di Vale Tudo sono gli antenati delle arti marziali miste. Fondamentalmente, si trattava di una sfida aperta che veniva lanciata da una palestra a tutti i lottatori della zona, che potevano partecipare utilizzando qualsiasi stile di combattimento.

Questa pratica risale ai tempi delle grandi lotte tra le arti marziali per decidere quale fosse la migliore. Le palestre di BJJ erano sempre in prima fila. Erano un po' come gangster, e qualche volta entravano in guerra perfino tra di loro.

"È il tizio che mi ha picchiato," dico a Martese, ben consapevole del fatto che questa non sia una giustificazione.

"E volevi vendicarti?"

"No, volevo solo che mi lasciasse in pace."

"Ha continuato a fare il bullo con te?"

"Sì, Coach. Mi perseguitava."

"Ehi, questo non rende minimamente l'idea! Coach, questo idiota ha rubato la gamba di Dylan alle gare di nuoto, l'ha nascosta mentre lui si faceva la doccia e ha buttato tutti i suoi vestiti in piscina. È uno stronzo patentato, si meritava anche di peggio," protesta Santana.

Martese mi guarda come per chiedere conferma. "È vero? Ti ha fatto queste cose?"

"Ha cercato in tutti i modi di umiliarmi."

Martese è sovrappensiero. Sembra che stia valutando le nuove informazioni.

"Nessuno lo ha costretto a combattere," dice Santana. "Dylan gli aveva perfino offerto un'alternativa: chiedere scusa davanti a tutti."

Comincio a pensare che, se non dovesse riuscire a entrare nella UFC, Santana potrebbe fare carriera come avvocato.

"Gli hai dato la possibilità di scusarsi?" Mi domanda Martese.

"Sì," gli rispondo, confermando la versione di Santana.

C'è una lunga pausa di silenzio. Poi Martese mi guarda negli occhi e mi dice: "Sai, mi sono trovato in una situazione simile, quando andavo a scuola. Un ragazzo più grosso e più forte di me ha scoperto che facevo jiu-jitsu e ha cominciato a darmi il tormento. Ogni giorno mi provocava e voleva sfidarmi. Mi prendeva in giro, mi spingeva nei corridoi, rubava i miei libri di scuola. Un giorno ne ho avuto abbastanza e gli ho dato appuntamento dopo la scuola per fare a botte."

Non riesco a immaginare qualcuno che si prenda gioco di Martese, ma probabilmente ai tempi non incuteva tutto questo terrore negli altri.

"E come è finita? Scommetto che hai vinto," dice Santana, col tono sfrontato di chi sta giocando col fuoco.

"Era due anni più grande di me e pesava quasi il doppio, ma l'ho fatto a pezzi. E non è stata una cosa rapida. Ho fatto proprio come Dylan, me la sono presa comoda. Volevo essere sicuro che imparasse la lezione."

Martese non si sta vantando. Anzi, tutto il contrario. Racconta la sua storia con la massima umiltà. Sembra quasi dispiaciuto per l'altro ragazzo.

"Soltanto più tardi ho scoperto il motivo per cui se la prendeva con tutti. Suo padre era morto e il suo patrigno lo picchiava. Faceva del male alla gente per liberarsi del dolore, capite? Mi è dispiaciuto molto per lui. Se lo avessi saputo prima, forse mi sarei comportato diversamente. L'ho incontrato molti anni dopo: era un uomo distrutto, aveva sviluppato una dipendenza dalla cocaina ed era completamente al verde. Chiedeva l'elemosina, casa per casa. Quando ha bussato alla mia porta, non mi ha nemmeno riconosciuto."

"E lei cosa ha fatto?" Gli domando.

"Gli ho dato tutto il denaro che potevo permettermi di offrirgli."

"Sul serio? Non l'ha…"

"Dylan, so perché hai fatto quello che hai fatto. Lui ha scelto liberamente di affrontarti e sono sicuro che Santana e Jared sarebbero intervenuti, se tu avessi perso il controllo. Ma in fin dei conti non è stato un vero match. Dimmi la verità: sapevi che avresti vinto, non è vero?"

"Io… sì, credo di sì."

"Ma certo che lo sapevi. Non c'era nessuna possibilità di sconfitta. Ti alleni da quasi sei mesi, e questo tizio è poco più grosso di te. Non c'era storia."

Martese sta cercando di darmi una lezione, ma non ho ancora capito che razza di lezione sia.

"Vuoi metterti alla prova?" Domanda Martese, consegnandomi un volantino. "È il prossimo mese. Stavolta si fa sul serio."

Sposto lo sguardo sul volantino. È un torneo di BJJ organizzato da una palestra di Long Beach.

Martese si volta verso Santana e mi accorgo subito che la sua baldanza è svanita. Lei ha bisogno di questa palestra e di queste persone, molto più di quanto ne abbia io, ed è chiaro che Martese la ritenga responsabile di quanto è successo.

"Sul serio, Coach. Mi dispiace. Non avrei dovuto farlo," dice, abbassando la testa.

Martese tende una mano, con il palmo rivolto verso il soffitto, e la lascia immobile davanti a lei. Santana cerca qualcosa nelle tasche, tira fuori la chiave della palestra e la appoggia sulla mano del coach. Quelle chiavi le servivano, perché lei si allena agli orari più insoliti, e spesso non c'è nessuno che possa venire ad aprirle.

Martese stringe le chiavi tra il pollice e l'indice, le fa dondolare in aria per qualche secondo, poi le restituisce a Santana.

"Se fai un'altra stupidaggine del genere, puoi salutarle per sempre. Ci siamo capiti."

"Assolutamente. Niente più stupidaggini, promesso."

Martese si volta di nuovo verso di me. "Se per sentirti meglio devi fare del male a qualcuno, il problema sei tu. Tienilo bene in mente. Il jiu-jitsu è un dono, dobbiamo sapere come usarlo, ma soprattutto dobbiamo sapere perché."

Capitolo Quarantadue

Prima di andare alla festa di Jenny Moran, mando un messaggio a Todd e gli chiedo se vuole un passaggio. So che ci sarà parecchio alcool alla festa, ma anche se volessi non potrei bere. E non solo perché devo guidare: domani devo alzarmi presto per un laboratorio di approfondimento sui fondamentali del BJJ, e poi ho allenamento con Santana, che mi sta aiutando a prepararmi per il torneo di Long Beach.

Todd accetta la mia proposta quasi immediatamente. Gli domando se va bene alle nove. Lo so che tutto questo vi sembra strano. Insomma, la scorsa settimana l'ho riempito di gomitate in faccia e adesso gli offro un passaggio. Beh, ci ho pensato e ho deciso che è la cosa migliore da fare. Le parole di Martese hanno lasciato il segno. Non so se stesse cercando di farmi sentire in colpa, ma dopo aver parlato con lui ho capito che dovevo assolutamente cercare di rimediare in qualche modo.

Dopo il match nella gabbia, Todd è diventato un bersaglio. Viene costantemente insultato e maltrattato dagli altri studenti e perfino dai suoi vecchi amici – una situazione peggiore di quella in cui mi trovavo io. Eppure non posso fare a meno di sentirmi in colpa. Molti lo ritengono un debole perché ha perso contro un ragazzino con una gamba sola, capite? È offensivo nei confronti di entrambi!

E così ho deciso che volevo diventare suo amico. Forse in questo modo gli altri studenti si dimenticheranno di tutta questa faccenda e torneranno a farsi i fatti loro. Due amici combattono un match nella gabbia. Uno vince, uno perde. Fine della storia. Almeno il povero Todd ha avuto le palle di affrontarmi apertamente, invece di postare insulti anonimi su internet come hanno fatto gli altri codardi della squadra di nuoto.

Todd mi sta aspettando in fondo al vialetto, quando accosto al marciapiede di fronte a casa sua. Tiro un sospiro di sollievo, perché significa che non dovrò rispondere ad altre domande da parte di suo padre.

Todd entra in macchina con una bottiglia di scotch che immagino abbia rubato dalla dispensa di famiglia.

"Ciao Dylan! Grazie per il passaggio."

"Figurati, mi fa piacere."

Ci battiamo il pugno.

"Posso chiederti di nasconderla sotto al sedile?" Gli domando.

"Certo. Non vogliamo mica avere problemi con la polizia!" Risponde lui, infilando la bottiglia tra le sue gambe. "Dimmi la verità. Quanto sei eccitato?"

"Non so, sono parecchio felice di andare alla festa, ma…"

Lui ruota il busto per guardarmi meglio in faccia. "Felice? Sei soltanto felice? Amico, forse non te ne sei accorto, ma Jenny Moran muore dalla voglia di succhiarti il cazzo!"

"Non ci scommetterei, Todd."

"Io invece sì."

Mi sento in imbarazzo e preferirei parlare di qualcos'altro. Non sopporto quando qualcuno parla così di una ragazza. L'ho fatto anch'io qualche volta, ma soltanto per non fare il guastafeste in certi contesti. Questi discorsi da pervertito non mi piacciono affatto.

Prima dell'incidente, quando avevo una ragazza, non raccontavo a nessuno quello che facevamo, di qualsiasi cosa si trattasse. Mi sembrava una violazione della nostra intimità e una mancanza di rispetto nei suoi confronti. So che molti ragazzi si vantano delle proprie imprese sessuali per fare i gradassi, ma a me sembrano soltanto degli imbecilli. Un po' come quelli che parlano male delle persone in loro assenza, avete presente? Si credono dei grandi, quando in realtà sono proprio loro a fare brutta figura.

———

Quando arriviamo a casa di Jenny Moran (che, per la cronaca, è ancora più grande di quella di Todd), gli invitati sono seduti intorno alla piscina. Non c'è nessuna traccia dei genitori di Jenny, la musica è forte e tutti bevono alcolici da bicchieri di plastica rossa.

Jack è seduto a un tavolo con un paio di altri ragazzi della squadra di nuoto. Sembra già mezzo ubriaco. Alla vista di Todd, solleva il bicchiere di plastica in segno di saluto.

"Guardateli, ragazzi! Sono proprio una bella coppietta di innamorati," dice, e so già che questa serata non finirà bene.

Da sobrio Jack è insopportabile, ma da ubriaco riesce ad essere anche peggio.

"Dicci un po', Dylan, vi siete fidanzati ufficialmente?"

L'ultima cosa che voglio è lasciarmi trascinare in un'altra scazzottata, perciò lo ignoro e me ne vado, evocando con tutte le mie forze le parole del coach Martese. Forse dovrei farmi fare uno di quei braccialetti di gomma con scritto: COSA FAREBBE MARTESE?

"Ehi, amico, non te la prendere!" Mi grida dietro Jack. "Stavo solo scherzando!"

Entrando in casa dalla prima porta che incontro, mi ritrovo in cucina. Come capita sempre alle feste, o almeno quando non ci sono adulti in casa, la cucina diventa il centro della vita sociale. E infatti la stanza è stracolma di gente, soprattutto ragazzi e ragazze del secondo anno, ma ci sono anche un paio di matricole e qualche tizio più grande.

"Ben arrivato, Dylan. Birretta?" Domanda un ragazzo del mio anno, uno di quelli che prima del match mi trattavano come se fossi invisibile.

"No, grazie. Sto bene."

"No che non stai bene," mi dice, cercando di mettermi in mano un bicchiere.

"Davvero, non posso. Devo guidare. E poi mi sto allenando per un torneo a Long Beach."

Di solito a questo punto comincia il gioco della pressione sociale: anche se devi guidare, cercheranno comunque di convincerti a bere. Eppure, appena nomino il torneo di jiu-jitsu, il tizio smette di insistere. Ai maschi della mia età piace parlare di combattimenti, forse anche più che parlare di alcool, droghe e ragazze.

"Sul serio?" Mi domanda. "È un torneo di MMA?"

"No. È un torneo di jiu-jitsu."

Una mano calda e affusolata mi scivola intorno alla vita. Mi volto e mi accorgo che Jenny Moran mi sta stringendo in una specie di abbraccio.

"Alla fine ce l'hai fatta! Cominciavo a pensare che non saresti venuto," mi dice, biascicando. I suoi occhi sono coperti da una patina lucida, probabilmente ha già bevuto parecchio. Mi sembra un po' troppo disinibita, per come la conosco. "Posso prepararti un cocktail?"

"Ti ringrazio, ma domattina devo alzarmi presto per gli allenamenti. Mi sono iscritto a un torneo."

"Fai a pugni con altra gente?" Dice lei, sgranando gli occhi. "È molto sexy, lo sai?"

Se quelle stesse parole fossero state pronunciate da qualcun altro, in quello stesso identico modo, mordicchiandosi le labbra e trascinando le sillabe, vi assicuro che sarei scoppiato a ridere. Ma dette da Jenny Moran, che stasera pende letteralmente dalle mie labbra, fanno tutto un altro effetto.

"No, in realtà non faccio a pugni. Nel jiu-jitsu non sono ammessi."

Lei mi butta le braccia al collo, si avvicina al mio orecchio e sussurra: "Se vuoi fare altre cose che non sono ammesse, vieni da me tra un'oretta. D'accordo?"

"D'accordo," le rispondo, cercando di darmi un tono.

Va bene, lo ammetto, Todd aveva ragione. Ma Jenny è praticamente ubriaca, e tra un'ora sarà quasi sicuramente sporca di vomito o svenuta su un divano, o comunque troppo stordita per poter essere considerata consenziente.

Il consenso è importante, lo so bene. Una volta Santana me lo ha spiegato in termini di jiu-jitsu. "È come quando il tuo avversario batte quei fatidici colpetti per arrendersi, Dylan. Devi rispettare i colpetti. Se battono, non c'è storia. Il match è finito e tu devi fermarti, senza se e senza ma. Zero spazio di interpretazione. In qualsiasi momento arrivino quei colpetti – *qualsiasi*, capisci? – si abbandona il tappetino e ci si va a cambiare."

In questo caso, fare qualcosa con Jenny in preda ai fumi dell'alcol sarebbe come picchiare un avversario privo di sensi. Non si fa, punto e basta.

La mia più grande ambizione, al momento, è aprire quel frigorifero immenso e vedere cosa c'è da mangiare. Ho cenato troppo presto e sto morendo di fame.

"Ti dispiace se mi faccio un panino?"

"Un panino?" Biascica Jenny Moran. "C'è un barbecue là fuori, Dylan."

"Devo tenermi in forma."

Lei storce le labbra. "Sei davvero strano, te l'ha mai detto nessuno?"

Mentre parla, lancia un'occhiata alla mia gamba finta ed è come se qualcuno avesse spento un interruttore nel mio cervello: in questo momento non la toccherei nemmeno se fosse sobria e volesse montarmi come un cavallo storpio.

Il motivo per cui mi ha invitato a questa maledetta festa è la mia popolarità. Sono una moda passeggera, la novità del mese, qualcosa da possedere fino a quando non finirà di nuovo nel dimenticatoio. Ai suoi occhi sono ancora uno scherzo della natura e ci sta provando con me solo perché io sono lo storpio che tutti desiderano.

Prendo un bicchiere di plastica, lo riempio di acqua gassata in modo che gli altri invitati la smettano di offrirmi dell'alcool, poi torno verso la piscina. Se me lo dovessero chiedere, dirò che è un vodka tonic.

Faccio un giro nel cortile cercando di rintracciare Anna o qualche altra persona che mi tratti da essere umano, ma non vedo nessuno. Forse Anna non è stata invitata, ma anche se fosse dubito che sarebbe venuta a una festa come questa. Non fa proprio per lei. E non fa neanche per me, ormai è chiaro.

Il piano è di rimanere ancora una mezzoretta e poi andarmene di nascosto. Mio padre, che ha sempre odiato le feste con troppa gente, è diventato un esperto nelle uscite di scena e mi ha insegnato un paio di cose a riguardo. Ha perfino trovato un nome per la sua tecnica: la chiama "il saluto irlandese". Per realizzarla alla perfezione bisogna andarsene dalla festa senza dare nell'occhio e senza salutare nessuno, in modo che nessuno sappia di preciso quando te ne sei andato. Cosa ci sia di irlandese in tutto questo resterà per sempre un mistero.

Todd sta parlando con Jack e altri tizi della squadra di nuoto, a cui sta offrendo il suo whisky versandolo nei bicchierini di carta per il caffè.

È strano essere l'unica persona sobria a una festa dove tutti sono ubriachi, mezzi ubriachi o che almeno fingono di essere ubriachi per farsi accettare dagli altri.

"Dylan! Ehi, Dylan! Vieni un attimo qui!"

Jack mi fa segno di avvicinarmi.

"Facci vedere come hai fatto a soffocare Todd. Come si chiama la mossa?"

"Era una *rear naked*. Un grande classico."

"Ehi, Todd, fattela fare di nuovo! Vediamo se riesci a cavartela senza arrenderti, questa volta."

Dalla notte dell'incontro, Jack non fa altro che prenderlo in giro. Ogni volta che entro nello spogliatoio, lo sento che lancia insulti o battutine. È una pioggia costante. Adesso capisco perché Todd faceva quello che faceva, pur di non essere preso di mira da Jack. Quando sono entrato in squadra, ha visto l'occasione perfetta per trasformarsi da vittima in carnefice e l'ha colta al volo.

"Non penso proprio," ribatto, prendendo una sedia.

"Facci vedere," insiste Jack. "Soltanto una volta."

Scuoto la testa. Non se ne parla.

"D'accordo, ma puoi almeno confermare il fatto che si sia arreso come una femminuccia?"

Faccio un respiro profondo e sposto lo sguardo su Todd, prima di tornare a guardare Jack dritto negli occhi.

"No. Anche i più grandi atleti si arrendono, di tanto in tanto," gli spiego. "Gli unici che sarebbero capaci di dire 'si è arreso come una femminuccia' sono quelli che non hanno le palle per entrare nella gabbia."

Uno dei suoi amici non riesce a trattenere una risatina nervosa.

"Penso che Dylan ti abbia appena sfidato, fratello," dice un altro, dandogli un colpetto di gomito.

"No," ribatto io. "Non ho sfidato nessuno. Sto solo dicendo che Todd ha avuto fegato ad accettare la sfida, e si merita un po' di rispetto."

"Che roba è? Una specie di codice d'onore delle arti marziali?" Borbotta Jack.

"No, si chiama non essere stronzi. Una cosa a te del tutto sconosciuta."

Alcuni dei suoi amici scoppiano a ridere. Jack stringe i pugni e mi guarda come se volesse lanciarsi addosso a me, però non si muove. E il motivo per cui resta immobile è che ha paura di prenderle.

È più alto di me. Più pesante. Più muscoloso.

Ma il jiu-jitsu mette tutti i lottatori sullo stesso piano, anche quelli con un fisico molto diverso tra loro. Il fatto che lui non conosca nemmeno le basi potrebbe essere decisivo in un combattimento. Ognuno di noi ha le stesse possibilità di vittoria, e Jack non lo sopporta. Lui se la prende solo con chi è più debole e con chi è sicuro di vincere.

Uno dei tizi che lo circondano butta giù il suo shottino e poi, in preda a una vampata di coraggio liquido, si volta verso Jack e gli dice: "Ha ragione. Certe volte sei proprio uno stronzo."

"Parole sante," lo appoggia qualcun altro, ridendo.

Tengo lo sguardo fisso su Jack. Riesco quasi a vedere gli ingranaggi che girano nella sua testa. Sta pensando alla sua prossima mossa e deve decidere in fretta. I suoi pugni si aprono e si inclina all'indietro, sollevando la sedia sulle gambe posteriori. Sorride, fa finta di prenderla sportivamente.

"Sei un po' troppo suscettibile, ragazzo," mi dice. "Stavo solo scherzando."

Non ci crede nessuno. Ma nessuno ribatte, forse perché non vogliono rovinare la festa di Jenny istigandolo a scatenare una rissa a bordo piscina.

Jack batte il pugno sul tavolo, proprio davanti a Todd, stringendo il bicchierino di carta. "Dammene ancora un po'."

Todd obbedisce e riempie il bicchiere senza fiatare, sperando che la tensione si allenti. Qualcuno inizia a parlare della prossima gara di nuoto e del fatto che dovremo affrontare di nuovo i nostri rivali numero uno.

Riesco quasi a sentire la voce di Martese che mi sussurra il suo motto:

Il miglior lottatore è colui che non combatte.

E poi, come un diavoletto che compare sulla spalla sinistra, sento la voce di Santana:

Ammazzalo e butta il cadavere nella piscina.

Non ci penso nemmeno. Questa volta seguirò il mio Martese interiore.

Capitolo Quarantatré

Martese ha detto che non mi lasceranno indossare la protesi durante i match a Long Beach. Ha parlato con gli organizzatori del torneo, e il rischio che qualcuno si prenda una ginocchiata metallica in faccia è troppo alto.

Questo significa che ho un grosso problema da risolvere: se comincio l'incontro su una gamba sola, rischio di essere atterrato rovinosamente dalla più semplice delle spazzate. E allora come devo partire?

"Ci serve solo un pizzico di creatività," dice Martese, mentre Jared e Santana, ai suoi fianchi, mi studiano come se fossi una specie di esperimento vivente – e in un certo senso è proprio quello che sono.

"C'è un lato positivo," dice Santana. "È avvantaggiato sulla categoria."

"In che senso?" Le domanda Jared.

"Secondo la bilancia, rientra nei pesi piuma."

Non capisco cosa ci sia di positivo. Per me è un'informazione come un'altra. "E allora? Significa che combatterò contro altri pesi piuma, no?" Le dico, perché è così che funziona. Ogni lottatore deve affrontare persone della stessa categoria di peso. "In cosa dovrei essere avvantaggiato?"

"Pensaci bene," risponde Santana. "Quanto pesa una gamba?"

Non ne ho idea. Non ci avevo mai pensato prima d'ora.

Martese annuisce, fa un passo indietro e si mette a fissare la mia gamba. Santana e Jared lo imitano, con l'aria di due ricercatori universitari – gli manca soltanto un camice da laboratorio e un blocchetto su cui prendere appunti.

"Tra gli otto e i nove chili, a occhio e croce," dice Martese.

"Non è mica una gamba intera," protesta Santana. "Ha quel coso lì! Il Moncherino della Leggenda, il Giustiziere della Morte, il…"

"Messaggio ricevuto, Santana. Allora diciamo sei chili?" Propone Jared.

Continuo a non capire perché dovrebbe essere un vantaggio.

"Sei chili sono esattamente la differenza tra i pesi piuma e i pesi leggeri," dice Santana.

"E questo vuol dire che…" Faccio io, incoraggiandola a proseguire.

"Che combatterai contro dei pesi piuma, ma hai la stazza e la muscolatura di un peso leggero. Sei una categoria sotto, capisci? È un grosso vantaggio, specialmente se riesci a salire in *montada*."

Adesso ho capito. Santana ha pienamente ragione – la parte superiore del mio corpo è più grande e più muscolosa di quanto ci si possa aspettare da un peso piuma. Un vantaggio in termini di peso, però, ha senso soltanto se riesco ad assumere una posizione dominante. In caso contrario, non mi servirà a nulla.

"Facciamo finta che tu debba affrontarlo," dice Martese a Santana, che sale immediatamente sul tappetino e mi si mette davanti.

Martese ci gira intorno, pensieroso.

"Forse ho trovato!" Esclama.

Ci voltiamo verso di lui, aspettando che condivida con noi la sua rivelazione.

"Bisogna partire in genuflessione," dice, appoggiando un ginocchio a terra e tenendo l'altro piede ancorato al terreno.

Quindi si avvicina e mi aiuta a prendere la posizione, facendomi appoggiare il moncherino a terra, come se fosse un ginocchio.

"Mi pare perfetto. Il moncherino ti aiuta a mantenere l'equilibrio, ma il ginocchio destro è in flessione e può darti lo slancio per balzare in avanti. Prova ad appoggiare le mani sul tappetino. Ti aiuteranno a spingerti."

Si inginocchia di nuovo e poi fa cenno a Santana di avvicinarsi, come se volesse sfidarla.

"Quando il tuo avversario si avvicina, calcola bene i tempi e lanciati su di lui. Avrai delle ottime possibilità di atterrarlo."

Comincio a capire cosa ha in testa. Dal momento che sono già a terra, o quasi, il mio avversario non può mirare alla gamba sana per farmi cadere. L'equilibrio sul moncherino sarà un tantino precario, ma posso migliorarlo tenendo le mani a terra e abbassando le spalle verso il tappetino.

Santana si avvicina e Martese fa forza sul piede destro, tuffandosi verso di lei. La afferra per una caviglia, proprio dietro al tallone, mentre con l'altra mano raggiunge la manica del suo *gi*. Al termine del balzo, lascia che la forza di gravità li trascini entrambi verso il basso. Anche se Santana cerca di opporre resistenza, viene trascinata a terra insieme a lui. A questo punto Martese volta la testa e mi guarda da sopra alla spalla, sorridendo.

"Probabilmente finirai in *scramble*, ma sei stato tu a provocare la caduta, perciò avrai il vantaggio dell'elemento sorpresa."

Uno *scramble* è quando entrambi i lottatori combattono per conquistarsi la posizione dominante, avendo più o meno le stesse possibilità di riuscirci.

Jared annuisce. Sembra piuttosto convinto.

"Tu cosa ne pensi?" Domanda a Santana.

"È abbastanza rischiosa, ma meglio di niente. Facciamo una prova," mi dice.

Prendo la posizione che mi ha mostrato Martese, tenendo il moncherino a terra e il piede appoggiato sul tappetino, poi cerco di mettermi comodo e di migliorare il mio equilibrio appoggiando la mano sinistra poco più avanti.

"È il principio dello sgabello a tre piedi," commenta Jared, entusiasta. "Sembra una posizione stabile."

"Esattamente," dice Martese. "Qualcuno ha studiato la lezione di geometria!"

Sono esaltati, elettrici. Sembrano due scienziati pazzi del jiu-jitsu.

"Mi piace," sentenzia Santana. "Ma non ti daranno punteggio per l'atterramento, se la mano è appoggiata sul tappetino. Devi staccarla prima di lanciarti in avanti, ricordatelo."

Accidenti, ha ragione. Le regole stabiliscono che un atterramento faccia punteggio soltanto se non si parte da una posizione a terra, perciò le mani e le ginocchia non possono stare sul tappetino quando si comincia il movimento.

"Ma è praticamente obbligato a sollevarla," dice Jared. "Perché deve afferrare la caviglia, no?"

"Certo," conferma Martese.

"Dobbiamo dargli più opzioni," dice Santana. "Non può contare su un unico atterramento. E se non riuscisse a prendere la caviglia? Magari si può tentare un *double leg*."

Martese annuisce. "Facendo attenzione a non inclinare troppo la testa, perché si rischia una ghigliottina."

"D'accordo," dice Santana. "Vediamo come se la cava il ragazzo."

Martese e Jared scendono dal tappetino e mi osservano mentre provo ad atterrare Santana dalla mia nuova posizione di partenza. Le prime due volte perdo l'equilibrio mentre cerco di prenderle la caviglia e cado di lato, Santana supera la guardia senza difficoltà e mi sale sopra.

Se dovesse succedermi all'inizio di un match del torneo, sarebbe la fine. Ma la pratica serve proprio a questo: prevedere cosa può andare storto, cercare di evitarlo e prepararsi a reagire.

Naturalmente, quando fai un errore sul tappetino della palestra, non ci sono grosse conseguenze. È lo stesso per tutti: finché non impari, sei destinato a fallire. Durante le sessioni di allenamento Martese ci fa vedere dei movimenti che sembrano semplicissimi da eseguire, poi cominciamo a provare e ci accorgiamo che non sappiamo nemmeno da che parte iniziare. L'angolazione di un braccio è sbagliata, le anche sono troppo ruotate, insomma, c'è sempre qualcosa che non va e che ti impedisce di eseguire correttamente la mossa.

Perciò devi provare e riprovare, applicando le correzioni del tuo istruttore e perfezionandoti volta per volta, fino a quando qualcosa scatta e la mossa diventa parte del tuo repertorio, un processo che a volte richiede intere settimane. Settimane di fallimenti e frustrazione.

Per fare progressi bisogna essere pazienti con sé stessi, nel jiu-jitsu come nella vita. È più facile a dirsi che a farsi, credetemi.

———————

Dopo venti minuti e cinquanta tentativi di atterrare Santana, comincio a pensare che non ce la farò mai. A dire il vero, sono riuscito a farla cadere due volte, ma ho perso subito la concentrazione per via dell'entusiasmo e Santana ha impiegato meno di cinque secondi per chiudermi in una delle sue prese devastanti che l'hanno portata inevitabilmente alla vittoria per sottomissione.

Oltretutto, Santana continua a modificare il suo attacco iniziale e il modo in cui si avvicina. Il jiu-jitsu non è come certe altre arti marziali, in cui a ogni mossa specifica corrisponde una contromossa.

Ogni combattimento è figlio del caos.

Dopo altri venti minuti di inutili prove, facciamo una pausa per bere.

"Come è andata la festa a casa della tua fidanzata?" Mi domanda, ammiccante.

Le racconto i punti salienti, che in realtà sono i momenti più bassi della serata. È piacevole passare quella robaccia attraverso il filtro di Santana. La sua sentenza su Jenny è irrevocabile: una bella che non balla, una ragazza carina ma senza un briciolo di cervello. Quando le racconto di Jack, invece, scoppia a ridere.

"È solo un pallone gonfiato," mi dice. "Quel codardo non avrà mai il coraggio di affrontarti, adesso che ha capito di cosa sei capace."

Per concludere, le dico che me ne sono andato in anticipo perché tutti erano ubriachi o lo stavano diventando, Todd incluso. A quel punto la sua faccia si rabbuia, come se fosse stata avvolta da una nuvola temporalesca. So che a Santana non piace la gente che beve o che fa uso di droghe, e so anche che ha qualcosa a che fare con la sua famiglia, ma non ho il coraggio di farle altre domande.

Santana è divertente e vivace, come un personaggio dei cartoni animati, ma ha anche dei lati oscuri e animaleschi che escono fuori quando combatte nella gabbia e in poche altre occasioni. C'è come una rabbia che bolle a fuoco lento dentro di lei, e che poi esplode quando viene liberata.

"Sai qual è il problema più grosso, per i fighetti del liceo?" Dice lei, appoggiando la schiena al muro della palestra. "Se sei uno studente popolare, il liceo è l'apice della tua vita. Non sarai mai più fico di così. Da quel momento in poi, è tutta in discesa."

"Tu dici?"

"Certo che sì. Te ne accorgerai." Batte un colpetto sulla mia gamba buona e torna al centro dei tappetini. "Andiamo, storpio! Ti insegno un nuovo strangolamento, la *baseball bat choke*. Ma soltanto se prometti di reggermi i *pad* per allenarmi coi calci volanti."

"Storpio?" Protesto, ignorando tutto il resto. "Adesso mi chiami storpio anche tu?"

Santana solleva il suo mezzo braccio e sorride.

"Detto   tra   storpi,   non   è   mica   offensivo!"

Capitolo Quarantaquattro

Le settimane successive procedono in maniera abbastanza monotona: scuola, compiti, allenamenti di nuoto, seduta con Rich e allenamenti alla Resilient. Ho scoperto che Martese non mi ha iscritto al torneo per punirmi, ma per farmi avanzare di grado.

Per ottenere una cintura blu, infatti, bisogna partecipare almeno a una competizione ufficiale. Vincere non è necessario, basta avere il coraggio di mettersi alla prova e affrontare la sfida al meglio delle proprie possibilità. Se c'è una cosa che desidero davvero, in questo momento della mia vita, è una cintura blu. La voglio più di ogni altra cosa, non tanto per il semplice fatto di averla, ma per i valori che rappresenta: il duro lavoro, il sacrificio, il sangue e il sudore versati sul tappetino. E le lacrime. Ogni cintura blu ha alle spalle un mare di lacrime.

Qualche volta, di notte, resto sveglio a fissare il soffitto e fantastico su quanto sarebbe bello salire sul podio con una medaglia al collo per aver vinto il torneo dei pesi piuma. È raro che un lottatore vinca nella sua prima competizione ufficiale, ma non è mica impossibile, giusto?

Devo solo riuscire ad atterrare i miei avversari e salire in *montada*, poi potrò sfruttare il vantaggio del peso. L'idea che avere una gamba sola possa rivelarsi un vantaggio mi ha dato alla testa, è come se avessi un'arma segreta che nessuno conosce.

Dopo l'ennesimo allenamento, mentre ce ne stiamo seduti sui tappetini con i *gi* zuppi di sudore, chiedo a Santana cosa ne pensa: "Secondo te posso vincere? Ho qualche chance."

Mi guarda come se avessi appena preso un colpo in testa.

"Certo che puoi vincere. Che senso ha iscriversi a un torneo se non si può vincere?"

Mi lascio cadere di schiena sul tappetino e rimango lì, a guardare un punto indefinito sul soffitto della palestra. "Non scherzare, San. Sarebbe davvero una follia."

"Perché?" Domanda lei.

"Perché è il mio primo torneo," dico. "E poi ho una gamba sola."

Santana rimane per qualche secondo in silenzio, assorta nei suoi pensieri.

"Ricordati l'elemento sorpresa. Tu inizierai l'incontro in ginocchio, e scommetto che nessuno si è preparato per questa possibilità."

"Aspetta, stai dicendo sul serio? Sei davvero convinta che potrei vincere il torneo? Con la medaglia d'oro e tutto il resto?"

Santana alza gli occhi al soffitto. "Sei diventato sordo, per caso? Che cosa ti ho detto? Se particini, puoi vincere. Se non partecipi, la vedo dura."

Mi alzo in piedi. Ecco, adesso sono ossessionato dall'idea della vittoria. Non faccio nessuna fatica a immaginarmi la scena: la folla che esulta mentre, incontro dopo incontro, avversario dopo avversario, il ragazzo con una gamba sola raggiunge la finale e sfodera una performance che rimarrà negli annali del jiu-jitsu.

"Non... Beh, insomma... Non credi che ci andranno piano perché sono disabile, vero? Io voglio vincere, ma non per pietà."

Non credo di aver mai sentito Santana ridere così forte. È una risata viscerale, che parte dal fondo dello stomaco e scuote tutto il suo corpo. A un certo punto è costretta ad alzarsi in piedi per non soffocare. Cammina fino a una parete, colpisce il muro con una mano e poi torna indietro, il viso pieno di lacrime e una traccia di muco che le scola dal naso, e per tutto il tempo continua a ridere, a ridere istericamente.

"Certo, come no!" Riesce a dire alla fine, tra le risate e le lacrime. "Succederà di sicuro! Puoi contarci!"

Non mi sembra così divertente. Magari qualcuno non se la sentirà di massacrare un ragazzo che è già stato punito a sufficienza da un destino crudele. Magari qualcuno esiterà a colpirmi e... Sì, ecco, basterebbe anche mezzo secondo di esitazione, e significherebbe comunque che ho avuto un vantaggio ingiusto perché il mio avversario si è impietosito, o qualcosa del genere.

"Guarda che non è così assurdo!" Le dico.

A poco a poco, Santana smette di ridere.

"Sei un piccolo storpio sognatore, bambino mio! Non è così che funziona, credimi. Quando ti vedranno con una sola gamba non penseranno mica 'Oh, poveretto, cerchiamo di essere gentili con lui!' No, penseranno: 'Non posso mica perdere contro un tizio con una gamba sola. Devo farlo a pezzi.' Ogni volta che ho partecipato a una competizione, i miei avversari si sono concentrati il doppio, rispetto agli avversari normali. È la natura umana, Dylan. Non ci andranno piano."

D'accordo, mi ha convinto. "Va bene, ti credo. Era solo un pensiero che…"

"Un pensiero da pappamolle. Vuoi vincere? Dovrai guadagnartelo. Ogni volta che entro nella gabbia, il pubblico non vede una futura campionessa della UFC. No, vedono uno scherzo della natura, o nel migliore dei casi una bella storia strappalacrime di quelle che mandano in televisione. Sai, quel genere di cose che servono per darti ispirazione, in cui fanno vedere persone meno fortunate di te che riescono comunque a raggiungere degli obiettivi?" Dice lei, facendo il segno delle virgolette quando dice le parole "meno fortunate".

"Se vuoi una medaglia d'oro, dovrai guadagnartela. Nessuno ti regalerà nulla. Non ci sono scorciatoie, parcheggi per disabili o trattamenti di cortesia. Ci siete solo tu e la persona che hai davanti, determinata a vincere almeno quanto te. È proprio questo il bello dei tornei: si combatte, punto e basta. Non c'è il *politically correct*. Non c'è   falsità."

Capitolo Quarantacinque

Manca ancora un giorno al torneo, ma ho già scoperto chi sarà il mio primo avversario. Quando dico "scoperto", intendo che ho passato l'intera mattinata di scuola ad aggiornare la pagina del torneo nell'attesa (forse un po' ossessiva, lo ammetto) che comparissero gli abbinamenti. Alla fine, nel bel mezzo della lezione di storia, li hanno pubblicati.

Mentre setaccio il sito web nella speranza di avere qualche informazione in più su questo tizio, sento l'insegnante che si schiarisce la gola con dei colpetti di tosse. Alzo la testa e mi accorgo che mi sta fissando. Un attimo dopo, la vedo camminare verso di me e allungare la mano per chiedermi di consegnare il telefono. Accidenti. La mia agonia si allunga ancora di qualche ora.

Un ragazzo seduto accanto a me, un tizio che veste sempre da surfista, ha dei lunghi capelli biondi e sembra perennemente sotto effetto di droghe, si avvicina per parlarmi all'orecchio.

"Ehi, invece di dargli il telefono avresti potuto metterla KO con uno dei tuoi attacchi speciali!"

Ormai è diventata una specie di barzelletta. Da quando il video dell'incontro è diventato virale, alcuni dei miei compagni di corso mi trattano come una specie di Chuck Norris con una gamba sola e fanno sempre queste battute da idioti.

Ho provato a spiegare ad alcuni di loro che *il miglior lottatore è colui che non combatte*, ma loro mi hanno guardato strano e hanno fatto spallucce.

Alla fine della giornata, finalmente mi viene restituito il telefono e riesco a recuperare le informazioni che cercavo.

Dovrò affrontare un ragazzo di nome Ricardo Berardelli, un italoamericano che si allena a San Diego. Trovo la pagina delle statistiche, clicco sul suo nome e scopro che ha combattuto soltanto un paio di match ufficiali. Ne ha vinto uno per sottomissione e ne ha perso uno ai punti.

Come dite? Dovrei fermarmi qui? Anche Martese e Santana me l'hanno detto. Fare troppe ricerche sul proprio avversario è una pessima idea, ma la sensazione è quella di un prurito che non riesco a smettere di grattare.

Apro Google e scrivo il suo nome. Non ci sono video dei suoi combattimenti, ma riesco a rintracciare il suo profilo su Instagram. Sembra piuttosto piccolo di corporatura e la cosa mi fa sentire meglio. Forse Santana e Martese hanno ragione: gli altri pesi piuma sono più piccoli e meno muscolosi di me.

Dalla cintura in su, io sono grosso quanto un peso piuma. Devo solo portarli a terra. Una volta schiacciati contro il tappetino, mi basterà tenerli fermi e non fare niente di stupido per ottenere dei punti.

Lo so cosa state pensando: il BJJ è nato per permettere a una persona più piccola di sconfiggerne una più grossa. È vero, ma muscoli e peso sono comunque un vantaggio, se entrambi hanno lo stesso livello di preparazione.

Se il tuo avversario non pratica jiu-jitsu, allora il gioco è fatto. Il match contro Todd ne è stata la prova. Ma se anche il tuo avversario è un atleta allenato, allora qualsiasi piccola agevolazione può fare la differenza.

———

L'allenamento di nuoto vola via come un sogno lontano. Ho la testa tra le nuvole e mi sento sfasato. Di solito non partecipo agli allenamenti del venerdì perché sono alla Resilient, ma Martese mi ha obbligato a riposarmi per via del torneo di domani, e per questo eccomi qui.

Non riesco a pensare ad altro che al torneo e comincio a sentirmi nervoso. Per la prima volta nella mia vita, vorrei fissare una seduta con Rich di mia spontanea volontà. È uno psicoterapeuta, dovrebbe sapere come aiutarmi a gestire l'ansia, no?

Avrei dovuto chiederglielo lunedì scorso, quando ci siamo visti per l'ultima volta prima del torneo. Gliene ho perfino parlato, ma a lui interessava soltanto ripetermi per l'ennesima volta le solite vecchie domande: come ti senti? Come va a scuola?

Non sapevo cosa dire. Mi sento bene. O forse no, ma comunque non posso dire di star male. Ho ancora qualche problema con il fatto di avere una gamba sola, ma almeno non vengo più bullizzato. Nessuno fa più i salti mortali per rendermi la vita impossibile, e i miei voti stanno migliorando. Anna ha ricominciato a parlarmi da quando ha scoperto che sto cercando di aiutare Todd, e qualche volta viene perfino al mio tavolo per pranzare con me.

Eppure, se dico a Rich che le cose stanno andando bene, lui mi guarda con un sopracciglio alzato e dice: "Ah, fantastico! Mi fa piacere! Ma devi considerare che abituarsi a un trauma come il tuo è una specie di viaggio sulle montagne russe. Adesso sei salito in alto, ma questo non significa che resterai lì per sempre. Ci sono molte altre sfide da affrontare, lo sai?"

Certo che lo so. Ho almeno tre o quattro match da vincere, se voglio raggiungere le finali del torneo di Long Beach. E tutti i miei avversari hanno una gamba più di me.

Vuoi parlare di sfide, Rich? Allora prova ad afferrare per la caviglia qualcuno che ti sta saltando addosso con l'intenzione di farti a pezzi! Questa sì che è una sfida.

Capitolo Quarantasei

Mio padre si è offerto di accompagnarmi a Long Beach. Mia madre, invece, ha detto che non vuole vedermi combattere, perché non riuscirebbe a gestire la tensione e la preoccupazione, perciò se ne starà a casa. Se dovesse cambiare idea, papà ha promesso di fare una diretta su Instagram, da cui lei potrà collegarsi e scollegarsi a piacere.

Ci sono un paio d'ore di strada, ma non parliamo molto lungo il tragitto. Ascoltiamo la radio e io mangiucchio una banana per fare il pieno di energia, annaffiandola con qualche sorso di Gatorade in modo da rimanere ben idratato.

Mentre i chilometri scorrono via, il mio nervosismo peggiora. Una parte di me comincia a sperare in un ingorgo del traffico che ci faccia arrivare in ritardo. Se non riesco a far controllare il mio peso prima dell'inizio del match, non potrò confermare l'iscrizione e mi impediranno di partecipare al torneo. Di sabato mattina, però, il traffico scorre via liscio come l'olio.

Non capisco perché debba sentirmi così nervoso dopo quello che ho fatto con Todd. Mentre continuo a rifletterci, arrivo a una soluzione: quella volta, a eccezione di Jack e dei miei amici, non c'era nessuno a guardarci, mentre qui ci saranno centinaia di persone, e tutti vedranno il mio moncherino in azione, senza protesi e senza nulla che possa nasconderlo.

Raggiungiamo la location del torneo, un enorme centro sportivo, e mio padre parcheggia vicino all'ingresso, poi spegne il motore e guarda verso di me.

"Qualsiasi cosa succeda, sono orgoglioso di te!"

Forse dovrei essere grato per questo momento speciale padre-figlio, e in un certo senso lo sono, ma quando guardo verso il portone del centro sportivo e vedo gli sfidanti che entrano, con i nomi delle palestre stampati sulle magliette e sulle tute, riesco a pensare soltanto al mio odio per il Dylan del passato: come diavolo ha fatto a permettermi di venire qui? Avrebbe dovuto impedirmelo con tutte le sue forze.

La location, vista dall'interno, è una specie di palasport sovradimensionato. Tutte le tribune si trovano su uno dei due lati lunghi, mentre l'arena è divisa in otto aree di gara, separate da transenne di plastica e divise in due file da quattro. Accanto a ogni area, c'è un tavolo dove i giudici potranno sedersi per osservare l'incontro e registrare i punteggi.

Il modo più rapido per vincere un match è sottomettere l'avversario, costringendolo ad arrendersi o soffocandolo fino a quando non perde i sensi. Martese mi ha spiegato che è molto importante evitare di gridare e di lamentarsi, perché qualsiasi suono (anche un semplice *ahi!*) può essere interpretato dall'arbitro come un "*verbal tap*", ossia come l'equivalente dei colpetti che si usano per arrendersi.

La maggior parte degli incontri, però, si concludono ai punti. Il numero di punti che si possono guadagnare assumendo una certa posizione o facendo una certa mossa riflette l'importanza che queste azioni avrebbero in una vera scazzottata, in una rissa di strada o qualcosa di simile. Perciò salire in *montada*, prendere la schiena e mettere a segno un atterramento possono farti guadagnare da due a quattro punti. L'arbitro può anche assegnare un particolare tipo di punto che si chiama "vantaggio" per un tentativo coraggioso di sottomissione o per una mossa che è stata completata ma non è stata mantenuta per tutto il tempo necessario. Se il match finisce in parità, sono i vantaggi a decidere il vincitore.

In fondo al palasport si trova la segreteria del torneo, dove stazionano gli atleti che aspettano di essere assegnati a una delle aree di gara e dove si trova la bilancia per il controllo del peso. Prima di completare l'iscrizione, un giudice controlla il *gi* dei lottatori e si assicura che rispetti tutti i requisiti ufficiali.

All'estremità opposta, addossato al lato corto della stanza, si trova una piccola zona per il riscaldamento libero.

Il pubblico vaga per il palasport, comprando acqua dai distributori automatici e godendosi la musica che viene diffusa dalle casse. Alcuni hanno già cominciato a prendere posto sulle gradinate, e hanno lo sguardo fisso sugli amici o sui familiari che dovranno combattere.

Quando vedo Santana, la indico subito a mio padre, che muore dalla voglia di conoscerla ed è eccitato come un ragazzino.

Mi offro di presentargliela e ci avviciniamo. Spero soltanto che non dica nulla di imbarazzante, tipo che la ammira per via del braccio o roba del genere.

Mentre camminiamo, mio padre mi dà un colpetto di gomito. "Posso stringerle la mano, o la considera una mancanza di rispetto?"

Ecco un'altra cosa che mi manda in bestia. Da quando ho una gamba sola, mi considerano come un opinionista della disabilità. Non ho la più pallida idea di cosa venga considerato offensivo dalle altre persone. A scuola abbiamo dei ragazzi autistici e tutti mi chiedono consigli su come interagire con loro. Ovviamente non so cosa dirgli. L'unica cosa che è cambiata dopo l'incidente, è che adesso mi vergogno della persona che ero, perché prima evitavo chiunque fosse diverso da me e quando ero costretto a rivolgergli la parola mi sentivo a disagio.

"Non ti preoccupare. Comportati normalmente," gli dico, anche se è una richiesta impossibile, trattandosi di mio padre.

"Piacere di conoscerti," dice, salutandola con la mano. "Sono Mike, il padre di Dylan."

Santana allunga una mano per battergli il pugno, lui parte per stringerle la mano, poi si accorge che avrebbe dovuto battere il pugno e le dà uno schiaffetto sulla mano chiusa. Mi sento in imbarazzo per lui.

Sta anche facendo quella cosa che fanno tutti i normodotati quando vedono un moncherino: si concentra così tanto per non guardarlo, che la sua faccia diventa strana e gli occhi si muovono a scatti.

"Piacere, Mike," dice lei. Fortunatamente, la stranezza di mio padre sembra divertirla.

"Oggi si combatte?" Domanda lui.

"No. Oggi si gareggia."

Chi pratica MMA è un po' suscettibile quando si parla di combattimenti. Per loro un match di jiu-jitsu non si può considerare un vero scontro, perché ci sono troppe regole e troppe limitazioni.

"Certo, certo," dice mio padre, confuso. "Ho fatto qualche anno di boxe, da ragazzo. E ho anche preso lezioni di aikido."

Santana deve impegnarsi per non scoppiare a ridere. I lottatori di MMA considerano l'aikido come la più inutile delle arti marziali. YouTube è pieno di video di maestri di aikido che vengono fatti a pezzi da lottatori di altre discipline – non solo da maestri jiu-jitsu, ma perfino da campioni di lotta libera. Santana ha perfino coniato un termine per definire chi pratica questa disciplina. Li chiama "aikidioti".

"Perché non vieni in palestra a provare il jiu-jistu, una volta o l'altra?" Gli dice. Poi si china in avanti e gli dà un colpetto sullo stomaco. "È un ottimo modo per sbarazzarsi delle maniglie dell'amore. Ti trasformeremo in un bel quarto di manzo, proprio come tu figlio!"

Stavolta sono io a mordermi il labbro per non scoppiare a ridere.

"Mi sembra una buona idea. Sai, questa cosa cresce a poco a poco, senza farsi notare... e poi un giorno ti svegli e ti ritrovi una bella mongolfiera," dice mio padre, guardandosi la pancia. "Va bene, ragazzi, vi ho disturbati abbastanza. Adesso vi lascio in pace, così potete andare a pesarvi o a fare quello che dovete fare. Se avete bisogno di me, sono in prima fila a guardarvi."

Mentre lui si dirige verso la tribuna, mi volto verso Santana.

"Un quarto di manzo?"

"Non farti strane idee, sono ancora gay al cento per cento. Allora, come ti senti?"

"Come se dovessi vomitare."

Santana sbotta a ridere. "Lo so, il primo torneo è sempre il peggiore. Non ti preoccupare, ci farai l'abitudine."

"Quanti tornei hai dovuto fare, prima di sentirti a tuo agio?"

"Fammi pensare." Inclina la testa all'indietro e chiude gli occhi, muovendo leggermente le labbra, come se stesse contando. "Ero cintura blu, ma avevo almeno due gradi. Se non sbaglio sono venti. Venti tornei e passa la paura."

"Venti?"

"È la verità. Pensavi che il jiu-jitsu non mi spaventasse? Beh, anche se non ci sono gli stessi rischi di un match di MMA, devi comunque vedertela con qualcuno che vuole soffocarti o spezzarti un braccio – ma in fin dei conti è anche il tuo obiettivo, no?"

Il suo discorsetto non mi rassicura per niente. Anzi, la nausea è diventata ancora più forte.

"L'unica cosa che puoi fare per esorcizzare l'ansia è concentrarti sulla tua strategia. Partenza in ginocchio, afferra la caviglia, passa la guardia. Quindi sali in *montada*, mantieni la posizione e segna qualche punto. Se riesci a fargli male e a vincere l'incontro per sottomissione, tanto meglio."

Mentre Santana sta parlando, mi accorgo che alle sue spalle c'è un tizio grande e grosso sdraiato sul tappetino, che si contorce per il dolore. Il suo avversario, un altro atleta gigantesco, si è inginocchiato accanto a lui e guarda l'arbitro con l'aria innocente, mentre quello sventola in aria una mano e grida: "Soccorso! Soccorso!"

I due medici in divisa da ambulanza corrono verso l'area di gara.

"Rilassati, amico," mi dice Santana. "Gli infortuni al ginocchio sono i più frequenti, ma tu hai la metà delle possibilità rispetto agli altri."

Capitolo Quarantasette

Non so se Santana stesse provando a usare la psicologia inversa per tranquillizzarmi o se volesse solo farmi incazzare per caricarmi prima del match, ma in ogni caso non è riuscita a placare la mia ansia.

Seguo le indicazioni per raggiungere lo spogliatoio e vado a cambiarmi. Tolgo i vestiti da civile e indosso il mio *gi* fatto su misura, con una gamba e mezza al posto di due. L'ho fatta tagliare via per evitare di dovermi sfilare i pantaloni prima di staccare la protesi.

Di solito indosso una *rash guard* sotto al mio *gi*, ma questa volta decido di non metterla. Sono quasi sicuro di essere del giusto peso per la categoria dei pesi piuma, ma non voglio correre rischi. Mentre mi sto allacciando la cintura, la porta si apre sbattendo contro il muro e un tizio entra come una furia nello spogliatoio. Si toglie la cintura e il *gi*, li lancia sul pavimento, poi comincia a imprecare come un marinaio.

Ci saranno almeno dieci persone nella stanza, ma nessuno osa chiedergli che cosa è successo. Non ce n'è bisogno, è fin troppo facile da immaginare. Ha perso, e perdere fa schifo.

Infilo le ciabatte e tiro fuori dal borsone il telefono, la patente, il paradenti e la borraccia, poi esco dallo spogliatoio. Un enorme schermo indica che sono stato assegnato al Tappeto 4 e che ci sono altri sei match prima di me. Il nodo nel mio stomaco si stringe ancora di più.

Non mi sono mai sentito così nervoso in vita mia, neanche prima di combattere con Todd. Neanche prima di andare dal dentista – che, prima di questa esperienza, era la cosa più spaventosa al mondo.

Martese mi vede e cammina verso di me, insieme a un paio dei suoi allievi.

"Ben arrivato, Dylan! Come ti senti?"

Malissimo, ma parlare con lui mi fa già sentire un po' meglio.

"Dylan, non hai niente da temere," dice Martese, prima che io possa rispondere. "Questa è la tua prima competizione ufficiale, non farti troppe pressioni. Pensa ad eseguire il tuo piano come meglio puoi. Io ti farò da assistente e cercherò di darti qualche indicazione dall'angolo del tappetino, d'accordo?"

Il senso di sollievo che avevo provato un attimo prima è svanito tutto d'un colpo. Martese sarà lì a guardarmi, sul bordo del tappetino. E se dovessi fare un casino? Potrebbero sottomettermi nel giro di pochi secondi, ne sono consapevole. È successo anche a lottatori molto più esperti di me. Il match comincia e poi *boom!* Ti becchi una *flying arm bar* o qualche altra mossa devastante che ti costringe ad arrenderti. Sipario. Incontro finito.

Sarebbe davvero umiliante.

Uno dei tizi della Resilient, una cintura viola, ci raggiunge di corsa dopo aver guardato il maxischermo.

"Muovetevi, ragazzi! Tocca a Santana."

Lo seguiamo fino alle transenne che delimitano il Tappeto 3, dove Santana sta aspettando l'inizio dell'incontro dietro al tavolo dei giudici, saltellando per scaldarsi e guardando in cagnesco l'avversario che si trova dall'altro lato del tappetino. Entrambi stanno aspettando la fine del match precedente con trepidazione.

L'incontro finisce, l'arbitro alza il braccio del vincitore, poi chiama Santana e la sua avversaria sul tappetino. Si stringono la mano e prendono posizione. L'arbitro alza una mano, poi la lascia cadere gridando: "*COMBATE!*"

Santana si piega sulle ginocchia e balza di lato, portandosi su un fianco dell'avversaria. Si muovono in cerchio per qualche secondo, studiandosi a vicenda, quindi la lottatrice sconosciuta si lancia in avanti per atterrare Santana. Appena la vede avanzare, Santana si butta schiena a terra e tira l'avversaria nella sua guardia, avvolgendole le gambe intorno alla vita.

Lei le cade addosso e cerca di rialzarsi, ma Santana ruota di lato, le afferra una caviglia e la alza di scatto, facendola cadere all'indietro.

Il team della Resilient esulta.

"Passa la guardia!" Grida Martese. "Adesso, adesso! Abbassale la gamba e sali in *montada*!"

Anche se combattono nella stessa classe di peso e entrambe indossano la cintura viola, Santana è molto più brava e più forte. Passa da una mezza guardia a una *montada* perfetta nel giro di un secondo, poi infila il moncherino dietro alla nuca dell'altra lottatrice, le schiaccia la gola con il braccio buono e utilizza la mano per afferrare la manica opposta del suo stesso *gi*. Il risultato finale è una complessa presa di soffocamento chiamata *Ezekiel choke*.

L'avversaria si arrende immediatamente. Santana si alza e la aiuta a rimettersi in piedi, poi si abbracciano e vanno a posizionarsi ai due lati dell'arbitro, che solleva il braccio di Santana proclamandola vincitrice del match.

Santana corre subito verso la nostra transenna. Abbraccia prima Martese, poi Jared, poi me, e alla fine il resto della squadra.

Dovrà affrontare un altro match tra pochi minuti, perciò va subito verso l'area di attesa per riposarsi. Guardando il maxischermo, scopro che mancano quattro match al mio turno.

Deglutisco. È arrivato il momento. Devo farmi pesare e confermare l'iscrizione entro venti minuti, o forse anche meno, a seconda della durata degli incontri.

Ho ancora voglia di vomitare, ma mi faccio coraggio e mi incammino   verso   la   bilancia.

Capitolo Quarantotto

"Sessantasei e venti. Dai moduli risulta che sei iscritto nella categoria dei pesi piuma, me lo confermi?"

Fermi tutti! C'è qualcosa che non va.

Guardo il commissario incaricato di certificare il peso degli atleti, un ometto pelato con la barba bianca, e poi mi sporgo per vedere coi miei occhi il display della bilancia. Ha ragione. C'è scritto sessantasei e venti.

Il limite per la categoria dei pesi piuma è di sessantaquattro. Sono in sovrappeso di ben due chili e venti, il che equivale a una squalifica immediata dal torneo.

Mi guardo intorno spaesato. Non so che cosa dire. Come diavolo ho fatto a ingrassare così tanto? E poi, di punto in bianco, capisco: indosso ancora la protesi.

Ero così agitato che ho dimenticato di rimuoverla prima di farmi pesare.

"Aspetti un attimo," dico al commissario, scendendo dalla bilancia e schiacciando il pulsante per sganciare la gamba. Il moncherino scivola fuori dalla protesi, traballo un po', ma riesco a mantenere l'equilibrio e ad afferrare al volo la mia gamba prima che cada a terra. Quindi, con un saltello, salgo di nuovo sulla bilancia.

"Le chiedo scusa," dico, con un sorriso. "È così comoda che ti dimentichi di averla."

Un commissario più puntiglioso sarebbe andato su tutte le furie e mi avrebbe impedito di ripetere la pesata, ma lui sembra avere un ottimo senso dell'umorismo.

"Credimi, ho visto parecchi atleti cercare di tagliare il peso all'ultimo momento, ma questa mi è nuova," dice. "Sei a posto. Fatti valere e in bocca al lupo!"

"La ringrazio molto," rispondo, consegnandogli la patente per l'ultimo controllo di routine. Una volta confermata l'iscrizione, indosso di nuovo la gamba e mi incammino verso l'area di attesa, dove una dozzina di atleti si stanno riscaldando in attesa del loro turno. Mi guardo intorno e cerco di riconoscere Ricardo, il tizio che dovrò affrontare, ma non vedo nessuno che assomigli alle foto su internet.

Forse alla fine ha deciso di non presentarsi. Magari ha avuto un infortunio o un problema con l'automobile.

Il pensiero che lui non ci sia – e che potrei vincere il primo match a tavolino – mi rallegra. Poi mi giro e vedo un ragazzo che assomiglia in tutto e per tutto alla sua foto profilo su Facebook. Ha appena finito di pesarsi e sembra in ottima forma.

La mia ansia è tornata tutta d'un colpo, ancora più forte di prima. Ma ormai non posso più farci nulla.

Lo guardo con la coda dell'occhio. Ha cominciato a correre sul posto, presto sarà pronto per entrare in azione. Controllo la cintura. Quattro strisce. Il grado più alto prima di essere promosso a cintura blu.

Rallenta, Dylan. Basta con le paranoie.

Mi siedo su uno dei tappetini, chiudo gli occhi e cerco di concentrarmi solo sul mio respiro. Faccio gli esercizi che mi ha insegnato Santana: trenta espirazioni, apnea a polmoni vuoti, riempi e conta fino a quindici.

Funziona. Un po' mi sta aiutando.

Preferirei comunque essere a casa, nascosto sotto alle coperte, però mi sta aiutando.

Continuo a odiare il vecchio Dylan che mi ha trascinato qui, però mi sento già più calmo.

Ripasso il piano: in ginocchio, caviglia, passa la guardia, *montada.*

Ripeto queste parole nella mia mente, all'infinito, come un mantra.

Ce la puoi fare, mi dico. Ce la puoi fare. Andiamo.

"Ricardo Berardelli?"

Quando apro gli occhi, una ragazza con un portablocco sta chiamando il mio avversario. È qui per accompagnarci alla nostra area di gara.

Avevo ragione. Il ragazzo che pensavo fosse Ricarco sta andando verso di lei.

La ragazza prende un appunto e poi si guarda di nuovo intorno: "Dylan…"

Alzo la mano come se fossi a lezione e volessi rispondere a una domanda.

"Eccomi. Sono io," dico, cercando di fare una voce profonda e virile.

"Andiamo, ragazzi. Tappeto 4."

La seguiamo attraverso il corridoio formato dalle transenne che delimitano le zone di gara, fino a raggiungere il nostro tappetino, dove il match precedente è ancora in corso.

Sento la voce di Martese. Mi volto e mi accorgo che è già lì, coi gomiti appoggiati a una transenna, accanto a Santana. Mi avvicino e lei mi prende per mano.

"Allora? Sei pronto?"

"Prontissimo," rispondo. Ovviamente è una menzogna.

"Ottimo. Vai, cerca di seguire il piano e se va male improvvisa. Io credo in te!" Mi dice Martese.

Questo sì che mi ha tirato su il morale. Se Martese Terra crede che io possa farcela, chi sono per contraddirlo? Sono un Dylan qualunque, una mediocre cintura bianca, mentre lui è una leggenda del jiu-jitsu.

Ce la posso fare, mi dico, mentre l'arbitro proclama il vincitore dell'incontro. Tiro fuori il paradenti dalla custodia e lo infilo in bocca, facendolo aderire ai denti superiori, poi mi siedo a terra e sgancio di nuovo la protesi. Mi aspetto che qualcuno protesti, che dicano qualcosa riguardo alla mia gamba, ma non succede nulla. Non ci sono regole che mi impediscano di combattere con un arto mancante. Alcuni tornei hanno una divisione apposita per i disabili, chiamata "para jiu-jitsu", ma secondo Martese non è ancora una pratica molto diffusa, e si preferisce far gareggiare tutti contro tutti.

L'arbitro si incammina verso il tavolo dei giudici. È un ometto grassoccio coi capelli spalmati all'indietro, neri come la pece.

Quando vede la mia gamba mancante, strabuzza gli occhi, ma non dice nulla. Guarda verso di noi e ci chiede: "Siete pronti?"

Mentre rispondo di sì, il mio cuore comincia a martellare. Salgo sul tappetino, stringo la mano all'arbitro e poi a Ricardo, quindi faccio qualche passo indietro. Anche il mio avversario fa lo stesso, prendendo posizione. Il centro dell'area di gara viene occupato dall'arbitro che ci chiede di nuovo se sono pronti. Rispondiamo con un cenno della testa e lui grida: "*COMBATE!*"

L'arbitro si toglie di mezzo e, di punto in bianco, il mio campo visivo si restringe. Sento Martese che grida qualcosa dalla transenna, ma la sua voce mi arriva attutita, come se fossi sott'acqua.

Ho la bocca asciutta. Più asciutta che mai. La gola si stringe e tutto assume una consistenza irreale, come se non fossi più in me.

Per poco non dimentico di cominciare il match in ginocchio. Appoggio una mano a terra e mi posiziono, cercando di ottenere un buon equilibrio. Ricardo mi gira intorno come un avvoltoio, ma non osa passare all'attacco.

Si muove con cautela, approcciandomi di lato. Cerco di fare un passo verso di lui, ma Ricardo arretra.

La scena si ripete, quasi identica, una seconda volta: lui mi studia, io mi avvicino con un saltello e torno in ginocchio, lui arretra di un altro passo e riprende a girarmi attorno, mantenendo la distanza di sicurezza.

Faccio ancora un balzo, poi mi fermo. Aspetto che sia lui ad attaccare, perché non voglio rischiare di perdere l'equilibrio al primo assalto, facendomi rovesciare a terra con un semplice spintone.

Ma lui non risponde. Devo fare tutto io. Ricardo si limita a muoversi di lato e ad allontanarsi ogni volta che tento qualcosa.

Mi sembra trascorsa un'eternità dall'inizio del match. Lui ha quasi raggiunto il bordo del tappetino. Appoggio una mano a terra e arretro un po', come per invitarlo a farsi avanti. Lui guarda verso il suo allenatore. Sembra confuso. Non sa cosa fare, magari è perfino spaventato.

La sua paura è la mia forza. Non può continuare ad arretrare per tutto il match, se non vuole perdere ai punti.

Striscio in avanti, bilanciandomi con una mano sul tappetino e facendo scivolare la gamba sul tappetino. Non potendo ritirarsi oltre, ormai è quasi alla mia portata. Veloce come un fulmine, scatto verso di lui, afferro una manica del suo *gi* e poi punto alla caviglia su cui appoggio il peso.

Quando la mano si chiude sulla sua caviglia, l'arbitro salta verso di noi e ci separa allungando un braccio.

Guardo verso di lui, aspettando che dica qualcosa. Non capisco cosa sta succedendo – l'avevo preso, stavo per atterrarlo. Ho bisogno che mi dia una spiegazione, che mi dica perché ha fermato il match, ma lui sta già andando via, allontanandosi dall'area di gara e attaccando a correre, sempre più veloce.

Capitolo Quarantanove

Io e Ricardo ci alziamo, guardandoci intorno spaesati.

Mi giro verso Martese, che ricambia il mio sguardo e mi chiede cosa è successo.

Non lo so. Non ne ho la più pallida idea. Io speravo che fosse lui a dirmelo. Ricardo si incammina verso il suo allenatore e io raggiungo Martese e Santana.

Ci sono altri match in corso, ma in questo momento sembra che gli occhi degli spettatori siano tutti puntati verso di noi. Sono comparsi perfino due fotografi ufficiali del torneo, che hanno puntato i loro enormi teleobiettivi verso di me.

L'arbitro ormai ha raggiunto la segreteria del torneo, dove si è fermato a parlare con un tizio in giacca e cravatta – probabilmente un suo superiore, una specie di capo-arbitro a cui spetta la decisione finale su tutte le controversie relative al regolamento. Gli fa un segno verso di noi e poi si abbassa come per inginocchiarsi. Ho la sensazione che si riferisca alla mia posizione iniziale, ma non capisco perché debba essere un problema.

Quando sono partito per l'atterramento, il ginocchio era sollevato e la mano che tenevo a terra era agganciata alla manica di Ricardo. Le uniche parti che toccavano il tappetino erano il piede e il moncherino.

I due uomini passano un paio di minuti a discutere, lanciando occhiate verso la nostra area di gara. Nel frattempo, il coach di Ricardo gli sta spiegando qualcosa, facendo dei gesti che mi fanno pensare a una presa a ghigliottina. Farò meglio a tenere la testa all'interno, se non voglio finire soffocato mentre cerco di completare il mio atterramento.

Sempre se riuscirò a prenderlo un'altra volta. Ormai sono scoraggiato. Ce l'avevo fatta, ma l'arbitro ha annullato tutto.

Non è colpa mia, se il mio avversario si rifiuta di combattere.

La conversazione tra i due arbitri si conclude. L'ometto dai capelli unti torna a tutta velocità verso di noi, marciando a testa bassa. Martese cerca di richiamare la sua attenzione dicendo qualcosa in portoghese, ma lui lo supera senza dargli la minima considerazione.

Arrivato al centro del tappetino, fa un cenno a me e Ricardo. Vuole che ci avviciniamo.

Prima di tutto assegna una penalità a Ricardo per essersi rifiutato di combattere. Fin qui tutto nella norma, ma non avrebbe dovuto fermare l'incontro, bastava assegnargli la penalità al termine dell'atterramento.

Perciò sono sicuro che c'è dell'altro. Fa un cenno verso di me, poi mi assegna una penalità. Che diavolo gli è venuto in mente? Qualcuno in mezzo alla folla protesta fischiando e lanciando un "BUUU!". Martese dice qualcosa all'arbitro parlando in portoghese e Santana continua a gridare: "Non è giusto! Non può dargli una penalità!"

Al che l'arbitro si volta verso di me. Alzando la voce, in modo che tutti possano sentirlo, mi dice: "Eri a terra. Da quella posizione non puoi partire per un atterramento, ma solo andare in guardia o rialzarti. È chiaro?"

Non riesco a crederci. Con una semplice frase, il mio piano è andato a farsi benedire. Se resto a terra per anticipare la guardia, lui entrerà sul lato della mia gamba mancante e passerà subito in *montada*. Se invece cerco di rialzarmi, sono fritto: una spazzata, uno spintone, qualsiasi cosa basterebbe ad abbattermi. Non ho preparato nessuna strategia che preveda di cominciare su una gamba sola. Potrei tentare un saltello di lato, rimbalzando sul ginocchio per prendere lo slancio, ma non è nemmeno una vera tattica, solo un tentativo disperato.

D'altra parte, non posso protestare contro la decisione dell'arbitro. È lui il capo ed è lui che decide le regole. O per meglio dire che le interpreta.

Mi guarda dritto negli occhi: "È chiaro?"

Cosa dovrei dire? È il mio primo torneo, non so se gli atleti possono contestare una decisione dell'arbitro senza incorrere in altre penalità.

Nell'attimo in cui avevo quasi completato il mio atterramento, mi ero sentito in paradiso. Adesso sono di nuovo al punto di partenza, o forse anche più in basso.

Il senso di nausea è tornato, ma stavolta non è colpa dell'ansia. È un senso di frustrazione e impotenza davanti all'ingiustizia che sono costretto a subire.

Al diavolo. Comincerò in equilibrio su una gamba sola.

Ci rimettiamo in posizione e io osservo Ricardo. Non sembra più spaventato e insicuro. Sembra che per lui vada tutto a gonfie vele, che la vita non sia mai stata così bella e che l'avvenire gli sorrida.

"*COMBATE!*"

La mano dell'arbitro affetta l'aria e segnala l'inizio del match.

Stavolta si fa sul serio. Ricardo si fionda verso di me e afferra il tessuto del mio *gi*.

Capitolo Cinquanta

A trenta secondi dall'inizio, l'arbitro solleva la mano di Ricardo e lo proclama vincitore del match, mentre io cerco di mettermi in piedi, la gamba ridotta a un'unica fitta di dolore. I fotografi del torneo si affollano contro le transenne, catturando la mia umiliazione.

È bastato un colpo alla gamba. Proprio come nelle ultime scene di Karate Kid, solo che io non ho un'altra gamba da usare per il colpo della gru.

Mi volto e vedo che l'arbitro sta accompagnando Ricardo verso le transenne, per mostrare il vincitore al pubblico. È tutto finito. Posso tirare un sospiro di sollievo. Saltello via dal tappetino e mi siedo in un angolo dell'area di gara per infilarmi la protesi.

So che Martese e Santana mi stanno aspettando sulle transenne, con il resto del team della Resilient. So che prima o poi dovrò andare da loro, anche se preferirei evitarlo, ed è proprio per questo che me la sto prendendo comoda: meglio poi che prima.

Sapevo che le probabilità di perdere erano altissime, ma questa è molto peggio di una semplice sconfitta. Mi sento come se mi avessero ingannato.

Alle mie spalle, sento la voce di Martese che discute in portoghese con l'arbitro. Martese non sta gridando né alzando la voce – non è nel suo stile – ma si capisce benissimo che è arrabbiato. Molto più di quando ci ha rimproverati per aver organizzato l'incontro notturno con Todd.

Santana scavalca la transenna con un salto, suscitando sorpresa e disapprovazione da parte di alcuni membri dello staff, che però distolgono subito lo sguardo quando capiscono di chi si tratta, e viene verso di me.

"Che ti ha detto quell'idiota?" Domanda.

Ripeto le parole dell'arbitro.

"Le regole dicono tutt'altro. Non avevi il ginocchio appoggiato sul tappetino. Nemmeno ce l'hai, il ginocchio!"

So che Santana ha le migliori intenzioni del mondo. So che ha ragione e che sta cercando di consolarmi, ma in questo momento non mi interessa. Voglio solo andarmene da questo posto il più presto possibile. Voglio ritirarmi dagli sguardi delle persone, che mi osservano come se fossi un'anomalia nel regolamento o – peggio ancora – qualcuno di cui avere compassione.

Speravo che oggi i fotografi sportivi immortalassero la mia vittoria, non che si concentrassero sulla mia mezza gamba per consegnare alla storia il ricordo dell'unico match di jiu-jitsu interrotto perché un arbitro non sa riconoscere un ginocchio da un moncherino.

E il bello è che non sono nemmeno arrabbiato con lui. Non mi importa più niente di questa stupida competizione. Se non volevano farmi combattere, avrebbero dovuto dirmelo quando sono andato a pesarmi, invece di tirarsi fuori dal culo questa ridicola interpretazione del regolamento, ma ormai non posso farci nulla.

Certo, se il mio avversario non avesse passato i primi trenta secondi a ritirarsi come un codardo, forse l'arbitro ci avrebbe lasciati combattere. Grazie alla sua interruzione, ho perso tutta la concentrazione e la determinazione a vincere. Sapevo che avrei perso, ed è stata una profezia che si autoavvera.

Non si può dire che io non sappia perdere, no. So accettare una sconfitta, ma non quando avviene in modo così scorretto.

"Basta, San. Non importa. È finita," le dico, controllando che la protesi sia a posto e alzandomi in piedi.

Faccio la mia sfilata nel corridoio tra le transenne, esco dalla zona recintata ed è fatta, non sono più uno sfidante del torneo. Mio padre mi sta aspettando sulla tribuna, ancora seduto in prima fila.

Ci sono un sacco di cose positive che potrei dire su di lui, e una di queste è che capisce al volo quando ho voglia di parlare e quando invece preferisco essere lasciato in pace. Mi dà una pacca sulla schiena e mi stringe affettuosamente una spalla.

"Che facciamo?" Mi domanda. "Vuoi vedere come va a finire, oppure ce ne torniamo a casa? Per me vanno bene entrambe le cose."

"Voglio tornare a casa."

Un'altra persona avrebbe potuto dire che sono infantile e che dovrei restare per dare sostegno alla squadra. Ma lui mi capisce. Qui non si tratta solo di una sconfitta, e lui lo sa. Ho perso parecchie gare di nuoto, e l'ho sempre presa sportivamente.

Non so bene come spiegarvelo, ma stavolta è diverso. Lo sento dentro di me, punto e basta. Forse perché pensavo di aver finalmente trovato il mio sport, o almeno qualcosa in cui sono bravo. Insomma, avrei voluto provarci. Avrei voluto perdere perché me lo sono meritato, non perché mi hanno discriminato e hanno deciso di non darmi una chance.

"Vuoi andare a cambiarti?"

In quel momento mi accorgo che indosso ancora il mio *gi*.

"Sì, vado subito."

"Tranquillo, ci vediamo all'ingresso tra cinque minuti."

Mi incammino verso lo spogliatoio, ma sento che qualcosa mi trattiene. Il mio sguardo vola verso Martese. Dopo tutto il lavoro che hanno fatto per prepararmi, non posso abbandonarli così. Devo almeno salutarli.

"Coach, io me ne vado," gli dico.

"Capisco," ribatte lui, annuendo. "Per quanto vale, la decisione dell'arbitro era sbagliata. Presenterò una lamentela al direttore del torneo."

Io mi stringo nelle spalle. "Non importa. Lascia perdere."

Dico sul serio. In questo momento non ho nessuna intenzione di tornare a combattere in un torneo. È come se la sconfitta mi avesse privato anche di tutta la mia energia e del mio entusiasmo.

"Ci vediamo in palestra? Possiamo inventarci qualche nuova posizione di partenza. Qualcosa su cui nemmeno un cieco avrebbe da ridire."

Mentre torniamo verso casa, papà resta in silenzio. Mi sta lasciando sbollire.

Io tengo lo sguardo fisso fuori dal finestrino cercando di non pensare a niente, ma, appena imbocchiamo la rampa dell'autostrada, provo un senso di vergogna per aver abbandonato il torneo. Forse ho avuto una reazione esagerata, eppure il torto che ho ricevuto mi sta consumando dall'interno.

Lo so che è stupido. So che il mondo è ingiusto e che queste cose capitano continuamente. Cresci e non frignare, mi disse una volta Santana. Eppure non riesco a farmela passare. Tutte le mie insicurezze sono state riportate alla luce e bruciano come ferite aperte.

Sono mai stato un buon lottatore? Vinco solo contro i novellini. Ho vinto il match contro Todd, ma lui non sapeva quello che stava facendo. Come ho fatto a pensare di poter competere con qualcuno della mia stessa categoria, che però ha una gamba in più?

Siamo quasi arrivati a casa, quando papà si volta a guardarmi e parla per la prima volta.

"Se hai bisogno di una pausa dal jiu-jitsu, prenditela. Sul serio, non farti problemi."

In altre circostanze, sarei andato su tutte le furie. Gli avrei detto: "Non scherziamo! Devo tornare in palestra al più presto, magari lunedì stesso. BJJ significa adattamento. Troverò un altro modo per cominciare gli incontri! Martese mi ha insegnato che ogni ostacolo può essere aggirato."

Ma stavolta non dico niente. Non ho le forze per discutere.

"Forse hai ragione. Ci penserò."

E poi un pensiero terribile mi riempie la testa: immagino lo sguardo di Rich e la sua voce, mentre gongola per le mie sofferenze. Lui ci sguazza, in questo genere di cose.

"Come ti ha fatto sentire, Dylan?"

―――――――――

Quando arriviamo a casa, lascio che sia mio padre a entrare per primo, così non sarò io a dover dare la brutta notizia a mia madre e non mi farà domande stupide del tipo: "Com'è andato il torneo? Hai vinto qualche medaglia?"

Al mio ingresso, lei si limita ad annunciare che ordinerà cinese per cena e mi chiede se ho qualche desiderio in particolare.

Scuoto la testa e vado dritto in camera. Apro l'armadio, lascio cadere il borsone all'interno e poi entro in bagno per fare una doccia.

Rimango lì a lungo, sotto il getto dell'acqua che lava via le mie lacrime, a chiedermi perché diavolo sto piangendo. Piango perché non ce la faccio più. Perché una gamba in meno è un peso troppo grande da portare. Posso fingere di stare bene, posso comportarmi come se andasse tutto alla grande, ma la verità è che non ce la faccio più.

Guardo il mio moncherino e lo spazio che una volta era occupato dalla gamba. Io sono questo. Nulla potrà cambiare la realtà dei fatti.

Non sarò mai un ragazzo normale. E chi potrà mai innamorarsi di me con questo aspetto? Sembro un fenomeno da baraccone, un crudele scherzo della sorte, qualcosa da cui è meglio stare alla larga.

———

Quando l'acqua dello scaldabagno finisce e il getto comincia a diventare gelido, esco dalla doccia e mi avvolgo in un asciugamano. Guardando verso il mio telefono, mi accorgo che sta vibrando per una serie di messaggi in arrivo. Mi siedo sul letto, con l'asciugamano ancora allacciato introno alla vita e controllo le notifiche.

Alcuni compagni di scuola, incluso Todd, mi hanno chiesto come è andato il torneo. Santana mi ha inviato una foto in cui è sul podio con una medaglia d'oro e poi qualche messaggio in cui cerca di rincuorarmi e mi chiede come sto.

Le faccio i complimenti per la vittoria e le dico che sto bene.

Lei risponde immediatamente, chiedendomi se ci vedremo lunedì per l'allenamento.

Non rispondo.

C'è anche un messaggio da parte di Martese, che dice:

Tieni duro, Dylan! Oggi non è stata la tua giornata, ma ogni giorno è diverso. Andrà meglio.

Sotto c'è un altro messaggio, una lunga citazione di un discorso di un presidente:

Non è il critico che conta, né chi indica come l'uomo forte inciampi, né chi dice all'autore di un'opera come avrebbe potuto farla meglio. L'onore spetta all'uomo che davvero sta nell'arena, il cui viso è segnato dalla polvere, dal sudore e dal sangue; all'uomo che lotta con coraggio, che sbaglia ripetutamente, sapendo che non c'è impresa priva di errori e mancanze, e nonostante questo si adopera strenuamente per raggiungere il suo obiettivo; all'uomo che conosce momenti di grande entusiasmo e che persevera nella sua sconfinata dedizione; all'uomo che, quando le cose vanno bene, conosce il trionfo delle grandi conquiste e che, quando le cose vanno male, cade sapendo di aver osato in grande, cosicché il suo posto non sarà mai tra quelle anime timide e fredde che non conoscono vittoria né sconfitta.

Theodore Roosvelt
Osare in grande? Beh, non fa per me. Io so solo perdere in grande.

Capitolo Cinquantuno

Ho saltato l'allenamento del lunedì. E anche tutti gli altri della settimana. Il mio *gi* è ancora chiuso nel borsone in fondo all'armadio.

Martese mi ha mandato un messaggio chiedendomi perché non mi sono fatto vedere in palestra. Lo stesso ha fatto Santana, quasi contemporaneamente. Ho risposto che volevo prendermi una pausa. Un paio di settimane per leccarmi le ferite e aspettare che il mio umore migliori.

La verità è che non ho nessuna intenzione di tornare alla Resilient. Più si accumulano gli allenamenti saltati e peggio mi sento all'idea di ricominciare.

Ecco, il problema non è il fatto che ho perso. Il problema è che ho perso e poi mi sono arreso.

Teddy Roosvelt sarebbe tornato immediatamente a combattere. Ma io no. Io ho avuto coraggio e mi sono schiantato dritto contro un muro. Poi sono tornato a casa e ho deciso di diventare un codardo.

Le mie giornate hanno preso un nuovo ritmo, molto meno frenetico. Torno a casa da scuola, guardo qualcosa su Netflix e studio per gli esami di ammissione all'università.

Una settimana dopo il torneo, vado finalmente da Rich. Invece di essere felice come credo, Rich mi sembra un tantino deluso di sapere che ho mollato gli allenamenti di BJJ. Cerca immediatamente di rimediare con una delle sue prevedibili idee: fare una lista degli aspetti positivi del jiu-jitsu.

"Dovrebbe essere facile per te, considerando quanto ti piace," mi dice, sorridendo da un orecchio all'altro.

Quanto mi piaceva – avrebbe dovuto dire così. Era soltanto una fase. All'inizio non sapevo parlare d'altro, come chiunque cominci qualcosa di nuovo. Santana dice che gli atleti di BJJ sono peggio dei vegani, riferendosi a una vecchia barzelletta che suona più o meno così: "Come fai a riconoscere un vegano in una stanza piena di gente? Semplice, è quella che non smette mai di ripetere: IO SONO VEGANO!" Sì, insomma, a volte siamo un po' monotematici, ma ormai mi è passata.

Gli prometto di fare la lista e me ne dimentico all'istante. Per ora voglio concentrarmi sul nuoto. C'è un'altra gara in arrivo e, adesso che Todd è rientrato in squadra, abbiamo delle buone possibilità di vincere.

Le cose col resto della squadra vanno molto meglio. Perfino con Jack. È rimasto sempre uno stronzo, ma almeno adesso è uno stronzo che ha paura di me.

Vedendo che io e Todd siamo amici, i miei compagni di scuola hanno cominciato a lasciarlo in pace, e io ne sono felice. Ho sentito dire che alcune vittime di bullismo si trasformano in bulli, ma questo non è il mio caso, e non ho nessuna intenzione di vendicarmi ulteriormente.

Nei corridoi sento ancora, di tanto in tanto, volare qualche commento sulla mia gamba, ma i ragazzi si vanno abituando alla mia vista e non si meravigliano più. Non fraintendetemi, sono ancora in imbarazzo e mi sento ancora come se tutti fissassero la mia gamba, specialmente le ragazze, ma qualche volta mi capita di non pensarci e di comportarmi come una persona normale.

Per qualche strano motivo, lo shock del torneo e il pianto nella doccia mi hanno aiutato ad accettare la mia situazione. Adesso non ditemi che i maschi non dovrebbero piangere, perché è una sciocchezza bella e buona. Oltretutto, i miei pensieri neri e pessimistici erano dettati soltanto dall'amarezza della sconfitta, me ne rendo conto. Eppure qualcosa è cambiato, come quando c'è una tempesta in arrivo e l'atmosfera è turbata, piena di umidità e di corrente elettrica, ma poi, dopo la pioggia, il cielo si rischiara e puoi tornare a respirare a pieni polmoni.

La sera prima delle gare di nuoto, ricevo un altro messaggio da Santana.

Bello mio, stai davvero mollando tutto per l'errore di un arbitro sfigato a un torneo che conta meno di zero? Smettila di fare i capricci!

Penso a una mezza dozzina di risposte possibili, ma poi cancello il messaggio e non le mando nulla.

Mi lascio cadere sul letto. Mentre fisso il soffitto, sento la voce di Santana ripetere quella domanda nella mia testa. Sto mollando per uno stupido errore? Sto facendo i capricci perché qualcosa non è andato secondo i piani? Per un piccolo intoppo sulla mia strada?

Dopo qualche minuto passato a tormentarmi, allungo una mano per prendere il telefono e lo metto in modalità aereo. Basta, ho bisogno di dormire. Domani ci sono le gare di nuoto e il nostro allenatore vuole che arriviamo in anticipo per assegnare gli ordini di partenza e comunicarci l'organizzazione delle varie gare.

Qualche settimana fa il coach di nuoto mi ha preso da parte e mi ha detto che stavolta potrò rilassarmi e godermi l'evento, il che significa che non dovrò gareggiare. Finalmente ha capito che, facendomi nuotare, stava togliendo alla squadra ogni possibilità di vittoria.

Capitolo Cinquantadue

L'allenatore di nuoto legge l'ordine in cui si terranno le varie gare e ci rivela chi dovrà partecipare a ciascuna delle competizioni individuali, controllando che i selezionati siano presenti. E poi, proprio quando sto cominciando a pensare ad altro, cullandomi nella certezza che non verrò chiamato, dice: "Cinquanta metri farfalla: Jack e Dylan."

Deve essere uno scherzo. Non vado male nello stile farfalla, ma non sono certo il migliore della squadra. E neanche uno dei migliori. Rispetto a Jack, che è il nostro uomo più veloce, impiego circa due secondi in più per fare i cinquanta metri, ed è un botto di tempo per una gara in cui, spesso e volentieri, le differenze tra primo e secondo si misurano in decimi di secondo.

Gli altri della squadra si scambiano sguardi tra il deluso e l'interrogativo. Stanno tutti pensando la stessa cosa, e il nostro allenatore lo capisce.

"Prima di giudicare, dovreste sempre accendere il cervello. Forse non lo sapete, ma c'è una grossa novità: ho parlato con i giudici di gara e mi hanno detto che Dylan partirà avvantaggiato per compensare la sua... sì, insomma, il suo problema."

Mi prendo la testa tra le mani e rimango a fissare il pavimento. Preferisco perdere di un'intera lunghezza piuttosto che partire avvantaggiato.

"Dylan, hanno deciso di darti tre secondi. Suonerò il fischietto per darti il segnale e poi un giudice ufficiale farà partire tutti gli altri."

Non riesco a crederci. È terribile. Una vera umiliazione. Oh, facciamo vincere il povero storpio, diamogli un vantaggio su tutti gli altri! Il mio allenatore è convinto di farmi un favore, ma non posso starmene qui in silenzio e accettare questo scempio.

"Coach, lo apprezzo molto, ma..."

Ho appena ricevuto una gomitata tra due costole. Giro la testa di scatto e vedo Todd che mi sorride come uno scemo. Si china verso di me per parlarmi all'orecchio.

"Lo so, Dylan, è una schifezza. Ma ci servono punti. Dobbiamo recuperare tutto quello che abbiamo perso nel primo semestre. Con tre secondi di vantaggio, tu e Jack prenderete il primo e il secondo posto. Ci basterà vincere la staffetta e saremo ufficialmente la scuola con il punteggio più alto, qualsiasi cosa facciano gli altri."

Ha ragione. Sono lento, ma tre secondi mi bastano per assicurarmi il secondo posto. Se faccio del mio meglio, posso perfino battere Jack.

Il coach mi sta fissando. Non è esattamente un tipo ragionevole, perciò immagino che non prenderebbe bene un eventuale rifiuto da parte mia.

"Cosa c'è, Dylan?"

Mi giro verso Jack, che ricambia il mio sguardo con una specie di complicità inaspettata. "Sai, sarebbe bello vincere qualche gara, di tanto in tanto," mi dice.

Umiliazione pubblica o emarginazione da parte dell'intera squadra? Qualsiasi cosa scelgo, dovrò ingoiare parecchio fango.

Mi mordo le labbra. Jack e Todd hanno ragione, la squadra ha perso parecchie gare del primo semestre per colpa mia e anche stavolta la vittoria dipende solo da me. Non che la cosa mi piaccia, ma possiamo ancora salvare il campionato.

Todd avvicina di nuovo la bocca al mio orecchio. "Fallo per noi, Dylan."

"E va bene," dico, parlando ad alta voce. "Lo farò. Vinceremo questa maledetta gara."

"Ne sono sicuro," dice il nostro allenatore. "Allora siamo d'accordo. Andate là fuori e fate del vostro meglio!"

Mentre il coach assegna i turni della staffetta, mi disconnetto mentalmente. Sto pensando che potrei anche ignorare il suo fischio e partire insieme a tutti gli altri, ma sarebbe da stupidi. Ho dato la mia parola, non posso più tornare indietro.

Anche se l'idea di vincere in questo modo mi disgusta, nuoterò più veloce che posso. Andrò a prendermi quella medaglia d'oro, perché la squadra ne ha bisogno. Ma poi ho chiuso. Non metterò più piede nella piscina della scuola. È una promessa che faccio a me stesso, e che mi aiuta ad ingoiare questo boccone amaro. Non mi importa di cosa diranno i miei genitori, preferisco ricevere insulti piuttosto che essere compatito. Preferisco perdere che vincere ingiustamente.

Non riesco nemmeno a seguire il discorso di incoraggiamento del coach. Mettiamo al centro le mani e poi le solleviamo al cielo gridando il motto della squadra: "*Un, due e tre, quattro – Meadow Grove vincerà tutto!*"

Ma io non riesco a dire una parola. Le mie labbra sono cucite.

Tutti abbandonano lo spogliatoio, puntando con entusiasmo verso la piscina, ma io mi trattengo ancora un po', sovrappensiero. Il coach ne approfitta per venire a parlarmi.

"Ho dovuto fare i salti mortali per convincerli, Dylan. Potresti almeno ringraziarmi."

"Grazie Coach," gli dico, odiandomi ancora di più.

Capitolo Cinquantatré

Giro la testa dal blocco di partenza e vedo Anna seduta sulle gradinate. Mi guarda e sorride. Dannazione, perché oggi mi sembra così carina? Distolgo lo sguardo e cerco di concentrarmi sulla vasca.

Vorrei non avere addosso un costume così aderente. Speriamo che la gara cominci presto, perché adesso ho davvero bisogno di tuffarmi nell'acqua ghiacciata.

Fortunatamente, il fischio del mio allenatore arriva pochi secondi dopo. Spingo con tutta la forza che ho nella mia unica gamba ed entro in acqua, cercando di non alzare troppi schizzi, poi comincio a scalciare e slancio le braccia in avanti. Appena riaffioro, mi sforzo di trovare il ritmo.

Sento il fischio del giudice che dà il via ai miei avversari. Cerco di non farci troppo caso e continuo ad andare, concentrandomi sui miei movimenti e sul respiro. Quando un pensiero negativo si affaccia alla mia mente, lo spingo via con una bracciata poderosa.

E poi succede una cosa strana. Il mio corpo è immerso nell'acqua della piscina, ma il cervello crede di essere su un tappeto da jiu-jitsu. I muscoli mi fanno male, l'acido lattico mi fa bruciare i polmoni e ho la sensazione che stiano per scoppiare, proprio come quando vengo preso in uno strangolamento. Continuo a spingere, il dolore e la scomodità ormai sono sensazioni familiari, nulla può spaventarmi.

Tenendo bassa la testa e stringendo i denti, taglio l'acqua come un arpione da pesca.

Arriva alla fine ed è fatta, mi dico. Giocati il tutto per tutto. Svuota quel serbatoio.

Spingi. Spingi e combatti. Hai ancora delle energie dentro di te. Tieni il ritmo.

Oggi non puoi perdere. Non te lo puoi permettere. Sono partiti dopo di te, non riusciranno a raggiungerti.

Sono stanco, ma mi rifiuto di rallentare.

Spingo con tutte le forze.

E alla fine tocco il bordo della piscina. Immediatamente la testa si gira per controllare se qualcuno è arrivato prima di me nelle altre corsie. Sono vuote. Non c'è nessuno. Questo significa che sono arrivato primo – significa che ho vinto! Sento che il pubblico impazzisce, tutti gridano e applaudono, è un rombo assordante. Metto la testa sott'acqua, dove i suoni arrivano attenuati e rimango lì finché ho fiato.

Ho vinto, ma mi sento vuoto.

———

Sono tutti così felici per la vittoria che non ho altra scelta: mi incollo in faccia un sorriso e fingo di essere felice anch'io. Dopo l'incidente sono diventato campione mondiale di *non-mettere-gli-altri-a-disagio*, e vi assicuro che è uno sport faticoso, molto più di quanto si possa immaginare. E questa volta lo è più del solito.

Per un istante mi domando cosa avrebbe fatto Santana. Facile, avrebbe rifiutato il vantaggio. Oppure avrebbe aspettato il secondo fischio per cominciare a nuotare. Oppure avrebbe vinto, ma poi non sarebbe rimasta lì a sorridere come un'idiota.

Santana è genuina, in lei non c'è un briciolo di falsità. Almeno per quanto la conosco.

La mamma corre verso di me dalle gradinate e mi abbraccia.

"Sei stato incredibile!" Mi dice.

E in un certo senso ha ragione: ho battuto il mio record personale, una cosa di cui andare fieri, ma senza i tre secondi di vantaggio sarei arrivato penultimo, e non avremmo mai fatto abbastanza punti da risultare primi nella classifica generale.

"Sono stanco morto, mamma. Possiamo andare a casa?"

"Ma certo, tesoro! Andiamo via subito!"

Mi cambio in tutta fretta, ma proprio quando stiamo per andarcene, vedo i genitori di Todd che puntano nella mia direzione.

"Eccolo qua," dice il padre di Todd. "Signora, deve essere davvero orgogliosa di suo figlio!" Poi si rivolge direttamente a me: "Ottima gara, ragazzo."

"Mamma, papà… questi sono i genitori di Todd," dico io, prontamente.

"Piacere di conoscervi," dice mio padre, stringendo la mano a entrambi.

Mia madre, invece, si è irrigidita. Sa benissimo che Todd è il ragazzo che mi ha preso a pugni in faccia durante la mia prima settimana alla Meadow Grove. Le ho già spiegato che abbiamo fatto pace e che adesso siamo in buoni rapporti, le ho anche detto che Todd mi ha chiesto scusa, ma si sa come sono le madri – non dimenticano mai un torto fatto ai loro figli.

Anche i genitori di Todd adesso sembrano un po' in imbarazzo, forse perché gli adulti non si prendono mai a pugni in faccia e quando capita ai loro figli non sanno bene come affrontare la cosa.

Si presentano cordialmente dicendo i loro nomi e poi il padre di Todd ricomincia a farmi i complimenti. "Beh, che posso dire? Dylan, sei davvero il migliore."

"Grazie mille, signore."

"Sono contento che Todd abbia un amico come lui," prosegue poi, rivolgendosi ai miei. "Altrimenti non so come avrebbe fatto a cavarsela, quando quei tizi li hanno aggrediti. Poteva finire male, credetemi. Molto, molto male. Col mio lavoro, ne sento di tutti i colori."

Mia madre mi guarda perplessa e io vorrei sotterrarmi. Sta per fare una domanda al padre di Todd, ma mio padre la ferma appoggiandole una mano sul braccio.

"Gli allenamenti di jiu-jitsu hanno dato i loro frutti," ribatte mio padre. "Poi ti spiego," aggiunge, guardando verso la mamma.

"Ah, non ne ho alcun dubbio!" Sibila lei, guardandoci con gli occhi di ghiaccio.

"Chiedo scusa," interviene il padre di Todd. "Pensavo che ne fosse al corrente. In ogni caso, non è stata colpa loro. Sono stati aggrediti e Dylan ha difeso il suo amico, fine della storia."

"Tesoro, dobbiamo proprio andare. Abbiamo quell'impegno di beneficenza a casa dei miei amici, ricordi?" Dice la mamma di Todd, lanciandosi in nostro soccorso.

"Accidenti, hai ragione," dice il padre di Todd. "Sono stato davvero felice di conoscervi. Ancora congratulazioni, Dylan."

"La ringrazio. Arrivederci," rispondo, distratto da qualcosa che ho visto con la coda dell'occhio. Sulle gradinate più basse, nei posti in prima fila, c'è Anna. "Torno subito, aspettatemi!" Dico ai miei genitori, correndo verso di lei.

"Non sapevo che ti interessassero le gare di nuoto," le dico.

"E infatti non mi interessano granché," ammette lei, arrossendo un po'. "Comunque è andata alla grande, no?"

Mi stringo nelle spalle. "Mi hanno fatto partire con mezz'ora di vantaggio, Anna…"

"Ma sei stato comunque pazzesco. Congratulazioni, Dylan!" Si alza sulle punte e mi dà un bacio sulla guancia.

WOW! Questa non me l'aspettavo proprio. Sono felice di essermi cambiato perché credo di avere un'erezione.

"Gra... grazie," balbetto. "Io sto tornando a casa. Ci vediamo lunedì a scuola?"

"Ma certo," risponde lei, con un sorriso.

Tiro verso il basso l'orlo della mia felpa per nascondere la sporgenza nei pantaloni e mi incammino verso l'uscita. Quando mi volto a guardarla da sopra alla spalla, mi accorgo che è rimasta a fissarmi con lo stesso sorriso di poco prima. Anche lei indossa una felpa con il cappuccio e, quando si accorge che la sto guardando, ripete il mio gesto di abbassare l'orlo sopra ai pantaloni. Poi mi fa l'occhiolino e scoppia a ridere.

Santo cielo, ha capito che mi sono eccitato! Vorrei tornare indietro per spiegarle che quell'aggeggio a volte funziona col pilota automatico, ma renderebbe il tutto ancora più imbarazzante.

Mi aggrappo al bordo della felpa e la tengo in posizione, filando verso la porta a tutta velocità. Finora il mio problema numero uno era il moncherino, ma adesso c'è anche un'altra parte del corpo che ha deciso di farmi vergognare.

Capitolo Cinquantaquattro

La mamma aspetta che siamo tutti in macchina, le cinture allacciate e il motore acceso, e poi parte all'attacco.

"Di cosa stavano parlando i genitori di Todd? Scommetto che si riferivano alla sera in cui mi hai detto che quella ragazza… Santana, giusto? Beh, che eri andato in palestra ad aiutarla e che lei ti ha colpito per sbaglio. Ho ragione?" Mi domanda.

"Sì, ma non siamo mai stati aggrediti. Era solo una bugia."

Ok, forse non avrei dovuto dirlo. La mamma apre la bocca e la chiude senza dire niente, ma è diventata tutta rossa in faccia e sembra che stia per avere un attacco di cuore.

Cerco di giustificarmi, ma a metà della prima frase vengo interrotto da mio padre con uno sguardo rassicurante alla "lascia fare a me".

Le racconta tutta la verità, cominciando da quando Todd mi ha picchiato e ha continuato a prendermi in giro, fino ad arrivare al punto in cui l'ho sfidato nella gabbia e ho vinto, nonostante l'occhio nero.

Mentre lui termina il suo racconto, mi preparo all'ira funesta di mia madre. Sono quasi felice di non frequentare più la Resilient, perché almeno su questo punto sono inattaccabile.

"Allora, vediamo se ho capito bene," dice lei. "Hai picchiato quel ragazzino. In una gabbia. In palestra. E lo hai conciato così male che hai dovuto raccontare una bugia ai suoi genitori per evitare di essere denunciato."

Non la metterei proprio in questi termini, ma non riesco a trovare nemmeno un errore in quello che ha detto.

"Diciamo di sì."

La mamma piomba di nuovo nel silenzio. Un pessimo segno.

Dopo un tempo indefinito che a me sembra durare mezz'ora, mentre nella realtà equivale a pochi secondi, la mamma dice: "Beh, devo dire che questo Jiu Gigio alla brasiliana serve davvero a qualcosa. Non lo avrei mai detto!"

A volte pensi di aver capito tutto dei tuoi genitori, e invece loro sanno ancora sorprenderti. Per il resto del tragitto, la mamma continua a farmi domande sul match contro Todd. Alla fine è mio padre che la interrompe, dicendo che non possono certo appoggiare la mia decisione di fare a pugni con Todd, ma sono comunque felici che io mi sia difeso da solo. Poi sposta di nuovo la conversazione sulla gara di nuoto.

E io mi sento di nuovo male. Ho vinto solo per pietà. Ho vinto perché mi hanno trattato diversamente dagli altri. In altre parole, ho vinto in maniera scorretta.

Il telefono vibra e mi accorgo che è pieno di notifiche da parte di amici e compagni di scuola che mi fanno le congratulazioni. Mi ero quasi dimenticato che il nuoto è lo sport più importante per la Meadow e per i suoi studenti.

Qualcuno ha perfino pubblicato un video della gara. Sono solo gli ultimi secondi, e io schizzo come una freccia verso il bordo della vasca, arrivando per primo.

Comincio a leggere i commenti, anche se so benissimo che dovrei lasciar perdere.

I primi sono positivi, e mi fanno sentire meglio.

Sei un grande, Dylan.

Vai così, la Meadow Grove è di nuovo in pista! Vinceremo il campionato!

Cose del genere mi convincono a proseguire, gongolando per tutte le congratulazioni che ho ricevuto da chi ha guardato il filmato.

Ma poi, poco più in basso, qualcuno ha scritto:

Solo una parola: VERGOGNA.

E poi, una dozzina di commenti più in basso, qualcun altro ha scritto:

Cosa ottieni se butti una mezza dozzina di paralitici in acqua bollente? Un brodo vegetale!

E poi, subito dopo:

Non è un paralitico, è uno storpio. È per questo che lo hanno fatto vincere.

A quel punto, si scatena l'inferno. Alcuni dicono che è orribile dire cose del genere. Un paio di ragazzi che conosco di vista hanno cercato di difendermi scrivendo che quel tizio, chiunque lui sia, non avrebbe mai il coraggio di dirmelo in faccia. E che se dovesse provarci gli spaccherei il culo in due.

Insomma, la maggior parte delle persone sono dalla mia parte, ma quei due o tre commenti negativi fanno male. Malissimo. So che non dovrei preoccuparmene. Magari non ce l'hanno nemmeno con me – ci sono persone che passano tutto il loro tempo libero su internet a fare i troll, ossia ad insultare persone senza un motivo preciso. Eppure non riesco a smettere di pensarci.

Il mio telefono si illumina e sullo schermo compare il nome dell'ultima persona sulla Terra con cui vorrei parlare adesso: Santana.

Rimango col dito a mezz'aria. Devo rispondere? Ve l'ho detto, non voglio proprio parlarci. Non me la sento. Magari domani. Di sicuro vuole rimproverarmi per non essermi più fatto vedere in palestra, e io non ho nessuna voglia di ascoltarla, specialmente dopo quello che è successo oggi.

Rimango a fissare lo schermo. Me la immagino più o meno allo stesso modo, mentre guarda lo schermo e mi insulta in due lingue. Una volta Santana mi ha detto che la miglior difesa è l'attacco, perciò risponderò a questo dannato telefono mettendo in pratica il suo insegnamento. "Se mi stai chiamando per convincermi a tornare in palestra," le dico, "non ho nessuna intenzione di starti a sentire. Non è la giornata adatta."

"Perché non è la giornata adatta?" Dice lei. Dal suo tono di voce e dal modo in cui me lo domanda, capisco che ho indovinato le sue intenzioni.

Le racconto della gara, del vantaggio di tre secondi e della mia vittoria, dicendole che mi sento la coscienza sporca, come se avessi imbrogliato.

Incredibilmente, Santana mi ascolta senza interrompermi, limitandosi a commentare con qualche *capisco,* un paio di *accidenti* e una serie di *mh-hm* per segnalare che mi sta ascoltando. Un lungo silenzio segue la fine del mio discorso. A un certo punto stacco il telefono dall'orecchio e guardo lo schermo per assicurarmi che non sia caduta la linea.

"Ehi, sei ancora lì?" Le domando alla fine, dopo qualche altro secondo di nulla.

"Sì, sì. Ci sono."

"E hai sentito quello che ho detto?"

Mi aspettavo che si lanciasse in qualche assurdo discorso contro i giudici che mi hanno assegnato il vantaggio, o che mi sgridasse dicendomi che non avrei dovuto accettare. Ma invece risponde a monosillabi.

"Sì. Ho sentito."

"E non dici niente?"

"Che vuoi che ti dica?" Domanda.

"Non lo so, sei stata tu a chiamarmi."

Santana sospira. È lo stesso respiro di esasperazione che le ho sentito fare mille volte a lezione, quando mi mostra ripetutamente una mossa e io non riesco mai a farla. Adesso che ci penso, sono l'unico allievo con cui si permette di sospirare durante le lezioni, forse perché siamo più in confidenza.

"Tu devi fare pace con il tuo cervello, Dylan. Ti lamenti se ti trattano diversamente, ma se vieni trattato come tutti gli altri ti incazzi e molli tutto."

Vorrei dire che non è vero, che mi sto solo prendendo una pausa e che ho intenzione di tornare in palestra, ma non trovo il coraggio di aprire la bocca. Santana sa riconoscere una stronzata, quando la sente, e io non sono per niente sicuro che questa sia la verità.

"Hai idea di quante sconfitte ho dovuto ingoiare? Sai quante volte è stato battuto Martese? No, è ovvio che non lo sai. E non sai neanche che il motivo, la maggior parte delle volte, è stato un errore dell'arbitro. Ma a te cosa importa. Tu pensi che tutti ce l'abbiano con te."

"Io non ho perso per un errore dell'arbitro. Stavo vincendo, ma il match è stato interrotto."

"E allora? Martese ha parlato con varie persone, dopo il torneo. Sono quasi tutti d'accordo con lui: i giudici hanno sbagliato. Succede. Era soltanto uno stupido match in un torneo senza valore. Non puoi mica arrenderti soltanto perché hai perso un incontro, è davvero ridicolo!"

Certe volte, nella vita, c'è bisogno di qualcuno che ci dica quello che non vogliamo sentire. E oggi è una di quelle volte. La verità fa male, ma è sempre meglio farsi male che evitarla e rimanere bloccati nei nostri errori.

Adesso sono io che rimango in silenzio.

"Sai cosa dicono del jiu-jitsu?" Domanda Santana.

"Che cosa?" Dicono un sacco di cose a riguardo.

"Che è adatto a tutti, ma non tutti sono adatti al jiu-jitsu."

Lo so. Martese lo dice sempre. E la citazione va avanti dicendo: "Dopo qualche mese, metà delle persone che si credevano adatte non lo sono più. Dopo un anno, il jiu-jitsu è solo per quei pochi pazzi che si ostinano a non mollare."

"Lo sai che il prossimo weekend ci sarà il *Rollathon*, vero? L'evento di beneficienza per i ragazzini del campo estivo."

"Certo che me lo ricordo, ma non posso venire. Ho già preso degli impegni con…"

"Sai una cosa, Dylan?"

"Che cosa?"

"Che sei proprio un bastardo arrogante. Il mondo non ruota intorno a te, bello mio. Dovresti provare a fare qualcosa per gli altri, almeno una volta nella tua vita. Un giorno noi spariremo dalla faccia della terra e questo mondo sarà dei piccoli."

Non so che cosa intenda, ma sono sicuro che non mi permetterà mai di perdermi il torneo di beneficienza. Mi inseguirà e mi perseguiterà fino a quando, stremato, non sarò costretto a dirle di sì. E comunque comincio a provare un po' di nostalgia per i miei amici della Resilient. Mi farebbe piacere rivederli, anche solo per poco.

"E va bene, ci vengo."

"Puoi scommetterci, fratellino. Porta anche qualche studente della tua scuola per ricchi. E digli di parlare coi genitori e di aprire il portafoglio. I ragazzi per cui stiamo raccogliendo i fondi non sono nati con un cucchiaio d'argento nel culo come voi. Ti mando il link per le donazioni. Ah, un'altra cosa. Ti ho già iscritto per dieci round."

"COSA?"

Dieci round? Io non mi alleno da settimane. Se combatto per dieci round di fila, non credo di uscirne vivo.

"Hai sentito bene. Dieci round. Perciò smettila di farti le pippe e ricomincia ad allenarti," mi dice. E subito dopo mi chiude il telefono in   faccia.

Capitolo Cinquantacinque

Come avrete capito, gli inviti di Santana non sono veri inviti, ma minacce velate. Due minuti dopo aver chiuso la telefonata, mi invia un messaggio con il link per la raccolta fondi, insieme a qualche riga di testo in cui mi ricorda che ho "*accettato*" di combattere dieci round da cinque minuti. Subito sotto, scrive:

Sarà un ottimo allenamento per quando dovrai guadagnarti la cintura blu! :)

Santana è l'unica persona al mondo che può concludere con una faccina sorridente la serie di messaggi in cui ti ha praticamente *costretto* a combattere per un'ora a un evento di beneficienza.

Se devo essere sincero, anche a me viene da sorridere. Quando mi ha accusato di voler mollare tutto per una sciocchezza, ci sono rimasto male. Parecchio male. Ma aveva ragione. Ero arrabbiato per il modo in cui avevo perso, eppure non riesco a smettere di pensare a quello che mi ha appena detto Santana: era solo uno stupido match. Il problema è che ha fatto riemergere tutte le mie insicurezze.

Condivido su Instagram il link per le donazioni, insieme a una foto di me e Santana al centro della gabbia da MMA. Se non altro, distoglierà le attenzioni dei miei amici dalle gare di nuoto.

Quando clicco sul link, poche ore più tardi, rimango a bocca aperta: abbiamo già raccolto cinquemila dollari. Faccio scorrere la pagina e scopro che il padre di Todd ha contribuito con duemila verdoni. Ci sono alcune donazioni da cinquanta dollari e parecchie offerte da pochi dollari, provenienti dagli amici di vecchia data della Resilient – che devono aver ricevuto il link da qualcun altro – e dai miei compagni di scuola.

Per la prima volta dal torneo di Long Beach, sento che le nuvole nere intorno alla mia testa stanno cominciando ad allontanarsi. Forse è perché finalmente ho sentito la voce di Santana. Forse perché adesso so che preferisco i materassini della palestra alla piscina. O forse è perché mi sento sollevato di aver combinato qualcosa di buono per quei ragazzini e di non aver pensato solo a me stesso come faccio sempre.

Capitolo Cinquantasei

Nel momento in cui entro nella palestra affollata per il *Rollathon*, sono consapevole di aver aiutato a raccogliere quasi centomila dollari, il che mi fa sentire un po' meno in colpa per il fatto di essermi dato alla macchia. Il *Rollathon* è un evento aperto, perciò chiunque può sfidare gli altri atleti a patto di contribuire con una piccola quota di iscrizione, che va infilata in un cestino sul banco della segreteria.

La prima persona che vedo è Jared. Indossa un *gi* nero, nuovo di zecca, e sfoggia la sua cintura marrone.

"Bentornato, piccoletto," mi dice, stritolandomi con un abbraccio.

Manco solo da qualche settimana, ma avevo già dimenticato che qui la gente si abbraccia per qualsiasi cosa, e non solo per soffocarsi durante i combattimenti. Quando incontri qualcuno che non vedevi da un pezzo, la prima cosa che devi fare è abbracciarlo. Anche se sono passate solo poche settimane.

"Se quella furbastra di Santana cerca di farti sentire in colpa, tu ignorala completamente," mi dice. "Quando ha perso la sua prima finale in un torneo *no-gi*, è scomparsa per due mesi e ha smesso di rispondere al telefono." Poi si avvicina al mio orecchio. "Io non ti ho detto niente. Se lo viene a sapere, mi ammazza."

"Tranquillo, non le dirò nulla," prometto.

Non avrei mai il coraggio di sganciare una bomba del genere di fronte a Santana, e anche se dovessi farlo non sono così stupido da mettere Jared nei guai. In ogni caso, sapere che non sono l'unico ad aver bisogno di una pausa per elaborare la sconfitta mi fa sentire meglio.

Martese fa il suo ingresso nella sala grande della Resilient, batte due volte le mani e piomba il silenzio.

"Prima di tutto, devo ringraziare ciascuno di voi per il semplice fatto di essere qui. Il campo estivo è un'iniziativa che abbiamo molto a cuore, perché permette ai ragazzi meno fortunati di vivere un'esperienza lontano da casa e di avvicinarsi alla nostra straordinaria disciplina. Sapete già come funziona il *Rollathon*? I round durano cinque minuti, con un minuto di pausa ogni volta.

Scegliete il vostro primo avversario e preparatevi a combattere. Vi chiedo scusa se starete un po' stretti. Purtroppo gli spazi sono quello che sono, non ci aspettavamo tanta affluenza, perciò fate attenzione!"

"Fate attenzione", in questo caso significa cercate di non beccarvi un calcio in testa e di non dare a nessuno un calcio in testa, eventualità che potrebbe verificarsi quando un centinaio di persone combattono contemporaneamente nella stessa stanza. Non in maniera intenzionale, ma a volte capita.

Accanto a me c'è un ragazzo con la cintura bianca, uno degli ultimi arrivati alla Resilient, che si allena da poco prima del torneo di Long Beach. È alto all'incirca quanto me, ha una barbetta incolta e l'ultima volta che l'ho visto aveva anche una bella pancia prominente, che però sta già cominciando a scomparire.

"Andiamo?" Gli domando.

"Andiamo!" Risponde lui, entusiasta. "Piacere di conoscerti, io sono Jonah."

"Piacere. Dylan."

Non c'è abbastanza spazio per cominciare in piedi, visto che molte persone hanno già occupato la stanza, distanziandosi più che potevano. Ci sediamo a terra e aspettiamo che il timer dia inizio al primo round.

"Siete tutti accoppiati?" Domanda Martese, facendo scorrere lo sguardo sulla folla per individuare eventuali atleti rimasti soli. "Sì, mi pare di sì. Diamo ufficialmente inizio al *Rollathon*!"

Il timer emette un segnale acustico e si comincia. Dieci round sono davvero tanti, dovrò cercare di risparmiare le energie.

Io e Jonah ci battiamo il pugno e cominciamo il round da seduti. Faccio scivolare il moncherino tra le sue gambe e vado in mezza guardia senza difficoltà. È uno dei miei marchi di fabbrica, "la gamba inarrestabile", anche se sarebbe meglio chiamarla la gamba inesistente.

Jonah tenta subito di rovesciare la situazione a suo vantaggio. Come ogni novellino è molto teso e respira troppo rapidamente. Cerca di rovesciarmi su un lato, ma io infilo le mani dentro il collo del suo *gi*, afferro il tessuto, avvicino i gomiti e lo chiudo in uno strangolamento a prova di bomba.

Si arrende immediatamente. Torniamo alla posizione di partenza e ricominciamo.

Man mano che combattiamo, perdo la cognizione del tempo. Penso solo al momento che sto affrontando e a come posso guadagnarmi la vittoria. Prima che io me ne accorga, il tempo è scaduto. Il timer emette il suo segnale acustico e il round finisce. Jonah rotola via, si inginocchia sul tappetino e comincia a respirare a bocca aperta.

"Tutto bene?" Gli domando.

Alza il pollice, poi appoggia la mano sul petto, seguendo i movimenti del respiro come se volesse dirmi: tranquillo, sto solo cercando di riprendere fiato.

Un round è fatto. Ne mancano ancora nove – un'infinità. Eppure mi sento bene. Mi sento a casa.

Abbraccio Jonah e poi mi guardo intorno per individuare il mio prossimo partner. Il *Rollathon* somiglia un po' a quegli strani rituali di accoppiamento degli animali selvatici. Vedi una cintura più alta che ti guarda con intensità e ti sforzi di evitare il suo sguardo perché sei sicuro che ti farà a pezzi. Punti una cintura bianca senza gradi e quella sgattaiola via timidamente. Più tempo perdi, più coppie si formano. Le tue scelte diminuiscono e alla fine devi acchiappare al volo il primo che ti sembra papabile e lanciarti in un folle tango assassino di cinque minuti.

———————

Il timer segna la fine del decimo round. Mi distendo sul tappetino a respirare, il *gi* inzuppato dal mio sudore. Santana è seduta accanto a me e sta ridendo. Nel giro di un solo round, mi ha battuto così tante volte che ho perso il conto.

Mi dà un colpetto sul petto. "Ottimo lavoro, storpio!"

"A me è sembrato pessimo," le dico, ancora senza fiato.

Negli ultimi cinque minuti, ero una specie di sacco di patate con cui Santana poteva divertirsi a fare tutto quello che voleva. Mi ha costretto ad arrendermi con ogni singola tecnica di sottomissione che conosceva, incluse tre – vi giuro, le ho contate! – tre prese alla gamba buona, che l'hanno trasformata in un unico fascio di dolore. Ma è proprio questa la magia del jiu-jitsu. Nonostante tutto, mi sorprendo a sorridere.

È stato faticoso. È stato brutale. È stato doloroso. Ma ho amato ogni secondo.

Santana si alza, mi afferra con la sua mano buona e mi aiuta a rimettermi in piedi.

"Mi dispiace per le prese alla gamba."

"No che non ti dispiace."

Lei scoppia a ridere. "Hai ragione. Non mi dispiace per niente!"

Mi lancia una bottiglietta d'acqua e io bevo a grandi sorsi.

"Che si fa al campo estivo?" Le domando. "Ci si diverte?"

"I ragazzini sono fantastici. Stai tranquillo, Dylan. Ci sarà da divertirsi."

Capitolo Cinquantasette

Notizia bomba: ho un appuntamento con Anna. È stata lei a chiedermelo.

"Vuoi che studiamo insieme?" Le ho detto io, per evitare di illudermi.

"No, voglio un appuntamento con te. Un vero appuntamento, tipo una serata al cinema, una cena o qualcosa del genere. Visto che sono stata io a chiedertelo, tocca a te decidere cosa fare. Sorprendimi!"

Appena sento quelle parole, mi viene subito un'idea. Un'idea che devo scartare all'istante, perché Anna aggiunge: "Qualsiasi cosa che non preveda una palestra e dei tappetini imbottiti. Mi ci porterai un'altra volta, se riesci a non rovinare tutto, ok?"

Non pensavo che fosse così audace, ma la cosa mi piace.

"Quanto tempo ho per rifletterci?"

Anna inclina la testa di lato e mi guarda confusa, come se stesse pensando: questo idiota sta pensando di rifiutarmi?

"Aspetta, mi sono espresso male! Voglio uscire con te al cento per cento, ma volevo riflettere su cosa fare."

"Va bene, ma decidi in fretta, prima che io cambi idea."

―――――――

"Aspetta, hai un appuntamento? Devi raccontarmi tutto," dice Santana, abbassando il volume della musica. La nostra colonna sonora, al momento, è "The Warrior's Code" dei Dropkick Murphys. Santana sostiene che serve a darmi la carica per entrare nello spirito del prossimo torneo di BJJ.

"Una mia compagna di scuola."

"E com'è? Sexy?"

"È molto carina. Bella, ma non in senso volgare."

Santana allunga una mano, il palmo rivolto verso l'alto. "Ho capito, devo giudicare coi miei occhi. Forza, dammi il telefono. Voglio vedere una foto."

Apro il suo account di Instagram e poi passo il telefono a Santana, che scorre rapidamente tra le foto di Anna.

"Hmmmm," dice.

"Cosa?"

"Hai ragione, è bella. Approvata. Dove la porti? Non dirmi che le hai chiesto di venire qui, perché ti becchi un'espulsione a vita dalla palestra."

"Ammetto di averci pensato, ma lei è stata categorica: niente jiu-jitsu. Perciò ho pensato di chiedere a te. Insomma, chi può sapere cosa piace a una ragazza meglio di…"

"Di una ragazza a cui piacciono le ragazze?"

"Esattamente."

"Va bene, ma ho bisogno di più informazioni. Che tipo di ragazza è?"

"Non lo so. Pensavo che fosse una nerd, ma più la conosco più credo che sia una di quelle finte insicure che sotto sotto hanno voglia di uscire e di mettersi in mostra."

Santana rimane qualche secondo in silenzio, soppesando le alternative.

"Allora, cominciamo dalle basi: niente cena al primo appuntamento, a meno che non sia street food. Fidati, nessuno vuole passare la prima sera insieme a guardare l'altro che trangugia forchettate di pasta."

"Allora un film al cinema?"

Santana sembra disgustata al solo pensiero. "Peggio ancora. Non si può parlare e poi c'è sempre quel senso di tensione… passerete tutta la sera a pensare: devo fare una mossa? Devo prenderle la mano? E nessuno di voi potrà godersi il film." Fissa il vuoto per qualche secondo, mordicchiandosi le unghie, persa nei suoi pensieri. "Forse ho trovato!"

"Che cosa?"

"Libreria, caffè e passeggiata sulla spiaggia. Zero pressioni, zero aspettative, e in più ti farà sembrare un tipo sensibile e di classe. Sappiamo entrambi che non è vero, perché sei solo un adolescente arrapato e del tutto incapace di organizzare un appuntamento, ma lei ignora tutto questo e dovrà continuare a ignorarlo, d'accordo?"

Fingo di non aver sentito l'ultima parte, anche perché Santana ha ragione su tutta la linea e non ho niente di intelligente con cui ribattere.

"Libreria?" Domando, come se fosse la prima volta che sento quella parola.

"Sì, Dylan, una libreria. Hai presente quel posto coi libri sugli scaffali? Sai, i libri sono quelle cose con le parole che si leggono…"

"Lo so cos'è una libreria!"

"Cerca di scoprire che genere di libri le piacciono e poi, se l'appuntamento va bene, prendile un libro come regalo e daglielo all'inizio del secondo appuntamento. Se non fai stupidaggini, le mutandine le cadranno a terra da sole."

"Dici sul serio?"

"Edizione straordinaria! Interrompiamo le trasmissioni per darvi una notizia sconvolgente: anche alle ragazze piace il sesso! Dobbiamo fingere di no perché, beh, lo sai, quella cosa dello *slut-shaming*. Se capiscono che ti piace, poi ti chiamano puttana e cose del genere… Ma la cosa peggiore è che spesso quelli che ci giudicano sono dei maschi molto più *puttani* di qualsiasi ragazza sulla faccia della terra."

Ci ho pensato a lungo, ma non mi è venuto in mente niente di meglio, perciò ho deciso di seguire il piano di Santana. Visto che la San Fernando Valley non è famosa per le sue spiagge, mi toccherà guidare fino a Santa Monica. Libri, caffè e passeggiata sulla spiaggia. Dite che funzionerà?

Parcheggio davanti casa di Anna e suono il campanello. Mi risponde il suo fratellino, che subito inizia a tempestarmi di domande.

"Sei il fidanzato di Anna?"

"No, siamo solo amici."

"Ma è vero che hai una gamba sola?"

"Con questi pantaloni non si vede, ma è vero. Ho una gamba e un pezzetto dell'altra."

"E perché ti manca un pezzo dell'altra?"

"Me l'ha staccata uno squalo."

"Davvero?"

"Puoi scommetterci."

"Sei riuscito a riprendertela?"

"No, quello stupido squalo se l'è mangiata."

Fino a qualche mese fa, le domande del ragazzino mi avrebbero messo a disagio, ma ormai ho imparato a prendere esempio da Santana: ogni volta che i bambini della palestra le chiedono qualcosa sul suo braccio mancante, si inventa una storia strampalata per spiegare come lo ha perso. Ormai è diventata una specie di sfida a chi spara la balla più grossa, anche se naturalmente valgono solo quelle a cui la gente crede.

Al momento, Santana sta vincendo alla grande con una storia su un disastro aereo che l'aveva intrappolata sulla cima dell'Himalaya. Lei e i suoi compagni d'avventura erano rimasti senza cibo e una mattina lei si è svegliata e si è accorta che uno di loro le stava mangiando il braccio. Lo so che è impossibile credere a una storia del genere, ma Santana giura che una vecchietta a una stazione di servizio se la sia bevuta, e chi sono io per darle della bugiarda?

Fortunatamente, Anna accorre in mio aiuto. Mentre entriamo in macchina, mi giro a guardare il suo fratellino. Si è messo di spalle e sta facendo quella cosa di abbracciarsi da solo per dare l'illusione che stia pomiciando con qualcuno.

"Non farci caso. È un ragazzino simpatico, ma certe volte si comporta da idiota."

————

Durante il tragitto per Santa Monica parliamo di scuola – gli esami di ammissione all'università, i college che ci interessano, roba del genere. Io non ho ancora pensato a niente, non so dove voglio andare né cosa voglio studiare, mentre lei sembra avere le idee piuttosto chiare.

Arrivati alla Promenade di Santa Monica mi infilo in un parcheggio a pagamento e procedo a passo d'uomo, guardandomi intorno alla ricerca di un posto libero.

"Infilati in questo!" Dice lei, indicando un parcheggio per disabili.

"Preferisco evitare, se non ne ho davvero bisogno," ribatto, andando verso un posto vuoto che ho adocchiato poco più avanti.

"E perché?"

"Perché potrebbe esserci qualcuno che ne ha più bisogno di me. Sai, quelle zebrature intorno al parcheggio servono per darti più spazio nel caso in cui tu debba aprire una sedia a rotelle o scendere da un furgoncino usando una pedana."

Mi guarda con un sopracciglio alzato ma non protesta.

Mentre comincio a fare manovra, un tizio con una BMW serie 5 arriva a tutta velocità, fa una sterzata azzardata rischiando di schiantarsi contro la fiancata della mia povera Sfigatomobile e mi ruba il parcheggio.

"Ma che diavolo…"

Abbasso il finestrino.

"Che stai facendo?"

Il tizio scende dalla macchina. È un ragazzo della mia età, o forse poco più grande, con il tipico abbigliamento da fighetto dei grandi magazzini.

"Sto parcheggiando. Perché, non si vede?" Risponde, sorridendo come uno scemo.

Apro la portiera e faccio per scendere, ma Anna mi trattiene per un braccio.

"Lascia perdere, Dylan."

Il fighetto ridacchia e la mia voglia di prenderlo a pugni sale alle stelle. "Hai sentito la signora? Lascia perdere, Dylan," ripete, parlando in falsetto per imitare la voce di Anna.

A quel punto, non ci vedo più. Immagino di fiondarmi fuori dall'auto, atterrarlo con un *double leg* e spingergli il mio ginocchio di titanio contro il petto fino a quando non chiede scusa a entrambi. Badate bene, non voglio colpirlo, voglio solo fargli sentire quanto pesa il ginocchio della giustizia.

Ma poi penso a Martese. E anche al fatto che Anna odia la violenza più di ogni altra cosa.

Faccio un respiro profondo, conto fino a tre e poi decido di ignorarlo.

Ingrano la retromarcia, giro la testa e tolgo il piede dal freno.

"Ottima scelta, idiota," mi grida il tizio alle spalle. "Andate al diavolo, tu e la tua ragazza giappo-cinese."

Fermo l'automobile e guardo Anna. Le parole di quell'ignobile verme le hanno fatto male. Da dove viene questo idiota? Los Angeles è una città cosmopolita, nessuno si sognerebbe mai di attaccare una ragazza per le sue origini asiatiche.

O forse è quello che penso io, ma solo perché non sono asiatico e non sono mai stato insultato per motivi razziali. Non ci sarebbe da sorprendersi: le persone con due gambe non hanno la più pallida idea di quello che deve sopportare uno come me. E non importa se ormai ci sono abituato, ogni volta è fastidioso come se fosse la prima.

"Adesso ha esagerato. Se non hai nulla in contrario, vorrei andare a parlarci. Posso?"

Lei lancia un'occhiata al tizio, che se ne sta lì con le braccia incrociate sopra a una maglietta azzurra della Hollister e ci fissa con il suo sguardo compiaciuto.

Anna guarda il mio viso, poi di nuovo il fighetto.

"Va bene, vai. Se vuoi soltanto parlarci, hai il mio permesso. Qualcuno dovrebbe insegnargli l'educazione."

Apro la portiera e faccio per scendere.

"Aspetta un attimo, Dylan."

Mi fermo.

"Non stai andando lì solo per parlare, vero? Insomma, tu dirai qualcosa, lui ti risponderà male e poi farete a botte, giusto?"

Ho l'impressione che ad Anna non interessino i dettagli tecnici di quello che ho in mente, perciò mi limito a un semplice: "Probabilmente."

"Allora lascia perdere. Troviamo un altro parcheggio."

Rimango per un momento in dubbio su cosa fare. Vorrei tanto prenderlo a calci in culo. In fin dei conti, il motivo per cui certa gente si permette di comportarsi così è che nessuno li ha mai pestati come si deve. Guardo Anna dritta negli occhi e capisco che mi sta implorando di non cominciare il nostro primo appuntamento con una scazzottata in un parcheggio.

Perciò rientro in macchina e chiudo la portiera.

"Scusami. La violenza non mi piace, ecco tutto."

"Non devi scusarti," le dico. "Forse è meglio così."

Troviamo un parcheggio libero in fondo alla fila e ci incamminiamo verso l'uscita. Il tizio non si è mosso dalla sua auto. Quando gli passiamo accanto, dice qualcosa che non riesco a sentire, ma sicuramente nulla di piacevole.

Mi giro a guardarlo. Lui si porta le mani al volto e usa le dita per fare gli occhi a mandorla. Anna lo vede, e si innervosisce a tal punto che le vengono le lacrime agli occhi. Una sensazione che conosco bene. Mi succedeva la stessa cosa dopo l'incidente, quando qualcuno mi prendeva in giro per via della gamba.

"Non ti muovere," le dico. "Torno subito."

Lei non cerca nemmeno di fermarmi. Avanzo verso il fighetto, che si sta scompisciando dalle risate, e lo porto subito a terra con un *double leg*, usando la gamba buona per farlo inciampare. Lo sbatto contro il pavimento di cemento, afferro il polso della mano con cui cerca di darmi un pugno e spingo il ginocchio di metallo contro il suo sterno.

Lui si dibatte come un pesce fuor d'acqua. Aumento la pressione sul ginocchio e lo sposto leggermente, in modo da svuotargli i polmoni. Adesso non sembra più tanto compiaciuto.

Per qualche secondo, rimango in silenzio. Tenendogli il polso, ruoto di lato e gli appoggio l'altro ginocchio contro il lato del collo, facendo pressione quanto basta per togliergli il fiato.

"Hai finito?" Domando.

"Certo, certo. Non… Non dico più nulla, promesso."

"Va bene, allora ti lascio. Ma se fai ancora lo stronzo, giuro che ti spezzo il collo. Hai capito?"

"Ho capito, amico. Sei stato chiarissimo."

Mollo la presa e mi incammino verso Anna, mentre lui si rimette in piedi massaggiandosi il petto e il collo.

"Tutto bene?" Le domando.

È nervosa e preoccupata, ma non vuole rovinare il nostro appuntamento, perciò si sforza di sorridere. "Sì, tutto bene. Pensi che chiamerà la polizia?" Mi dice.

"Cosa potrebbe dirgli? Che ti stava allegramente lanciando insulti razzisti contro una ragazza stupenda quando è stato atterrato da un giustiziere con una gamba sola?"

"Forse hai ragione," dice lei, sorridendo.

"Andiamo, abbiamo un sacco di cose da fare. Non permetterò a nessuno di rovinare il nostro primo appuntamento."

Capitolo Cinquantasei

"Come facevi a saperlo? Io amo le librerie!"

Un punto per Santana. Come fa ad avere sempre ragione? Entriamo in libreria e Anna va subito a guardare le nuove uscite sui banchi accanto all'ingresso.

"Hai letto il nuovo libro di Alice Hoffman?" Dice, sollevando un volume. "È una scrittrice pazzesca."

"No. Tu l'hai già letto?" Le domando.

"No, aspetto che esca l'edizione economica."

Lo appoggia di nuovo sul banco e va a guardare qualcos'altro. È come una ragazzina in un negozio di caramelle. Guardarla mi diverte, ma in senso buono: il suo entusiasmo mi piace, mi scalda il cuore. Non voglio starle troppo addosso, per cui vado a guardare un altro banco. È strano, da piccolo i libri mi piacevano un sacco, ma da quando ho iniziato il liceo ho perso l'abitudine di leggere. Dovrei proprio decidermi a ricominciare. Anzi, ho deciso. Voglio ricominciare da oggi.

Prendo un libro a caso, un volumetto con dei cristalli luminosi sulla copertina. "La via dell'ostacolo" di Ryan Holiday. Potrei partire da questo? Lo giro e leggo la quarta di copertina: l'autore ha cercato di attualizzare l'antica filosofia dello stoicismo, qualsiasi cosa sia, e di renderla adatta al mondo dei giorni nostri.

Anna alza lo sguardo dai libri e viene verso di me. "Ehi, grazie per avermi difesa…" Mi dice, sottovoce. "E anche per non avergli fatto del male. Lo so che avresti voluto."

"Il jiu-jitsu è l'arte di controllare l'avversario. Fargli del male non è sempre necessario." Forse ho un'opportunità per convincerla. Devo assolutamente fare un tentativo. "Potresti provare. Perché non vieni palestra, una di queste volte?"

"Non credo che sia una buona idea, Dylan. A te piace il jiu-jitsu, ma a me piacciono i libri."

"Possono piacerti anche due cose insieme."

"Questo è vero," dice lei, sorridendo e dandomi una pacca sul culo. "Ma per ora pensiamo ai libri. Andiamo a vedere cosa c'è al piano di sopra?"

Saliamo una rampa di scale e continuiamo a passeggiare per la libreria. Anna mi indica i libri che ha letto, dandomi qualche piccola anticipazione sulla trama e spiegandomi perché le sono o non le sono piaciuti. Ogni volta che trova uno dei suoi libri preferiti si illumina tutta. È la stessa Anna con cui faccio pranzo a scuola, ma in questo posto sembra più leggera, più felice e anche più bella.

Il tempo vola quando ci si diverte, e mi accorgo che si sta già facendo tardi. A un certo punto le dico che devo andare in bagno e torno di nascosto al piano di sotto, dove compro una copia del libro di Alice Hoffmann che aveva visto all'ingresso.

Mentre recupero il sacchetto con il libro dalle mani della cassiera, la vedo scendere le scale.

"Ehi! Stai comprando un libro? Fammi vedere," Mi dice.

"È per te." Le consegno il sacchetto. Per un attimo ho paura di essere stato un po' troppo diretto, ma lei prende il libro e mi scocca un enorme sorriso.

Si alza sulle punte e mi dà un bacio sulla guancia. "Grazie, Dylan. Sei stato dolcissimo."

Prendiamo due caffè americani in un locale sulla Promenade e poi andiamo verso la spiaggia, superando il parcheggio dove abbiamo lasciato l'automobile. Per raggiungere il mare bisogna attraversare un alto ponte pedonale che supera le corsie dell'autostrada e termina con una lunga scalinata. Non sono ancora molto bravo con le scale e procedo lentamente, un passo dopo l'altro, ma Anna non sembra disturbata dalla mia goffaggine.

È una tipica giornata californiana: temperatura perfetta, cielo azzurro terso, chilometri e chilometri di spiaggia che si estendono a perdita d'occhio e le increspature bianche delle onde che si arricciano in mezzo al blu dell'oceano.

Camminiamo verso nord, sorseggiando i nostri caffè nelle tazze di carta e guardandoci intorno. Ho sempre pensato che fosse una sciocchezza quando una ragazza mi diceva – chissà perché, sono sempre le ragazze a dirlo – che le piace fare lunghe passeggiate sulla spiaggia, ma adesso capisco perché.

È un po' come gli esercizi di respirazione che mi ha insegnato Santana, una cosa così semplice che si avvicina alla perfezione.

"Allora? Come ci si sente ad essere il più temuto della scuola?"

La domanda mi prende alla sprovvista. "Il più temuto della scuola? Io?"

Anna fa cenno di sì con la testa.

"Non sono mica io, il più temuto."

"Come no! L'unico ragazzo del nostro anno che Jack Kim non ha il coraggio di prendere in giro. Non puoi negare, Dylan. Perfino i bulli hanno paura di te."

"Pensavo che non ti piacesse la violenza."

"E infatti non mi piace. Ma non hai ancora risposto alla mia domanda."

Mi prendo qualche momento per rifletterci. Non ci avevo mai pensato prima.

"Vuoi sapere la verità?"

"Certo che voglio la verità."

"È una figata pazzesca."

Lei scoppia a ridere.

"Adesso tocca a me. Posso farti una domanda?"

"Dimmi."

"Perché mi hai chiesto di uscire?"

"Perché mi piaci, scemo!"

"Ti piaccio e basta?" Le dico, alzando un sopracciglio in modo malizioso. "Non c'è altro?"

Lei mi punzecchia un fianco con un dito. "Non fare così. Che altro dovrebbe esserci?"

"Quando venivi a pranzare con me, ho sempre pensato che fosse perché ti facevo pena."

Anna non risponde. Ho l'impressione di aver colpito nel segno, forse c'è un fondo di verità in quello che ho detto. Possibile che mi abbia chiesto di uscire solo perché nessun'altra lo aveva mai fatto? Che poi, a pensarci bene, il motivo per cui nessun'altra mi aveva mai dato un appuntamento è la mia gamba mancante e perciò: possibile che mi abbia chiesto di uscire solo per la mia gamba mancante? Devo indagare più a fondo.

"Dopo l'incontro con Todd, però, hai smesso di parlarmi. E poi, di punto in bianco, mi chiedi un appuntamento. Perché?"

"Di punto in bianco? Vuoi dire che non hai mai capito niente?"

"Cosa avrei dovuto capire?"

"Che mi sei sempre piaciuto, fin dall'inizio. È per questo che pranzavo al tuo tavolo."

"E poi hai cominciato a ignorarmi perché…"

"Per quello che hai fatto a Todd. È stato terribile."

"Era una sfida ad armi pari. Lui non ci avrebbe pensato due volte a ridurmi in poltiglia."

Anna rimane un momento a guardarmi con gli occhi sgranati. Ho detto qualcosa di sbagliato?

"Va bene, va bene, forse quella volta ho esagerato," proseguo. "Avrei dovuto evitare di colpirlo con quelle gomitate, sai? Potevo vincere anche senza. Per quel che vale, dopo l'incontro ho avuto un bel po' di sensi di colpa."

Anna si prende il suo tempo. Lei è fatta così: prima di parlare, preferisce mettere in ordine i pensieri che le ronzano in testa, in modo da averli chiari.

"Ascolta, se devo dirla tutta, il problema non è stato soltanto il modo in cui ti sei comportato. Da un giorno all'altro, sei diventato uno dei tipi più popolari della scuola. Jenny Moran ti si è appiccicata addosso come una camicia sudata, le ragazze più carine della scuola ti sbavavano dietro. Forse mi sono ingelosita. Forse non volevo che tu pensassi che io sono come tutte le altre e che ti volevo solo perché andavi di moda. Capisci cosa intendo?"

"Perciò ti piacevo anche quando non mi parlavi?"

"Sì. Proprio così."

"E la storia della gamba? Non ti dà fastidio?"

"Dylan, posso chiederti un favore?"

"Dimmi tutto."

"Smettila di parlare!"

Chiudo la bocca e rimango in silenzio, mentre lei mi cinge la vita con le braccia. Chino la testa verso di lei, finché le nostre labbra non si toccano. È un bacio pazzesco. Una sensazione che non ho mai provato, come mettere a segno un atterramento perfetto, come sottomettere il tuo avversario a un secondo dalla fine del round. No, ma che dico! È anche meglio.

Libro. Caffè. Passeggiata sulla spiaggia.

Devo proprio ammetterlo: Santana è la numero uno, in fatto di ragazze.

Capitolo Cinquantanove

"Come è andato l'appuntamento?" Mi domanda Santana.

Mancano solo un paio di settimane al prossimo torneo di BJJ e io sto lavorando sulla mia *baseball bat choke*. È una mossa che in genere, al mio livello, l'avversario non si aspetta e Santana ha deciso di farmela studiare alla perfezione per trasformarla in una specie di arma segreta.

"Abbastanza bene."

Santana fa un passo indietro e mi guarda con un sorrisetto.

"Che cosa significa?"

"Che siamo stati bene."

"Quanto bene?"

"Bene, Santana! Siamo stati bene, che altro devo dirti?"

"Avete fatto un po' di attività fisica?"

Non ho mai avuto un'amica omosessuale prima d'ora, perciò non capisco se Santana me lo sta chiedendo perché anche le ragazze sono interessate a certe cose o se ha imparato questo giochetto perverso dai maschi che frequenta in palestra. A dire il vero, un sospetto ce l'ho. Non credo che lo abbia imparato dagli altri, perché nessuno dei tizi che ho conosciuto alla Resilient mi sembra audace e spudorato quanto lei.

Santana non ha filtri. Di nessun tipo.

"No, questo non te lo dico!"

"Che gentiluomo," dice lei, ridacchiando e facendomi un mezzo inchino. "Ultima domanda, promesso. Rispondimi e non ti chiederò più nulla."

Inclino la testa e la guardo storto. Non mollerà mai. È come un cane da caccia, quando trova qualcosa di suo interesse la insegue fino in capo al mondo e lotta coi denti pur di ottenerla. "Sentiamo."

"C'è stato un momento, durante il vostro appuntamento – un momento qualsiasi, non voglio sapere i dettagli – ma c'è stato o non c'è stato un momento in cui hai dovuto toglierti la gamba?"

Adesso basta, comincio a innervosirmi. Se fosse stato Jack Kim a dirmi una cosa del genere, penso che gliel'avrei fatta rimangiare a suon di pugni. Naturalmente, Santana adora vedermi nervoso, e la mia espressione la incoraggia a proseguire.

"No? Quindi è stata lei a togliertela? Accidenti, è super sexy! Ti ha anche baciato il moncherino?" Dice, ridendo di gusto.

"Molto divertente. Possiamo tornare ad allenarci o hai qualche altra pessima battuta da fare?"

"Vacci piano, dongiovanni!"

Sì, abbiamo fatto un po' di attività fisica. Ne abbiamo fatta parecchia, a dire il vero, ma non ho nessuna intenzione di riferire tutti i dettagli a Santana.

Più dell'attività fisica, mi è piaciuto stare con lei. Negli ultimi tempi ho frequentato soltanto amici maschi. Eccetto Santana e poche altre ragazze, la Resilient è piena di maschi, e la squadra di nuoto è al cento per cento composta da ragazzi. Stare con lei mi ha fatto bene. Ho perfino ricominciato a leggere.

Ebbene sì, il lunedì dopo l'appuntamento mi ha consegnato una copia del libro di Ryan Holiday che stavo guardando in libreria. È molto più interessante di quanto sembrasse; il tema principale del libro è il fatto che anche gli eventi peggiori della nostra vita possono trasformarsi in preziose risorse.

E poi, ciliegina sulla torta, le cose tra me e Anna vanno così bene che lei ha promesso di venire al torneo, perciò la mia motivazione è alle stelle. Se solo Santana riuscisse a rimanere concentrata sugli allenamenti, invece di punzecchiarmi continuamente, tutto andrebbe alla grande. La mia tecnica è migliorata parecchio negli ultimi tempi e anche la pausa dalla palestra sembra essere servita – se non altro il mio corpo ha avuto una chance di riposarsi e recuperare.

I giudici del torneo hanno assicurato a Martese che l'incidente di Long Beach non si ripeterà. Se voglio, posso iniziare con il moncherino appoggiato a terra, ma visto che centinaia di spettatori hanno assistito alla mia disfatta e che qualcuno ha perfino caricato un video su internet, l'effetto sorpresa è sfumato. Perciò ho deciso di inventarmi qualcos'altro.

Qualcosa che, se dovesse andare secondo i piani, farà in modo che lo sguardo di tutti sia di nuovo puntato su di me. Ma questa volta per un buon motivo.

Se dovessi perdere, non posso negarlo, mi sentirò da schifo. Sarà una delusione. Mi arrabbierò. Forse mi chiuderò in camera e salterò la cena. Ma prometto che non mi arrenderò mai. Se dovessi fallire, tenterò di nuovo.

Capitolo Sessanta

Martese, Santana, Jared e Anna sono accalcati contro una delle transenne, mentre io aspetto di essere chiamato dai giudici per prendere il mio posto sul tappetino. Ho messo su la mia espressione da battaglia. Raddrizzo le spalle, spingo il petto in fuori e vado a consegnare un documento in segreteria. Due giudici mi controllano il *gi* e poi mi danno il via libera.

Infilo in bocca il paradenti, bevo un sorso d'acqua e sgancio la protesi.

L'arbitro dell'incontro ci fa cenno di avvicinarci. Il mio avversario non sembra intimorito dal fatto che io arrivi saltellando su una gamba sola o comunque, se la cosa lo turba, non lo dà a vedere. Forse ha cercato il mio nome su internet. Forse ha guardato il video di Long Beach, e questo significa che si aspetta di vedermi iniziare l'incontro in ginocchio. Magari ha passato l'ultima settimana ad allenarsi su come contrattaccare un atterramento dalla caviglia, il che sarebbe fantastico, visto che non gli servirà a niente.

Raggiunto il tappetino, mi chino leggermente in avanti, piego il ginocchio e rimango in attesa del via. Sono di nuovo nel tunnel della battaglia. Il mio campo visivo si restringe, tutto diventa più nitido, lo sfondo scompare. Le voci, le grida, gli applausi sono lontani e sfumati.

Tutta la mia ansia si trasforma in concentrazione. Fisso lo sguardo sulla mano dell'arbitro, che a un certo punto taglia l'aria con un colpo secco.

"COMBATE!"

Rimango immobile, in equilibrio. Quando il mio avversario si fa avanti, alzando le mani per afferrarmi, io mi abbasso ancora di più, caricando il peso sulla gamba posteriore e spingendo il busto in avanti. Il mio piede è troppo lontano da lui, per potermi atterrare con un semplice sgambetto.

Tutto quello che può fare è andare in *clinch*, ossia abbracciarmi frontalmente e passare al corpo a corpo. Con la mano destra, gli abbasso il collo. È una manovra pericolosa, che mi fa quasi perdere l'equilibrio, ma essendo praticamente appiccicato a lui riesco comunque a restare in piedi. Faccio scivolare il pollice sotto al colletto del suo *gi*, proprio sulla nuca.

Appena mi sento di nuovo stabile sulla mia gamba, uso la mano sinistra per aprirgli il *gi* all'altezza del petto, allentando la tensione del tessuto sul collo e permettendo all'altra mano di penetrare ancora più a fondo. Lui non sembra affatto preoccupato dai miei movimenti, è troppo concentrato sulla sua mossa. Mi stringe le braccia attorno alla vita e spinge il mio petto col suo, per rovesciarmi all'indietro. Anche se dovesse riuscire ad atterrarmi, ormai non ha scampo.

Prima che lui riesca a portarmi a terra, sto già mettendo in campo la mia arma segreta. Ruoto le anche, abbasso il baricentro, afferro il tessuto del suo *gi* come se fosse una mazza da baseball.

Quando capisce cosa sta succedendo, ormai è troppo tardi. Mi lascio cadere a terra, trascinandolo giù con me. O almeno è quello che volevo. Il busto mi segue, incollato a me. I suoi piedi, invece, non si muovono dal tappetino. Pazienza, questa volta dovrò improvvisare.

Scivolo sotto di lui e chiudo i gomiti a forbice, stringendo il suo collo tra i miei avambracci. Lui cerca di infilare una mano all'interno della presa per aprirla e respirare, ma non c'è spazio. E allora lo trascino giù. Mi avvicino a lui con tutto il corpo, abbasso la testa e gliela premo contro. In questo modo i gomiti possono stringersi ancora. Adesso la presa è perfetta, il bordo delle mie mani preme contro le sue carotidi su entrambi i lati del collo.

Si agita, muove le gambe, cerca di spingermi via, ma io mantengo la presa.

Le dita mi fanno male, ma non mollerei per niente al mondo.

Sento la sua mano sul mio fianco. Sta battendo dei colpetti leggeri.

"Va bene, basta così," dice l'arbitro, correndo a separarci. "Si è arreso, ragazzo. Hai vinto."

Mollo la presa e sprofondo sul tappetino. Accanto a me, sento il mio avversario sconfitto che batte il pugno a terra.

E poi gli applausi esplodono tutt'intorno. Mi copro la faccia con entrambe le mani e li ascolto. Non si fermano più. Quasi non riesco a crederci, ce l'ho fatta. Avevo un piano, l'ho eseguito, ho superato gli intoppi e alla fine ho vinto.

Ci rimettiamo in piedi e raggiungiamo l'arbitro, disponendoci sui due lati. L'arbitro mi prende la mano e mi proclama vincitore.

Chiudo gli occhi per qualche secondo, assaporando il momento, mentre i miei compagni di squadra esultano come pazzi. Saltello via dall'area di gara e vado a rimettermi la gamba, mentre i prossimi atleti prendono possesso del tappetino e si preparano alla sfida.

Quando arrivo alle transenne, ogni singolo membro della Resilient è lì per abbracciarmi. Ma io vado dritto verso Anna e la stringo tra le braccia. Quando ci separiamo, Santana e Martese si sporgono per farmi le loro congratulazioni.

Santana mi sussurra qualcosa all'orecchio. "Fidati, anche stasera farai un bel po' di attività fisica. Di quella che si fa senza gamba, se capisci cosa intendo," dice, scoppiando a ridere a metà dell'ultima frase.

"Non gongolare troppo," mi riprende Martese. "Tra venti minuti, si combatte di nuovo."

Accidenti, ha ragione. Devo tornare concentrato ed elaborare un nuovo piano per il prossimo avversario. La mia categoria di peso è una delle più affollate del torneo. Prima di arrivare a vincere una medaglia, bisogna battere parecchi avversari. La cosa positiva è che mi sento alla grande. Non ho versato nemmeno una goccia di sudore.

Mentre aspetto di essere chiamato, vedo Anna che si avvicina con una bottiglietta d'acqua e una banana.

"Sei stato fantastico," mi dice, allungandosi sopra alle transenne per consegnarmi la bottiglietta.

Penso proprio che Santana abbia ragione. A giudicare da come mi guarda, Anna muore dalla voglia di togliermi la gamba e… beh, sì, avete capito.

"Mi piace questo posto. C'è competizione, ma il clima è molto disteso."

È vero. Rispetto alle competizioni di MMA, quello dei tornei di BJJ è un mondo completamente diverso. Tanto per cominciare, sono tutti sobri. E il pubblico è composto quasi esclusivamente da atleti e amici di atleti. Insomma, la stanza è piena di potenziali assassini a sangue freddo, ma proprio per questo motivo c'è un'atmosfera di rispetto reciproco e tutti si comportano in maniera educata.

"E anche i tuoi amici sono belle persone. Santana è incredibile. Non lo ammetterà mai, però ti adora."

Questa sì che è una novità. Santana passa molto tempo con me, ed è la persona con cui ho legato di più in assoluto, insieme al coach Martese, eppure spesso è dura nei miei confronti e non si stanca mai di prendermi in giro.

"In che senso mi adora?"

"Ha detto che se vinci il torneo dovrò premiarti con, ehm…" Anna usa l'indice e il medio delle due mani per mettere tra virgolette la citazione di Santana: "Uno speciale match corpo a corpo senza vestiti."

L'acqua che stavo bevendo mi rimane incastrata in gola e per poco non mi trasformo in una fontana vivente, spruzzandola tutt'intorno. Mi sento la faccia calda. Scommetto che sono arrossito.

Fortunatamente, Anna non approfondisce l'argomento.

"Forse verrò a fare una prova in palestra," dice, mentre mi porge la banana.

Io la guardo negli occhi. "Stai dicendo sul serio?"

"Certo! Sono tutti così carini!"

Lo ammetto, il pensiero di Anna che si allena alla Resilient mi eccita quasi quanto l'idea di fare sesso con lei. Nelle ultime settimane, glielo avrò chiesto almeno una dozzina di volte. Lei è intelligente e puntigliosa, perciò potrebbe diventare un'ottima atleta. Martese dice che il jiu-jitsu è un'arte marziale da nerd, perché necessita di molto studio e capacità di *problem solving*. E poi in genere i nerd non hanno un ego troppo gonfio, perciò sanno accettare la sconfitta.

Esiste un'intera comunità di nerd del BJJ. Non potete nemmeno immaginare quanti siano, finché non venite a un evento come questo. Li riconoscete subito: sono piccoli, portano gli occhiali e assomigliano in tutto e per tutto al classico ragazzino che finisce con la testa nel water della scuola quando incrocia la strada di un bullo. Ma la verità è che potrebbero distruggere qualsiasi bullo in un combattimento corpo a corpo.

È una cosa pazzesca, una specie di legione segreta formata da minuscoli Clark Kent che si trasformano in Superman solo quando salgono sul tappetino.

Quando mi incammino verso l'area di gara per combattere il secondo match, l'ansia torna a farsi sentire tutta d'un colpo. Anche il tizio che dovrò affrontare ha già vinto un match e, come se non bastasse, indossa un *gi* con il logo dell'associazione Gracie Barra sulla schiena, perciò sono sicuro che è un ottimo lottatore. Gli allievi delle palestre affiliate alla Gracie Barra sono famosi per la loro tecnica.

Affronto la mia solita routine pre-combattimento: via la gamba, sorso d'acqua, paradenti.

L'arbitro ci fa accedere all'area di gara. Ho già chiaro in mente quello che voglio fare, ma non sarà semplice. Andrò di nuovo in *clinch*, come nel match precedente, ma poi punterò in basso e cercherò di atterrarlo dalla caviglia. A quel punto dovrò passare la guardia, guadagnarmi un buon controllo laterale e finirlo con una tecnica di sottomissione.

L'arbitro ci chiede se siamo pronti. Rispondiamo di sì.

"*COMBATE!*"

Faccio un saltello all'indietro, lui si avvicina scartando di lato.

Sto per seguirlo con un saltello, quando mi attacca. Avanza veloce come un fulmine e io vado nel panico. Solo per una frazione di secondo, ma è abbastanza per farmi perdere l'equilibrio. Cado in avanti, in ginocchio. Appoggiando il moncherino sul tappeto, mi raddrizzo con una mano, stacco il ginocchio destro da terra. Eccomi qua, nella posizione della partenza in ginocchio che mi è costata cara al torneo di Long Beach. Punto alla sua gamba destra, la afferro all'altezza della caviglia e cerco di aprirla lateralmente per farlo cadere.

Ma le sue braccia si avvolgono come serpenti intorno al mio collo. Abbasso il mento, ma è già troppo tardi. Sta preparando una ghigliottina perfetta.

Martese e Santana mi gridano qualcosa dalla transenna. Afferro le braccia del mio avversario, cerco di allargarle con tutte le mie forze. Ed è in quel momento che lui si lascia cadere. All'indietro, sollevando le gambe. La forza di gravità mi porta giù. Il tappetino si avvicina a velocità vertiginosa.

Posso arrestare la caduta oppure continuare a contrastare la sua presa. Una esclude l'altra. Devo rinunciare a difendermi e appoggiare una mano a terra per non rischiare di rompermi il naso.

Appena mollo la presa, lui stringe la sua ghigliottina. Sento una delle sue gambe appoggiarsi contro la mia schiena. La pressione sul collo è insopportabile. Ho la sensazione che la testa potrebbe schizzare via da un momento all'altro, separandosi dal corpo. Davanti ai miei occhi galleggiano delle ombre scure, il campo visivo si ristringe, le mie carotidi sono compresse e ho la sensazione che non mi arrivi più sangue al cervello.

Appoggio il mio unico ginocchio sul tappetino e torno a sollevare la mano, ma lui non fa altro che migliorare ancora la sua posizione. La presa si stringe ancora di più.

Mi gira la testa. Sto per svenire. Basta. Batto sul suo braccio. Mi arrendo.

L'arbitro ci separa e io mi lascio cadere sul tappetino, la schiena a terra e lo sguardo rivolto al soffitto.

A un certo punto, vedo comparire la faccia dell'arbitro. "Tutto bene?"

No. Non va affatto bene. Ho perso e sono incazzato, ma annuisco ugualmente e rotolo verso il bordo del tappetino. Il ragazzo della Gracie Barra si inginocchia accanto a me.

"OSS!" Mi dice. Una parola che, nel vocabolario del jiu-jitsu, esprime rispetto per l'avversario e per il suo spirito di sacrificio.

Appena mi alzo, il mio avversario mi abbraccia.

Raggiungiamo l'arbitro per la premiazione. Il ragazzo è pronto a una nuova battaglia, mentre io ho già terminato la mia corsa.

La sconfitta mi brucia. Vorrei prendere a calci qualcosa, ma finirei per ritrovarmi col culo per terra, così mi sforzo di inghiottire la rabbia e vado verso le transenne.

Tutta la squadra della Resilient è lì per sostenermi: mi salutano, mi stringono la mano, qualcuno mi abbraccia. Nessuno dice niente, a parte Martese – che mi consiglia di lavorare di più sulle posizioni di partenza – e Santana, che fa del suo meglio per consolarmi nel suo inconfondibile stile santanesco, bisbigliandomi cose oscene all'orecchio: "Non perderti d'animo, sono sicura che rimedierai almeno un pompino."

Perdere fa schifo, ma questa volta è diverso. Non ho l'impressione di aver subito un'ingiustizia, come al mio primo torneo. Anzi, se devo dirla tutta, mi sento molto meglio rispetto a quando ho "vinto" quella gara di nuoto.

Qui ho vinto un solo match, ma adesso che ho avuto un assaggio di quello che si prova, ne voglio ancora. Ho perso il secondo match, e sono arrabbiato perché mi sono lasciato fregare come un pivello, ma sono cose che capitano. Lavorerò sodo e farò in modo che l'errore non si ripeta. Con la prima vittoria ho sconfitto i miei demoni e adesso so che posso farcela. In fondo, non è proprio questa la grande lezione del jiu-jitsu? Puoi fare molto più di quanto credi.

A volte si vince, a volte si perde. E in questo caso bisogna tornare ad allenarsi e riempire le lacune, per poi scoprirne delle altre e cercare di riempire anche quelle. Non si smette mai di imparare.

Anche se non ho altri match da combattere, Anna e io rimaniamo per dare un po' di supporto ai miei amici della Resilient, e così scopro che guardare i match degli altri, quando non hai più nulla da perdere e nessuna possibilità di vincere, può essere molto divertente. Tra un incontro e l'altro, trovo il tempo di chiamare i miei genitori. La mamma è felice di sapere che sono ancora tutto intero e mio padre è entusiasta per la mia unica vittoria.

Nell'area ristorante, io e Anna compriamo una *açai bowl*, un piatto brasiliano a base di frutta esotica. Dopo averla assaggiata, Anna la definisce una "bomba di sapore". Rimaniamo tutto il pomeriggio al torneo per assistere alla premiazione: la Resilient ha vinto parecchie medaglie, tra cui un magnifico oro di Santana.

Martese chiede a tutti i suoi allievi di riunirsi per una foto di gruppo. Anna si offre di scattarla, ma Martese prende un passante a caso, gli mette in mano il suo telefono e trascina Anna al centro del gruppo tenendola per mano, in modo che sia parte integrante della foto.

Stare con la gente della Resilient è piacevole, un po' come una riunione di una grande famiglia. Forse anche meglio, perché tutti vanno più o meno d'accordo e non ci si tira i capelli, al massimo si finisce a fare a botte su un tappetino.

Anche in questo caso, però, tutto termina con una stretta di mano e un abbraccio. È così che dovrebbe succedere sempre, nel mondo dello sport. E magari anche nel mondo reale, là fuori. Qui non si tratta di diventare ricchi e famosi, l'obiettivo dei tornei di jiu-jitsu è un altro.

I tornei servono a mettersi in gioco. A confrontarsi con gli altri, a scavare più a fondo, a capire quanti imprevisti sei in grado di affrontare e se le tue tecniche funzionano davvero. In poche parole, i tornei sono il banco di prova dei tuoi progressi.

Capitolo Sessantuno

Oggi è il mio ultimo giorno di liceo. Ed è anche il giorno della mia ultima seduta con Rich, che concluderà il mio percorso di psicoterapia. Non avrei mai pensato di dirlo, ma penso che mi mancherà.

La scorsa settimana ho ricevuto il mio ultimo esercizio: riscrivere le stesse tre liste che ho dovuto fare all'inizio. Stavolta vorrei cominciare da quella degli aspetti positivi.

Non ho ancora scritto una parola, ma ci ho pensato a lungo: la nuova lista sarà molto diversa da quell'accozzaglia di sciocchezze sui calzini che avevo messo insieme la prima volta. E poi, come avrete già immaginato, sarà tutta dedicata alla mia passione: il BJJ.

ASPETTI POSITIVI DELL'ESSERE UN MONOGAMBA

- È più facile andare in mezza guardia.
- Sul lato della gamba mancante sono invulnerabile alle seguenti mosse: *foot lock, heel hook, knee bar*.
- Ho un netto vantaggio sul peso e sono sempre il più grosso della mia categoria.

A questo punto divido il foglio in due con una linea e mi dedico agli aspetti negativi. Stranamente, questa volta è la parte che mi viene più difficile. Negli ultimi tempi, non li ho più presi in considerazione. Certo, gli ostacoli sono ancora presenti, ma c'è sempre un modo per aggirarli. Forse l'unico che ancora mi dà problemi è la difficoltà a trovare una buona posizione di partenza in un match di BJJ. Ecco, questo dovrebbe essere il primo punto della lista, ma a volte può trasformarsi in un vantaggio – come quando ho sconfitto quel tizio con la mia presa a mazza da baseball.

E quindi? Cerchiamo di scrivere qualcosa, d'accordo?

ASPETTI NEGATIVI

- Se mi fanno lo sgambetto, non posso recuperare l'equilibrio.

- Difendersi con le gambe è un tantino problematico, visto che me ne manca una.
- Meno stabilità nelle posizioni in piedi.

Forse è una ripetizione del primo punto, ma tutto fa brodo. Anche perché non so più cosa scrivere. Rimango a pensarci ancora per cinque minuti, ma poi mi arrendo e infilo il blocchetto nello zaino.

La mattinata fila via liscia, senza che nessuno faccia attenzione a quello che succede in classe. Perfino gli insegnanti sembrano distratti dal pensiero delle vacanze imminenti.

Nella pausa pranzo, raggiungo Anna nel cortile e ci sediamo al nostro tavolo. A differenza di molte altre coppie, noi non siamo grandi fan delle manifestazioni d'affetto in pubblico, perciò ci limitiamo a mangiare e a parlare del più e del meno. Guardo il cibo nel vassoio della mensa e seleziono accuratamente cosa mangiare: voglio tenermi leggero perché, dopo la seduta con Rich, andrò a casa di Anna per cenare con la sua famiglia. Il padre ha promesso di prepararmi il suo leggendario barbecue coreano.

"Mio padre non vede l'ora di conoscerti," dice lei, a un certo punto.

"E come fai a saperlo? Te l'ha detto lui?"

"Stamattina era su di giri. Non la smetteva più di farmi domande su di te: cosa gli piace? Ha intolleranze? Mangia piccante? Penso che sia molto felice del fatto che, per una volta, non ho un fidanzato pieno di tatuaggi o che beve come una spugna."

"Così mi fai sembrare un tipo noioso."

Lei allunga una mano e ruba una patatina fritta dal mio vassoio.

"Mio padre adora le persone noiose," dice Anna.

"Allora lo ammetti! Tu pensi che io sia noioso!" Dico, fingendomi offeso a morte.

Lei scoppia a ridere. "Purtroppo per mio padre, no. Tu sei molto interessante!"

"Forse dovrei farmi un tatuaggio…"

"Smettila!" Grida lei. "E poi non c'è niente di ribelle nel farsi un tatuaggio. Ormai ce l'hanno tutti."

"Allora me ne farò uno gigantesco," le dico, trattenendo a stento le risate. Ogni tanto mi diverto a punzecchiarla. "Magari con un'enorme scritta in cinese, una di quelle che nemmeno il tatuatore sa cosa significano, così crederò di essermi fatto tatuare un bellissimo 'dragone killer' e invece ci sarà scritto 'sono un idiota', che ne dici?"

"Non è una cattiva idea," dice lei, prendendomi in giro a sua volta. "Ti starebbe bene."

"Più tardi devo andare da Rich. Chiederò consiglio anche a lui."

"Approverà di sicuro."

"Accidenti, che ore sono? Devo andare in piscina! Il nostro allenatore ci ha chiesto di vederci per un saluto di fine anno."

La bacio sulla bocca, prendo il mio zaino e faccio per andarmene.

"A che ora devo venire?"

"Prima delle otto, se non vuoi mangiare soltanto gli avanzi! Pensi di farcela?"

"Certo che ce la faccio. Non mi perderei il barbecue di tuo padre per niente al mondo!"

Il discorso di fine anno del nostro allenatore è stato così lungo che ho rischiato di fare tardi alla seduta. Parcheggio nel primo spazio disponibile, recupero lo zaino dal sedile posteriore e corro verso lo studio di Rich alla massima velocità che mi è concessa dalla combinazione gamba/protesi, ossia zoppicando al galoppo.

Appena entro, mi accorgo di essere effettivamente in ritardo. Rich è seduto sulla sua poltrona e mi sta aspettando. Mi siedo, gli chiedo scusa per averlo fatto aspettare e poi apro lo zaino per prendere il blocchetto. Mentre lo sto ancora cercando, però, un pensiero mi fulmina.

L'ho scritto troppo di getto. Non va bene. Non va per niente bene. Una volta mio padre mi ha detto che gli uomini non hanno molte possibilità di parlare dei propri sentimenti, per cui sono fortunato ad avere questa opportunità. Ci sono parecchi ragazzi là fuori che devono affrontare problemi di salute mentale senza l'aiuto di un terapeuta, per un milione di motivi. Io sono stato più fortunato, e col passare del tempo ho imparato a prendere sul serio la terapia.

Forse sto diventando vecchio. Meno di un anno fa, sentendomi dire che la psicoterapia era importante e che avrei dovuto prenderla sul serio, ho pensato che i miei genitori stessero solo cercando di manipolarmi per farmi andare da Rich e scaricare su di lui la responsabilità di rendermi felice.

Guardo all'interno dello zaino e, invece del blocchetto, tiro fuori il libro che mi ha regalato Anna. Lo sto già leggendo per la seconda volta e ho evidenziato parecchie frasi che mi piacciono.

C'è una pagina che mi sembra adatta per l'occasione. Certo, non è una lista delle cose positive e negative, anzi, potremmo dire che è quasi l'esatto contrario, ma mi ha fatto pensare a tutto ciò che mi è successo dopo l'incidente.

Rich mi fissa senza dire niente, mentre continuo a sfogliare il libro in cerca del brano. Non sono così stupido da dirgli che questa roba è molto meglio delle sue liste, ma la penso così. Gli leggerò qualche riga sperando che si accontenti e che non mi chieda di tirare fuori le liste.

Finalmente raggiungo la pagina giusta. È una citazione di un certo Epitteto, un filosofo greco che è nato schiavo e si è conquistato la libertà. Da quando l'ho letta, non riesco a smettere di pensarci:

Non importa cosa ti succede, importa solo il modo in cui reagisci. Quando ti sembra di non aver potere su ciò che accade, ricordati che hai potere almeno su una cosa: il tuo atteggiamento davanti ai fatti; puoi accettarli o decidere di starci male. L'uomo non è disturbato dalle cose in sé, ma dal modo in cui le affronta.

Mentre sto leggendo, sono così emozionato che continuo a incespicare. Rich rimane con gli occhi bassi, a fissare il tappeto. Lui ama le pause drammatiche. Proprio quando comincio a sentirmi in imbarazzo per il lungo silenzio, Rich punta lo sguardo su di me. Ormai lo conosco abbastanza bene da riuscire a prevedere ciò che sta per dirmi.

"Perché questo brano risuona in te con tanta forza? Cosa ci dice di te?"

Faccio un respiro profondo.

"Quando mi hanno amputato la gamba, io ho scelto di starci male. Ero arrabbiato. Non riuscivo ad accettarlo, perché non era giusto. Mi prendevano in giro. Ancora oggi mi innervosisco quando qualcuno mi fissa come una specie di spettacolo da baraccone. Ma la mia rabbia non può cambiare la realtà dei fatti. Quando capita qualcosa di brutto, hai sempre una scelta: puoi lasciare che ti distrugga la vita, oppure puoi cercare di trasformarlo in una spinta per   migliorarti."

Capitolo Sessantadue

L'aria della Resilient stasera è carica di elettricità, specialmente per quelli come me che portano quattro strisce sulla cintura. Quattro strisce che, in ogni caso, non bastano per essere automaticamente candidati alla cintura successiva. La decisione finale spetta sempre a Martese. Se crede che tu sia pronto per affrontare l'Iron Man, avrai la tua chance, altrimenti sarà per la prossima.

Quanto a me, le possibilità di essere chiamato sono cinquanta e cinquanta. Ho ottenuto la quarta striscia dopo l'ennesimo torneo in cui ho vinto il primo match e sono stato sconfitto al secondo, perciò forse non sono pronto a indossare una cintura blu.

Prima di venire qui, ho promesso a me stesso di non lasciarmi vincere dalla delusione. Qualsiasi cosa succeda, non mi arrenderò. Ho visto un sacco di atleti sparire dalla palestra dopo che gli è stata negata una promozione che pensavano di meritare, e non voglio essere uno di loro.

Se invece dovessi passare alla nuova cintura, cercherò di esserne all'altezza. Anche in questo caso, bisogna tenere duro. La chiamano "depressione da cintura blu": una volta ottenuta la prima promozione, le ex-cinture bianche se ne vanno e non tornano mai più.

Per alcune persone è il completamento di un percorso. Una volta raggiunto il livello a cui aspiravano, si sentono soddisfatte e la chiudono lì.

Oltretutto, essere una cintura blu appena promossa ti mette nella peggiore delle posizioni possibili. Santana e Jared mi hanno spiegato che le cinture blu vengono chiamate anche "bersagli blu", perché le cinture bianche con tre o quattro gradi pensano di poterti sconfiggere facilmente, e ti si buttano addosso come squali.

Da parte mia, non vedo l'ora di affrontarli.

Martese chiede il silenzio e ripete il solito discorso che fa tutte le volte: se non venite promossi non prendetela sul personale e continuate ad allenarvi, prima o poi sarete pronti.

Quindi comincia a chiamare le persone per nome e forma delle coppie per un round di riscaldamento prima dell'Iron Man. Tutti quelli che vengono chiamati sono automaticamente candidati a una promozione.

Una cintura blu con quattro gradi e due cinture bianche vengono chiamati e abbinati rispettivamente con una cintura viola e due cinture blu. L'idea è quella di affrontare qualcuno di livello leggermente superiore per vedere come se la cavano. Probabilmente verranno sconfitti, ma non è questo il punto. Anche quando sei in palese svantaggio, devi sapertela cavare.

Io ho un'ottima difesa, credo di poter arrivare alla fine del round contro la maggior parte delle cinture blu che conosco, eppure non sono stato chiamato.

Mi si stringe la gola per la tristezza. Tra il convincersi a non prenderla male e il riuscirci sul serio c'è una certa differenza.

"Dylan," dice Martese. "Vieni qui."

Mentre mi chiama, lo vedo scambiarsi un'occhiata con Santana, come se avessero discusso il mio caso in maniera approfondita. Non voglio sapere cosa si sono detti, non è questo il momento. Vorrei ringraziare Santana, ma ci sarà tempo. Lei sapeva quanto tenessi alla promozione, perché ogni volta che ne parlavamo mi trasformavo in una specie di pazzo esagitato. Un po' come i vegani della sua barzelletta.

Faccio un ultimo sorso d'acqua e mi infilo il paradenti in bocca, mentre Martese sceglie come mio avversario una delle cinture blu più giovani della palestra, un ragazzo alto quasi quanto me che fino a qualche tempo fa indossava ancora una cintura bianca. È un ottimo avversario, ma spero di riuscire a tenergli testa.

"D'accordo, ragazzi," dice Martese. "Se non siete stati chiamati, vuol dire che non siete ancora pronti, ma lo sarete se continuate ad allenarvi con costanza, partecipando ai tornei, vincendo qualche match ufficiale e soprattutto trascorrendo più tempo che potete a sudare sui tappetini. Non vi scoraggiate, d'accordo?"

Poi si volta verso di noi, che lo guardiamo dritto in faccia, pronti a combattere.

"Va bene, ragazzi, conoscete le regole. Un round di riscaldamento, senza cronometro. Sarò io a interrompervi quando lo riterrò necessario. Una volta terminato il round, comincerà il vostro Iron Man. Non potete lasciare il tappetino per nessuna ragione. Se doveste farvi male, chiamatemi e verrò a darvi assistenza, ma se non potete andare avanti sarete costretti a rinunciare alla promozione. Insomma, chi molla non prende la cintura. Siete pronti?"

Tutti i candidati annuiscono e anch'io confermo di essere pronto. Quando Martese grida il suo *"COMBATE!"*, mi sento come un nuotatore appena entrato in acqua, con l'oceano di fronte e un traguardo che si trova al di là dell'orizzonte.

Vengo atterrato immediatamente. Cado di schiena. Mentre il mio avversario sta passando la guardia, riesco a sollevare una gamba e a utilizzare il ginocchio come scudo. Sento il suo peso che mi si schiaccia addosso, le mie anche affondano nel tappetino.

Alzando una mano, afferro il suo collare e tiro con tutte le forze, riuscendo a sollevare la schiena. Muovo la gamba, in modo da spostare il suo peso e aggiustare la mia posizione, poi faccio scivolare il pollice della mano destra nel collo del suo *gi*.

Lui cerca di nuovo di superare la mia gamba, ed è proprio in quel momento che, ruotando sotto di lui, riesco ad afferrare anche un altro lembo del suo colletto. Ormai sono pronto a sfoderare la mia arma segreta: la presa a mazza da baseball. Lui se ne accorge, affonda di nuovo il peso sul mio bacino e cerca di aggiustare la posizione, ma non fa altro che peggiorare le cose. Stringo i gomiti, li chiudo a forbice e vado a fare pressione sul collo con i bordi delle mani.

Il suo avambraccio si abbatte su di me, dritto in gola – certe volte l'attacco è la miglior difesa.

Resistendo al dolore, lo attiro ancora più vicino e continuo a stringere.

E poi, all'improvviso, lui si arrende. Ma il round non è ancora finito. Rotolo via, ci rimettiamo in posizione e ricominciamo. Lui mi sbatte subito a terra e stavolta tenta un controllo laterale. Allungo subito le braccia per impedirgli di raggiungere il mio viso e poi uso la mossa del gamberetto per guadagnare spazio.

A questo punto, è una lotta senza quartiere. Lui mi salta addosso, io mi contorco per sfuggirgli, lui concentra di nuovo il peso sul mio corpo per schiacciarmi al tappetino e passare a qualche tecnica di sottomissione. È un lungo tira e molla, che si conclude con il suo avambraccio pressato sulla mia faccia e la sua spalla che mi preme selvaggiamente su un lato del collo.

Lui finge di volermi passare un braccio intorno al collo e io ci casco come un idiota. Alzo entrambe le mani per difendermi, ma lui mi agguanta un braccio e mette a segno una leva articolare solidissima, tirandolo più forte che può. Il mio braccio è bloccato. Una delle sue gambe si solleva e ricade sulla mia testa, lasciandomi stordito e permettendogli di stabilizzare la sua posizione.

Faccio del mio meglio per mettere in atto una mossa che ormai conosco bene, la fuga dell'autostoppista, ma è già troppo tardi.

Lui solleva leggermente le anche e io sento che la tensione al gomito sta diventando insopportabile.

Mi arrendo. Ammetto la sconfitta.

Ci battiamo il pugno e ci prepariamo a ricominciare.

———

"Basta così. Dividetevi e accogliete i vostri nuovi avversari," dice Martese.

Il mio compagno si alza e si posiziona a qualche metro da me. Siamo pronti per affrontare tutti gli altri lottatori della Resilient, uno per uno. Il primo della fila, un novellino con la cintura bianca pieno di entusiasmo, arriva di corsa, mentre io lo aspetto nella mia posizione di partenza in ginocchio.

L'enorme nastro trasportatore dell'Iron Man si è attivato. Combatti. Vinci o perdi. Avanti il prossimo.

Dopo i primi tre o quattro avversari, sono zuppo di sudore e comincia a mancarmi il fiato. Il ritmo è implacabile. Anche quelle poche volte in cui riesco a vincere, non c'è un attimo di riposo. Giusto il tempo di rotolare via, e il prossimo della fila è già pronto ad affrontarmi, fresco come una rosa.

A un certo punto mi ritrovo a combattere contro Martese. Mi butta a terra in un attimo e mi prende la schiena. Cerco di bloccare le sue mani, che mi strisciano sul collo come serpenti. Abbasso il mento e cerco di resistere.

Il buon vecchio Martese, pacifico e amichevole, è scomparso. Avvinghiato alle mie spalle c'è un altro Martese: la cintura nera, il maestro delle sottomissioni.

Faccio aderire la sua mano al mio corpo facendo pressione con entrambe le mie e tento di bloccarlo. Senza nessun preavviso, lui mi gira intorno e si arrampica in *montada*. Quindi sposta un ginocchio sulla mia cassa toracica e lo spinge contro il mio sterno. Quando

Martese affonda, ogni molecola di ossigeno abbandona i miei polmoni. Sento che potrei vomitare.

E poi mi ricordo che, se dovessi vomitare sul tappetino e se perciò costringessi Martese a interrompere l'incontro, verrei immediatamente squalificato. Addio cintura blu. No, non posso permetterlo.

D'accordo, mi dico, questo è il massimo della scomodità a cui si può arrivare. Nulla di insopportabile. Resisti. Non puoi arrenderti solo perché hai un ginocchio sullo sterno. Ne va della tua cintura.

Quando finalmente la sconfitta arriva, sotto forma di una formidabile *cross collar choke*, mi sento sollevato.

Batto qualche colpetto addosso a Martese.

Lui mi lascia andare e mi dà una pacca sulla spalla.

"Ottimo lavoro!"

Poi arriva il prossimo sfidante, e siamo di nuovo nel bel mezzo dell'oceano. L'acqua è profonda e ancora non riesco a vedere nulla all'orizzonte. Le onde si gonfiano senza pietà.

Per farla breve, sono esausto. Perfino lasciarmi gettare a terra e arrendermi al primo tentativo di sottomissione mi richiede uno sforzo sovrumano. Sono incapace di opporre qualsiasi tipo di resistenza, e ho perso il conto dei miei avversari. Con quante persone ho combattuto? Dieci, venti, forse anche di più.

Ogni volta che qualcuno si fa avanti, è come se l'acqua dell'oceano mi sommergesse. Comincio a pensare che annegherò. Come faccio a rimanere a galla? La mia energia sta finendo, si consuma a ogni bracciata.

Un'altra cintura bianca viene verso di me. Un tizio con cui ho combattuto almeno una dozzina di volte, prima di oggi, vincendo sempre per sottomissione. Eccolo qua, carico e pronto a prendersi la sua rivincita. Attacca subito, afferrandomi un braccio e torcendolo con forza.

La sua aggressività mi scatena qualcosa in fondo allo stomaco, una sensazione di rabbia scottante. Invece di combatterla, la assecondo. Lascio che si raccolga dentro di me, come un fumo infiammabile che a un certo punto prende fuoco e mi dà l'energia di reagire. Lo rovescio sulla schiena e gli salgo sopra, in *montada*.

Con quel po' di energia che mi resta, lo rimprovero per aver abbassato la guardia.

"Non puoi fermare una gamba che non c'è. Quante volte te lo dovrò ripetere, amico?" Gli sussurro all'orecchio, infilando una mano sotto il suo colletto e mettendo a segno la mia tecnica preferita, la presa a mazza da baseball.

Lui si arrende, un altro ragazzo si stacca dalla fila e arriva di corsa, ma proprio in quel momento Martese annuncia che il tempo è scaduto.

Rimango sdraiato sul tappetino, svuotato. Il mio corpo è scosso da continui tremori, innescati da un'energia sconosciuta che sembra emanata direttamente dai tappetini. Mi sembra di poter sentire ogni cosa in modo più acuto, perfino il sangue che scorre nelle mie vene.

Me ne sto lì, immobile, mentre la stanza viene inondata da un applauso. Ruoto la testa e cerco gli altri candidati. Anche loro hanno superato la prova. Se ne stanno sdraiati sul tappetino, completamente prosciugati di qualsiasi energia.

Santana mi raggiunge.

"Ehi! Sei morto?"

Scuoto la testa.

"No, ma forse starei meglio se fossi morto."

"Conosco la sensazione," ribatte lei, scoppiando a ridere.

Quando tutti si sono rimessi in piedi, Martese dà inizio alla parte meno massacrante della cerimonia, ossia il conferimento delle promozioni. Tutti si mettono in fila, a partire dalle cinture bianche senza gradi, che si posizionano vicino alla porta d'ingresso, fino alle cinture nere, che occupano la zona più interna della Resilient.

Raggiungo le cinture bianche, sfoggiando per l'ultima volta i miei quattro gradi. Non so se è la stanchezza, ma mi sento stranamente emozionato. Se il mio Iron Man è stato ritenuto all'altezza, da oggi in poi indosserò una cintura blu.

Martese chiama tutte le cinture bianche, una per una, assegnando un grado alla maggior parte di loro e incoraggiando gli altri a continuare con gli allenamenti.

Santana lo assiste, tagliando le striscioline di nastro adesivo e passandole a Martese ogni volta che qualcuno si avvicina. Tutti gli altri applaudono. I promossi stringono la mano a Martese e poi passano davanti all'intera fila di persone, battendo il cinque a tutti.

Le cinture verranno assegnate soltanto alla fine, perciò mi armo di pazienza e aspetto il mio momento. Ho una buona sensazione, anche se non sono riuscito a battere tutti i miei avversari – e nemmeno la maggior parte, a dire il vero. Ma ho resistito alla grande, perfino quando Martese mi faceva a pezzi. Ho dimostrato di avere la mentalità del guerriero, e in fondo è proprio questo il vero scopo dell'Iron Man.

Dopo aver assegnato tutti i gradi, Martese chiama il primo candidato alla cintura blu. Tutti gli altri, me incluso, cominciano a gridare e a battere le mani come pazzi. Se qualcuno, passando sul marciapiede, dovesse vedere la scena, penserebbe che siamo tutti fuori di testa. Eppure, per chi sa cosa significa e quanto lavoro richieda, salire di cintura è davvero un evento grandioso.

E questo è l'unico posto che conosco in cui tutti sembrano sinceramente felici per i traguardi raggiunti dagli altri, senza invidia. Qui non si viene sminuiti dal successo di qualcun altro, e le vittorie degli altri non tolgono nulla alle nostre.

Un altro candidato viene chiamato e si avvicina a Martese, che gli scioglie la cintura bianca, come previsto dal rituale. Santana consegna a Martese una cintura blu nuova di zecca, che lui provvede a legare attorno alla vita del fortunato lottatore. Quindi l'allievo solleva in aria le mani, con la folla che lo acclama come merita, mentre lui sfila davanti a tutti e va a prendere posto insieme alle altre cinture blu.

Chiudo gli occhi. Io dovrei essere il prossimo. Forse ci siamo.

Faccio un passo avanti prima ancora di ascoltare il nome chiamato da Martese.

"Stephen."

Una delle cinture blu, candidato alla cintura viola, si fa avanti a passo svelto.

Faccio un passo indietro e applaudo insieme agli altri. Forse Martese vuole chiamarmi per ultimo. Forse è un altro dei suoi giochetti mentali.

Martese lega la cintura viola alla vita di Stephen e il pubblico è di nuovo in delirio.

Il tizio accanto a me sorride e mi dà un colpetto di gomito, mentre altri ragazzi più in là lungo la fila mi guardano con la coda dell'occhio, come per dire: adesso tocca a lui.

Martese però batte le mani, con un unico clap, e le lascia congiunte. Quando mi guarda, capisco che è finita, per me non c'è più speranza.

"Dylan, mi dispiace. Non penso che tu sia ancora pronto," mi dice, notando l'espressione sul mio viso. "Ti manca poco. Dico sul serio. Continua ad allenarti, e la prossima volta quella cintura sarà tua."

Cerco di non tradire le emozioni che mi stanno passando dentro, ma è difficile. Il mio vicino di fila mi dà una pacca sulla spalla e me la stringe affettuosamente.

"Ottimo lavoro, ragazzi," dice Santana, evitando di guardarmi negli occhi.

Comincia ad applaudire e tutti gli altri si uniscono. Anche io. Il fatto che mi sia stata negata la cintura non significa che non possa essere felice per chi è stato promosso.

Tutti si abbracciano e si scattano delle fotografie insieme. Alcuni vogliono fare una foto anche con me, e io non oppongo resistenza. Mi lascio trascinare nelle loro fotografie e nei festeggiamenti, sforzandomi di mettere su la mia faccia da combattimento. Oggi devo essere coraggioso.

––––––––––––

Mentre sto uscendo dalla Resilient, il mio telefono segnala un messaggio da parte di Anna.
Allora? Come è andata?
Infilo il telefono in tasca, salgo a bordo della Sfigatomobile e imbocco il Venutra Boulevard.

Lei mi chiama proprio mentre mi sto infilando nel traffico.

"Ciao," le dico, attivando il vivavoce. Non riesco a dire altro.

"Va tutto bene? Che è successo? Ti sei fatto male?"

"Non mi hanno dato la cintura. Martese dice che non sono ancora pronto."

"Stai scherzando? Ti hanno fatto fare quella cosa dell'uno contro tutti e non ti hanno nemmeno dato la cintura? Non è giusto! Non possiamo denunciarli o qualcosa del genere?"

Sono contento che sia arrabbiata per me. Significa che ci tiene e che sa quanto io ci tenessi. Ma la risposta è no, non possiamo farci niente, perché Martese ha ragione. Non è una questione di giustizia, ma di essere pronti, e io non sono ancora pronto.

"Anna, non riesco nemmeno a parlare... posso chiamarti domani?" Le domando.

"Certo che puoi," risponde lei. "Dimmi solo che stai bene."

"Starò bene. Promesso."

Ed è una promessa che ho tutte le intenzioni di mantenere. Forse stasera sarà dura, e domani sarò ancora triste e deluso. Ma supererò anche questa e continuerò ad allenarmi con tutte le mie energie e la mia determinazione. La prossima volta sarò pronto.

Capitolo Sessantatré

La mancata promozione brucia ancora. Tutti cercano di consolarmi. Mia madre, mio padre, Anna, tutti dicono le cose giuste, ma per il momento non mi sono d'aiuto.

Non posso farci nulla. Lascio che il dolore mi prenda e mi scivoli addosso. Fa male, ma so che passerà. O forse no. Forse farà male per sempre, ma troverò comunque un modo per andare avanti.

D'accordo, lo so che la mia promozione è soltanto rimandata. Lo capisco. Martese non ha mica detto che non mi darà mai una cintura blu, nemmeno sotto tortura. Il problema è che mi aspettavo di riceverla. Ho fatto del mio meglio, ho aspettato quel momento, l'ho immaginato e assaporato nella mia mente, e tutto questo ha reso la delusione ancora più cocente.

Più di ogni altra cosa, però, sono stanco di essere sempre l'eccezione alla regola.

Tutti sono stati promossi, tranne me. Pazienza. Non succederà come al torneo di Long Beach.

Tornerò alla Resilient e diventerò ancora più forte. Appena sarò in grado di farlo, naturalmente.

Tre giorni dopo la cerimonia delle cinture, appena smetto di sentirmi come se un autoarticolato a pieno carico mi fosse passato sopra, infilo il mio *gi* e il paradenti nel borsone, indosso la *rash guard* sotto ai vestiti e mi metto in macchina diretto alla Resilient.

Ho fatto una lista dei miei punti deboli e delle cose su cui voglio lavorare. Posso continuare a rimuginare oppure rimettermi a lavoro, ma solo una di queste due scelte mi aiuterà a ottenere ciò che voglio.

Quando entro nella Resilient, Jared sta aiutando Santana ad allenarsi nella gabbia. Si interrompono immediatamente.

"Solo una domanda," mi dice lei, saltando oltre il bordo della gabbia invece di uscire dalla porta come una persona normale. "Ci vieni o non ci vieni al campo estivo? Ormai manca solo una settimana."

"Una settimana?" Dico io, fingendomi sorpreso. "Non c'è abbastanza preavviso, San, non posso garantire che…"

Dopo la cerimonia delle cinture, mi ha scritto almeno due volte al giorno facendomi sempre la stessa domanda. Non so perché ci tenga tanto alla mia presenza, in fondo sono solo l'ennesima cintura bianca della palestra, chiunque potrebbe rimpiazzarmi e fare un lavoro migliore del mio.

Santana stringe un pugno e lo solleva all'altezza del mio naso. "Se stai scherzando, va bene. Ma se non ti presenterai al campo, giuro che…"

"Aspetta, fammi indovinare: che mi verrai a cercare e poi mi pesterai come il basilico? Allora non posso rischiare. Ci sarò."

"Sarà meglio per te," ringhia Santana.

Ogni volta che le domando perché ci tiene tanto, mi risponde "vedrai", o qualcosa di altrettanto vago. So che ci sono ragazzini poveri da ogni angolo degli Stati Uniti, perché Martese mi ha detto che deve andare a prendere alcuni ragazzi in aeroporto, ma a parte questo non ho idea di cosa si faccia e come funzioni un campo estivo di jiu-jitsu.

Senza aggiungere altro, Santana va a cambiarsi per la lezione. Le hanno cancellato l'ennesimo incontro di MMA perché il suo avversario si è ritirato all'ultimo secondo, e forse è di cattivo umore anche per questo motivo.

In ogni caso, non sono affari miei. Vado nello spogliatoio e infilo il mio *gi*.

Forse il modo migliore per dimenticarmi dei miei dolori è ricominciare a combattere. Quando devi difenderti da un tizio che cerca di salire in *montada* e di soffocarti, non hai tempo per pensare al colore della tua cintura o per preoccuparti di quando sarai promosso. Devi solo lottare per sopravvivere.

———

Alla fine della lezione, che si è conclusa con cinque round di allenamento in cui sono stato massacrato da praticamente chiunque, sono stanco e dolorante, ma finalmente la mia mente comincia a schiarirsi. Mi hanno sottomesso così tante volte da convincermi definitivamente che Martese aveva ragione: non sono ancora pronto per la cintura blu.

Mentre i miei compagni d'allenamento scompaiono nello spogliatoio e vanno a farsi la doccia, il coach si siede accanto a me, che sono ancora impegnato a riagganciarmi la protesi.

"Tutto bene, Dylan?"

Mi stringo nelle spalle. "Più o meno." Non mi sono ancora ripreso del tutto dalla mancata promozione, ma non è la fine del mondo.

"È già qualcosa," mi dice, dandomi un colpetto sul braccio. "Mi prometti che verrai al campo estivo?"

Ci risiamo. Questa storia del campo sta diventando una vera tortura.

Capitolo Sessantaquattro

Anna è seduta accanto a me nelle Sfigatomobile e indossa una maglietta con la scritta: "*ESCO CON LUI PER IL PARCHEGGIO-DISABILI*". Quando l'ha vista, mia madre ha fatto il diavolo a quattro, ma poi le abbiamo spiegato due punti fondamentali: prima di tutto, che quella del parcheggio è solo una battuta. E poi che sono stato io a regalargliela.

Anna si è offerta di dare una mano al campo di jiu-jitsu con la segreteria, il pranzo e altre piccole questioni organizzative. Oltretutto, anche se non ho nessuna prova a riguardo, sono quasi sicuro che sia stata Santana a scriverle per convincerla a venire e per assicurarsi che io non mi dessi alla fuga all'ultimo momento. L'accoglienza degli ospiti si terrà su una spiaggia vicino a Santa Monica, dove rimarremo per tutto il primo giorno, ma gli allenamenti dei giorni successivi si svolgeranno alla Resilient.

Quando arrivo al parcheggio della spiaggia, tutti i posti per disabili sono già occupati.

"Possiamo ufficialmente buttare via la maglietta," dico ad Anna, sorridendo.

Troviamo un posteggio e usciamo fuori dall'auto. Le attività previste per la giornata sono parecchie, ma il momento clou sarà l'allenamento alla maniera dei grandi maestri brasiliani: sulla sabbia, senza tappetini ad attutire la caduta.

Prendo le mie cose dal sedile posteriore, chiudo la portiera, faccio scattare la serratura della Sfigatomobile e mi ritrovo davanti un ragazzino. Non scherzo, è proprio lì, accanto alla macchina, come se mi stesse aspettando. Avrà nove anni, dieci al massimo. Prima lo guardo distrattamente e poi lo guardo di nuovo, a occhi sgranati. Me ne vergogno un po', perché è la stessa cosa che fanno le persone quando mi incontrano per la prima volta.

A questo ragazzino mancano entrambe le gambe. Gliele hanno amputate sotto al ginocchio. La sua mano sinistra, inoltre, ha solo il pollice e il mignolo. Si accorge che lo sto fissando e guarda verso il basso, imbarazzato, mentre un uomo che potrebbe essere suo padre cerca qualcosa sul sedile posteriore di un'automobile posteggiata accanto alla mia.

Non lo trovate assurdo? Uno come me dovrebbe sapere esattamente come comportarsi quando incontra una persona a cui manca una parte del corpo, ma invece non è così. Sono in ansia e ho una paura immensa di dire la cosa sbagliata, proprio come succederebbe a chiunque altro.

L'uomo dell'auto vicina sta aiutando una ragazzina di quinta elementare a salire su una sedia a rotelle. Che diavolo sta succedendo? Dovunque mi giro, vedo persone a cui mancano arti o che hanno qualche tipo di disabilità.

Controllo i miei pantaloni. Per fortuna ho deciso di mettere quelli corti, in modo che tutti possano vedere la protesi, anche se già comincio a pentirmi della mia maglietta con lo squalo che mastica allegramente la gamba di un nuotatore e la scritta: "STORIA DELLA MIA VITA". Spero solo che la mia gamba finta riesca a far sentire meglio questo ragazzino.

Anna mi dà un colpetto di gomito, che inavvertitamente affonda tra le mie costole, provocandomi una fitta di dolore. "Dai, andiamo a salutare i tuoi amici. Ci saranno un sacco di cose da fare, e noi siamo qui per dare una mano!"

––––––––––

Santana è già sulla spiaggia, circondata da un gregge di bambini che saltellano come ossessi e la tempestano di domande. La guardano con gli occhi pieni di ammirazione, come se fosse una specie di rockstar. D'accordo. Santana è una rockstar, non serve nemmeno lo sguardo innocente di un bambino per accorgersene. È circondata da un'aura di pura miticità. Me ne sono accorto la prima volta che l'ho vista, davanti alla Resilient, prima ancora di sapere del suo braccio e tutto il resto. Qualunque cosa sia a rendere speciale una persona, lei ce l'ha, e oggi è completamente immersa nel suo elemento, come quando combatte nell'ottagono.

Il bambino senza gambe, nel frattempo, è arrivato camminando sulle sue protesi e si è fermato accanto a me.

"Ciao," gli dico.

Lui mi sta fissando con gli occhi sgranati. "È stato davvero uno squalo?"

Sarebbe troppo crudele prenderlo in giro, visto che è un membro della mia tribù, quella dei pezzi in meno. Considerando che siamo in spiaggia, poi, c'è il rischio concreto che a un certo punto della giornata si finisca tutti a fare un bel bagno insieme.

"No, è soltanto uno scherzo. Ho avuto un incidente in macchina."

"Accidenti," dice il ragazzino. "Io invece sono nato così. Nessuno lo sa perché."

"Sembri un tipo tosto. Vuoi diventare mio amico? Io sono Dylan."

"Io mi chiamo Jackson."

Gli stringo la mano e ci battiamo il pugno.

"Allora, Jackson, sei pronto?"

"Per cosa?"

"Per fare un po' di Brazilian Jiu Jitsu!"

"Non so neanche cosa sia," mi dice lui.

"È come fare arti marziali, ma si combatte quasi sempre a terra. È perfetto per quelli come noi!"

I suoi occhi brillano. "Arti marziali? Fighissimo!"

Ma poi ha un attimo di esitazione e si volta a guardare sua madre.

"Mia madre odia la violenza. Dice che potrei farmi male."

"Anche mia madre, sai? All'inizio non voleva farmi allenare, ma poi le è passata."

"Lo sai, c'è uno nella mia classe che mi prende sempre in giro per le gambe e per la mano. Con un po' di arti marziali gli farei passare la voglia!"

Guardo il piccolo Jackson e mi chiedo come sia possibile prendere in giro una creatura dolce e gentile come lui. È davvero una cosa orribile.

"Mi dicono tutti di non ascoltarlo, ma lui insiste!" Prosegue Jackson.

"Ti capisco. Anche nella mia scuola c'era un tipo che mi prendeva in giro."

"E tu l'hai fatto smettere? Come hai fatto?"

Non voglio che i suoi genitori mi sentano, perciò mi chino verso di lui e gli parlo all'orecchio. "L'ho sfidato a duello e l'ho massacrato, poi gli ho stretto la gola fino a quando non mi ha implorato di mollarlo."

Un sorriso gigante compare sulla sua faccia.

―――――――――

Mentre Martese parla con un gruppetto di genitori apprensivi, io e Santana cominciamo a mostrare qualche tecnica di BJJ ai ragazzini. Poi li dividiamo in piccoli gruppi e proponiamo di provare qualcosa di semplice. Mi assicuro che Jackson finisca nel mio gruppo e mi metto al lavoro.

La mia mente corre a cento all'ora. Ci sono centinaia di aggiustamenti da fare, per adattare le tecniche a un ragazzino senza entrambe le gambe, ma devo riuscirci. Se deciderà di dedicarsi seriamente al jiu-jitsu, avrà molti vantaggi in un combattimento. Tanto per cominciare, nessuno potrà sottometterlo con una presa alla caviglia o al ginocchio. D'accordo, forse per il momento è meglio non dirglielo, perché mi sembra abbastanza a disagio con la sua condizione, come molti altri ragazzini disabili che partecipano al campo. Ma il fatto che non siano da soli, che ci siano tante altre persone come noi su questa spiaggia, dovrebbe essere d'aiuto.

In fondo è proprio questo il problema più grande: essere gli unici. A scuola non c'è nessun altro a cui manchi una gamba, oppure entrambe le gambe e varie dita della mano, nel caso del piccolo Jackson, perciò veniamo bollati come "scherzi della natura" ed è difficile uscire dalla casella in cui ti mettono. Una volta che sei stato etichettato, a nessuno interessa scoprire davvero chi sei.

Faccio vedere ai ragazzi come abbracciare un avversario per impedirgli di tirare colpi a media distanza. Alcuni di loro hanno paura. Non vogliono mettersi in gioco, non osano provare sulla loro pelle la tecnica. È come se avessero passato tutta la vita sotto una campana di vetro, iperprotetti per timore che potessero farsi del male.

Una volta superate le resistenze iniziali, però, cominciano a prenderci gusto. Jackson, in particolare, sembra molto dotato per il combattimento, e non mi vergogno di dire che mi sembra molto più bravo di me, se paragonato a quando sono entrato per la prima volta nella Resilient, naturalmente. Impara in fretta e non ha bisogno di troppe spiegazioni.

301

Gli faccio vedere come si esegue un *overhook*. Forse in un vero combattimento, la stoffa del *gi* potrebbe rendergli problematico bloccare l'avversario, dal momento che gli mancano alcune dita, ma se la presa è eseguita perfettamente, alla maniera di Jean Jacques Machado, la sua mano non farà nessuna differenza.

Alla prima pausa, gli faccio vedere una fotografia di Jean Jacques Machado sul mio cellulare.

"Ehi, ha una mano come la mia!" Grida lui, entusiasta.

"Ed è stato uno dei migliori lottatori al mondo. È proprio questa la bellezza del jiu-jitsu: non devi mai pensare a quello che non riesci a fare per via dei tuoi limiti, perché ci sono un milione di altre cose su cui puoi lavorare. A volte le nostre mancanze possono perfino diventare dei vantaggi."

"In che senso?"

Ho bisogno di farglielo vedere dal vivo.

"Santana! Puoi venire qui un attimo?"

Santana si avvicina e le dico cosa sto cercando di spiegare a Jackson. Gli altri ragazzini, incuriositi, si raggruppano intorno a noi. Dovunque vada, Santana si tira dietro un gruppo di mini-fan adoranti. È una specie di pifferaio magico, ma con un braccio solo e un guanto da MMA al posto del piffero.

Ci sediamo sulla sabbia. Santana mi prende la schiena, bloccando i talloni sul mio bacino per controllare i miei movimenti e poi comincia a chiudermi nella sua *rear naked choke* modificata. È una mossa devastante, e io non posso fare niente per combatterla, perché non c'è nessuna mano da afferrare per tentare di aprire la presa.

"Vedete? La vostra più grande debolezza può diventare uno straordinario punto di forza," dice lei, con un sorriso.

A pranzo abbiamo un'ulteriore dimostrazione di quanto siano vere queste parole. Non ha niente a che fare con il jiu-jitsu, ma è qualcosa di altrettanto pazzesco.

C'è una ragazzina della stessa età di Jackson a cui mancano entrambe le braccia. Dalla spalla in giù – non soltanto dal gomito, e questo significa che non ha nemmeno un moncherino da usare per le azioni di tutti i giorni.

Ma lei ha imparato a fare tutto coi piedi. Ve lo giuro, è una cosa incredibile. Sa aprire un contenitore a chiusura ermetica, tirare fuori un panino e tenerlo fino a quando non ha finito di mangiare. Vi rendete conto? Non ho idea di come sia possibile, forse è un po' come per le arti marziali: questione di allenamento.

Mentre tutti si gettano sul loro pranzo al sacco, mi accorgo che Santana la sta guardando. Mi lancia un'occhiata e in quel momento so che stiamo pensando la stessa cosa.

"Pensa che razza di *triangle choke* potrebbe fare con quelle gambe," mi dice Santana, avvicinandosi per parlarmi all'orecchio.

Dopo una pausa pranzo piuttosto lunga, perché non si può combattere a stomaco pieno, ci rimettiamo all'opera, allenandoci su dei vecchi tappetini che Martese ha fatto sistemare sulla sabbia. Ma il momento più atteso della giornata arriva alla fine dell'allenamento: il momento di fare bagno. Io non sono un grande amante della spiaggia, perché non ho una protesi fatta apposta per entrare in acqua salata e quindi devo saltellare su una gamba sola fino a quando il livello del mare non è abbastanza alto da tuffarmi. In altre parole, oggi eviterei volentieri di entrare in acqua, ma Martese ha detto a tutti che sono un nuotatore provetto e che ho anche vinto delle gare, perciò non ho scelta. I ragazzini vogliono vedermi nuotare.

Alcuni di loro se la cavano bene in acqua, altri invece hanno paura e preferiscono starsene sulla riva. Jackson appartiene alla prima categoria. Ci avventuriamo dove non si tocca e mentre nuotiamo mi bombarda di domande sul jiu-jitsu.

Alla fine, Martese ci richiama sulla spiaggia e cominciamo ad asciugarci, poi ci viene chiesto di radunarci in cerchio. Immagino che sia per dare qualche comunicazione di servizio: domani ci alleneremo in palestra e ci sono alcune questioni organizzative da sbrigare.

I ragazzi del campo formano un ampio semicerchio, con alcuni genitori seduti alle loro spalle, mentre io, Santana, Martese e altri membri della Resilient, venuti per dare una mano, completiamo il cerchio mettendoci di fronte a loro.

È strano trovarsi dalla parte dei coach, per uno come me che indossa solo una cintura bianca. Ma finora è stato divertente. Chissà, magari Jackson o un altro dei ragazzi deciderà di cominciare a praticare regolarmente il BJJ, e lo amerà quanto lo amo io. O almeno impareranno che, nonostante la vita ci metta sempre davanti a degli ostacoli che sembrano più grandi di noi, c'è sempre un modo per superarli.

Quanto a me, il campo mi ha già insegnato una cosa: non sono messo tanto male. Ho una gamba sola, ma ho ancora tutte le dita. E ho comunque più gambe di Jackson. Sembra una cosa brutta da dire, ma conoscere dei ragazzi più sfortunati di me è servito a rimettere le cose in prospettiva.

"Allora, come è andato il vostro primo giorno? Vi siete divertiti?" Domanda Martese.

I ragazzini dicono di sì, applaudono e ridono.

"Ottimo," dice Martese, con un sorriso. "In fondo siamo qui per divertirci: cerchiamo sempre la gioia in ogni cosa, anche dove è ben nascosta. Domani vi farò vedere cosa significa combattere con un *gi* addosso. Sapete che cos'è un *gi*? È una specie di *kimono*, ma è fatto apposta per il jiu-jitsu. Qualcuno lo chiama anche "pigiama da jiu-jitsu", e presto capirete perché. Ognuno di voi riceverà il suo *gi* personale. Potrete portarlo a casa per allenarvi nelle vostre città, se vorrete continuare a praticare il BJJ. Oppure potete incorniciarlo e appenderlo al muro, ma ve lo sconsiglio."

Non sapevo che avessimo in programma di regalare un *gi* a ciascun partecipante. Probabilmente è per merito delle donazioni di quest'anno, che sono state straordinariamente generose.

"Se siete come il nostro Dylan, non c'è nessun problema," aggiunge Martese, dandomi una pacca sulla spalla. "Abbiamo un bravissimo sarto che personalizzerà il vostro *gi*."

Quindi infila la mano in una sacca di tela e tira fuori un paio di pantaloni a cui manca mezza gamba sinistra. Ci metto qualche secondo prima di realizzare che si tratta proprio dei miei pantaloni. Deve averli presi dal mio armadietto. Me li consegna, insieme alla giacca del mio *gi* e alla mia cintura bianca.

"Adesso il nostro caro Dylan indosserà il suo *gi* personalizzato per darci una piccola dimostrazione," dice, tirando fuori dalla stessa sacca il suo *gi* super-professionale, con tanto di cintura nera.

Non so che diavolo abbia in mente, ma faccio come mi dice. Indosso il mio *gi* sopra al costume e allaccio la cintura bianca.

"Quando Dylan è entrato per la prima volta alla Resilient, un soffio di vento avrebbe potuto spazzarlo al tappeto. Adesso invece è un killer. Se vi allenerete con costanza, potrete diventare proprio come lui. E forse anche meglio."

Martese mi sta prendendo in giro, ma so che lo fa con affetto.

Stringo bene la cintura e poi sgancio la mia protesi. Santana corre a prenderla e si allontana in tutta fretta.

Sono felice che il coach Martese abbia scelto proprio me. Di solito combattere davanti a degli spettatori mi rende un tantino nervoso, ma Martese è una cintura nera e gioca coi suoi avversari come il gatto col topo: nessuno può batterlo e nessuno si aspetta che io vinca, perciò tanto vale godersi la dimostrazione.

Saltello fino all'area coi tappetini e mi accuccio, prendendo una delle mie posizioni di partenza. Anche Martese si piega sulle ginocchia. Mi batte il pugno, poi fa un balzo indietro e comincia a girarmi intorno, come se mi stesse studiando.

Appoggio una mano a terra e assumo la posizione in ginocchio, osservando con attenzione i movimenti del mio maestro. Quando Martese si fionda su di me, cerco di prendergli la caviglia, dimenticandomi che si tratta di una cintura nera e che le mie chance di riuscita sono praticamente nulle.

Non ho idea di cosa abbia fatto Martese, ma un attimo dopo vengo sbalzato in aria. Atterro di testa e rotolo per attutire l'impatto, ringraziando la sabbia sotto il tappetino.

Martese arriva di corsa, gettandosi a terra in guardia aperta. Mi afferra le maniche, bloccando il mio tentativo di passargli la guardia e solleva i piedi per mettere in atto una tecnica chiamata *spider guard*.

Spingendo sulle gambe, mi sbalza all'indietro. Mentre cerco di non farmi troppo male, Martese mi balza di nuovo addosso e mi prende la schiena. Allaccia le gambe intorno alla mia vita e mi immobilizza in una poderosa *body lock*.

Aspettandomi di essere soffocato, vado subito a coprirmi il collo, ma Martese è implacabile: mi si lavora a poco a poco, aspettando che io faccia un errore per arrivare dove vuole arrivare, e non c'è modo di fermarlo.

La cosa più strana, quando si combatte contro di lui, è che Martese sembra quasi annoiarsi. Non c'è una goccia di sudore sulla sua fronte. Combatte a risparmio energetico, come se fosse seduto sul divano, a guardare la TV con una birra fredda e una busta di patatine appoggiata in grembo.

Ok, forse sto esagerando. Così sembra quasi volgare, mentre il suo è uno spettacolo fluido ed elegante, come una danza.

La sua mano avanza sulla mia gola. È leggera, quasi impercettibile. All'improvviso mi manca il fiato e non riesco più a liberarmi. Mi arrendo. Martese mi lascia andare, poi rotola verso di me e mi stringe la mano. La dimostrazione è finita.

Martese si alza e mi aiuta a rimettermi in piedi. I ragazzi applaudono, eccitati per quello che hanno appena visto.

Faccio un inchino come un attore teatrale e rischio di cadere in avanti, ma Martese mi prende per mano e mi risparmia una figuraccia.

"Avete visto? Dylan è stato in grado di tenermi testa e di resistere a molti dei miei attacchi. Queste tecniche non si imparano da un giorno all'altro, fidatevi. Ci vuole passione, allenamento e tanta determinazione, ma alla fine il jiu-jitsu ti ricompensa sempre. E i suoi doni, ragazzi, vanno ben oltre la capacità di combattere. Il BJJ ti insegna ad avere fiducia in te stesso. Ti rende forte. Ti mantiene in salute. E ti dimostra che puoi fare più di quanto immagini. Molto di più."

Poi si interrompe di colpo. La sua faccia è seria, come se fosse arrabbiato con me. "Anche se, mi dispiace doverlo ammettere davanti ai nostri giovani ospiti, il nostro Dylan non ha ancora imparato ad allacciarsi la cintura come si deve."

Le mie guance diventano tutte rosse. Accidenti, Martese ha ragione! Ogni volta che combatto, rischio di perdere la cintura.

"Aspetta, te la sistemo io," dice lui, con sorrisetto.

Mi stringo nelle spalle e sopporto l'umiliazione delle faccette curiose dei ragazzini che mi guardano mentre il mio maestro mi allaccia la cintura, come se fossi un bimbetto di terza elementare.

"Adesso guarda bene," mi dice, quando ha finito. "È così che si annoda una cintura."

Abbasso la testa e fingo di guardare il nodo, ma in realtà sto solo morendo dalla vergogna. Solo quando Santana e Jared scoppiano a ridere mi accorgo che sta succedendo qualcosa di strano, e allora guardo di nuovo in basso e capisco.

La mia cintura bianca non c'è più. Al suo posto, Martese mi ha allacciato una cintura blu.

Rimango a bocca aperta. Non riesco a crederci. Nemmeno quando Martese mi stringe la mano e mi abbraccia forte.

"Congratulazioni, Dylan," mi dice. "Mi sono sentito davvero uno schifo quando ho dovuto fingere che non fossi pronto per indossarla. Volevamo farti una sorpresa. Mi perdoni?"

"Anche io ti devo delle scuse," si intrometta Santana. "È stata una mia idea. Se avevi le palle di presentarti al campo, significava che eri davvero pronto, no?"

Viene verso di me e mi stritola tra le sue braccia. Mentre ricambio la sua stretta, il mio sguardo vaga sull'oceano. Il sole del tardo pomeriggio fa brillare d'arancione la cresta delle onde, che per il resto sono blu come la mia cintura. Quando Santana mi lascia, guardo verso il piccolo Jackson, immaginando le enormi sfide che lo aspettano, e capisco che ancora una volta Santana aveva ragione.

Un giorno noi spariremo dalla faccia della terra e questo mondo sarà   dei   piccoli.

Nota del traduttore

La traduzione di questo romanzo non esisterebbe senza il contributo di molti esperti di Brazilian Jiu Jitsu e di arti marziali che mi hanno fatto da guida in quell'immenso oceano di parole che è il linguaggio del BJJ. Dal momento che alcuni termini variano in base alla zona geografica e perfino in base alla singola scuola con cui si pratica la disciplina, ho cercato di costruire un linguaggio comune, mantenendo alcuni termini in lingua originale per non perdere la trasparenza.

Il mio primo ringraziamento va a Gianmario Capecci, che mi ha introdotto alle basi degli sport di combattimento e al loro gergo tecnico.

Ringrazio Mario Puccioni e tutto il Team Centurion della A.S.D. Centurion Jiu Jitsu di Firenze per i preziosi consigli che mi hanno dato, sia personalmente che attraverso i video pubblicati sul canale YouTube dell'associazione.

Infine ringrazio tutti gli appassionati che hanno contribuito attraverso i social, in particolare Lisa Vitolo e Viviana Bramani, che hanno risposto pazientemente alle mie domande, anche alle più assurde.

A tutti loro bisogna dare il merito di aver reso migliore questa traduzione, mentre è mia la responsabilità per eventuali sviste o imprecisioni.

Informazioni sull'autore

I thriller della serie di Ryan Lock sono frutto di un lungo periodo di ricerca da parte dell'autore Sean Black. Dopo aver effettuato un addestramento come guardia del corpo nel Regno Unito e nell'Europa dell'Est, Black ha soggiornato nel super-carcere di Pelican Bay in California, la struttura ad altissima sicurezza più pericolosa d'America. Sottoposto ad addestramento per la sopravvivenza nel deserto - un corso tenuto direttamente sul campo, in Arizona - ha esplorato personalmente molte delle ambientazioni utilizzate nei suoi romanzi.

Sean Black si è laureato alla Oxford University e si è specializzato alla Columbia University di New York. Attualmente vive in Irlanda, a Dublino.

Quando non è impegnato a scrivere, Sean Black pratica Jiu-Jitsu brasiliano. Nel 2019 è diventato il primo atleta irlandese con amputazione di un arto a ricevere una cintura blu. Combatte in competizioni locali e internazionali, e ha partecipato al Campionato Europeo di Lisbona 2020.

Oltre alle edizioni in lingua italiana, i suoi romanzi sono stati tradotti in olandese, francese, tedesco, portoghese, russo, spagnolo e turco.

Altri libri di Sean Black

Serie di Ryan Lock

Sotto Sequestro (Ryan Lock 1)

In Gabbia (Ryan Lock 2)

Senza scampo (Ryan Lock 3)

A caccia del diavolo (Ryan Lock 4)

Non piangere (Ryan Lock 5)

Benzina sul fuoco (Ryan Lock 6)

A costo della vita (Ryan Lock 7)

La speranza che resta (Ryan Lock 8)

Requiem della palude (Ryan Lock 9)

La tigre rossa (Ryan Lock 10)

Il paradiso del crimine (Ryan Lock 11)

Fine dei giochi (Ryan Lock 12)

Serie di Byron Tibor

La macchina perfetta (Byron Tibor 1)

La terra del sangue (Byron Tibor 2)

Gelida è la morte (Byron Tibor 3)